사랑정복

강규원 장편소설

사랑정복 1

초판 1쇄 인쇄 2019년 7월 12일
초판 1쇄 발행 2019년 7월 26일

지은이 강규원
발행인 오영배
편집 편집부
표지 · 본문 디자인 오정인
제작 조하늬

펴낸 곳 (주)삼양출판사 · 피오렛
주소 서울시 강북구 도봉로 173
대표 전화 02-980-2112 / 팩스 02-983-0660
편집부 전화 02-987-9393 / 팩스 02-980-2115
블로그 blog.naver.com/dan_gul
출판등록 1999년 3월 11일 제9-00046호.

ISBN 979-11-283-9704-2 (04810) / 979-11-283-9703-5 (세트)

+ 이 도서의 국립중앙도서관 출판시도서목록(CIP)은 서지정보유통지원시스템홈페이지(http://seoji.nl.go.kr)와
+ 국가자료공동목록시스템(http://www.nl.go.kr/kolisnet)에서 이용하실 수 있습니다. (CIP제어번호: CIP2019026456)

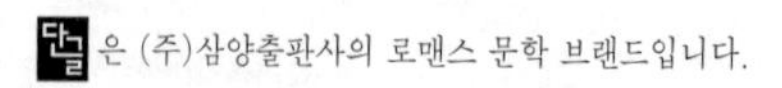

강규원 장편 소설

단글

Contents

[**정복** (reduction, 整復, Reposition]

골절이나 탈구(脫臼)시에, 전위(転位)된 골편(骨片)이나 탈구된 골두(骨頭)를 원위치로 되돌리는 조작을 말한다. 손을 사용하여 정복(整復)하는 것을 도수정복(徒手整復), 수술에 의하는 것을 관혈적정복(觀血的整復)이라고 하나, 지속적견인(持続的牽引)에 의하여 정복하는 경우도 있다. 또한 특별한 조작을 가하지 않고 자연적으로 정복되는 것을 자연정복이라고 한다.

한국사전연구사 편집부, 『간호학대사전』, 한국사전연구사, 1996

프롤로그

대학 입학식 당일, 우진은 아침부터 기분이 좋지 않았다. 수석 입학을 한 바람에 신입생 대표로 단상에 서야 하기 때문이었다.

의과 대학 수석 입학. 그 찬란한 명예에도 아버지는 아들의 학교 근처에도 걸음 하지 않았다.

애초에 아버지는 우진이 의사가 되는 것도 싫어했다.

"살인자로 태어난 새끼가 누굴 또 죽이려고?"

대학 합격 소식에 아버지는 삐딱한 목소리로 이제 겨우 스무 살짜리 아들의 가슴에 비수를 박았다.

높은 입시 성적에도 불구하고 눈을 낮춰 아버지가 졸업한 대학에 원서를 넣은 건 어떻게든 아버지의 비위를 맞춰 보기 위해서였다.

아무리 자신을 학대했다 하더라도, 아버지는 서우진에게 있어서 단 하나뿐인 가족이었다.

성인이 되고 이토록 노력하는 모습을 보인다면…… 아버지도 바뀌지 않을까 했다.

하지만 아버지는 새벽같이 병원으로 출근을 했고, 언제나 그렇듯 경멸 어린 표정으로 한마디를 뱉었을 뿐이었다.

"적당히 둘러대."

입학식에 부모가 참석하지 않는 이유를 알아서 만들라는 말이었다.

우진은 학과장에게 태연한 표정으로 아버지가 응급 수술에 들어갔다는 거짓말을 했고, 높고 찬란한 자리에 올라 아무렇지 않게 신입생 선서를 했다.

단상에서 내려온 우진은 자신을 향한 여러 시선을 무시하고 저벅저벅 걷기만 했다.

등 뒤로 질투 어린 목소리가 들렸다.

"재 얼굴로 수석 입학한 거 아니야?"

"계집애처럼 생겼구만."

"재수 없게 생겼어."

"야야, 여자들 죽는다, 죽어."

들으라는 건가.

그러나 갓 스물 먹은 애들의 비아냥거리는 소리 따위는 우진에게 별로 타격을 입히지 못했다.

저보다 더한 소리를 어렸을 적부터 들어왔기에 무슨 말을 들어도 감흥이 없었다.

그래도 들으라는 듯 떠들고 있으니 한 번쯤은 돌아봐 주는 게 인지상정이겠지.

담담하게 생각한 우진이 말소리가 들린 쪽을 바라볼 때였다.

고개를 반쯤 뒤로 돌린 여학생이 못마땅한 표정으로 바보들을 노려보고 있었다.

강아지처럼 동그란 눈을 잔뜩 찌푸린 그녀는 쑥덕거리던 남학생들에게 한심한 시선을 보냈다.

키도 작고, 인상도 여려 보이는데, 그녀는 무슨 강단인지 건장한 남학생 셋을 상대로 말없이 화를 내고 있었다.

이내 바람이 불었다. 3월 2일, 이른 봄에 부는 바람은 차가웠다.

그런데도 우진은 추위를 전혀 느끼지 못했다. 오로지 바람결에 살랑살랑 흔들리는 검은 머리칼만이 그를 부르는 듯했다.

그는 저도 모르게 그녀의 앞으로 걸어갔다. 안면도 없는 사이에 자신을 대신해서 화를 내주는 여학생이 신기했다.

이 세상에 대가 없는 호의는 없는 법인데.

저벅, 그의 걸음이 멈추었다. 빙글, 그녀는 고개를 바로 돌렸다.

그리고 마침내 두 사람의 시선이 마주친 순간, 그는 진심으로 한심해하는 그녀의 표정을 똑바로 볼 수 있었다.

강아지처럼 귀여운 얼굴에 화난 표정은 별로 어울리지 않아서 그는 그녀를 달래는 듯 말했다.

"너무 신경 쓰지 마. 익숙하거든."

깜짝 놀라 더욱 동그래진 눈을 보며 그는 빙그레 미소를 지었다. 놀란 얼굴이 화가 난 것보다 귀여웠다.

1 장

서우진이 나타났다

오늘따라 병원이 소란스러웠다. 매일매일 쳇바퀴 돌아가듯 똑같은 하루가 시작되는데도 오늘, 의료진들은 미묘하게 들떠 있었다.

이 병원에 입사한 지 얼마 되지 않은 은솔로서도 알아차릴 수 있을 만큼 주변은 시끌시끌했다.

"봤어? 봤어?"

"그 남자? 당연히 봤지."

수부외과 너스 스테이션(Nurse station)으로 향하면서 은솔은 다른 진료과 의료진들이 나누는 이야기를 슬쩍 엿들을 수 있었다.

남자? 유명한 사람이라도 내원한 걸까?

어쩐지 아무 생각 없어 보이는 남자 의료진들과는 달리, 여자 의료진들이 이 분위기를 리드하고 있는 느낌이 든다.

유명인에 별로 관심은 없지만, 사람들이 하도 들떠 있어서인지 괜스레 궁금해져서 은솔은 근처에 있던 수부외과 간호사, 유남에게 슬쩍 물었다.

"오늘 무슨 일 있어요?"

"네? 무슨 일이요?"

"분위기가 평소하고는 조금 다른 것 같아서요."

그러나 유남은 은솔의 말뜻을 이해하지 못했는지 고개를 갸웃거렸다.

"글쎄요? 오늘 행사는 없는데."

착각인가?

은솔은 아까 자신이 지나쳤던 다른 진료과 의료진들을 떠올렸다. 들떠 있던 그들에게서 얻을 수 있는 단서는 '남자'라는 키워드뿐이었다.

병원 전체가 아니라, 그 진료과에서만 난리였던 걸지도.

입사한 지 겨우 두 달째인 은솔은 자신이 모르는 새로운 일이 일어났겠거니, 여기고 가볍게 넘겼다.

오늘도 고된 수술이 자신을 기다리고 있을 터. 더 이상 자신과 상관없는 일에 신경을 쓰고 싶지 않았다.

그때, 유남이 은솔에게 주스 병을 내밀었다.

"참! 쌤, 이거 드실래요? 제가 다이어트 중이라……."

"아, 네. 감사합니다."

마침 갈증이 났던 은솔은 거절 없이 음료를 고맙게 받았다.

경쾌한 소리와 함께 주스 뚜껑이 열리고, 그녀가 막 주스를 마시던 찰나였다.

"우리 오랜만이죠?"

너스 스테이션에 기대 있던 은솔은 갑자기 나타난 남자를 보자마자 입안의 주스를 뱉을 뻔했다.

서늘하고 새카만 눈동자, 매끈하게 생긴 얼굴, 훤칠하게 큰 키, 당장 어느 곳에 가더라도 극진한 대접을 받을만한 차림의 남자는…….

"푸큽!"

얼마나 놀랐던지 결국 콜록콜록, 사레가 들렸다. 코가 찡하니 울리고 기침을 하느라 숨이 쉬어지지 않았다.

"어머, 어머! 은솔 쌤 괜찮으세요?"

그나마 옆에 있던 유남만이 은솔의 등을 툭툭 쳐 주면서 기침이 멎기를 도와줄 뿐.

복도를 지나쳐 가던 환자와 보호자도 모두 흰 가운을 입은 채 빨개진 얼굴로 기침하는 의사를 힐끔거렸다.

그 와중에 홀로 태연하기 그지없는 얄미운 남자는 웃음기 가득한 목소리로 나직하게 소곤거렸다.

"오랜만에 만나니까 반가운가 보네? 이렇게 격하게 반응해 주고."

"으, 으으……."

입가를 가리고 겨우 고개를 든 은솔은 현재 이 상황을 도저히 이해할 수 없었다.

인연이 끊어졌다 여긴 서우진이 어째서 눈앞에 당당한 모습으로 나타나 있는지 현실감이 들지 않았다.

곧, 저 멀리서 누군가가 그를 불렀다.

"서우진 선생님, 여기서 뭐하십니까? 원장님께서 기다리십니다."

원장?

은솔은 눈만 굴려서 주변을 살폈다. 혹시라도 원장이 근처에 있나 싶어서였다.

불안해진 은솔이 불편한 기분으로 목석처럼 서 있을 즈음, 귀에 익은 목소리가 그녀의 귓가를 스쳤다.

"미안합니다, 여기까지 걸음 하게 해서."

서우진의 음성이었다. 은솔은 저도 모르게 흘끔 그를 곁눈질했다.

"원장님께 다음 일정 있으세요. 서둘러 주셔야 합니다."

"예, 박 비서님 먼저 들어가 계세요. 볼일이 있어서."

아주 예의 바르면서도 정확하게 선을 긋는 분위기. 결코, 틈을 내보이지 않는 그의 태도에 베테랑으로 보이는 비서마저도 한 수 물러주었다.

"10분 내로 끝내 주시면 감사하겠습니다."

"5분이면 됩니다."

그는 웃는 낯으로 비서를 돌려보내고 나서 은솔을 똑바로 바라보았다.

얼굴에 스윽, 미소가 올라오더니 그가 대뜸 손을 뻗어 그녀의 명찰을 잡았다.

"뭐 하는 거……!"

"수부외과 고은솔 선생님."

어딘지 모르게 낮고 서늘한 목소리로 속삭인다.

"보고 싶었어."

그의 입가가 위험하게 올라갔다.

그녀의 머릿속에 의과 대학 6년, 인턴 1년, 전공의 수련 4년간의 악몽이 되살아났다.

또 서우진하고 엮이는 거야? 직장에서?

은솔이 소리 없는 비명을 지를 무렵, 우진은 더 이상 그녀를 몰아붙이지 않고 걸음을 돌렸다.

고급스러운 정장에 둘러싸인 길쭉한 다리를 보다 보니 헉헉, 참았던 숨이 뒤늦게 터져 나왔다.

"은솔 쌤, 괜찮으세요?"

숨을 몰아쉬던 은솔은 옆에서 자신의 등을 두드려 주는 상냥한 손길에 겨우 정신을 차렸다.

"네, 괜찮습니다."

유남은 은솔에게서 손을 거두고 싹싹한 말투로 물었다.

"서우진 쌤하고 아는 사이세요?"

"서우진…… 선생이요?"

"네. 원장님 아드님이시잖아요."

아, 그러고 보니 서우진이 어느 종합 병원 원장의 아들이라는 이야기를 지나가다 들은 적이 있었다.

자신과는 상관없는 소문이라 대충 흘려들었었는데, 이렇게 만나다니.

은솔의 얼굴이 어두워졌으나 유남은 눈치채지 못했다.

"되게 친밀해 보이시는데……."

은솔의 시선이 바닥으로 떨어졌다.

친밀…… 아무것도 모르는 사람의 눈에는 이 이상한 관계가 친밀해 보이는 모양이다.

은솔이 힘없이 대꾸했다.

"친하진 않지만 알긴 해요. 대학 동기…… 거든요."

"어머, 그러셨구나!"

유남이 밝은 표정으로 손뼉을 한 번 쳤다. 떨떠름해 하는 은솔의 태도 때문에 혹여 두 사람 사이에 안 좋은 일이 있는지 걱정한 탓이었다.

안 좋은 일.

이 세상에 서우진과의 재회만큼이나 안 좋은 일이 있을까? 은솔은 두통이 밀려와서 머리를 부여잡았다.

그러니까 이 모든 일이 다 현실이란 말이다. 자신이 입사한 이 병원에 서우진이 들어왔다는 사실이!

그것도 원장 아들로서!

"유남 쌤, 도대체 어떻게 된 거예요? 제가 입사할 때만 하더라도…… 서우진 선생이 병원에 있다는 소리는 못 들었는데."

"잠시만요."

유남은 휴대폰의 간호사 단체 대화방을 켜고 화면을 한참 동안 살펴보았다.

얼마 지나지 않아서 유남이 말을 이었다.

"여기 있다. 4월 28일 자로 오셨네요. 이날 톡방 난리였어요. 서우진 선생님이 쫙 빼입고 와서."

오늘은 4월 30일. 그렇다는 건 이틀 전에 사건이 일어났다는 뜻이다.

그리고 그날은 수부외과 세부 전문의 고은솔이 쉬는 날이었다.

또한, 은솔이 입사할 적 우진의 소식을 못 듣는 건 당연했다. 그때 우진은 공중 보건 의사로 복무 중이었을 테니 말이다.

유남은 우진의 귀공자 같은 외모와 원장의 하나뿐인 아들이라는 신분까지 합쳐져 완벽한 왕자님이 나타났다는 소문으로 병원이 들썩였다면서 별로 알고 싶지 않은 설명을 덧붙였다.

물론 은솔은 귓등으로도 듣고 있지 않았다.

'서우진이 나타났다…… 서우진이, 악마 같은 서우진이…….'

고은솔 인생의 유일한 해악, 장애물 같은 악마가 다시 나타났다.

은솔의 얼굴에 핏기가 싹 사라진 것도 모르고 유남이 싱글벙글 웃으며 말했다.

"하여튼 동기면 좋으시겠어요. 든든하잖아요."

"글쎄요……."

수부외과 전문의로서 좋은 대우를 받고 종합 병원에 입사한 지 두 달 된 고은솔.

사표를 낼까?

* * *

고은솔이 서우진을 처음 본 시기는 대학 입학식 날이었다.

지루하기 짝이 없는 입학식 행사 가운데에 유난히 밝게 빛나는 남학생이 있었다.

입학식이 끝날 때까지 은솔뿐만이 아니라 남녀를 막론하고 모두 그를 흘끔거리기 바빴다.

아직 앳된 소년의 태를 벗지 못한 남학생은 큰 키 때문인지 눈을 살짝 내리깔고 곁에 있는 사람과 대화를 나누고 있었다.

그에게 주목하게 된 계기는 유난히 눈에 띄는 외모뿐만이 아니었다.

여유롭게 수석으로 입학했다는 사실까지 더해져서 모든 사람이 서우진이라는 신입생에게 관심을 두게 되었다.

"쟤 얼굴로 수석 입학한 거 아니야?"

"계집애처럼 생겼구만."

"재수 없게 생겼어."

"야야, 여자들 죽는다, 죽어."

목소리에 묻어난 가시를 느낀 은솔이 인상을 쓴 채 흘깃 뒤를 돌아보았다.

두꺼운 뿔테 안경을 쓴 남학생 둘이 뒤에서 이죽거리다가 은솔과 눈이 딱 마주쳤다.

한심한 소리 좀 하지 마.

남학생들은 은솔의 시선에 부끄러워졌는지 입을 다물고 딴청을 피웠다. 은솔이 한숨을 내쉬면서 고개를 바로 할 때였다.

차가운 칼바람이 부는 3월, 그 바람결을 따라 상쾌한 향기가 풍겼다.

"너무 신경 쓰지 마. 익숙하거든."

나직하고 달콤하게 속삭이는 음성이 귓가를 간지럽혔다.

목을 꺾어야 할 만큼 키가 큰 남학생은 그녀와 눈이 마주치자 빙그레 웃었다. 시기 정도는 익숙하다는 양.

하지만 그 미소와는 다르게 어째서 이렇게나 외로워 보이는 걸까.

덜컥, 심장이 내려앉는 것만 같았다.

꽃샘추위가 강하다는 날인데도 얼굴이 뜨거워졌다.

하지만 잠깐의 설렘은 일주일도 채 가지 못했다.

본과에 올라가기 전까지는 평범한 대학 생활을 할 수 있다고 누가 그랬던가.

유난히 엄한 교수진에 걸린 신입생들은 예과 1학년 때부터 눈물겹게 공부를 해야만 했다.

은솔은 친구들과 함께 1층 카페테리아에서 허기진 배를 움켜쥐고 주문한 샌드위치가 나오기를 기다렸다.

"또 퀴즈야! 내 친구는 벌써 미팅도 나가고 그런다는데, 왜 우리는 고3의 연장선이야?"

"예과 때 이만큼 힘들면 본과 땐 도대체 어떨지……."

두런두런 수다를 떠는 가운데 은솔은 멍하니 한곳만을 바라보았다.

멀리, 사람들에게 둘러싸여서 어색하게 웃고 있는 우진이 보였다.

"고은솔! 멘탈 나갔어?"

"응? 응, 아니야…… 좀 피곤했나 봐."

은솔이 고개를 흔들 참이었다. 친구 민주가 턱짓으로 우진 쪽을 가리켰다.

"저기 서우진이다."

"이야! 아주 연예인이네."

"생긴 건 연예인이잖아."

민주가 혜정의 말에 맞장구를 쳤다. 은솔은 힐끔힐끔 우진을 살펴보았다.

민주의 말이 맞다. 우진은 골격부터가 평범한 사람들과는 다른 느낌이다.

하얀 피부와 대조되는 까맣고 단정한 머리카락까지, 그는 평범한 고은솔과는 전혀 다른 세상에 살고 있다고 주장하는 듯했다.

심플하고 고급스러운 코트 차림의 그는 어느 상황에서든 미소를 잃지 않았다.

"쟤 공부 그렇게 잘한다며. 저렇게 노는데 잘도 하겠다. 어쩌다가 수능 잘 본 거 아니야?"

혜정이 코웃음을 치며 농담을 뱉고 민주가 키득거릴 참이었다. 고개를 돌린 은솔이 정색을 했다.

"수능을 어쩌다가 잘 보는 사람이 어디 있냐. 나름대로 열심히 했겠지."

잠시 테이블 위에 정적이 흘렀다. 민주와 혜정이 은솔을 빤히 바라보더니 갑자기 웃음을 터뜨렸다.

"으하하하하핫!"

"야, 뭐야? 고은솔, 왜 서우진 편을 들어?"

"편이 아니고……."

"잠깐, 잠깐만 있어 봐. 얘, 아까 멍때리고 있던 것도 서우진 보고 있던 거 아니야?"

"아니라니까."

난처해진 은솔이 손을 내저으며 강하게 부정을 했으나, 이미 두 친구에게는 들리지 않는 모양이었다.

"내가 다른 애였으면 언감생심 서우진은 쳐다도 보지 말라고 하겠는데…… 그래도 내 친구니까 응원은 해 줄게, 응원은."

"그런 거 아니야. 왜 몰고 가고 그래?"

울상이 된 은솔을 귀엽다는 양 보던 혜정이 아차, 하면서 한숨을 내쉬었다.

"소문 들었어? 서우진 아버지가 종합 병원 원장이래."

"종합 병원? 어디?"

"LS병원이라고 서울에도 하나 있고, 경기도에도 두 군덴가 있을걸? 그래서 면허만 따면 잰 탄탄대로라고 그러더라. 아버지 병원 물려받을 거 아니야."

"그러니까 노나 보다. 성적 중요한 건 본과 때부터기도 하고."

친구들이 떠드는 동안 은솔은 대화에 끼어들지 않았다.

우진에 관한 이야기를 나누면 나눌수록, 그와의 거리가 멀어지고 또 멀어져서 듣고 싶지 않았다.

민주와 혜정 대신 은솔은 주문한 샌드위치와 커피를 가지러 카운터로 향했다.

"햄 치즈 샌드위치 둘이랑 감자 샐러드 샌드위치, 아메리카노 셋. 맞으시죠?"

"네."

주문한 음식을 꼼꼼하게 확인하는 그녀의 머리 위로 그림자가 졌다.

"고은솔?"

"헉!"

번쩍 고개를 든 은솔은 자신을 내려다보며 웃고 있는 우진을 보고 화들짝 놀랐다.

그녀의 반응이 우스웠던지 그가 키득거렸다.

"이걸 혼자 들고 가려고?"

"응…… 나, 나 팔 힘 세거든."

그러나 우진은 믿을 수 없다는 시선으로 은솔의 가느다란 팔을 응시했다.

"가져다줄게."

"어, 저기…… 네 일행도 있을 텐데……."

"다들 퀴즈 있어서 갔어."

"그랬구나."

차마 고개를 들 수 없어서 은솔은 트레이를 꽉 쥔 우진의 손만 뚫어져라 쳐다보았다.

여자 손과는 다르지만 곱고 길쭉한 손가락이 예뻐 보였다. 어느 한 군데 모난 곳이 없는 서우진답게 손가락까지도 완벽한 모양이다.

"편들어 줘서 고마워."

"응?"

"아까."

아까?

순간, 은솔의 얼굴에서 핏기가 싹 가셨다. 아까 친구들이 우진에 대해 아무 말이나 하던 게 떠오른 탓이었다.

"쟤 공부 그렇게 잘한다며. 저렇게 노는데 잘도 하겠다. 어쩌다가 수능 잘 본 거 아니야?"

"수능을 어쩌다가 잘 보는 사람이 어디 있냐. 나름대로 열심히 했겠지."

"그, 그걸 들었어?"

"들리던데."

당황한 그녀가 다급히 친구들을 변호했다.

"아…… 오해하지 마! 민주랑 혜정이가 나쁜 애들은 아니야. 그냥……."

"알아."

다정하게 말한 우진이 미소를 지었다.

저도 모르게 그 미소를 물끄러미 보던 은솔은 문득 그 대화 후로 친구들이 우진에 대한 마음을 놀리던 일이 떠올랐다.

'응원해 준다고 장난치듯 말한 거, 설마 그것도 들은 건…….'

아니겠지?

부끄러움과 떨리는 마음을 갖고 은솔이 우진을 힐끔거렸다.

혹시라도 그가 들었을까 싶어서 가슴이 두근거렸다. 만약 그 말이 진짜냐고 물어본다면 무슨 대답을 해야 할지 가늠도 되지 않았다.

그에게 호감을 갖지 않았다고는 할 수 없지만, 그냥 자꾸 시선이 가는 것뿐인데…….

그때, 그가 여상히 말했다.

"나한테는 익숙한 일이야."

순간, 은솔은 가슴속에 구멍이 뚫린 듯한 허탈함을 느꼈다.

하긴…… 수석 입학에 빼어난 외모, 집안까지도 좋다고 그랬지.

서우진은 언제나 화제의 중심에 있으니 익숙할 것이다. 그 외에 딱히 다른 낌새는 없어 보였다.

어느새 자리에 도착한 우진이 테이블 위에 트레이를 내려놓았다.

"커피 나왔습니다."

"미안 은솔아, 무거웠…… 헉!"

"서, 서, 서우진?"

민주와 혜정이 눈을 휘둥그레 뜨고는 은솔과 우진을 번갈아 보았다.

놀라서 무슨 말을 해야 할지 갈팡질팡하는 친구들과 반대로 우진은 태연하기 그지없었다.

"퀴즈 공부 열심히 해."

두 친구에게 은솔이 탈탈 털린 건 어쩌면 당연한 일이었다.

서우진과 무슨 이야기를 나누었느냐, 어째서 서우진이 도와주었느냐, 서우진이 혹시 은솔에게 관심 있는 거 아닐까…… 등등.

은솔은 차마 친구들의 막말 때문에 자신에게 감사를 표시했다는 말은 못 하고 어깨를 으쓱했다.

"글쎄? 무거워 보여서 도와준 거 아닐까?"

며칠 뒤, 웅성거리는 말소리 사이로 민주의 높은 목소리가 울렸다.

"대박! 고은솔 미쳤네, 미쳤어!"

의과 대학에서 가장 비인간적인 교수로 소문난 육기범 교수는 모든 시험 성적을 1등부터 꼴찌까지 공개하기로 악명이 높았다.

그래야 아무도 성적에 이의를 제기하지 않는다면서 그는 학생들의 불만에도 불구하고 고집스럽게 자신의 방법을 고수했다.

바로 그 과목에서 영예의 1등을 잡은 사람은 놀랍게도 고은솔이었다.

"2등이 서우진이야. 수석을 밀어내다니, 고은솔! 이 언니는 네가 자랑스럽다!"

민주가 호들갑을 떨며 은솔을 껴안았다.

1학년 1학기 중간고사도 아닌 퀴즈, 그중에서도 고작 한 과목에서 1등을 했을 뿐인데도 민주는 은솔이 전국 1등이라도 한 양 소란을 피웠다.

"김민주, 창피해……."

"그래도 첫 시험에서 수석을 꺾은 거잖아. 다들 서우진이 대단하다, 대단하다 했는데 은솔이한테 한 번에 꺾이네. 그렇게 놀러 다니더니 걔도 별것 아닌가 봐."

"그런 소리 하지 말라니까."

혜정은 은솔의 기를 살려 주기 위해 말했겠지만 은솔은 우진을 깎아내리고 싶지 않았다.

오히려 눈에 불을 켜고 공부한 쪽은 자신이고, 우진은 느긋하게 대학 생활을 즐기면서 남는 시간에 공부했을 것이다.

대단한 쪽은 고은솔보다는 서우진이었다.

그때였다.

“어? 명단 공개됐네. 서우진, 너 2등이야. 크하하하하하!”

“내가 2등이나 했어?”

우진이 웃는 목소리로 대꾸하며 게시판으로 가까이 다가왔다.

곧 그는 자신의 이름 위에 있는 은솔의 이름 석 자를 보고 눈을 동그랗게 떴다.

은솔과 우진의 눈이 마주쳤다.

1등과 2등이 서로 마주 보고 있자 기묘한 긴장감이 흘렀다. 공기가 가득 찬 풍선처럼 팽팽해진 긴장을 깨뜨린 쪽은 우진이었다.

“대단하다, 너. 퀴즈 되게 어렵던데.”

우진의 진심 가득한 목소리, 다정한 미소, 따뜻한 눈빛이 온전히 은솔을 향했다.

고맙다는 말이 목 끝에 걸렸지만 은솔은 어째서인지 아무 말도 할 수 없었다.

1등과 2등의 기 싸움이 시시하게 끝나고 학생들은 자신의 등수를 확인하고 나서 썩 좋지 않은 표정으로 뿔뿔이 흩어졌다.

그럴 만도 했다. 모두 대학 입학 전까지 난다 긴다 하던 학생들이었다.

1등이 당연하던 그들의 자존심은 하늘을 찔렀고, 그들은 남들보다 공부를 ‘못한다’라는 사실을 그다지 실감하지 못했으니까.

그렇기에 바로 그날이 고은솔이라는 학생의 존재감이 확실히 각인되는 날이었다.

수석 입학한 서우진도 꺾은, 노력파 고은솔.

피도 눈물도 없는 육기범 교수 과목에서 일정 점수 미만을 받은 학생들은 남아서 보충 강의를 들어야 했다.

안타깝게도 민주와 혜정 모두 나머지 수업을 받게 된 터라 은솔은 혼자 쓸쓸히 학생 식당에서 우동을 먹었다.

그때, 누군가가 은솔의 맞은편에 트레이를 내려놓았다.

깜짝 놀라 고개를 든 그녀는 상대를 확인하자마자 더욱 놀라서 결국 사레까지 들리고 말았다.

"콜록! 콜록!"

서우진이 예쁘게 웃으면서 그녀에게 컵을 내밀었다.

"미안. 놀랐어? 물 좀 마셔."

"으, 어…… 고맙……."

우진과 마주 앉았다는 현실과 끝없이 이어지는 기침 탓에 그녀는 도무지 정신을 차릴 수가 없었다.

다행히 그는 그녀가 진정하기를 기다려 주었다.

겨우 제정신을 차린 은솔은 재빨리 학생 식당을 훑어보았다. 임자 있는 자리보다는 빈자리가 훨씬 많았다.

도대체 서우진은 왜 저 많은 빈자리 중에서 여길 선택한 걸까?

갑자기 가슴 안쪽에서부터 뜨겁고 간지러운 기운이 퍼지기 시작했다.

'뭐지?'

가슴에서 시작된 열기는 얼굴까지 뜨겁게 올라왔다.

은솔은 붉어진 얼굴을 가리기 위해 고개를 숙이고 물을 마시는 척을 했다.

"물 좀 더 갖다 줄까?"

"아, 아니야……. 근데 무슨 일로?"

"동기끼리 밥 먹는데 무슨 이유가 필요해?"

듣고 보니 맞는 말이다. 은솔이 어색하게 고개를 끄덕였다.

기분이 이상한 건, 서우진과 단둘이 점심을 먹는 게 처음이기 때문일 것이다.

우진이 먼저 말문을 열었다.

"예과인데도 왜 그렇게 공부 열심히 해?"

2등이 1등에게 묻는 말.

얼핏 들으면 질투에 찬 질문처럼 들리겠으나 우진의 목소리에는 질투의 흔적이 하나도 보이지 않았다.

등수에 별로 의미를 두지 않는다는 뜻이다.

"겨우 대학 왔는데 놀고 싶지는 않아?"

"그래도…… 공부하러 대학 온 거니까."

"모범생이네."

비꼬는 말투는 아니었음에도 왠지 은솔은 우진을 꺾었다는 죄책감에 이유를 말하고 싶었다.

"장학금이 조금 더 급해서."

은솔이 모든 과목을 열심히 하는 이유는 타고난 성실성도 한몫

했지만, 장학금이 필요하기 때문이었다.

집안이 찢어지게 가난한 건 아니었다. 오히려 넉넉한 집안이었다.

아버지는 산부인과 개원의로 20년을 넘게 한 자리에서 의원을 운영했고 어머니는 가정주부, 고등학생인 남동생 또한 사교육비를 많이 들이지 않고도 공부를 잘했다.

문제는 어머니가 투자 사기를 당한 데에서 시작되었다.

아버지 병원의 장비 대여료 내기도 힘겨운데 세상 물정에 어두운 아버지는 어머니의 말만 믿고 떡하니 대출을 받아서 잘 알지도 못하는 외국 기업에 투자하고 말았다.

결과는 당연히 쪽박.

대출이라면 치가 떨리는 은솔은 학자금 대출을 받느니 과외 아르바이트와 학과 공부에 매진하기로 했다.

"그리고 난 놀 줄도 모르거든."

은솔이 억지로 히죽 웃어 보이자 이해했다는 양 그가 고개를 끄덕였다.

"그래서 그런가. 넌 좀 다른 것 같아."

"응?"

"넌 입학식 때부터 한 번도 나에 대해서 안 좋은 소리를 한 적이 없었잖아."

우진은 식기에는 손도 대지 않고 은솔을 곧게 응시하면서 낮은 목소리로 말했다.

그녀는 그의 말이 곧장 이해가 되지 않았다.

그를 싫어하지 않았고, 나쁜 이야기를 해야 할 이유도 없었을 뿐인데, 그게 다른 사람들과 달라 보이는 걸까?

강아지처럼 동그란 눈을 의아하게 깜빡거리는 은솔을 보자 우진의 미소가 더욱 짙어졌다.

"얼굴로 수석을 했다든지, 운으로 수능을 잘 봤다든지……."

"운도 실력인걸."

힘겨웠던 수험 생활을 아직 잊지 않은 은솔이 힘주어 대꾸했다.

아무리 운이 따라 주었다 한들, 의과 대학에 입학하는 건 실력이 뒷받침되어야 했다.

"또, 얼굴 이야기는…… 칭찬으로 받아들이는 게 좋을 것 같아. 잘생겼다는 뜻이잖아."

"너 되게 긍정적이다."

어째서인지 우진이 쓸쓸한 듯 삐딱한 표정을 지었다. 왠지 그는 조금 지쳐 보였다.

다른 사람들은 보이지 않는 걸까. 항상 사람들 가운데에서 반짝반짝 빛나고 있지만 은솔은 언제나 우진에게서 외로움이 보였다.

부족함이라고는 하나도 없어 보이는 서우진에게서 왜 고독이 읽히는 건지 은솔은 도무지 알 수가 없었다.

자신 혼자 착각하는 건가? 아니면…… 그는 다른 사람들을 믿지 못하기 때문에 외로운 걸지도 모르겠다.

우진은 늘 익숙하다고 했지만 은솔은 그의 기분이 결코 괜찮지만은 않다는 걸 알 수 있었다.

학과 내에 도는 우진에 대한 악의를 몇 번 접했었다. 못난 남학생들이 퍼뜨리는 질 나쁜 소문이 대부분이었다.

그런 소리를 접할 때마다 한심한 시선을 주면 그들은 알아서 입을 다물고 떠났으나 그때뿐이었다.

우진을 향한 질투와 시기는 끝이 나지 않았다.

난다 긴다 하는 의예과에서 배경도 환경도 최상위 학생에게 주어진 무게라고 짐작되지만 그래도 가끔 이 외로움을 볼 때면 그 무게를 덜어 주고 싶은 충동이 들어 당황스러웠다.

"그래서 너는?"

"응?"

"너도 내가 잘생겼다고 생각해?"

"뭐, 뭐?"

"나 어떠냐고."

제 입으로 말하기 부끄러운 소리를 아무렇지도 않게 한 그가 장난꾸러기처럼 씩 웃었다.

바로 앞에서 이토록 직접적인 질문을 받을 줄 몰랐던 터라 은솔은 입술만 달싹였다.

"어, 그……."

"별론가?"

은솔의 얼굴이 다시 뜨거워졌다. 서우진의 시선이 따가울 정도로 강렬하게 느껴졌다.

솔직히 말하자면, 입학식 때부터 눈을 뗄 수 없었다.

배우나 가수 등 연예인에게 관심이 없고 모범생으로 공부만 하던 은솔은 대학에 와서야 처음으로 서우진 같은 잘생긴 남자를 보았다.

남자한테 면역이 없는 그녀에게 있어서 서우진의 존재는 무척이나 강렬했다.

눈 한 번 마주치기도 힘들고, 말 섞기도 어렵고, 이름만 들어도 가슴이 뛸 만큼.

"고은솔, 눈 되게 높다. 나 어디 가서 못생겼다는 소리 들어 본 적은 없는데."

"아니야! 진, 진짜로 잘생겨서…… 멋, 멋있다고 생각해! 정말!"

혹여 우진이 상처를 받을까 당황한 은솔이 양손으로 테이블을 짚은 채 벌떡 일어나 목소리를 높였다.

문제는 너무나도 솔직하고 너무나도 크게 외쳤다는 것.

밥때가 지난 학생 식당에 몇 명 없는 사람들이 그들을 힐끔거렸다.

갑작스러운 은솔의 행동에 눈을 동그랗게 뜨고 있던 우진의 얼굴이 붉어졌다.

항상 포커페이스를 지키고 있던 것 같은데 처음으로 그가 또래 남학생처럼 보였다.

그러나 현재 제 코가 석 자인, 그 누구보다도 세상에서 사라지고 싶은 사람은 따로 있었다.

'내가 무슨 짓을…….'

제정신으로 돌아온 은솔은 다리에 힘이 풀려서 털썩 주저앉았다.

넋이 반쯤 나간 그녀를 보고 우진은 한 손으로 입가를 가린 채 쿡쿡거렸다.

그 웃음소리마저도 행복하게 들리는 건 무슨 조화인지. 심장이 두근거렸다.

악랄한 육기범 교수는 중간고사와 기말고사를 치르지 않는 대신 2주마다 퀴즈를 봤다.

역시 매번 비인간적인 명단이 붙었으나, 1등은 항상 고은솔이었고 서우진은 2등도 했다가 어느 주에는 5등도 하는 등 두세 계단을 오르락내리락했다.

"고은솔, 넌 도대체 어떻게 공부하는 거야! 우리 같이 공부하잖아! 근데 왜 넌 1등이고 난 18등이냐고!"

혜정이 머리를 쥐어뜯으면서 괴로워했다.

이번 퀴즈의 커트라인은 15등. 25등을 한 김민주는 이미 포기한 표정으로 주섬주섬 짐을 싸서 보충 강의실로 향할 준비를 마쳤다.

"발악은 그만하고 갑시다, 이혜정 죄수."

"억울해! 세 문제만 더 맞혔으면 되는데!"

물론 은솔과 민주 모두 혜정의 발악을 무시했다.

"끝나면 전화할게. 어디 있을래?"

"1층 카페에 있을게."

"알았어. 참, 너랑 서우진이랑 또 나란히 1, 2등이더라. 뭘 먹으면 그렇게 성적이 잘 나오냐? 나도 좀 얻어먹자. 이따 밥 쏴."

"그래, 과외비 나왔으니까 오늘은 이 언니가 산다."

은솔이 뽐내듯이 가슴을 쭉 펴면서 으스댔다. 민주는 울상인 혜정을 질질 끌고 보충 강의실로 향했다.

반대로 은솔은 계단을 내려가 1층, 한산한 카페 안으로 들어갔다.

항상 주문하는 따뜻한 아메리카노를 들고 구석진 자리로 코너를 돌 참이었다.

"꼬셔 보고 싶지 않냐?"

"시끄러워."

익숙한 음성에 움찔, 은솔의 걸음이 멈추었다. 이 목소리는…….

'서우진?'

"아, 왜? 고은솔 정도면 머리 좋지, 얼굴도 괜찮지, 강아지처럼 생겨서 귀엽……."

"1절만 해."

우진은 듣고 싶지 않은 듯 차가운 목소리로 친구의 말을 잘랐다. 그러나 곧장 우진의 친구가 능글맞게 대꾸했다.

"난 또 네가 걔한테 관심 엄청 갖기에 좋아하나 했는데."

우진은 긍정도, 부정도 하지 않았다.

은솔은 자신이 없는 장소에서 누군가가 자신에 관해 이야기를 하는 걸 직접 들으려니 심장이 두근두근 빨리 뛰었다.

서우진이 고은솔에게 관심을 엄청나게 가졌다고?

'어떡하지? 계속 듣고 있을 자신이 없는데…….'

결국, 은솔은 커피에 설탕 시럽을 넣는 척 자리를 피했다.

평소라면 달아서 한 번 이상 넣지 않을 시럽을 세 번이나 넣고도 한참을 스틱으로 휘적거렸다.

남학생들 사이에서 이름이 오간 것을 들은 적은 처음이라 생경한 기분이 들었다.

강의 하나가 끝나고, 카페 안이 직전보다 북적거리기 시작했다.

고개를 휘휘 돌려서 빈자리를 찾아보았으나 어느새 테이블이 가득 차 있었다.

'아무 데나 앉을걸…….'

후회는 아무리 빨라도 늦는 법.

은솔은 슬그머니 눈치를 보며 우진이 있을 안쪽 코너로 향했다. 구석진 테이블이라면 비어 있지 않을까 싶어서였다.

아니면, 혹시라도 서우진이 합석을 권할지도 모르고…….

상상만으로도 얼굴이 뜨거워진 은솔은 고개를 절레절레 저었다.

아, 아니야. 전에 민주가 그랬었지, 언감생심 서우진은 쳐다도 보지 말라고.

그때였다. 코너를 돌기 직전, 피식 웃으면서 말하는 우진의 나른한 목소리가 전해졌다.

"고은솔이 왜 그렇게 공부를 하는지 알아?"

자박, 은솔의 운동화가 어정쩡하게 멈추었다.

"장학금이 필요하댄다."

"장학금?"

우진의 친구가 의아한 듯 물었다. 은솔은 지난번 학생 식당에서 우진과 나눈 이야기를 떠올렸다.

"겨우 대학 왔는데 놀고 싶지는 않아?"

"장학금이 조금 더 급해서."

분명 그렇게 말하긴 했었지만…….

"집안 사정이 안 좋은가 보더라."

"아, 정말? 안됐네."

"그러니까 어려운 사람 건드리지 마. 불쌍하잖아."

그 말을 들은 순간, 은솔은 커피가 뚜껑 너머로 넘치는 것도 모르고 뒷걸음질을 쳤다.

불쌍하다고?

"아, 뜨거워……."

그녀는 냅킨으로 커피가 닿은 엄지를 꾹 눌러 닦았다. 아무리 식었다 한들 커피가 뜨겁기는 했는지 피부가 따가웠다.

'나 그렇게…… 불쌍하지 않은데…….'

그녀는 따끔거리는 엄지를 망연히 내려다보았다.

아버지는 가정적인 성격의 산부인과 개원의. 어머니는 특별히 힘든 일 모르고 집안일에 헌신해 온 가정주부, 남동생은 사고 한 번 치지 않은 모범생.

단지 순진한 부모님이 욕심 한 번 부렸다가 집안에 위기가 왔을 뿐 어렵게 살지 않았고, 지금도 대한민국 평균 이상은 된다고 생각한다.

그런데 왜 이렇게 자존심이 상하고 비참해지는 건지. 은솔은 본인마저도 이해가 되지 않았다.

남들이 뭐라고 오해를 하든 나만 아니면 상관없다고 넘기면 그만인데.

"아……."

그제야 은솔은 왜 이토록 자존심이 상하고 비참한지 알 것 같았다.

지금 나하고 한 이야기를 다른 사람들한테 떠벌린 거야?

둘만이 아는 대화라고 생각했다. 친구들에게도 말하지 못한 사정을 그에게 털어놓은 건…….

"넌 좀 다른 것 같아."

그가 그녀를 다른 사람들과 달리, 특별하게 여긴다고 생각했기 때문이었다.

자신의 눈에만 보이는 외로워 보이는 모습도 그녀의 마음을 흔들어 놓았었다.

그런데 서우진에게는 은솔과의 대화가 특별한 것이 아니었다.

혼자 착각하고 있었구나. 은솔의 몸이 차갑게 얼었다.

뻣뻣하게 굳어진 은솔과 반대로, 그들은 계속 대화를 이어나갔다.

"아쉽다. 공부밖에 모르는 애들이 연애 시작하면 장난 아니게 변한다는데."

"그래?"

"관심거리가 공부에서 연애로 스위치 눌리듯 확 넘어간대. 개, 강아지처럼 생겨서 더 귀여울걸?"

"흐응……."

어째서인지 우진은 흥미로워하는 듯했다. 은솔은 심장이 욱신거리는 것만 같았다.

'더 들으면 안 돼…….'

그녀가 뒤돌아섰다. 등 뒤로 우진의 목소리가 꽂혔다.

"확실히 재미는 있겠네."

그의 말이 칼날처럼 그녀에게 날아들었다.

재미? 무슨 재미? 은솔의 동그란 눈이 더욱 커질 참이었다.

"엥? 야, 설마 너 고은솔 꼬셔 보려고?"

"좋은 거 알려 줘서 고마워, 주태민."

"아니, 네가 꼬시면 한 방에 넘어오겠지만…… 서우진하고 고은솔은 급이 안 맞잖아?"

"급? 아, 그런 게 있었지. 급. 급이라……. 맞춰 보지, 뭐."

은솔의 입이 저절로 벌어졌다. 뒤통수에 바위가 떨어진 듯 머릿속이 하얗게 변했다.

"와, 서우진. 어려운 사람 건드리지 말라고 해 놓고는 그걸 가로채네."

불만스러워하면서도 낄낄거리는 웃음소리가 끔찍했다.

두 사람은 '고은솔'이라는 사람을 재미있는 장난감 취급하고 있었다. 아니, 강아지를 닮았다고 했으니 애완견 정도일까?

은솔이 도망치듯 자리를 떠났다.

고은솔은 서우진에게 무엇이었을까? 집안 사정이 어려워 보이는, 불쌍한 동기?

'머리 아파.'

진통제를 먹었는데도 며칠 동안 두통이 가시지 않았다. 은솔은 두통을 참기 위해 애를 썼다.

가끔 울컥울컥 울화가 치밀었으나 무던한 성격 덕에 시간은 무난하게 흘러갔다.

그날 이후로 그녀는 우진을 피했다.

친근하던 겉과 달리 속으로는 자신을 불쌍하게 여기고 흥밋거리로만 보던 그에게 자존심이 상하고 비참하기 때문만은 아니었다.

'두통이…… 아닐지도 몰라.'

그를 보면 마음이 쓰라렸다. 꼭 커피에 덴 엄지처럼.

우진의 이름을 듣거나 멀리서 그를 볼 때마다 가슴속에 뜨거운 감정이 쌓였다.

은솔은 일회용 밴드가 붙어 있는 엄지를 내려다보았다. 가벼운 화상일 줄 알았는데 생각보다 오래 아팠다.

"왜 그렇게 멍 때리고 있어?"

그때, 민주의 활기찬 목소리가 들렸다.

손을 보고 있던 은솔이 고개를 들었다. 은솔의 앞자리에 가방을 내려놓고 뒤로 돌아앉은 민주가 주변을 휘휘 둘러보더니 속삭였다.

"대박 사건 하나 들었거든."

"뭔데?"

전혀 궁금해하지 않는 목소리로 은솔이 시큰둥하게 물었다.

곧, 혜정이 강의실에 나타났다. 민주는 혜정에게 빨리 오라는 듯 손짓을 하고는, 셋이 모인 뒤에야 입을 열었다.

"최지혜 알지?"

"걔가 누구야?"

고개를 끄덕인 혜정과 다르게 은솔은 고개를 저었다.

사교성이라고는 눈곱만큼도 없는 친구를 가늘어진 눈으로 보던 민주가 설명을 해 주었다.

"B반에 예쁘다고 난리 났던 애 있잖아."

"아……."

얼굴조차 기억나지 않지만 은솔은 모호한 표정으로 대강 아는 척을 했다. 머리가 아파서 굳이 기억 속을 헤집고 싶지 않았다.

"최지혜가 서우진한테 고백했대."

순간, 은솔이 미간을 찡그렸다.

'서우진'이란 이름을 듣자마자 겨우 잠재운 두통이 다시 일어나는 것만 같았다.

"잘 어울리는 것도 같네. 그래서 둘이 사귄대?"

"그랬으면 최지혜가 고백했다가 아니라 둘이 사귄다고 했겠지. 바로 차였대."

"걔 예쁜데 왜 찼대?"

"나야 모르지."

민주가 어깨를 으쓱했다.

은솔은 이명을 들으면서도 친구들의 대화를 집중해서 들었다. 단지 서우진과 관련된 소문이라는 이유로.

"하여튼 서우진 노리던 애들 은근히 많았는데, 최지혜가 차여서 B반은 아무도 엄두 못 낸대."

순간, 은솔은 당황스러웠다.

우진과 지혜 때문이 아니라, 배신 아닌 배신을 당해 놓고도 우진과 지혜가 사귀지 않은 것에 대해 안도하는 자신 때문이었다.

'자존심도 없냐, 고은솔?'

바보 같은 자신 때문에 허탈한 웃음이 비싯, 터져 나왔다.

"왜 은솔아?"

갑자기 웃음을 터트린 은솔을 민주와 혜정이 의아하게 쳐다보았다.

"어? 아니야. 아무것도……."

이내, 민주가 능글거리는 표정을 지은 채 소곤거렸다.

"맞다! 고은솔도 서우진한테 관심 있었지?"

"무슨 소리야? 그런 거 아니야!"

"아니긴? 솔직히 최지혜보다 은솔이, 네가 더 예쁜 것 같으니까 도전해 보지그래? 용기 있는 자가 미남을 쟁취한다니까."

"싫어, 나 서우진 별로 안 좋아해. 싫어한다고."

"싫어해?"

격렬한 부정에 혜정까지 의외라는 투로 되묻자 은솔의 얼굴이 일그러졌다.

평소 조용조용하던 은솔의 목소리가 격해졌기 때문인지 주변에서도 흘끔거리는 시선이 느껴졌다.

얼굴이 붉어진 은솔이 고개를 움츠릴 때였다. 혜정이 이해가 되지 않는다는 양 갸웃거렸다.

"그러면 그동안 왜 그렇게 서우진 편을 든 거야?"

"편든 게 아니라…… 나는 그냥, 헛소문은 믿고 싶지 않아서……."

"좋아한 것은 아니다?"

어째서일까, 은솔을 바라보는 민주의 눈이 날카롭게 느껴지는 것은.

바로 대답하지 못한 은솔 대신, 혜정이 말을 이었다.

"그래도 싫을 것까진 없지 않아?"

"싫을 수도 있지. 너희는 뭐 좋아하냐?"

두통 탓에 은솔이 날카롭게 대꾸했다. 혜정이 어깨를 으쓱이고는 씩 웃었다.

"뭐, 얼굴은…… 싫어할 이유가 없긴 하니까."

하긴, 서우진이 눈에 띄게 잘생기긴 했지.

이상하게도 혜정이 우진을 칭찬하자 두통이 더욱 심해졌다. 은솔이 조금은 짜증스럽게 되물었다.

"그래서 좋아한다고?"

"그건 아닌데…… 야! 서우진을 좋아하냐는 건 고은솔, 너한테 우리가 묻고 있는 거거든?"

서우진을 좋아하냐고?

그래, 인정한다. 고은솔은 서우진을 남몰래 좋아했었다.

그가 보이던 동정을 호의로 착각하고, 자신도 모르게 조금씩 조금씩 그에게 마음을 빼앗겼었다.

서우진은 또래 남학생들과는 다르게 멋있었고 여유가 넘치며 자상했으니까 마음이 흔들린 건 어쩌면 당연할 것이다.

그리고 자신만 본다고 느꼈던 외로움의 그늘 역시…….

"확실히 재미는 있겠네."

"급? 아, 그런 게 있었지. 급. 급이라……. 맞춰 보지, 뭐."

다 잘못 본 거였다.

"서우진은 싫어."

자신을 장난으로 대하던 서우진. 서우진이 정말 싫다.

은솔은 자신의 마음을 굳게 다잡으려 애를 썼다.

민주는 얼굴을 찡그리고 있는 은솔을 흘끔 곁눈질했다. 예전의 은솔과 어딘가 달라 보였다.

서우진 이야기가 나오면 아닌 척하면서도 관심을 보이던 은솔이었는데, 진저리를 치는 모습이 민주는 낯설기만 했다.

"아, 머리 아파."

은솔이 작은 목소리로 투덜거리며 진통제를 한 알 더 꺼냈다.

이 두통은 스트레스성일 것이다. 서우진을 생각하면 할수록 통증이 더욱 강해졌으니까.

두통을 피하기 위해서라도 은솔은 이제 더는 서우진과 가까워지고 싶지 않았다.

이번에도 어김없이 잔인한 성적표가 게시되었다.

친구들과 함께 은솔이 힘없이 나타나자 모세의 기적처럼 학생들이 양옆으로 갈라졌다. 그 이유를, 은솔은 이미 알고 있었다.

퀴즈에 도저히 집중할 수가 없었다.

공부하려고 해도 머릿속이 무겁고 뭔가로 꽉 차서 글자가 눈에 들어오지 않을 지경이었다.

은솔은 늘 그랬듯이 위에서부터 자신의 이름을 찾아보았다.

자신이 늘 지키던 1등 자리에는 놀라울 것도 없이 익숙한 이름이 적혀 있었다.

1. 서우진

그 이름만 봐도 심장이 따끔거려서 그녀는 재빨리 눈을 내렸다.

하지만 등수가 두 자리가 되었음에도 자신의 이름은 도통 보이질 않았다.

그리고 명단의 한참 밑에서 이름을 발견한 은솔은 등골이 오싹해졌다. 누군가가 뒤에서 수군거렸다.

"재, 장학금 때문에 퀴즈 망치면 안 된다는 애 아니야?"

"누구?"

자신에게 시선이 꽂힌 순간 은솔은 목이 뻣뻣하게 굳는 것을 느꼈다.

'어떻게 알았지?'

장학금이 필요하다는 말은 서우진에게만 했었는데…….

장학금을 노리는 게 창피한 일도 아닌데, 그녀는 자신도 모르게 위축되고 있었다.

'말하지 말걸.'

가벼운 말 한마디가 이렇게까지 퍼질 줄은 몰랐다. 서우진이 뭐라고 속에 숨겨둔 사정까지 주절주절 늘어놓았을까?

그때, 혜정과 나란히 서 있던 민주가 은솔의 눈치를 보면서 조심스레 물었다.

"……기다릴까?"

"아, 아니야. 나 오늘 과외 가야 해."

"그래도……."

"괜찮아. 실수할 때도 있는 거니까, 다음에 열심히 해야지."

은솔이 억지웃음을 지으면서 소탈하게 대꾸할 때였다.

"어? 서우진, 네가 1등인데?"

"내가?"

멀리서 우진의 의아한 목소리가 들려 흠칫 놀란 은솔은 민주와 혜정에게 가볍게 손을 흔들고 보충 강의가 있을 3층으로 재빨리 향했다.

우진을 보고 싶지도, 그가 하는 말을 듣고 싶지도 않았다.

은솔은 처음으로 육기범 교수 과목의 보충 수업을 듣게 되었다.

이번 퀴즈의 커트라인은 17등. 민주도, 혜정도 무난하게 통과한 그 퀴즈에서 자신은 32등이었다.

육 교수는 은솔이 기가 막혔는지 한참 동안 헛웃음을 지었다.

내내 1등을 굳건하게 지키던 학생이 갑자기 꼴찌에 가까운 성적을 받았으니 어이가 없었을 터였다.

은솔이 맨 앞자리 좌측 구석에 앉아 죄인처럼 수업을 듣고, 뒷문으로 소리 없이 빠져나올 때였다.

정면에 하늘색 니트 셔츠를 입은 우진이 그녀를 내려다보고 있었다.

은솔은 그와 딱 마주치자 덜컥, 가슴이 내려앉는 기분이 들었다.

늪에 빠진 듯 발밑이 푹 꺼질 것만 같아 하마터면 그의 손을 잡을 뻔했다.

"고은솔."

그녀가 아무 말 없이 그의 시선을 피하자 그가 집요하게 그녀의 앞을 막아섰다.

"너 요즘 나 피하는 것 같더라?"

"아, 아닌데……."

은솔은 자신이 거짓말에 재능이 없음을 오늘에서야 깨달았다. 사실이 아닌 걸 말하려니 목소리가 떨리고 부자연스럽게 나왔다.

우진 역시 눈치를 챈 모양이었다.

"잠깐 나랑 이야기 좀 하자. 시간 되지?"

또 무슨 꿍꿍이인데?

짜증스러운 말이 튀어나올 뻔했으나 은솔은 겨우 이성을 붙잡았다.

"아니, 안 돼. 과외 가야 해."

"과외 언제 끝나?"

서우진은 정말 끈질겼다. 은솔은 우진의 단화에 시선을 고정한 채로 어물거렸다.

"저기…… 무슨 이야기인데?"

"너, 왜 나 똑바로 못 쳐다봐?"

그제야 은솔이 주춤주춤 고개를 들었다. 웬일인지 우진은 무엇엔가 쫓기는 사람처럼 그녀를 간절하게 바라보고 있었다.

도대체 왜?

"아주 잠깐이라도 좋아. 나한테 시간 좀 내줘."

아직 마음 정리가 되지 않았나 보다. 서우진의 눈빛에 약해지는 걸 보면.

결국, 은솔은 고개를 끄덕이고 시간을 살폈다. 과외 학생의 집까지 가는 데 넉넉잡아 30분. 앞으로 15분 정도는 여유가 있었다.

"10분 정도는 괜찮을 것 같아."

"그거면 충분해."

우진이 앞장서서 걸었다. 그러면서도 그는 종종 뒤를 살피며 은솔이 잘 따라오는지 확인을 했다.

무슨 일이기에 그가 불안해하는 건지 그녀로서는 알 수 없었지만, 그와 함께 걷자 기분이 썩 좋지만은 않았다.

"확실히 재미는 있겠네."

싸늘하게 박힌 그 말을, 은솔은 잊을 수가 없었다.

마치 신기한 장난감을 발견한 것처럼 사람을 우습게 여기던 남자는 무슨 말을 하려는 걸까?

우진의 뒷모습을 원망스럽게 쳐다보던 은솔은 혹여 뒤를 돌아본 그와 눈이라도 마주칠까 봐 시선을 떨구고 그를 따랐다.

옥상과 가까운 12층은 이미 학생과 교직원들이 썰물처럼 빠져나간 지 오래였다.

우진은 반 층 아래, 11층과 12층 사이의 계단에서 멈추어 섰다. 덩달아 걸음을 멈춘 은솔은 우진의 넓은 어깨를 멍하니 바라보았다.

"무슨 일 있어?"

낮지만 부드러운 음성으로 우진이 조심스럽게 입을 열었다. 은솔은 그의 시선을 슬쩍 피하며 대답했다.

"……무슨 일?"

"이번 퀴즈 성적이 왜 그렇게 안 좋아? 장학금, 위험한 거 아니야?"

걱정? 아니면 동정?

어느 감정이든 간에, 서우진이 고은솔에게 왜 이런 질문을 하는지 그녀는 도무지 알 수가 없었다.

이유를 알려주면 또 떠벌리겠지? 은솔은 자신의 속사정을 가볍게 여긴 그가 원망스러웠다.

"괜찮아. 신경 쓰지 마."

"다음 학기는……."

"괜찮다고 했지? 신경 쓰지 말란 내 말, 못 들었어?"

은솔이 목소리를 높이자, 우진은 더 이상 묻지 않았다. 그러나 오늘도 그의 눈빛은 서글퍼 보였다.

저 모습에 속으면 안 되는데…….

웃긴다, 고은솔. 아무것도 부족한 것 없는 서우진이 서글프기는 개뿔.

서러운 쪽은 오히려 장난감 취급을 받은 그녀 자신이었다. 그녀는 자꾸 그에게로 향하려는 마음을 단속하려 애를 썼다.

"미안, 화낸 건…… 아니야."

평소처럼 그녀의 목소리가 작아지자 우진의 얼굴에 희미한 미소가 올라왔다.

"다행이다. 난 네가 다른 친구들처럼 날 싫어하게 된 줄 알았어."

그랬으면 좋겠다. 제발 그랬으면, 서우진을 마음 깊이 싫어할 수 있다면 좋을 텐데.

"정말 나 피하는 거 아니라고 했지?"

"아, 어…… 응……."

거짓말임을 알면서도 그는 기꺼이 속아 넘어가 줄 모양이었다.

은솔이 얼떨결에 고개를 끄덕이자 우진이 다정한 미소를 지으며 어렵게 그녀를 불렀다.

"고은솔."

그의 미소만큼이나 달콤한 목소리가 그녀의 이름을 속삭였다.

"은솔아."

신축 건물이라 페인트 냄새가 채 가시지 못한 곳임에도 달콤한 향기가 나는 착각이 들 만큼 그의 음성은 달았다.

은솔은 무엇엔가 홀린 사람처럼 우진을 바라보았다.

하얗고 깨끗한 얼굴과 대조되는 붉은 입술이 호선을 그리며 마침내 믿을 수 없는 말을 뱉어냈다.

"나랑…… 사귀자."

은솔은 정수리에 얼음물을 맞은 사람처럼 바짝 굳었다. 한 번도 생각해 보지 못한, 꿈에서도 상상하지 않은 말을 들었다.

다른 사람의 고백은 거절하고 자신에게 좋아한다 말하는 서우진이라니.

아무것도 몰랐다면, 심장이 떨려서 진심이냐고 수십 수백 번을 물어본 다음에 가짜 사랑의 달콤함에 빠져들었을 것이다.

하지만 지금은 달랐다. 은솔은 우진의 진심을 엿들었었다. 지난번에 들은 말이 떠올랐다.

"서우진하고 고은솔은 급이 안 맞잖아?"

다른 사람들 눈에, 서우진과 고은솔은 어울리지 않았다. 그리고 서우진 또한 같은 생각을 하고 있었다.

그런데 왜?

말이 잘 나오지 않았으나 그녀는 겨우겨우 이유를 물었다.

"……왜?"

은솔의 목소리가 표정만큼이나 딱딱하게 굳었다. 그래도 우진은 개의치 않았다.

"네가 좋으니까."

숨이 멎을 것 같다. 내가 좋다고?

아무것도 몰랐던 며칠 전, 바보 같던 고은솔이었다면 감격을 했을지도 모르겠다. 그렇지만 지금 자신은 그의 진심을 알고 있었다.

"장난치지 마."

"장난 아니야."

"장난이 아니면…… 대체 무슨 속셈이야?"

"속셈? 그런 거 없어. 그냥 순수하게 네가 좋다고. 안 믿겨?"

외면하고 있던 감정이 확 치밀어 올랐다. 분노, 실망, 비참함, 허무와 슬픔, 서러움…….

천연덕스러운 우진의 말이 이렇게 뻔뻔할 수가 없었다. 우연히 들은 그의 속내를 은솔은 똑똑하게 기억하고 있었다.

"공부밖에 모르는 애들이 연애 시작하면 장난 아니게 변한다는데."

"확실히 재미는 있겠네."

천사 같이 상냥한 얼굴을 하고 있지만, 그는 그녀를 가지고 놀 생각뿐일 것이다.

"그래, 안 믿겨."

복합적인 감정이 명치에서 치솟아 말이 되어 튀어나왔다.

"믿기지도 않고, 사실 난 너 별로 안 좋아하거든."

우진은 거절을 생각해 보지 못한 사람처럼 그녀를 망연히 바라보았다.

항상 여유롭던 그의 모습이 아니었지만, 자신의 감정에 취한 은솔은 그의 표정을 읽지 못했다.

"내가 왜 싫어?"

"재수 없으니까."

은솔이 눈을 치떴다.

이번에는 우진의 얼굴도 굳어졌다. 단 한 번도 본 적 없는 그녀의 표정에 그는 짐짓 놀란 듯했다.

"서우진. 좋아하지도 않으면서 사람 가지고 놀 생각으로 거짓말하는 거 정말 재수 없는 거 아냐?"

"뭐?"

그날부터 한 번도 나오지 않았던 눈물이 터질 것만 같아서 은솔은 어금니를 깨물고 눈물을 참았다.

그러나 막상 말로 그를 향한 원망을 뱉어 내고 나니 감정이 격해지기 시작했다.

"왜? 네가 고백하면 당연히 넘어갈 줄 알았어? 내가 왜 그래야 해?"

은솔이 정확히 지적하자 우진의 어깨가 움찔 흔들렸다. 말문이 막힌 우진 대신, 은솔이 말을 계속했다.

"그리고 나 그렇게 불쌍한 사람 아니야. 잘산다는 너희 집만큼은 아니어도 나름대로 잘 살고 있어. 그러니까 동정 같은 거 하지 마. 아니, 동정이 아니라 비웃는 건가?"

"……무슨 소리야?"

"우리 집 사정, 네가 상상하는 것만큼 그렇게 어렵지 않다고."

전혀 이해가 되지 않는 양, 그가 한숨을 내쉬었다.

"무슨 소린지 모르겠다. 내가 널 언제 동정하고 비웃었다는 건지……."

"어려운 사람 건드리지 마. 불쌍하잖아."

은솔은 그날 들었던 말을 토씨 하나 틀리지 않고 뱉어 냈다. 너무나도 아파서 잊히지 않았다.

그 말 속에 담긴 의미를 알아챈 우진의 안색이 창백해졌다.

"미안한데, 서우진. 나는 네 장난감이 되어 줄 생각은 없어. 너한테 불쌍하게 여겨지고 싶지도 않고, 너한테 재미있는 장난감 취급을 받고 싶지도 않거든."

"잠깐! 너 지금 오해하고 있어."

"오해라고?"

"그래, 그날 네가 어떻게 들었는지는 모르겠지만……."

"어떻게 들었는지, 그게 너한테는 중요하겠지. 하지만 나는 네가 어떻게 그랬는지가 더 중요하거든. 내 얘기를 어떻게 다른 사람한테 말할 수가 있어? 내 사생활이잖아. 아무리 우리가 친하지 않아도 여기저기 떠벌리지 않는 게 최소한의 예의 아니야?"

"고은솔. 그건 오해야."

"내 귀로 똑똑히 들었어."

오해? 말이 되는 소리를 해야지.

바로 오늘, 은솔은 자신에게 꽂히던 호기심 어린 시선을 절감했었다. 서우진이 아니었으면 동기들이 고은솔의 사정을 어떻게 안단 말인가?

"은솔아, 믿어 줘. 나는……."

"네 말을 믿어야 할 이유가 우리 사이에 있어?"

번드르르한 거짓말에 속는 일은 이제 없을 것이다.

마침내, 그가 말을 멈췄다. 주변이 조용해져서 그녀는 더욱 서러워졌다.

너무 늦게 찾아온 첫사랑이 진창에 처박혀서 짓이겨진 기분은 참담했다.

바보야, 공부 좀 잘한다고 으스대다가 이게 무슨 꼴이람?

열심히 참았던 눈물이 결국은 터져 나왔다.

강아지처럼 동그란 눈동자가 일그러져서 눈물을 뚝뚝 흘리자 우진은 입술조차 달싹이지 못했다.

그녀는 눈물을 거칠게 닦아 내고 차가운 눈동자로 우진을 올려다보며 또박또박 말했다.

"나 이제 가 봐야 해. 오늘 일은 없었던 거로 해."

몸이 으슬으슬 떨리고 기운이 축축 빠졌다. 과외 아르바이트를 마치고 집에 돌아가면 몸살이 날지도 모르겠다.

'아, 오늘이 금요일이라 정말 다행이다.'

은솔의 머릿속에는 단지 그 생각뿐이었다. 더는 서우진에게 제 생각을 할애하고 싶지 않았다.

그러면 가슴이 너무 아프니까.

"가지 마, 고은솔."

그녀가 잠시 걸음을 멈췄다.

"지금 가면 후회할 거야."

"후회? 내가 왜?"

바보 같은 고은솔의 첫 짝사랑은 이미 접었다. 은솔은 미련 없이 우진에게서 등을 돌리고 싸늘하게 덧붙였다.

"너한테 놀아나는 것보다 후회할 일은 없어."

후회할 일이 뭐란 말인가. 자신을 장난감 취급하려는 남자를 차 버린 일 따위.

은솔은 뒤도 돌아보지 않았다.

*　　*　　*

악몽.

출구가 없는 미로에 갇혀서 헤매는 악몽은 오랜만이었다. 스무 살 때부터 시작된 악몽은 서른 살까지 드문드문 이어지곤 했다.

'이게 다 서우진 때문이야.'

즉, 자신은 서우진과 가까이 있을 때 그런 악몽을 꾸곤 했다.

그 '대단하신' 서우진도 피할 수 없는 군 복무 기간에 이 악몽을 꾸지 않았던 걸 보면 확실하다.

은솔은 머리를 부여잡고 침대 헤드에 기댄 채 중얼거렸다.

"출근하기 싫다……."

일요일이라고 쉬는 사람들도 많은데 병원은 오늘도 평소처럼 돌아가야 했다.

은솔은 아직 해가 뜨지 않아 어두운 창밖을 흘깃거렸다.

"출근 안 해? 어디서 꾸물거려!"

그때 엄마가 들어와서 이불을 확 들췄다. 서늘한 공기에 소름이 죽 돋자 은솔은 본능적으로 이불을 끌어 올렸다.

"추워!"

"춥긴 뭐가 추워? 얼른 씻고 나와!"

버럭 소리를 친 엄마가 문고리를 막 쥘 참이었다. 은솔이 멍하니 말했다.

"엄마, 나 병원 옮길까?"

"세수하고 빨리 정신 차려."

"으……."

말도 안 되는 소리를 들었다는 양, 엄마는 그 말만 남기고 나가버렸다. 아침 식사를 준비하기 위해서였다.

물론 은솔도 퇴사가 어불성설이라는 건 알고 있었다.

우선, 자신은 입사한 지 겨우 두 달째였다. 서우진이 갑자기 나타나기 전까지만 하더라도 경력 대비 좋은 조건으로 일을 하고 있었다.

기존에 몸담고 있던 대학 병원에서 자의가 아닌 타의로 퇴사하게 된 고은솔에게는 과분한 일자리란 말이다.

또 하나. 본원과 차로 20분가량 떨어진 곳에 세워진 LS모자보건센터에서 아버지가 산부인과 과장으로 일하고 있다는 점도 문제였다. 그것도 종신직에 파격적인 임금으로!

약 15년 전, 투자 사기에 넘어간 후 집안은 그 전보다 경제적으로 점점 힘들어져 갔다. 게다가 하필 아버지는 산부인과 전공.

출생률이 감소하는 바람에 작은 동네 의원들은 울며 겨자 먹기로 미용 시술을 겸업하면서 겨우 명맥을 이어갔지만, 아버지는 멀쩡한 환자에게 손을 대고 싶지 않다면서 고집을 부렸다.

그러다가 올해 초, 아버지에게 기회가 왔다.

LS병원에서 서울 한복판에 모자보건센터를 건립했는데, 거기에 산부인과 과장으로 와 달라는 요청이 온 것이다.

아버지는 두말할 것 없이 개인 병원을 정리했고 오랫동안 끌어온 모든 빚을 다 갚을 수 있었다.

그렇게 가족 모두가 한시름 놓았을 때, 퇴사 후 방황하는 은솔에게 아버지가 본원에서 일해 보는 게 어떻겠냐 추천을 했다.

"은솔이, 네가 수부외과 전문의잖아? 본원 모체가 수지 접합 전문이기도 하고 네게 딱 맞는 일자리 같은데."

아무리 돈이 된다는 정형외과 전문의라지만 요즘 같은 무한 경쟁 시대에 개원은 모험이었다.

이를 잘 아는 아버지는 딸인 은솔도 본원에서 자리를 잘 잡아서 안정적으로 살기를 바란 것이었다.

마침 세부 전문의 과정도 지났겠다, 개인 병원을 차리지 못하는 이상 은솔에게는 어차피 페이 닥터의 길뿐이었다.

그런데 종합 병원에 자리가 나다니?

게다가 아버지는 산부인과 과장!

전공의로 수련하던 시절, 은솔은 로열들이 얼마나 대우를 잘 받는지 직접 지켜보며 부러워했었다.

우리 아버지도 개인 병원이 아니라 대학 병원에서 든든한 백이 되어 주었으면 했었다.

드디어 그 꿈이 이루어지는 건가…… 했는데.

'개뿔.'

은솔은 한숨을 푹 내쉬었다.

그래, 어쩐지 탐스럽고 맛있어 보인다 했다. 덫에 걸린 줄도 모르고 좋다고 미끼를 덥석 물었다.

수지 접합 전문으로 세를 불려 종합 병원까지 된 LS병원이 서우진 집안의 병원이라고는 상상도 못 하고!

그나마 믿을 만한 것은, 서우진의 전공이 성형외과고 자신이 정형외과 중에서도 수부외과 세부 전문의라는 사실뿐이었다.

같은 외과 계열이다 보니 응급실이라든지 수술실 근처에서 어쩌다 만날 수는 있겠지만 소 닭 보듯 무시하고 지나갔으면 좋겠다.

그러니까 부디, 제발, 꼭 모르는 척해 주기를.

하지만 오전 진료 직전, 음료수를 뽑으러 나온 은솔은 우진과 떡하니 마주치고 말았다.

그를 보자마자 얼굴을 찌푸린 그녀와 다르게 그는 화사한 미소를 흩뿌리며 인사까지 했다.

"좋은 아침입니다, 고은솔 선생님."

좋은 아침은 개뿔.

은솔은 욕이 튀어나오려는 입을 꽉 다물고 자판기에 지폐를 넣었다. 그런데 오늘따라 이 자판기가 돈을 계속 뱉어 냈다.

옆에는 꼴도 보기 싫은 서우진, 앞에는 넣는 족족 지폐를 뱉는 자판기…….

'되는 일이 없다, 정말.'

속으로 투덜거리는 은솔에게 우진이 어깨를 으쓱거리며 말을 붙였다.

"인사도 안 받아 줍니까?"

인사를 받아 주지 않는 이유. 아니, 그와 말도 섞고 싶지 않은 이유.

그녀는 꿈에서도 다시 보기 싫은 의과 대학 6년과 인턴 1년, 그리고 어째서인지 전공이 다름에도 불구하고 그에게 시달렸던 4년간의 전공의 기간을 떠올렸다.

그걸 안다면 인사를 걸 면목도 없을 텐데?

"네, 안녕하세요."

결국, 은솔은 건성으로 인사를 해 주고는 자판기에 다시 지폐를 넣었다. 마침내 자판기가 천 원짜리 지폐를 받아 주었다.

그녀가 늘 마시던 오렌지 주스를 고를 때였다.

"고은솔 선생님?"

그가 어느새 뒤로 가까이 붙어서 속삭였다. 낮고 부드러운 음성에 가슴이 툭 내려앉는 느낌과 함께 솜털이 바짝 곤두선다.

그러나 서우진에게 휘둘리는 모습을 보이고 싶지는 않았다. 가능하면 은솔은 저 인간과의 인연을 인제 그만 끊어 내고 싶었다.

"적어도 사람은 좀 보고 인사를 해 줘야죠. 쳐다보기도 싫은가?"

은솔은 얼굴을 뻣뻣하게 굳힌 채 그를 돌아보며 물었다.

"무슨 말씀이신지?"

그녀와 눈이 마주치자 우진은 뺀질뺀질하게 웃었다. 지금 서우진은 일부러 고은솔의 속을 벅벅 긁고 있는 것이다.

고개를 살짝 기울인 채 능글맞은 눈빛을 보내는 그의 뺨을 은솔은 백만 대 정도 쳐 주고 싶어졌다.

고은솔이 서우진에게 가진 부정적인 감정을 그 자신도 잘 알면서 괜히 건드리고 있었다.

하지만 지난 일을 전부 마음에 담아 두었다고 말하기도 곤란했다.

전공의 4년 차 때, 은솔은 응급실에서 만난 우진과 시비가 붙었었다.

시비라기보다는 일방적으로 서우진이 고은솔을 괴롭히는 것에 가까웠지만.

그러고 나서 참다못해 그동안 당했던 일들을 조목조목 따지는 그녀를 가만히 지켜보다가 그는 낮게 웃음을 짓고는 기쁜 표정으로 이렇게 말했었다.

"그걸 다 기억하고 있네?"

응급실 안이 싸늘하게 식었던 그 순간을 은솔은 정확하게 기억하고 있었다. 서우진과 고은솔 사이에 이상한 공기가 감돈다는 소문도 함께.

또다시 굴욕을 느끼고 싶지 않은 은솔은 고개를 털 듯이 저었다.

이렇게 된 이상, 서우진을 모르는 척 무시하는 게 제일 나은 방법이었다.

"정말 오랜만입니다. 반갑지 않아요?"

그가 팔짱을 낀 채, 씩 웃었다. 그녀는 적의를 감춘 채 무표정하게 그의 말을 무시했다.

"바빠서 이만."

"잠깐만요."

덥석, 팔이 붙잡혔다. 깜짝 놀란 은솔은 저도 모르게 팔을 크게 휘두르며 소리를 질렀다.

“지금 뭐 하는 겁니까?”

하얀 가운을 입은 의사 둘이 설전을 벌이는 모습에 지나가던 환자와 보호자들이 흘긋흘긋 관심을 보였다.

은솔의 경계에 우진이 얌전히 그녀의 가운을 놓아주었다. 그녀는 마음을 가라앉히기 위해 심호흡을 했다.

“오랜만이야, 은솔아.”

그가 미소를 지었다. 그녀의 안색이 창백해졌다.

자신에게 보내는 미소는 눈이 부실 만큼 아름다웠으나, 진심이 없다는 것을 잘 알았다. 자신에게만 들릴 만큼 나직한 음성은 취할 것처럼 달콤했지만, 그 목소리가 독약과도 같음을 알고 있었다.

“이제 자주 보게 될 텐데, 너무 싫어하는 티 내지 않는 게 어때? 여긴 직장이잖아.”

어린애를 다루는 듯한 말투가 마음에 들지 않았다. 무엇보다 이제 ‘자주’ 보게 된다는 말이.

“자주 본다니…… 무슨 말입니까?”

“역시 이런 것에만 반응하는구나.”

그의 목소리가 씁쓸하게 울렸다.

설마, 설마 아니겠지?

서우진 전공은 성형외과니까 자신이 몸담은 곳과는 관련이 없을 것이다.

은솔이 간절한 마음으로 그를 바라볼 때였다.

“수부 전공할 수 있는 과목이 딱 두 개가 있지?”

그녀의 강아지 같은 눈이 커졌다. 삽시간에 불안감이 엄습했다.

우진은 그녀의 표정과 몸짓, 분위기 모두를 하나도 놓치지 않겠다는 양 시선을 고정하고는 말을 이었다.

"오쓰(Orthopedic surgery, OS, 정형외과)랑 피쓰(Plastic surgery, PS, 성형외과)."

그랬다. 자신은 정형외과 전문의로서 수부외과 세부 전공을 했다. 그 덕에 좋은 조건으로 이 병원에 취직을 할 수 있었다.

그리고 서우진의 전공은 성형외과.

그렇다는 것은…….

"잘 부탁해."

"설마……."

진짜 같은 진료과에서 일하게 되었다는 것?

그녀가 그대로 돌아섰다.

정말이지 미칠 것만 같았다.

"오늘부터 수부외과 세부 전문의 수련 과정을 시작할 서우진입니다. 여러 가지로 바빠서 오늘 인사드리게 되네요."

원수는 외나무다리에서 만난다고 하던가?

'제길, 진짜였어…….'

은솔이 속으로 욕설을 내뱉었다. 역시 불안감과 안 좋은 예감은 어김없이 맞는 것 같다.

그러니까 서우진이 수부외과 세부 전문의 과정을 밟을 것 같다는 그 예감 말이다.

은솔을 제외하고 의료진들은 모두 우진을 반겼다.

반갑지 않더라도 반겨야 할 것이다. 서우진은 아버지를 병원 오너로 둔 슈퍼 울트라 갑이었으니까.

"저희 아버지는 신경 쓰지 마시고 굴려 주시면 됩니다."

우진의 농담에 이번에도 역시 은솔만 빼고 웃음바다가 되었다.

웃음이 넘치는 의국 분위기와 반대로 은솔은 심각했다.

원장과 딱히 말을 섞어 본 적은 없지만 괴팍하다 하니, 서우진의 아버지는 서우진과 성격이 똑 닮은 모양이다.

그때, 수부외과 과장이 못마땅한 표정의 은솔을 팔꿈치로 툭 쳤다. 거기에는 분위기 파악 좀 하라는 뜻도 담겨 있었다.

"고 선생?"

"네?"

"서 선생한테 한마디 환영 인사는 해야지. 동기라면서?"

"아……."

은솔이 천근만근인 고개를 들자 눈앞에 원수 같은 서우진이 싱글거리고 있었다.

반달 모양으로 예쁘게 휘어진 눈이지만, 그 눈빛만큼은 예사롭지 않았다.

'또 날 얼마나 가지고 놀려고!'

물론 고은솔이 그런 소리를 입 밖으로 낼만큼 바보는 아니었다. 대신 그녀는 로봇처럼 딱딱하게 입을 열었다.

"반, 갑…… 습니다, 서우진…… 선생님."

"네, 우리 전처럼 잘 지내봅시다."

전처럼?

은솔의 등골이 오싹해진 걸 아는지 모르는지 우진은 태연하게 오른손을 내밀었다.

악수를 청하는 손을 내려보던 그녀가 잠시 머뭇거렸다.

"고은솔 선생님?"

잡고 싶지 않다. 잡고 싶지 않은데…….

은솔은 떨떠름하게 그의 손을 잡았다. 그는 그녀의 손을 절대 놓아주지 않겠다는 양 힘 있게 쥐었다.

긴장으로 인해 손바닥에 식은땀이 어리는 듯했다. 은솔은 문득 어제, 우진이 했던 말이 생각났다.

"보고 싶었어."

그는 마치 그녀와 재회하기만을 기다린 사람인 듯 반가워하고 있었다. 꼭 고은솔의 앞길을 막을 생각으로 신이 난 사람처럼.

은솔의 눈앞이 암담해졌다.

그들의 모습이 흐뭇해 보였을까? 수부외과 과장이 기분 좋게 웃었다.

"하하하! 대학 동기끼리 오랜만에 만나니 반갑겠어? 둘이 오늘 한잔하지그래?"

수부외과 의국은 세부 전문의 고은솔을 제외하고 화기애애했다.

2장

헛소문은 지긋지긋해

큰 창문으로 햇빛이 쏟아지는 오후였다.

창문을 등지고 선, 키가 큰 남자는 하얀 가운을 걸친 채 청진기를 목에 걸고 있었다.

그의 가운 우측 주머니에는 성형외과 서우진이라는 파란 글자가 수놓아져 있었고 자신은 그를 올려다보고 있었다.

역광 탓에 우진의 얼굴이 잘 보이지 않았다. 하지만 윤곽만으로도 그가 꽤 잘생겼다는 것쯤은 알 수 있었다.

"은솔아."

다정한 목소리로 우진이 그녀의 이름을 불렀다. 그녀는 간단한 대답조차 하지 못했다.

텅 비어 있는 복도를 내달려서 그로부터 도망치면 그만일 텐데 어째서인지 다리가 움직이지 않았다.

그가 그녀에게로 한 걸음 다가오며 속삭였다.

“왜 다른 남자 만나?”

그녀를 책망하는 말투는 아니었다. 그저 진심으로 궁금해하는 것처럼 들렸다.

그러나 이는 그녀의 사생활이었다. 아무 사이도 아닌, 오히려 견원지간에 가까운 서우진과 고은솔이 나눌만한 대화가 아니었다.

은솔은 사생활에 네가 무슨 상관이냐고 외치고 싶었다.

자신이 3년 차 선배와 피로에 찌든 연애를 하든 말든 제삼자인 서우진이 무슨 상관이냐고.

그런데 이상하게도 입이 열리지 않았다. 성대가 굳은 듯 목소리가 나오지 않았다.

우진이 다시 한 걸음 다가왔다. 두 사람 사이의 거리는 한 뼘 정도. 조금만 더 가까워지면 몸이 달라붙을 정도였다.

마침내 젖 먹던 힘까지 짜낸 은솔이 주춤거리면서 뒷걸음질을 치자 우진이 그녀의 가느다란 팔을 세게 잡아 멈춰 세우고 말했다.

“난 정말 궁금해. 도대체 고은솔이 왜 멍청하게 생긴 그 3년 차를 만나는 건지.”

우진이 강렬한 햇빛에서 살짝 벗어나자 얼굴 윤곽이 조금 더 자세하게 보였다. 형형한 눈빛이 그녀를 잡아먹을 듯 향했다.

“혹시 그 남자 때문에 오쓰(정형외과)로 간 건 아니지?”

그가 고개를 숙여서 그녀와 눈을 맞추었다. 코끝이 닿을 정도로 그의 얼굴이 가까워졌다.

그의 하얀 얼굴과 대비되는 붉은 입술이 호선을 그렸다.

"나한테는 피쓰(성형외과)에 간다고 하고 오쓰로 가 버렸잖아. 가자마자 1년 만에 그 남자랑 사귀고 말이야."

그건 오해였다.

산부인과처럼 돈이 안 되는 전공은 사절이었다. 그래서 개원하기 좋은 성형외과에 지원하고 싶었지만, 성적이 아슬아슬했다.

주로 안정적인 선택을 하는 편인 은솔은 몇 가지 선택지 중에서 여러 가지를 고려해서 정형외과를 선택했다.

거기에는 아버지 주변 의사들의 입김이 크게 작용했다.

이비인후과, 산부인과, 내과, 대장항문외과 등등 온갖 전문의들이 있는데 그중에서 정형외과가 가장 수명이 길다는 이야기가 있었다.

그러니까 남자 따위는 생각할 겨를도 없었단 말이다!

"응? 아니지?"

아, 차라리 그렇다고 말해 버릴까? 그러면 그는 더 이상 그녀에게 접근하지 않을지도 모른다.

"그런데 은솔아."

하지만 은솔은 여전히 아무 말도 하지 못했다. 무언가가 입을 꽉 틀어막고 있는 것만 같았다.

그때, 키스할 듯 말 듯 입술이 가까워진 채로 우진이 속삭였다.

"그 남자는 안 될 것 같아."

우진은 다정한 손길로 그녀의 귀에 머리카락을 걸어 주었다. 뺨을 쓸어 주는 그의 손이 차가웠다.

"상한 음식은 탈이 나잖아. 탈 나기 전에 버려야 하지 않을까?"

햇빛이 다시 그를 향해 쏟아지기 시작했다.

그에게 홀려 있는 사이에 어디선가 끼이익, 문소리가 들렸다.

번쩍 정신을 차린 은솔은 우진을 밀어내고 도망치듯 계단을 뛰어 내려갔다.

등 뒤로 우진의 시선이 따갑게 닿았지만 모르는 척하면서.

이후, 서우진의 기행에 익숙한 은솔은 그 일을 잊어버렸다.

단 하루도 편히 잠들기 어려운 일상에서는 눈앞의 일을 처리하기에도 바빴다.

그렇기에 은솔은 오늘도 평범한 날 중 하나라고 생각했다.

"고은솔."

"네, 선생님."

"잠깐 이리 와 봐."

1년 선배이자 연인인 균태가 굳은 얼굴로 은솔을 불러냈다.

차트 정리를 마치지 못했으나 은솔은 군말 없이 균태를 따라 의국으로 들어갔다.

은솔을 제외하고 구성원이 모두 남자로 이루어진 정형외과 의국은 삭막하기 짝이 없었다.

균태는 어딘가 불편한 기색으로 은솔에게 앉으라는 듯 턱짓을 했다.

"무슨 일이세요?"

당장이라도 기절할 것 같았지만, 은솔은 졸음을 꾹 참고 공손하게 물었다. 균태가 한숨을 푹 내쉬고 입을 열었다.

"내가 이상한 소리를 들었는데 말이야."

"네?"

이상한 소리?

"고은솔, 너 양다리 걸친다더라?"

순간 잠이 확 깨 버린 은솔은 눈을 동그랗게 떴다.

양다리? 지금 만나게 된 이 사람과 함께할 시간조차 없는데…… 양다리?

황당한 말에 그녀가 아무 대꾸도 하지 않자, 침묵을 긍정으로 착각한 균태가 화를 내기 시작했다.

"하, 진짜…… 네가 나한테 어떻게 그럴 수 있어?"

"선생님, 잠시만요. 무슨 말이에요? 양다리라뇨?"

겨우 정신을 차린 은솔이 부랴부랴 되물었다.

그러나 이미 균태의 얼굴에는 은솔을 향한 혐오감이 가득 올라온 상태였다. 그가 이를 갈며 말했다.

"너, 피쓰 2년 차, 서우진하고 대학 때부터 사귀었다며? 이야! 난 그것도 모르고……."

심지어 양다리 상대가 서우진이란다. 은솔은 균태의 말을 도중에 끊고 소리쳤다.

"아니에요!"

"아니라고?"

"네."

기막혀하는 균태에게 그녀가 단호히 대답했다. 하지만 그는 믿을 생각이 없어 보였다.

"야! 누굴 바보로 알아? 너, 월요일에도 서우진하고 물고 빨고 난리였다며? 겁도 없이 병원에서."

"그런 적 없어요. 정말 아니라고요."

서우진은 고은솔이 이 세상에서 가장 싫어하는 사람이었다. 다른 사람도 아니고 우진과 연애한다는 건 있을 수 없는 일이었다.

은솔이 간절한 표정으로 말을 이었다.

"선생님, 선생님만큼은 제 말 믿어 주셔야죠."

"그걸 본 사람이 있는데, 믿어 달라고? 내가 왜?"

"……선생님."

"웃기네."

코웃음을 친 균태가 의국을 홱 나가 버리자 은솔의 얼굴에서 핏기가 가셨다.

정말 아닌데. 서우진과 그런 짓은 한 적이 없는데 도대체 누가 봤다는 거지? 내가 월요일에 서우진과 만나기는 했었나?

아, 만나긴 했다. 햇빛이 쏟아지는 계단에서 우진은 그녀에게 장균태와 헤어지라고 종용했었다.

그는 그녀가 다른 남자를 만나는 걸 싫어했으니까.

순간 은솔의 등골이 오싹해졌다.

'그러고 보니……?'

서우진과 고은솔이 계단에 있었다는 사실을 아는 사람은 장본인인 두 사람뿐이었다.

그렇다면 이런 소문을 낼 만한 사람은…….

"서우진!"

응급실 스테이션에 있던 우진은 은솔의 화난 목소리에 고개를 돌렸다. 척척 다가온 그녀가 화를 참는 표정으로 그를 올려다보고 있었다.

"또 너지?"

"뭐가?"

"소문낸 사람, 너잖아!"

우진은 난데없이 나타나서 영문도 모를 소문을 들먹이는 은솔에게 의아한 시선만 주었다. 그가 고개를 갸웃거렸다.

"무슨 소문?"

은솔은 우진이 시치미를 떼고 있다고 확신했다. 월요일에 둘이 이야기를 나눴던 사실을 아는 사람은 없었으니까.

"너 정말 나한테 왜 그래?"

이 상황이 도저히 이해되질 않아서 그녀가 울먹거렸다.

서우진은 왜 이렇게 고은솔을 괴롭히는 걸까?

은솔은 예과 때부터 자신의 앞을 가로막았던 우진을 원망스럽게 보았다.

단지 그의 구애를 받아들이지 않았다는 이유로 그는 고은솔이 행복해하는 모습을 보기 싫어하는 걸까?

"은솔아, 진정하고 우리 저쪽 가서 이야기해."

주변 사람들의 이목이 쏠리자 우진은 은솔과 함께 자리를 피했다.

"무슨 일인데?"

발갛게 변한 은솔의 눈을 보고 깜짝 놀란 우진이 바로 물었다.

그 모습마저도 은솔은 가증스러워 보였다. 그녀가 독기를 품고 대답했다.

"너랑 나랑 연애한대. 내가 직속 선배랑 너한테 양다리를 걸쳤대."

우진의 얼굴이 기묘하게 일그러졌다.

"남자 친구도 있는 주제에 고은솔이 겁도 없이 병원에서 서우진 하고……."

은솔은 차마 말을 잇지 못하고 제 이마를 감싸 쥐었다. 열이 나는 것 같다. 화가 나서, 그리고 서러워서 머리가 뜨겁다.

"……그때 계단엔 너랑 나, 둘밖에 없었어. 무슨 뜻인지 알지, 내 말?"

그는 그녀를 말없이 쳐다보았다.

그녀는 소문의 근원을 서우진에게서 찾고 싶은 듯했다. 그렇게 생각할 수밖에 없는 상황이기도 했다.

우진은 억울해하는 대신, 옅은 미소를 지으며 그녀의 분노를 감내하기로 결심했다.

"잘됐네."

"뭐라고?"

은솔의 얼굴이 딱딱하게 굳어졌다. 그는 월요일에 계단에서 그랬던 것처럼, 그녀의 뺨을 부드럽게 쓸었다.

"은솔아, 내가 그랬잖아."

흠칫, 그녀의 어깨가 움츠러들 참이었다. 그가 나직하게 속삭였다.

"상한 건 버리라고."

"너 정말 나한테 왜 이래? 왜!"

누가 떠벌린 소문인지는 몰라도 우진은 이 상황을 이용하기로 마음먹었다.

고은솔에게서 그 질 나쁜 남자를 떨어뜨려 놓을 수 있다면 누명을 뒤집어쓰는 것 정도는 받아들일 만했다.

'뭐 눈에는 뭐만 보인다더니.'

본인이 부정을 저지르고 있다고 타인을 단번에 의심하는 장균태가 우진은 무척 우스웠다.

심지어 장균태가 바람을 피운다는 사실은 완전한 비밀도 아니고, 정형외과 내에서 '남자들의 의리'로 묻어 두었을 뿐이었다.

하지만 제삼자인 우진이 그 사실을 은솔에게 알릴 수는 없었다. 고은솔은 서우진을 절대 믿지 않았으니까.

우진은 한숨을 길게 내쉬고 천천히 말했다.

"은솔아, 네가 착각하는 게 있는데 그 소문…… 내가 낸 건 아니야."

"그 말을 나보고 믿으라고?"

역시 고은솔은 서우진을 믿지 않았다.

은솔은 더 이상 우진을 보고 싶지 않아서 싸늘하게 대꾸하고는 바로 돌아섰다.

황당한 일을 너무 많이 겪어서 눈물은 이제 나오지 않았다.

그렇게 고은솔의 첫 연애는 파경을 맞이했고, 거짓 소문은 끝없이 퍼져서 훗날 그녀의 인생에 큰 장애물을 만들었다.

"아침부터 재수 없어 죽겠다."

남자들만 가득한 정형외과에서 4년을 보낸 이후로 은솔의 말투는 험해졌다.

병원으로 출근하는 길, 차 안에는 동기였던 민주의 전화 통화 목소리가 울려 퍼졌다.

—왜? 서우진 나오는 꿈이라도 꿨냐?

"귀신이네."

—정말? 무슨 내용인데?

"2년 차 때 그거."

—그거가 한둘이야?

하긴, 고은솔 인생에서 서우진이 한두 번 깽판을 놨어야지.

"장 선배 일."

—아, 그거…….

오늘의 악몽은 과거의 기억이기도 했다.

전공의 2년 차에 은솔에게 찾아온 핑크빛 바람은 너무나도 허무하게 사라지고 말았다.

—너도 참 기구하다.

"진짜 때려치울까?"

—웃기네. 요즘 개원한 선배들도 죽네 사네 하는 판이야.

"넌 내과니까 그렇지. 오쓰(정형외과)는 괜찮을걸?"

—그래, 잘났다.

민주가 땅이 꺼질 듯 한숨을 푹 내쉬었다. 개원한 병원이 생각보다 잘 안 되는 모양이었다.

민주의 눈치가 보여서 은솔은 더 이상 업무 환경에 관해 이야기하지 않기로 마음먹었다.

다행히 민주의 목소리가 밝게 돌아왔다.

—서우진은 도대체 너한테 왜 그렇게 집착하는 걸까?

"나도 그 이유를 알고 싶다. 그것이 알고 싶다고."

—그냥 대놓고 물어보지그래?

"걔랑 말도 섞고 싶지 않아."

은솔이 진심을 담아 치를 떨었다. 그간의 사정을 거의 다 아는 민주는 잠시 과거를 되짚어 보다가 말했다.

—설마 예과 때 차여서 그런 건 아닐 테고, 짚이는 거 없어?

"피쓰 간다고 하고 오쓰 가서 그런가?"

—아니지. 그 전부터 널 들들 볶았잖아.

"아아, 모르겠어! 정말 모르겠어. 그 잘난 놈의 머릿속을 내가 어떻게 아니?"

은솔이 절규하자 깔깔거리는 민주의 웃음소리가 차 안을 가득 메웠다.

수다를 떨다 보니 어느새 병원 앞이었다. 병원 정문이 꼭 지옥으로 들어가는 출입문처럼 느껴졌다.

—오늘도 수고.

"너도 수고."

전화를 끊은 은솔은 울적한 기분으로 차에서 내렸다.

아, 이 병원은 잘 다니고 싶었는데…… 여기서 서우진한테 또 무슨 짓을 당하려나.

규태는 이별 직후에는 은솔을 무시하는 듯했으나 워낙 정신이 없는 정형외과다 보니 일 때문이라도 데면데면하게나마 대화를 하는 수준까지는 올라왔다.

그렇게 대충 수습이 되었겠거니 했는데, 폭탄은 뜬금없이 수년 뒤에 터지고 말았다.

"다시…… 말씀해 주시겠습니까?"

전혀 납득하지 못한 은솔의 태도에 수부외과 과장이 한숨을 내쉬었다. 갑작스럽게 퇴사 종용을 받았으니 그럴 만도 했다.

하얗게 질려 있는 은솔의 예쁘장한 얼굴을 보면서 과장은 속으로 혀를 찼다.

외모도 괜찮은데 시집이나 가지, 여자가 뭐 하러 외과에서 나대고 있나 싶은 마음에서였다.

물론 요즘 같은 분위기에 입 밖으로 낼 수는 없는 말이지만 말이다.

과장은 인자한 스승의 모습으로 최대한 부드럽게 은솔을 달랬다.

"고 선생 같은 인재 내보내기, 나도 아깝지. 그러니까 고 선생 여기서 펠로우(Fellow, 전임의)로 썩히기는 싫은 거야."

반쯤은 사실이었다.

수부외과 세부 전문의로서 고은솔은 연구 실적도 좋았고, 실력도 동기들 중에서는 제일이었다. 환자들에게 인기도 괜찮은 편이었고, 의료진과의 관계도 큰 마찰 없이 무난했다.

"고 선생 정도면 충분히 더 좋은 데 갈 수 있다니까."

은솔은 자신을 칭찬하는 과장을 말없이 쳐다보았다. 인재라고 칭하면서 왜 병원을 그만두라고 하는 건지 이해되지 않았다.

과장도 자신의 말에서 약간의 모순을 발견한 듯 헛기침을 했다.

"까놓고 말해서 여기 계속 있어 봐야 교수 되지도 못해. 교수 되려고 몇 년 전부터 짐 싸서 대기 중인 사람들이 얼마나 많아? 고 선생 실력에 아깝잖아. 그렇지?"

그 말은 걱정을 빙자한 협박이나 다름없었다. 병원에 계속 남아 있어 봤자 고은솔은 승진을 꿈도 꾸지 못한다는 뜻이었으니까.

아무리 능력이 좋아도 은솔은 계약직일 뿐이었다.

뭐, 과장의 말마따나 수부외과 세부 전문의의 수는 환자에 비해 적은 편이니까 다른 병원에 입사하면 지금보다 봉급은 많이 받을지도 모른다.

그런데도 은솔은 이 병원에 남고 싶었다. 지금 와서 새로운 곳을 찾으려니 막막하기도 했고, 안정적인 것을 추구하는 성격도 한몫했다.

특별한 애정이나 추억이 있는 건 아니지만 5년 동안 수련을 하고 2년간의 세부 전공까지 해서 익숙한, 고향 같은 병원이니까 굳이 떠나고 싶지는 않았다.

그뿐만이 아니었다.

아직도 아버지가 대출을 다 상환하지 못했으니, 빚까지 내가며 개원할 처지는 아니었고 바로 입사가 되리라는 보장도 없다.

"괜찮습니다. 원래 저 교수 되고 싶은 생각은 없었어요."

"아니, 병원 입장에서도 펠로우 많이 데리고 있는 게 부담돼."

"그래도 지금 꼭 나가야 하는 거 아니라면……."

그녀가 계속 다니고 싶다는 말을 이으려던 찰나였다.

조금 전까지 짓던 미안하다는 표정은 어디로 사라졌는지 과장이 귀찮다는 투로 짜증스럽게 말했다.

"참, 말을 못 알아듣네."

"네?"

"고 선생."

과장이 피곤한 얼굴로 그녀를 불렀다.

"내가 이런 말까지는 하고 싶진 않았는데 말이야."

사실, 은솔의 퇴사가 결정된 진정한 이유는 따로 있었다.

정형외과 교수들은 예전부터 은솔을 꺼렸다. 그리고 그들이 은솔을 꺼리게 된 계기는 작은 소문 때문이었다.

"솔직히 고 선생, 능력은 있는데 좀 안 좋은 소문도 있었잖아?"

"안 좋은 소문이요?"

전혀 모르겠다는 듯 은솔이 눈을 동그랗게 떴다.

안 좋은 소문이 있을 리가 없다. 기본적으로 의사는 실력이 최우선이라고 생각했기에 능력으로 트집 잡힐 일은 만들지 않았다.

그렇다고 해서 인간관계가 나쁜 것도 아니었다.

간호사나 의료기사 등 다른 의료진과는 딱 직장 동료 정도의 선을 유지했고, 환자와 보호자도 성심껏 친절하게 대했다.

그런데 웬 안 좋은 소문?

은솔의 의아한 눈치에 과장이 한숨을 뱉고 묻어 두었던 사실을 말하기 시작했다.

"내가 말은 안 했지만, 솔직히 말해서 고 선생 던트(Resident, 레지던트, 전공의) 때부터 교수들 사이에서 평판 별로였어. 이유는 알지?"

전공의? 몇 년 전에 끝낸 전공의 시절에 교수들에게 안 좋은 인상을 줄 만한 일이 뭐가 있단 말인가.

"괜히 던트로 여자 받아서 분위기만 흐렸다고 말이야."

번쩍, 뇌리에 벼락이 친 순간 은솔의 머리가 멍해졌다.

저런 말을 들을만한 소문이라면…….

설마 전공의 2년 차 때 아주 잠깐 돌다 사라진 '고은솔 양다리설' 때문인가?

은솔의 낯빛이 파래지자 그제야 눈치챘냐는 양 과장이 혀를 찼다.

"몰랐지? 소문이 그렇게 무서운 거야."

과장의 차가운 태도에 은솔은 충격을 받았다.

레지던트 1년 차 때부터도 정형외과 내에서 혼자 여자라는 이유로 겉돌고 있었는데, 행실이 나쁘다고 소문이 난 바람에 2년 차부터 은솔은 거의 열외 취급을 받았다.

그래도 시간이 지나면 다 잊힐 거라고 생각했다.

비슷한 시기에 다녔던 선배와 동기, 후배들은 군 복무를 위해 병원을 떠났고, 서우진도 고은솔의 인생에서 사라졌다.

그러니까…… 다 끝났다고 생각했는데, 어떻게 그 일이 발목을 잡을 수가 있지?

"교수님, 그 일은 오해입니다. 제가 확실하게 말씀드릴 수 있어요. 그때 그 일은……."

은솔이 빠르게 해명하려 했으나 과장은 손을 내저었다. 구구절절 해명해 봤자 듣지 않겠다는 태도였다. 피곤한 듯 미간을 누른 과장이 이내 그녀에게 한심한 시선을 보냈다.

"고 선생. 남자도 아니고 여자가 말이야, 부끄럽지도 않아?"

"네. 전 부끄러운 일을 한 적이 없는데요."

"그래? 이놈 저놈 꼬시고 다니는 게 부끄러운 일이 아니야?"

"아니, 애초에 그런 적이 없습니다만."

은솔은 떳떳했다.

그 모습이 과장에게 어떻게 비쳤는지는 모르겠지만, 은솔은 지금이라도 오해를 풀고 싶어서 과장을 당당하게 쳐다보았다.

과장은 은솔을 위아래로 슥 훑어보고는 실소를 터뜨렸다.

"하하! 정말, 사내놈들만 있을 땐 편했는데."

순간, 은솔의 말문이 턱 막혔다.

과장의 말은 전공의 1년 차 때부터 선배들에게 귀에 딱지가 앉을 정도로 들었던 소리와 똑같았다.

그 소리를 듣지 않으려고 남들보다 더 열심히 일했던 건데.

은솔이 아무 대꾸도 하지 않자 과장이 다시금 입을 열었다.

"그래, 고 선생 똑똑하긴 해. 그런데 우리 눈에는……."

과장은 그녀의 굳은 얼굴을 응시하면서 냉정하게 말을 이었다.

"어차피 다들 거기서 거기야. 가능하면 잡음 안 일으킬 사람이 낫지."

바꿔 말하면, 고은솔은 수부외과 내에서 잡음을 일으키는 존재라는 뜻이었다.

은솔은 시선을 떨구었다. 갑자기 자신의 가치가 바닥으로 곤두박질친 기분이 들었다.

"무슨 말인지 알겠어?"

과장은 은솔의 해명을 듣는 시늉도 하지 않았다. 애초에 고은솔의 진실 따위는 들어 줄 생각이 없었던 것이다.

그녀의 퇴사는 이미 정해져 있었다.

이럴 거면 아예 세부 전문의 과정에 받아 주지나 말지. 부려 먹기는 무지 부려 먹어 놓고는.

은솔의 몸에서 힘이 쭉 빠져나갔다. 과장이 이렇게까지 본심을 알린 이상, 은솔이 병원을 계속 다닐 수는 없었다.

"그만 가 봐."

"……알겠습니다."

은솔은 해명을 단념하고 고개만 꾸벅 숙여 인사를 했다.

이제 남은 근무 기간은 2월까지인가.

정신적으로 지친 은솔은 비어 있는 수부외과 의국으로 돌아와 털썩 주저앉았다.

그녀는 양손에 얼굴을 묻었다. 눈물은 나오지 않았다. 대신 한숨이 손 사이로 흘러나왔다.

서우진과 사귄다는 헛소문만 나지 않았으면 오늘 같은 일은 일어나지 않았겠지.

서우진하고 엮인 일은 항상 이렇게 최악의 사태를 만들어 내는 것 같다.

서우진, 너와 엮이면 나는 늘 이렇게 피해를 본다. 아마 너는 영원히 모르겠지. 너는 아무 손해도 입지 않으니까.

* * *

아무리 돈이 되는 전공을 하고 싶다 한들, 그 유전자는 어디 안 가는 모양이다.

고은솔이 의료 수가도 낮고 수술도 힘든 수부외과를 세부 전공으로 선택한 것을 보면 말이다.

은솔은 당직을 서던 선배와 함께 이른 아침부터 응급 수술을 하게 되었다.

환자는 근처 공업 단지에서 작업하는 40대 남성 근로자였다.

날카로운 칼날을 다루는 직업인데 아차 하는 순간 사고가 일어났다.

일차적으로는 환자의 부주의 때문이었지만, 사실 언젠가는 일어날 사고였다.

하청에, 하청을 거듭해서 일을 받은 작은 공장은 납기일이 빡빡했다.

사장은 직원들에게 과도하게 일을 시켰고, 직원들은 과로 탓에 위험하다는 것을 알면서도 부주의하게 업무에 임했다.

결국, 오늘 같은 일이 일어났고 환자는 오른쪽 검지와 중지가 60퍼센트 정도 잘려나가 덜렁거리는 손을 부여잡고 달려왔다.

"제발 잘 붙여 주세요. 제발, 제가 가장이에요."

"환자분, 진정하세요. 괜찮을 겁니다."

정신적으로 충격을 받은 환자는 횡설수설했다.

그는 자신이 가장이고 아이가 셋이나 딸려 있으며, 멀리 베트남에서 시집온 아내가 겨우 스물네 살이라는 가정사까지 구구절절 늘어놓았다.

환자의 말을 무시하는 선배와 반대로, 은솔은 환자의 말을 잘 들어 주면서도 한편으로는 현미경으로 절단면을 세심히 살폈다.

날카로운 칼날에 잘려서 예상대로 혈관이며 힘줄 등의 절단면이 깨끗했다. 다행히 신경도 살아 있었다.

이 정도면 운이 무척 좋은 편이었다.

'잘될 거야…….'

심각한 경우에는 혈관이나 피부를 이식해야 하기도 하지만 이번에는 그만큼 어려운 수술이 아니었다.

키이이잉, 수술용 드릴 돌아가는 소리가 소름 끼칠 법도 하지만 은솔은 눈 하나 깜짝하지 않았다.

부러진 뼈를 먼저 고정한 다음, 짓이겨진 피부를 원래 모양대로 최대한 복원한다. 은솔은 자신이 할 일을 잘 알고 있었다.

"우리 막내가 겨우 두 살이에요. 첫애는 이제 다섯 살이고요."

그 와중에도 환자는 제 사정을 계속 털어놓았다. 그렇게 해서라도 불안을 이겨 내고 싶은 모양이다.

"네. 아이들도 어린데 잘 이겨 내셔야죠."

은솔이 힘을 불어넣어 주었다.

그녀는 눈에도 잘 보이지 않는 수술용 실을 이용해서 끊어진 부분을 하나하나 접합하기 시작했다.

그렇게 오랜 시간 손가락을 붙인 은솔은 환자의 손끝을 초조하게 바라보았다. 이내, 손끝이 불그스름해진다.

다행히 혈관이 제대로 이어진 듯했다. 당직을 서던 선배도 한시름 놓은 표정으로 물었다.

"된 것 같죠?"

"네."

그녀는 아무에게도 들리지 않게끔 한숨을 내쉬고 자신 있는 목소리로 말했다.

"환자분, 수술 끝났고요. 병실로 이동해서 경과 지켜볼 겁니다."

"……잘 붙었나요?"

환자가 불안한 목소리로 물었다.

깨끗한 절단면 덕에 혈관과 신경 등을 평소보다는 쉬이 연결하기는 했지만 언제 괴사가 일어날지 모르는 것도 사실이었다.

"네. 일단 지금은요. 그래도 지켜봐야 합니다. 많이 힘드셨죠? 고생하셨습니다."

"제가 드릴 말씀입니다. 감사합니다! 정말 감사합니다, 선생님."

이 말을…… 듣고자 그 고생을 버텨 의사가 된 것 같다.

일단 너덜거리던 손가락이 붙었다는 말에 환자는 안도한 듯 연신 감사 인사를 했다.

수술실을 나가는 동안에도 환자는 모든 의료진에게 감사하다는 말을 반복했다.

의료 폐기물을 버린 후 가장 늦게 수술실에서 느릿느릿 나온 은솔은 뻐근한 다리를 몇 번 접었다 펴고 시린 눈을 깜빡거렸다.

그저 깜빡이는 거로는 눈이 영 좋아지질 않았다.

결국, 안과에서 처방받은 인공 눈물을 넣은 뒤 그녀는 근처 의자에 늘어지듯 앉았다.

그때, 싹싹하기로 둘째가라면 서러운 유남이 은솔을 보고 웃으며 다가왔다.

"어머, 쌤! 조금 있으면 점심시간인데 얼른 옷 갈아입으셔야죠."

"벌써요?"

눈을 동그랗게 뜬 은솔이 벽에 걸린 시계를 올려다보았다. 놀랍게도 벌써 열한 시 반이 넘어 있었다.

"시간이 벌써 이렇게 됐구나."

"많이 피곤해 보이세요. 물 좀 가져다드릴까요?"

"아하하, 아니에요. 괜찮아요. 잠을 좀 못 자서……."

이건 모두 서우진이 나오는 악몽, 즉 지난 기억 때문이었다.

입술이 닿을 듯 말 듯 했던, 그리고 조각같이 완벽한 얼굴을 가까이에서 봤던 기억.

가느다란 숨결이 간지럽게 닿았고 그의 시선은 그녀에게 올곧게 꽂혔었다.

꿈 탓인지 오래전 일이 바로 어제 일처럼 생생했다.

그 순간 지쳐 있던 은솔의 얼굴에 홍조가 올라왔다. 뜨거워진 뺨을 감싼 그녀가 당황스럽게 주변을 둘러보았다.

다행히 바쁜 유남은 벌써 사라지고 없었다.

'뭐, 뭐야?'

우진의 잔상을 떨치기 위해 은솔은 마른세수를 하고 자리에서 일어나 탈의실로 향했다.

통제 구역을 빠져나왔을 때였다.

마침 정형외과에서 수술을 마친 최세민 선생이 머리를 긁적이면서 나오다 은솔을 발견하고 우뚝 멈추었다.

“어어, 고 선생. 아침부터 수술했어?”

“안녕하세요. 네, 응급이요.”

“점심은?”

“아직 점심 먹을 시간은 아니잖아요.”

그제야 세민이 시간을 살폈다. 아직 열두 시가 되지 않았다. 그는 소리 없이 입맛을 다셨다. 그저 배가 고프기 때문만은 아니었다.

강아지처럼 순하게 생긴 고은솔은 제 나이에 비해 어려 보이고 쉬워 보였다.

살짝만 감언이설을 늘어놓으면 금세 순정을 바칠 것 같이 착하고 바른 여자.

게다가 은솔의 아버지는 이번에 모자보건센터에서 산부인과 과장을 맡았다고 했다.

하이에나 같은 미혼의 남자 의사들은 새로 입사한 은솔의 존재에 촉각을 곤두세우고 있었다.

그녀의 전공이 외과 계열이므로 주로 외과 전문의들이 그녀의 옆자리를 호시탐탐 노렸다.

다행히 수부외과 남자 의료진들은 모조리 기혼이었다. 세부 전문의 수련 과정에 들어온 서우진만 제외하면.

‘그래도 서우진이 고 선생을 노리지는 않겠지?’

세민은 우진이 병원에 입사한 뒤로 초조함도 느끼고 있었다.

매끈하고 잘생긴 얼굴에 이 병원의 실질적인 후계자나 다름없는 서우진. 은솔은 우진이 노려봄 직한 괜찮은 여자였다.

그래도 결혼할 거라면 집안이 대단한 여자를 만나지 않을까?

"그건 그런데, 고 선생도 혼자면 같이 점심 먹을래?"

"죄송해요. 잠깐 정리 좀 하고……."

그때였다.

뚜벅뚜벅 복도를 울리는 남자 구두 소리가 점점 가까워지더니, 은솔의 등 뒤에서 나지막한 목소리가 들렸다.

"여기 계셨네요, 고은솔 선생님."

노래하듯 감미로운 음성은 익숙했지만 언제나 그녀를 긴장하게 만들었다.

우진의 등장에 몸을 돌린 은솔이 어깨를 뻣뻣하게 굳힐 즈음, 세민은 그녀와 반대로 환하게 웃으면서 우진에게 인사를 건넸다.

"아유, 서 선생님, 안녕하세요?"

세민은 자신보다 나이도, 경력도 적은 우진에게 거리낌 없이 고개를 숙였다. 강자에게 엎드리는 것이 이 세계에서는 당연한 모양이었다.

우진은 너그럽게 웃으며 고개만 까딱였다.

은솔은 이 촌극을 기가 막힌 눈으로 쳐다보았다. 수부외과 의국에서는 '아버지의 후광'을 무시한 채 굴려 달라고 했으면서?

"고은솔 선생님."

"네…."

"수술이 많이 힘들었나 봐요."

우진이 은솔의 뺨에 붙은 머리카락을 귀 뒤로 넘겨 주었다. 그의 손길이 스치자마자 은솔이 흠칫했다.

문득 은솔은 간밤의 꿈이 떠올랐다. 입술이 닿을 듯 가까워졌던 우진의 얼굴, 생생하던 숨결…….

얼굴에 확 열이 올랐다.

그가 그녀의 사소한 변화를 감지하고, 사랑스러운 강아지를 보는 표정으로 빙그레 미소를 지었다.

"혹시, 더워요?"

하필이면 오늘 꿈도 이상했는데 현실의 우진까지 이 모양이라 머릿속에 과부하가 걸린 은솔은 돌처럼 굳어져 있었다.

그녀의 얼굴은 여전히 타는 듯 뜨거웠다.

이내 우진은 은솔에게서 눈길을 거두고 그녀의 뒤에 서 있는 세민을 무관심하게 쳐다보았다.

빛이 거의 반사되지 않을 만큼 까만 눈동자가 기이하게 빛났다.

어째서인지 세민은 우진이 자신을 꿰뚫어 본다는 착각이 들었다.

은솔을 향한 꿍꿍이속이 그대로 까발려지는 느낌에 세민은 몸을 작게 떨었다.

제게 닿는 손길이 창피하고 귀찮은 듯 은솔이 우진의 손을 쳐 내자 그가 낮게 웃었다가 다시 세민을 내려다보았다.

"뭐 더 하실 말씀이라도?"

"아, 아닙니다. 그럼……."

결국, 세민은 버릇처럼 머리를 긁적이면서 허리를 굽혀 인사하고는 도망치듯 자리를 떴다.

서둘러 복도를 걷는 와중에도 세민의 뇌리에는 다른 것보다 기이하게 빛나던 우진의 눈동자가 잊히지 않았다.

검게 가라앉은 서우진의 눈동자가 소리 없이 말하고 있었다.

이 여자는 내 거야.

'도대체 어떻게 된 거야? 벌써 눈이 맞은 거야?'

인상을 잔뜩 쓴 세민은 그저 눈동자나 불안하게 굴릴 뿐이었다.

한편, 세민이 꼬리를 말고 떠난 지 3분 정도 지난 후, 은솔은 겨우겨우 제정신을 되찾았다.

조금 전에는 우진에게 홀려서 잠시 정신을 놓았지만, 지금 와서 생각해 보니 딱 연인들이 할 법한 짓을 연출했다.

그것도 앙숙이나 다름없는 서우진하고!

"최 선생님 앞에서 뭐 하는 짓입니까? 이상한 오해라도 받으면 어떡해요?"

"점심 먹으러 가자."

예의를 차리는 은솔과 달리, 둘만 남자 우진은 바로 말을 놓았다. 다정한 음성에 은솔의 얼굴이 와그작 일그러졌다.

"그쪽하고 밥 먹을 생각 없어요. 그리고 친한 척 말 편하게 하지도 마요."

반면, 그녀는 일부러 거리를 두기 위해 말을 놓지 않았다.

지금은 학생도 아니고, 3년 정도 서로 왕래가 없었다.

무엇보다, 그들은 특별히 친근한 사이는커녕 앙숙에 가까운 관계였다. 친한 척을 할 필요는 없단 말이다.

은솔을 가만히 내려다보던 우진이 턱을 매만지다가 씩 웃었다.

"점심 거를 겁니까?"

"서우진 선생님이 신경 쓸 일은 아니잖아요?"

은솔이 쌀쌀맞게 대꾸했다.

그녀는 우진이 군 복무로 인생에서 사라져 줬던 지난 3년처럼 조용하고 평범한 직장 생활을 하고 싶었다.

"에이, 그래도 기다렸는데."

"누가 기다리라고……."

"예약도 했고."

그녀는 자신의 말허리를 자른 남자를 흘겨보다가 귀찮은 감정을 숨기지 않고 말했다.

"예약했든 말든, 난 그쪽하고 밥 먹을 생각 없거든요. 그러면 이만, 수고하세요."

은솔이 곧장 등을 돌렸다. 서우진이 다가오기 전에 얼른 자리를 떠야 했다.

그녀의 뒷모습을 가만히 지켜보던 그가 눈을 깜빡이다가 한쪽 입가를 쓱 끌어올렸다.

"그렇게 자꾸 정색하고 도망가면 잡으러 쫓아가고 싶어지거든."

등 뒤로 들리는 서늘한 목소리가 꼭 경고처럼 느껴져서 은솔은 무의식적으로 고개를 돌렸다.

미소를 짓고 있는 우진에게서 어딘가 쓸쓸한 감정이 또다시 보이기 시작했다.

아닌데, 저 눈빛에 속으면 안 되는데. 왜 자꾸 다시 보이는 걸까.

은솔은 문득 우진과의 사이에 있었던 일들이 파도처럼 자신을 덮치는 듯한 착각이 일었다.

고요한 복도는 공기가 정체되어 있었다. 상쾌한 냄새만이 아지랑이처럼 피어오른다.

입학식이 있었던 3월, 매서운 추위 속에서 맡았던 그 향기다.

"오랜만에 밥 한 끼 먹자니까."

겨우, 겨우 이 악연에서 벗어났다고 생각했는데!

그런데도 왜 서우진이 부르는 자신의 이름에 심장이 떨리는 걸까?

이건 틀림없이 불안 탓일 것이다. 서우진이 고은솔의 이름을 달콤하게 부른 뒤에는 항상 안 좋은 일이 일어났으니까.

은솔은 마음을 다잡고 차가운 목소리로 입을 열었다.

"그쪽하고 밥 먹을 생각 없다고 분명히……."

그때였다.

"어머, 두 분 여기서 뭐 하세요?"

등 뒤에서 들리는 말에 은솔이 고개를 휙 돌렸다. 지나가던 유남이 은솔과 우진을 번갈아 보며 고개를 갸웃거렸다.

"점심 안 드세요? 지금 시간이……."

"아, 그게……."

괜히 서우진에게 발목이 잡혔던 은솔이 막 대답할 찰나였다.

우진이 그녀의 곁으로 가까이 다가오더니 빙긋 웃으며 말했다.

"그렇지 않아도 같이 먹으러 갈 겁니다."

그는 기회를 놓치지 않는 남자였다.

[나는 마가 꼈다. 20살 때부터.]

우진과 점심을 먹은 은솔은 진료실에 돌아오자마자 민주에게 메시지를 보냈다.

민주도 마침 휴대폰을 들고 있었는지 바로 답장이 왔다.

[서우진이라는 마?]

[같이 점심 먹다가 체한 것 같아.]

[왜 또 무슨 일 있었어?]

[네가 몰라서 그래. 진짜 아까……]

어땠더라.

메시지를 작성하다 말고 은솔은 조금 전에 있었던 일을 돌아보았다.

점심에 서우진에게 이끌려서 병원 근처 일식집에 간 그녀는 간단한 점심을 예상했다가 당황하고 말았다.

이미 두 사람분의 예약이 되어서 가장 안쪽 고급스러운 룸으로 안내되었기 때문이었다.

보통, 수부외과 의사들은 언제 응급 수술이 닥칠지 모르기에 식사는 가장 빨리 나오는 음식으로 대충 처리하기 마련이었다.

점심에 느긋한 식사는 사치나 다름없었다.

그런데 이게 무슨 일이란 말인가.

화려한 내부 인테리어에 기가 죽은 은솔이 목소리를 낮추고 맞은편에 앉은 우진에게 말했다.

"이러다 콜 오면 어쩌려고……."

응급 연락이 오면 비싼 코스 요리를 다 두고 둘 다 병원으로 뛰어가야 했다.

그러나 우진은 전혀 개의치 않는 듯 심드렁했다.

"의사가 고은솔, 하나뿐인 것도 아닌데, 뭘."

"그쪽까지 둘이나 빠진 겁니다. 그리고 말 놓지 말아요. 그쪽하고 가까이 지낼 생각 없으니까."

"원하신다면 그렇게 하죠."

우진이 흔쾌히 답했다. 덕분에 막 쏘아붙일 핑계도 사라졌다.

가게 직원이 카트를 밀고 들어왔다.

고급스러운 음식들이 테이블 위에 놓였다. 직원이 나가자 그가 미소를 지어 보였다.

"죽부터 먹어."

소담한 전복죽을 보고 자연스럽게 숟가락을 들던 은솔이 아차, 하면서 고개를 들었다. 왜 또 말을 놔?

자신을 향한 우진의 시선에 웃음기가 가득했다. 은솔이 숟가락을 놓았다.

"대체 무슨 속셈입니까, 서우진 선생님."

"그런 거 없는데. 그냥 같이 밥 한 끼 먹으려는 것뿐이야."

"믿을 수 없습니다만."

은솔이 의심스럽게 바라보자 그가 웃음을 지었다.

"고은솔한테 존댓말 듣는 것도 기분이 나쁘지는 않네."

울컥.

서우진은 어떻게 해야 고은솔을 자극하는지 너무나도 잘 알고 있었다.

생글거리는 저 낯에 물을 끼얹은 뒤 자리를 박차고 나오면 좋겠지만, 은솔은 그럴 자신도 용기도 없었다.

"왜 이러는데?"

"내가 뭘?"

"나 서우진, 너랑 잘 지내볼 생각도 없고 같이 점심 먹는 것도 거북해. 우리 그냥 서로 모르는 척하면 안 돼?"

"너무하네, 우리 사이에."

"우리 사이가 무슨 사인데? 너랑 나, 악연 아니야?"

서우진은 어떨지 모르겠으나 고은솔에게 있어서 이 사이는 그저 악연이었다.

그것도 겨우 3년 전에 끝났다 싶었는데, 또다시 새 직장에서 마주칠 것은 뭐람?

지난겨울, 오랫동안 몸담았었던 병원을 나오면서 서우진에게 얼마나 이를 갈았는지 모른다.

그와 엮이지만 않았더라면 추문의 주인공으로 그 병원을 나갈 필요가 없었을 테니 말이다.

환영받지 못하는 존재로서 병원을 나온 후, 아버지의 추천으로 이곳에 입사했을 때 내심 많이 불안했었다.

지금 생각해 보면, 원치 않은 퇴사가 정신적인 트라우마가 되었던 것도 같다.

두 달가량, 슬금슬금 눈치를 보고 다녔으나 2차 종합 병원이라서 그런지 다행히 이 병원 사람들은 성격이 원만하고 좋은 편이었다.

하지만 그렇게 점점 불안을 내려놓고 마음을 풀 즈음, 악몽처럼 서우진이 다시 나타나고 말았다.

고은솔에게는 청천벽력과도 같은 현실이었다.

“너무 경계하지 마. 오늘 좀 피곤해 보여서 그래. 다른 의도 없어.”

그가 웃었다. 웃음 끝에 달린 쓸쓸한 표정이 은솔의 마음에 거부감을 일으켰다.

“누구 때문인데.”

“나 때문이었어? 수술 때문인 줄 알았는데.”

수술 때문에 피곤하기도 했지만, 정확히는 서우진 때문이 맞았다.

햇빛이 쏟아지는 창가에서 왜 다른 남자를 만나느냐 캐묻던 과거의 서우진이 오늘 그녀의 컨디션을 망쳐 버린 셈이니까.

그렇다고 해서 꿈까지 그의 탓으로 돌릴 수는 없었다. 그녀가 모호하게 중얼거렸다.

“잠을 잘 수가 있어야지.”

겸연쩍어진 은솔은 고개를 숙이고 숟가락 가득 죽을 퍼서 입으로 가져갔다. 그때였다.

“내 생각하느라 잠을 못 잔 거야?”

푸읍. 죽이 입 밖으로 튀어나왔다.

당황한 은솔과 달리, 우진은 더러운 기색 하나 없이 냅킨을 건넸다.

이런 게 불편했다.

언제나 그녀를 놀리고 괴롭힐 생각만 하면서 단둘이 있을 때는 마치 그녀에게만 집중하고 있다는 듯 바라보는 눈빛, 진지한 표정.

"혹시 내 꿈이라도 꾼 거야?"

"네가 무슨 상관인데?"

그녀가 싸늘하게 대꾸하자, 그의 표정이 어두워졌다.

"네 무의식의 세계에는 혹시 내 자리가 있을까 싶어서."

그 순간, 은솔의 명치끝이 아려 왔다.

처음 그에게서 외로움을 읽었을 때처럼 가슴속이 서늘해졌다.

말을 잃은 그녀 대신, 그가 대화를 이었다.

"생선 바르는 방법을 배웠어."

뜬금없는 소리에 그녀는 굳이 대꾸하지는 않았다.

"내가 공보의로 있던 곳에서 어르신들이 매일같이 생선을 가져다줬거든."

그가 생선 가시를 하나하나 발라내며 말했다.

"내 손으로 생선을 발라 본 적이 한 번도 없었는데, 거기서 배웠지."

그가 천천히 젓가락을 움직여 눈처럼 새하얀 생선 살을 집었다.

"그래서, 지금은 이렇게."

그가 잠깐 말을 끊자 곧, 믿을 수 없는 일이 일어났다. 도톰한 생선 살이 은솔의 숟가락 위에 놓인 것이다.

"예쁘게 가시를 발라 줄 수도 있게 됐어."

그녀는 저도 모르게 입을 벌리고 우진과 생선 살을 번갈아 보았다. 꿈에서도 상상하지 못한 일이 현실에 일어나고 말았다.

서우진이 고은솔에게 생선 가시를 발라 주다니?

그녀의 동그래진 눈에 그가 쿡쿡, 나직하게 웃었다.

그가 그녀를 갓 태어난 강아지처럼 사랑스럽게 바라보고 있는 건 착각일 것이다.

은솔은 뭔가에 홀린 것처럼 점심을 먹고 나서 소화제를 처방해 먹어야만 했다.

코스답게 음식은 끊임없이 나오는데 코로 들어가는지, 입으로 들어가는지 도통 알 수가 없었고 오늘따라 툭하면 울리던 응급 콜도 한 번 오지 않았다.

그러니까 후식까지 서우진과 단둘이 마주 앉아 먹어야 했다.

3년 만에 서우진을 봐서 그런 걸까? 기분이 이상했다.

악랄하기 그지없는 남자였는데, 꼭 스무 살 때처럼 심장이 뛰었던 것도 같다…….

그때, 은솔의 상념을 자르고 민주의 재촉 어린 메시지가 도착했다.

[죽었냐?]

깜짝 놀란 은솔이 메시지 창을 확인했다. 아까 써 놓은 메시지가 보였다.

[네가 몰라서 그래. 진짜 아까……]

서우진이 설탕과 버터를 퍼먹은 놈처럼 달고 느끼하게 굴었단 말이야!

생선 살을 발라 주질 않나, 무의식 세계가 어쩌고…… 헛소리를 하질 않나, 날 그런…… 눈으로 지켜보질 않나!

하지만 은솔은 써 놓은 메시지를 지우고 손가락을 바쁘게 놀려서 새로 길게 메시지를 작성했다.

[서우진이 갑자기 일식집에서 코스를 사 주더라. 맛있는 게 앞에 있는데 서우진까지 있어서 제대로 못 먹었어.]

[서우진은 서우진이고 먹을 건 먹을 거지. 공과 사 구분 못 해?]

[되는 게 있고 안 되는 게 있거든?]

[먹을 거 앞에 두고는 다 되는 거라 생각해. 그리고 서우진이면 좀 더 뜯어내도 돼. 넌 그럴 자격이 있어.]

지금이 기회라는 양 민주가 신이 나서 메시지를 보냈다.

채팅창에는 비싸고 맛있다는 음식점 이름들이 나열되고 있었으나 은솔은 사양하고 싶었다.

우진을 만나고 나면 왠지 지쳤다.

분명 되는 일이 하나도 없게 만들어 놓는 것 같은데, 막상 만나면

까닭 없이 외로워 보이는 모습에 자꾸 신경이 쓰였다.

[됐어. 걔랑 뭐 하러 또 밥을 먹냐? 앞으로 그럴 일 절대 없을 거야!]

[그래? 어디 그 장담 지켜본다. 난 이제 일할 거야.]

민주의 칼 같은 메시지에 은솔도 휴대폰을 내려놓았다.

고은솔에게 있어서 서우진은 원수였다.

의과 대학 6년에 수련 기간 5년을 괴롭힌 남자. 그녀의 첫사랑을 무참히 배신한 남자. 장난질 한 번에 그녀의 앞길을 막은 남자.

문득 은솔은 수술실을 나왔을 때, 최세민 선생 앞에서 우진이 제 머리카락을 넘겨 주던 것을 떠올렸다.

오해라도 받으면 어쩌려고.

"무책임한 자식."

점심이나 먹으러 가자며 아무렇지도 않게 말을 돌리던 우진이 생각나 은솔은 순간 울컥했다.

그와 엮이기만 해도 자리까지 흔들리는 자신의 입장과 달리, 언제나 태연한 그가 얄미웠다.

"네 무의식의 세계에는 혹시 내 자리가 있을까 싶어서."

"신경 쓰지 말자, 고은솔. 그거 서우진 수법이다."

그는 여전히 자신을 장난감처럼 여기고 있을 게 뻔했다.

'한 번 찍은 게 제 손에 들어오지 않고는 견디지 못한다'는 그 서우진이니까.

은솔은 오후 진료를 어떻게 봤는지 기억이 잘 나지 않았다.

그나마 기다리던 퇴근 직전, 파김치가 되어 축 처져 걷던 은솔을 과장이 불렀다.

"아, 고 선생! 잠깐만!"

"무슨 일이세요? ER(Emergency room, 응급실) 콜 왔어요?"

과장의 목소리가 다급하게 들려서일까? 환자에게 무슨 일이 생겼나 싶어서 은솔은 피곤함도 잊은 채 걱정스럽게 과장을 바라보았다.

"하여튼 고 선생, 환자 하면 껌뻑 죽는다니까. 그게 아니고."

너털웃음을 터뜨린 과장이 가운을 벗으며 말했다.

"고 선생, 오전부터 수술 들어가서 깜빡 잊고 말 안 했는데, 올해 '찾아가는 병원'은 고 선생하고 서 선생 둘이 가게 됐어."

"네? '찾아가는 병원'이요?"

"그래, 그거 있잖아. 시민들 의료 상담해 주는 거. 여기서는 찾아가는 병원이라고 하거든."

"아, 네."

뭔지 알겠다. 은솔이 고개를 끄덕였다.

의료 상담은 은솔도 꽤 좋아하는 일이었다.

수술대 앞에 설 때보다 몸이 편한 장점도 있지만, 병원에서 보기 힘든 다양한 질환의 초기 환자들을 만날 수 있다는 점이 특히 좋았다.

"토요일에 우리 과 부스는 둘이 보라고."

그런데 우진과 함께라니 마음이 더없이 불편해졌다. 그녀가 아무 대답도 하지 않자 과장이 눈을 끔뻑이면서 물었다.

"고 선생, 설마 '찾아가는 병원' 안 해 봤어?"

"아닙니다. 전에 있던 병원에서도 다녔습니다."

"그럼 걱정할 거 없네. 고 선생만 믿을게."

팀을 바꿔 달라고 부탁하고 싶었는데 어떻게 말을 꺼내야 할지 몰라 은솔이 머뭇거리자 과장이 의아한 표정을 지었다.

"왜, 무슨 다른 할 말 있어?"

"아, 아니요. 저 혹시 팀 구성을……."

"그래, 팀 구성 완벽하지? 서 선생하고 고 선생이라니. 주민들이 아주 좋아하겠어. 훈훈한 커플이 왔다고."

커플이라니!

은솔이 뭐라 대꾸하려던 차에 과장이 선수를 쳤다.

"이번엔 병원 근처 공원에서 하는 거라 응급 생겨도 바로 들어올 수 있을 거야. 뭐, 그래도 여기 너무 걱정하지 말고…… 어? 저기!"

때마침 늦은 수술을 마치고 뒤늦게 퇴근 준비를 하던 우진이 복도를 지나가고 있었다.

과장이 양팔을 번쩍 들어 우진을 불렀다.

"서우진 선생! 이리 와 봐!"

수술 스케줄이 많아 피로할 만도 한데 우진은 빈틈 하나 없이 완벽한 모습이었다.

"무슨 일이십니까? 혹시 응급 환자라도……."

은솔과 똑같은 소리를 하는 우진을 보며 과장이 피식 웃었다.

"서 선생도 고 선생이랑 똑같네. 환자 생각 끔찍이 하는 거. 둘이 아주 잘 만났어, 잘 만났어."

신이 난 과장 때문에 두 사람이 잠시 눈이 마주쳤다.

무슨 말이냐는 듯 바라보는 우진을 보고 은솔이 먼저 고개를 돌렸다.

오래 눈을 마주치고 있는 건…… 그다지 좋을 게 없을 것 같았다.

"고 선생하고 둘이 토요일에 '찾아가는 병원' 가는 거 알지?"

"아, 그거 아까 오전에 전해 들었습니다."

우진의 대답에 은솔이 미간을 좁혔다. 알고 있었으면 미리 점심시간에 말이라도 해 줬어야지!

과장이 히죽 웃으며 우진의 어깨를 툭툭 가볍게 쳤다.

"그래. 밑으로 후임들 들어오기 전까지는 둘이 이런 외부 행사 맡아서 해야 하니까 이참에 합 좀 잘 맞춰 봐. 간다."

손을 흔든 후, 과장이 먼저 떠났다.

낭패감에 사로잡힌 은솔은 가벼운 발걸음으로 멀어지는 과장의 뒷모습을 바라보다가 돌아섰다.

"아까 그건 무슨 말이야?"

갑작스러운 우진의 물음에 은솔이 그를 올려다보았다.

"뭐가."

"과장님이 우리 잘 만났다고 한 거."

"……그냥 찾아가는 병원 얘기야."

"아. 난 또. 나 모르게 또 커플이 됐나 했네."

그가 농담을 뱉으며 웃었으나, 은솔은 표정을 굳힌 채 그에게서 등을 돌렸다.

'또' 커플이라…….

서우진과 고은솔이 커플로 엮였던 일은 몇 년 전에 있었다. 지저분하게 났던, 고은솔의 양다리 소문.

서우진은 그게 아직도 재미있나 보지?

사소한 농담 한마디인 걸 알면서도 은솔은 순식간에 그에 대한 거부감이 일었다.

자신의 인생에 큰 영향을 끼친 일이 그에게는 농담 정도로 여겨지는 모양이다.

아니면 별것도 아니니까 아예, 잊어버렸을지도.

'야외 행사는 대체로 좋은 기억으로 남아 있었는데…….'

서우진이 그 좋은 기억마저 가져가려나 보다. 은솔은 한숨만 소리 없이 뱉었다.

* * *

토요일, 날씨는 화창하고 공기도 부드러웠다.

행사가 진행되는 곳은 병원 근처에 아파트 단지가 들어오면서 조성된 공원이었다.

눅눅한 병원 공기만 맡다가 오랜만에 밖에 나오니 꽤 상쾌했다.

분수대 앞에 설치된 무대에서는 아침부터 쿵짝쿵짝, 신나는 음악 소리가 크게 울려 퍼지고 있었다.

무대를 중심으로 좌우에 부스가 쭉 이어져 있었는데, 왼쪽은 먹거리였고 오른쪽은 벼룩시장이었다.

이제 막 초등학생이나 되었을까, 싶은 아이들이 떼로 몰려 소리를 지르며 무엇인가를 쫓고 있었다.

"개 잡아!"

"개!"

"목줄 잡아!"

알고 보니, 공원을 누비고 있는 하얀 털의 애완견이 그 대상이었다.

맨 앞에 서 있는 아이가 울상이 되어 목줄 풀린 자신의 개를 뒤쫓았다.

정신 사나운 공원, 구석진 자리에 부스를 할당받은 은솔은 반쯤 넋이 나간 얼굴로 턱을 괴고 앉아 있었다.

'찾아가는 병원' 행사가 메인 행사가 아닌 터라, 그녀와 마찬가지로 다른 진료과 담당자들 역시 심드렁하게 자리를 차지하고 있었다.

그 와중에 평소와 다름없어 보이는 한 사람. 은솔은 제 옆에서 축제 안내 팸플릿을 읽고 있는 우진을 곁눈질했다.

눈을 살짝 내리깔고 흥미로운 표정으로 팸플릿을 넘기는 서우진은 혼자 빛나고 있었다.

뭐라고 할까, 맑은 햇빛이 그에게만 쏟아지는 느낌이랄까?

'그때도 저렇게 밝았지?'

그를 처음 보던 날, 그에게선 빛이 났었다. 하지만…….

'다 지난 일이야.'

그때의 고은솔이라면 심장이 두근두근 떨렸겠지만 이젠 아니었다.

그에게서 시선을 떼려는 찰나, 재미있는 코너를 발견이라도 한 양 훤칠하고 잘생긴 얼굴에 옅은 미소가 올라왔다.

그의 미소가 그녀의 시선을 붙잡은 채 놓아주질 않았다. 그녀의 가슴이 울렁거렸다.

이내 팸플릿을 테이블 위에 내려놓은 그가 그녀에게 고개를 돌리며 입을 열었다.

"아, 여기에……."

그러나 우진은 말을 하다 말고 가만히 은솔을 쳐다볼 뿐이었다.

지그시 바라보는 그의 시선에 그녀의 심장이 불편해지고 있었다.

"왜…… 그렇게 보는데…?"

"고은솔, 너……."

그때, 그의 손이 거침없이 얼굴 쪽으로 뻗어왔다.

살랑, 머리카락에 손가락이 닿는다 싶을 찰나 심장이 툭 떨어지는 느낌에 그녀가 그의 팔을 쳐 냈다.

"뭐, 뭐 하는 건데?"

"이런 게 있어서."

까맣고, 다리가 많고, 번들번들한 손가락 반 마디만 한, 이름 모를 벌레가 그의 손에 붙잡혀 버둥거리고 있었다.

"악!"

벌레를 보자마자 소리를 지른 은솔이 우진의 뒤에 붙었다. 벌레라면 질색이었다.

주변에 있는 의료진들의 이목이 그녀에게로 쏠렸지만, 그녀는 그의 뒤에서 떨어질 줄 몰랐다.

은솔이 떨리는 목소리로 물었다.

"그, 그거 뭐야? 내 머리에 붙어 있었어?"

"아무 느낌도 안 났어?"

"전혀."

"나 보느라고?"

우진이 생긋 웃자 은솔은 당황스러웠다. 그에게서 시선을 떼지 못하긴 했었는데…….

'그걸 알고 있었어?'

괜스레 창피해진 그녀는 일부러 아무렇지 않은 척 말을 돌렸다.

"빠, 빨리 치우기나 해."

그러면서도 은솔은 우진의 뒤에 꼭 붙어 떨어질 줄을 몰랐다. 서우진에 대한 감정보다 벌레를 향한 혐오가 더 심한 모양이었다.

그가 흥미로운 눈빛으로 그녀와 벌레를 번갈아 보며 중얼거렸다.

"무는 벌레는 아닌 것 같은데."

"얼른 치우라고."

은솔을 보고 웃음 짓던 우진이 벌레를 놓아주었다.

스멀스멀 사라지는 벌레를 보고 은솔이 몸을 떨었다.

"으, 보기만 해도 간지러워."

은솔은 갑작스럽게 느껴지는 간지러운 착각에 머리를 털었다. 왠지 몸에 벌레 한 마리가 더 남아 있는 듯한 느낌이 들었다.

"또 없지?"

"없어. 이제 갔어. 완전히 떠났습니다, 고 선생님."

우진이 헝클어진 은솔의 머리를 넘겨 주며 말했다.

그러나 은솔은 영 미덥지 않은 투로 몇 번이고 되물었다.

"진짜 없어? 진짜로?"

"그렇다니까."

그녀가 안도의 한숨을 내쉬자 그가 문득 웃음을 그치고 진지하게 덧붙였다.

"근데 우리 너무 가깝지 않나?"

그제야 은솔은 우진이 몸이 의식되었다. 정말 가까이 붙어 버린 둘 사이의 간격도.

당황 때문에 할 말이 생각나지 않아서 그녀는 주의를 돌릴 겸, 손 소독제를 가져와 그의 손에 잔뜩 펌프질했다.

"손 닦아. 저거에 세균이 얼마나 많은데."

"음……."

딴청을 부리는 은솔을 바라보던 우진이 고개를 끄덕이며 습관처럼 꼼꼼하게 손을 닦았다.

"우리 점심은 뭐 먹을까?"

우리?

아까 일 때문인지 그의 말 한마디 한마디가 신경 쓰였다. 그녀는 슬그머니 그와의 간격을 벌렸다.

그때, 그가 팸플릿을 그녀 쪽으로 밀었다. 축제에 참여한 음식 코너의 명단이 빽빽하게 적혀 있었다.

아까 흥미롭게 보던 것이 이거였나 보다.

"날도 따뜻한데 시원한 거 먹을래? 메밀국수라든지."

행사 진행 스태프들만 보이던 공원 안에는 정오가 가까워질수록 사람들이 늘어나고 있었다.

개를 뒤쫓는 아이들이나 산책 삼아 나온 노인들보다 함께 시간을 보내는 연인들이 특히 많아졌다.

화창한 날씨에 투명하게 부서지는 분수의 물줄기 사이로 다정한 뒷모습이 종종 눈에 띄었다.

그래서일까?

괜히 데이트 중에 메뉴를 고르는 기분이 들었다.

데이트…… 데이트라니! 은솔은 상념을 떨치기 위해 고개를 휘휘 저었다.

"별로 생각 없어."

"점심 건너뛸 거야?"

"아니. 서우진 선생이랑 같이 먹는 건 생각 없다고."

"그럼 누구랑 먹게?"

서우진을 빼고라면 누구든지.

하지만 은솔은 그렇게까지 말하지 못했다. 벌레 때문에 신세를 진 기분이 들기도 했고, 그와의 거리가 자꾸 의식이 되어서였다.

턱을 괸 우진이 은솔을 물끄러미 응시했다. 그녀는 그의 시선을 모르는 척 고개를 바로 하고 지나다니는 사람들을 구경했다.

하지만 그는 시선을 쉽게 거두지 않았다.

'왜 계속 쳐다보는 거야? 또 어디 벌레 있는 건가?'

주인 잃은 강아지처럼 빤히 쳐다보는 그의 눈길을 무시하고 있으려니 괜히 더 부담스러웠다.

이럴 때, 누가 와서 의료 상담이라도 청하면 좋으련만 이름도 흔치 않은 수부외과로 찾아오는 사람은 없었다.

이래서 과장이 별일 아니라고 했나 보다. 사람이 없어서!

가시방석에 앉은 듯한 시간은 계속 흘러만 갔다.

소화기내과와 정형외과, 안과 등에는 사람들이 들르는데 수부외과는 여전히 파리만 날렸다.

'아니, 수부가 병원의 간판 아니었어?'

아까 우진과 가까이 붙어 있어서인지 그와 둘이 있으려니 숨이 막혔다.

그녀는 슬그머니 시간을 살폈다. 곧 정오였다.

안 되겠다. 이러다간 점심도 같이 먹을 것 같았다. 분명 체하겠지.

부담스러운 시선에서 벗어나고자 은솔이 자리에서 벌떡 일어났다.

"어디 가?"

"커피 좀 사 오려고."

말이 끝나기 무섭게 그가 일어났다. 하얀 가운 자락이 살랑, 바람에 휘날렸다.

서우진은 여전히 잘생긴 모습이었다. 아니, 예전보다 훨씬 어른스럽고 점잖아서 더욱 멋있어진 것 같다.

"앉아 있어."

"내가 가도 되는데……."

은솔이 도망치고 싶은 마음으로 말했지만, 그는 고개를 저었다.

"나보다는 네가 부스 지키는 게 낫지."

지갑을 챙긴 우진은 음식 부스가 몰려 있는 분수대 쪽으로 향했다.

은솔은 그의 뒷모습을 망연히 바라보았다.

물론, 틀린 말은 아니었다.

서우진은 이제 세부 전문의 과정을 시작한 수준이었고, 반면 고은솔은 이미 세부 전문의로서 경험과 지식이 쌓여 있는 상태였다.

그러니까 이 한적한 부스에 누군가가 와서 상담하면, 은솔이 대응해 주는 편이 나았다.

하지만…… 그 자리를 피하고 싶었다고!

은솔은 답답한 한숨만 푹 내쉬었다. 그나마 다행인 점은 서우진의 시선에서 벗어났다는 것쯤이려나?

그때였다.

"수부는 왜 이렇게 한산해? 우리는 죽겠는데."

우진이 멀어지기 무섭게 세민이 은솔에게로 다가왔다. 고개를 든 은솔이 떨떠름하게 웃으며 자리에서 일어났다.

"그러게요. 저희도 아무것도 안 하고 앉아 있으려니 좀 그러네요."

"손 아프다는 환자 있으면 이리로 다 보내도 돼?"

"그러세요."

바라던 바였다. 우진과 단둘이 어색한 시간을 흘려보내느니 환자를 보는 편이 나을 듯했다.

알겠다는 듯 세민이 고개를 끄덕이더니 우진이 사라진 쪽을 흘끔 돌아보고 물었다.

"저기, 고 선생."

"네?"

"서우진 선생하고는 무슨 사이야?"

"……예?"

사이는 무슨 사이? 은솔이 저도 모르게 눈가를 찡그렸다.

"아니 분위기가 좋아 보여서. 왜 저번에 수술장에서도 둘이 분위기 좋았잖아."

순간, 은솔의 머릿속에 그날 일이 떠올랐다.

다정하게 자신에게 말을 걸던 서우진의 태도를 보면, 아무것도 모르는 세민으로서는 오해할 법도 했다.

하지만 안 좋은 사이라고 사실대로 답할 수도 없어서 그녀가 말을 고르던 참이었다.

세민이 먼저 입을 열었다.

"있잖아, 이런 말 하는 거 너무 나쁘게 듣지 마. 해야 할 것 같아서 하는 소린데……."

잠시 침묵하던 세민이 서서히 이어 말했다.

"서우진 선생한테야 병원이 자기 집 같겠지만, 그래도 병원은 직장이잖아? 고 선생한테도 직장이고. 그렇지?"

"……네."

은솔은 세민이 무슨 말을 하려는 건지 도저히 감이 잡히지 않았다.

세민이 짐짓 엄격한 표정으로 말을 계속했다.

"직장에서 둘이 사귀는 거 너무 티 내는 것 같아서 그래. 수부외과는 어떤 분위기인지 모르겠는데 제삼자가 보기에는 불편하거든. 일하러 출근했지, 연애하러 출근한 거 아니잖아?"

뭐가 어쩌고저쩌고해? 누가 누구랑 연애질을 한다고?

은솔의 얼굴이 바싹 구겨지는 것을 보고 있으면서도 세민의 선생질은 계속되었다.

"우리 부스에 손 아프다고 오신 분들 좀 있는데, 그쪽으로 왜 안 보냈는지 알아? 오늘도 둘이 너무 티가 나더라고. 여기야 병원 밖이라지만……."

"최 선생님."

더는 참을 수가 없다.

어이가 없어서 헛웃음밖에 나오지 않았지만, 은솔은 세민의 말을 도중에 잘랐다.

비슷한 오해 때문에 직장을 나간 경험이 있는 은솔은 서우진과 그렇고 그런 사이라는 오해만큼은 사절이었다.

"선생님께서 잘못 보신 것 같은데요."

"응?"

"저랑 서 선생이랑 아무 사이 아니거든요."

"내가 오해했다는 거야?"

"네."

은솔은 잠시의 망설임도 없이 대답했다.

미쳤냐, 서우진하고 사귀게?

"에이."

잠깐 당황한 눈빛을 내비치던 세민은 이내 다 안다는 투로 피식거리면서 고개를 흔들었다.

그렇게 붙어 있는 모습은 누가 봐도 사귀는 사이였다.

게다가 은솔을 향한 우진의 눈빛이 예사롭지 않았다. 세민은 사랑에 빠진 우진의 눈동자를 똑똑히 확인했다.

"아니 아니, 인제 와서 나한테 숨겨 봐야 소용없어. 어디 가서 소문내지는 않을 거니까 걱정하지 말고."

"숨기는 것도 아니고 소문을 걱정하는 것도 아닙니다. 저는 서우진 선생하고 정말 아무 사이도 아니거든요."

은솔이 또박또박 반박하자 세민의 눈이 가늘어졌다.

기분 나쁜 시선으로 그녀를 슥 훑어본 세민이 비열한 표정을 지으며 황당한 소리를 했다.

"아아, 사귀는 게 아니면 고 선생도 다른 여자들처럼 서 선생 노리고 있는 거야?"

"예에?"

"고 선생, 그런 타입 아닌 것 같았는데 은근 여우 과네."

"……무슨 말씀이신지."

"왜 다른 선생들도 서우진한테 관심 지대하잖아. 그래서 고 선생도 오늘도 여기 지원해 가지고 같이 나온 거 아니야?"

은솔의 얼굴이 굳어졌다.

아까 쓸데없이 오해를 했을 때부터 욕을 퍼부어 주고 싶었으나, 자신보다 선배에 같은 외과 계열인 터라 예의상 참고 있는 것뿐이었다.

이런 행사가 있는 줄도 몰랐을뿐더러, 알았다 하더라도 자신이 미치지 않은 이상 서우진과 함께 있고 싶다고 이런 곳에 자원할 리는 없었다.

뭐라고 말해도 믿지 않는 인간들에게 둘 사이를 세세하게 설명하고 싶지 않았지만, 그녀는 해명을 해야 했다.

또다시 우진과 엮여서 병원을 떠나는 일은 없어야 하니까.

"저희 과장님께서 야외 행사는 막내 둘이 나가야 한다고 저희 묶어서 보낸 거고요, 도대체 뭘 보고 오해하셨는지는 모르겠는데 저랑 서우진 선생이랑은 그냥 의대 동창일 뿐입니다. 전공도 달랐고요."

또박또박 말하던 은솔이 곧장 덧붙였다.

"만에 하나 오해받을 만한 행동을 했던 거라면 저도 앞으로 신경 쓰겠습니다."

심상찮은 은솔의 기세에 눌린 세민이 긴가민가한 표정을 짓고 은솔을 쳐다보았다.

한 점의 거짓도 없다는 듯, 은솔은 세민의 시선을 피하지 않았다.

결국, 꼬리를 만 쪽은 세민이었다.

"어, 그래……? 내가 오해를 좀 했나 보네."

"저희가 너무 한가해서 남들 눈에 그렇게 보일 수도 있으니까 이

쪽으로 환자 보내 주세요."

떨떠름해 하는 선배의 기분을 맞춰 줄 겸, 은솔도 한 걸음 뒤로 물러났다.

이내, 양손에 컵을 든 우진이 돌아왔다. 우진은 부스 앞에 서 있는 세민을 보고 물었다.

"무슨 일이십니까?"

"아니, 아무것도…… 하하! 그럼 난 가 볼게."

우진이 돌아오자마자 세민은 정형외과 부스로 돌아가 버렸다.

바빠 죽겠는데 어디를 다녀왔냐는 타박 어린 목소리가 이쪽까지 다 들렸다.

최세민은 서우진에게는 한 마디도 못하면서, 고은솔에게만 그런 말을 잘도 지껄였다.

은솔은 속으로 비열하기 짝이 없는 세민의 태도를 비웃었다.

얼음이 자작하게 담긴 커피를 건네면서 우진이 물었다.

"괜찮은 거야?"

"신경 쓰지 마. 별일 아니니까."

은솔은 시원한 커피만 꿀꺽꿀꺽 마셨다. 그녀를 가만히 바라보던 우진이 미소를 지은 채 입을 열었다.

"점심 뭐 먹을래? 둘러보니까 괜찮은……."

"안 먹어."

그녀가 그의 말을 중간에 끊고 고개를 저었다.

서우진하고 둘이 점심을 먹는 것만으로도 다른 사람들 눈에는 이상하게 보일 것이 뻔했다. 더는 오해를 받고 싶지는 않았다.

"나 챙기지 말고 배고프면 먹고 와. 난 괜찮으니까."

여섯 시면 부스를 접는다고 들었다. 끼니 거르는 것쯤은 익숙하니까 밥은 나중에 챙겨 먹으면 그만이었다.

우진은 은솔이 얼굴을 잔뜩 찌푸리고 있어서 더 이상 권유하지 못했다.

마침, 정형외과 부스에서 안내를 받았는지 60대 정도로 되어 보이는 여자 둘이 이쪽으로 다가오고 있었다.

"손은 여기서 보라던데요?"

"네, 이리로 오시면 됩니다."

환자를 보자마자 은솔이 금방 상냥한 미소를 지었다. 환자들이 두 사람을 번갈아 바라봤다.

"어머…… 연예인 아니에요?"

"네? 아뇨, 전문의입니다. 저도 정형외과 전공이고요."

"세상에. 어쩜 무슨 의사쌤들이 이렇게 선남선녀예요? 난 무슨 드라마 찍는 줄 알았네."

왜 안 그렇겠는가. 서우진에게 익숙한 은솔도 그를 보면 가끔은 영화나 드라마 속에 있는 게 아닐까, 싶을 때가 있었다.

커피를 옆으로 치워 둔 은솔이 맞은편 의자를 가리켰다.

"앞쪽에 앉으세요."

그래도 가운까지 입고 있으니 의사는 의사겠지, 하면서 중년 여성 둘은 나란히 자리에 앉았다.

은솔은 오랜만에 볼펜을 들었다. 늘 태블릿PC만 쓰다가 수기로 진료 기록을 작성하게 되었다.

간단하게 인적사항을 써 넣고 나서 진료가 시작되었다.

"어디 불편하세요?"

"손목이 시큰거리고 아파서요."

"두 분 다요?"

"아니, 나만."

왼쪽에 앉아 있는 여자가 오른손을 내밀며 대답했다.

은솔은 부스 앞을 살짝 둘러보았다. 다른 환자는 없으니까 우진의 앞자리를 굳이 비워 둘 필요는 없겠지.

"무슨 일 하세요?"

"그냥 주부예요. 가정주부."

"아, 네."

고개를 끄덕인 은솔이 환부를 세심하게 살피기 시작했다.

오랜 가사 노동으로 두꺼워진 손목은 겉으로 보기에 아무 문제가 없어 보였다.

"주먹 좀 쥐어 보시겠어요? 네, 다시 펴시고요."

어느새 환자는 못 미덥다는 시선을 버리고 은솔이 시키는 대로 행동했다.

주먹을 쥐었다 펴기를 반복하자 환자가 조금 불편해했다.

"손에 힘이 잘 안 들어가시죠?"

"네. 물건을 들어도 그냥 막 빠져 버리고 그래요. 바늘로 찌르는 것처럼 아파서 파스 붙일 때도 많고요."

"엄지랑 새끼손가락 좀 붙여 보실까요?"

주먹을 쥐었을 때보다 환자의 표정이 더 안 좋아졌다.

손 그림이 그려진 곳에 체크를 하고 나서 은솔이 말을 이었다.

"찬물에 닿으면 손 많이 시리시죠?"

"네."

"손끝이 저리기도 하고요?"

"네! 저려서 잠을 못 잘 때도 있어요."

예상대로였다. 은솔이 고개를 끄덕였다.

"잠깐 손 좀 다시 볼게요."

환자의 손을 쭉 편 은솔이 손가락 끝부분을 매만지면서 재차 물었다.

"손끝 감각이 둔해지실 때도 있죠?"

"네네! 왜 그러는 거죠? 뭉툭한 느낌이라고 해야 하나? 그런 느낌인데."

"손을 많이 써서 그러세요."

손끝을 잡고 있던 은솔이 엄지로 환자의 손목 정중앙을 조심스럽게 눌렀다. 통증이 느껴지는 듯, 환자의 이맛살이 찌푸려졌다.

"여기가 신경 다발이 지나가는 곳인데요."

두 중년 여자는 은솔이 가리키는 부분을 뚫어져라 쳐다보았다.

"여기 신경 다발을 감싸고 있는 터널이 있어요. 거기에 압력이 생겨서 신경이 눌려서 시리고 저린 거예요."

"왜 그러는 건데요?"

"아직 이유는 알 수 없어요. 손을 많이 쓰신 분들이 종종 겪는 건데, 한 번쯤은 들어 보셨을 거예요. 손목터널증후군이라고."

은솔이 손을 놓아주었으나 두 사람은 손목에서 시선을 떼질 못했다. 그때, 옆에 앉아 있던 여자가 짝, 손뼉을 쳤다.

"아! 미용실 했던 혜진이 엄마도 그거라던데? 터널증후군. 그래서 가게 접었잖아."

"어휴, 그럼 어떡해요?"

처음, 의자에 앉을 때와는 달리 환자는 은솔을 간절히 바라보고 있었다.

거의 손을 못 쓰게 되었다는 미용실 주인의 무서운 소문을 들은 탓이었다.

"많이 불편하세요?"

"아니, 그냥…… 그렇죠, 뭐."

겁을 집어먹었음에도 환자는 자신의 증상을 최소화하기 바빴다.

은솔이 한숨을 내쉬었다.

"기본적으로 손을 쓰시면 안 돼요."

"어떻게 손을 안 써요? 주부가."

"그게…… 특별한 치료법은 없고요, 증상을 완화하는 대증 요법 아니면 수술뿐이에요. 통증이 심해서 견디기 힘들면 간단하게 수술 받으시면 됩니다."

수술. 의사인 은솔에게는 '간단한' 단어였으나 환자에게는 청천벽력과도 같은 소리였다.

하얗게 질린 환자가 고개를 흔들었다.

"수, 수술은 무슨…… 그냥 파스나 붙이지 뭐. 그렇게 심한 것도 아닌데요."

"바로 수술하는 건 아니고요, 수술은 마지막 수단이니까 너무 걱정하진 마세요. 일단 가까운 정형외과 가셔서 몇 가지 검사를 받아 보신 뒤에 결정하시면 될 거예요."

손목터널증후군, 즉 수근관증후군의 마지막 치료법은 압력을 만드는 손목 인대를 끊는 수술이었다.

하지만 이는 검사가 선행되어야 했다. 압박을 받은 신경이 손상되면서 근육이 위축되었을 때에나 수술 결정을 내리는 것이다.

"이 기록지 드릴 테니까 가지고 저희 병원이나 여기, 협력 병원에 가시면 됩니다."

은솔이 병원 리스트가 적혀 있는 메모지를 진료 기록서와 함께 건넸다.

뜻밖의 진단에 어깨를 축 늘어뜨린 환자가 꾸벅, 감사 인사를 하고 자리를 떴다.

환자가 멀어지고 나서야 은솔은 옆에서 자신을 바라보고 있는 우진의 시선을 느낄 수 있었다.

모른 척을 하기에는 너무 신경이 쓰여서 결국, 그녀가 먼저 입을 열었다.

"할 말 있어?"

"아까 최세민 선생한테 무슨 소리 들었어?"

"어?"

은솔의 입이 다물어졌다. 최세민이 우진과의 관계를 오해한 일 따위를 딱히 알리고 싶지 않아서였다.

그러자 그가 조심스럽게 말을 이었다.

"최세민이 왜 너한테 관심…… 보이는 거야?"

썩 달갑지 않은 단어에 그녀가 눈가를 찡그렸다.

하긴, 관심이라면 관심일 것이다. 최세민은 서우진과 고은솔, 두 사람이 무슨 사이인지 관심이 많아 보였다.

"관심은 무슨. 별말 안 했어. 정형에 몰린 환자들 이리로 보내겠대."

"아, 그래?"

우진이 웃는 낯으로 대꾸했으나, 은솔은 고개를 슬쩍 돌렸다.

이런 관심이 쌓이다 보면 이상한 오해로 바뀌어서 걷잡을 수 없는 소문이 되곤 한다. 헛소문에 휘말리는 건 딱 질색이었다.

그래, 그러니까 앞으로 서우진하고 더더욱 멀어지면 돼.

어떤 오해도 받지 못하도록.

점심시간이 끝날 즈음, 우진은 '찾아가는 병원' 전체 부스에 커피를 돌렸다. 공짜 커피를 마다하는 사람은 아무도 없었다.

"수고 많으십니다. 정형이 제일 바쁘네요, 역시."

마지막으로 정형외과 부스 테이블에 커피를 내려놓은 우진이 빙긋 웃었다.

"고마워요, 서 선생! 진정한 노블레스 오블리주."

커피를 떨떠름하게 받은 세민과 반대로 다른 의사는 신이 난 듯했다.

툭하면 아이들이 다쳐서 달려오고, 온몸이 쑤신다며 노인들이 밀려드는 바람에 정형외과는 정신이 없었다.

오전 내내 화장실 한 번 가지 못할 정도였다.

"아, 나 화장실 좀 갔다 올게. 아까부터 참았어. 서 선생, 이따 봐요!"

그가 활기찬 인사를 남기고 화장실이 있는 건물로 사라지자 우진이 세민에게로 고개를 돌렸다.

자리에 앉아 있는 세민이 껄끄러운 듯 고개를 움츠렸다.

'뭐지? 고은솔이 뭐라고 한 거 아니야?'

지난번 일도 그렇지만, 오늘도 둘이 짜증 나게 굴고 있어서 한마디 했더니 그걸 그새 일렀나 보다.

은솔에게 가졌던 실낱같은 호감이 싹 증발하는 순간이었다.

"안 드십니까?"

그러나 우진은 은솔의 '은' 자도 꺼내지 않고 덤덤하게 물을 뿐이었다.

눈알을 데굴 굴린 세민은 사회생활의 더러움을 속으로 욕하면서 겉으로는 웃어 보였다.

"천천히 먹으려고요. 고마워요. 근데 서 선생, 자리 계속 비워도 돼요?"

가능하면 우진과 가까이 있고 싶지 않아서 세민이 돌아가라는 말을 돌려 했으나 우진은 알아듣지 못한 척 미소를 지었다.

"저희 부스는 텅 비어 있어서요."

"아……."

우진의 말에 수부외과 부스를 힐끗 쳐다볼 찰나였다.

세민에게 우진이 고개를 바짝 기울이더니, 아무에게도 들리지 않을 만큼 작게 속삭였다.

"최세민 선생님."

"네?"

그저 이름이 불렸을 뿐인데 화들짝 놀란 세민이 어깨를 굳히자 우진이 빙그레 웃으면서 말을 이었다.

"고은솔 선생한테서 관심 끄십시오."

웃는 얼굴과는 반대로 살벌한 목소리가 울렸다. 세민이 믿을 수 없다는 듯 눈을 휘둥그레 떴다.

말을 더 잇기 전, 우진은 슬쩍 뒤를 돌아보았다. 아직 화장실에서는 아무도 나오지 않는다.

바짝 얼어 있는 세민을 오만하게 내려다보며 우진이 느긋하게 말했다.

"자꾸 내 눈에 띄면 최 선생님, 좀 많이 피곤해질 겁니다."

세민은 입도 뻥긋하지 못했다.

화기애애하게 대화하는 것처럼 웃고 있었지만, 최세민을 향한 서우진의 눈동자는 분명 경고의 빛을 띠고 있었다.

3장

소개팅 훼방 놓기 선수

수술이 연달아 네 건이나 있었다.

고도의 집중력이 필요한 미세 접합 수술을 네 번이나 하게 되어 지친 은솔은 의국 뒤쪽 휴게실에 널브러졌다.

"환자 손 살리려다가 내가 먼저 가겠네."

퇴근해야 하는데 온몸에 힘이 빠져서 일어날 수도 없었다.

수술하는 동안 의자에 앉기도 하지만 대체로 서 있는 터라 다리가 뻐근했고 허리도 아팠다.

미세 접합 수술이라 눈도 많이 피로하고 침침했다.

소파에 대자로 누운 은솔은 한숨을 내쉬었다. 열두 시간이 넘게 수술실에 갇혀 있었으니 한숨이 안 나올 수가 없다.

'일단 쉬고 새벽에 집에 다녀와야겠다.'

그래도 당직의에게는 알려야 할 것 같았다.

아무 생각 없이 문을 벌컥 열고 들어왔는데 거기에 시체처럼 고은솔이 누워 있으면 얼마나 놀라겠는가.

은솔은 그나마 가장 친한 유남에게 슬그머니 메시지를 보냈다.

[유남 쌤, 오늘 당직 누구예요?]

[서우진 쌤이요~]

"……집에 가야겠다."

우진의 이름 석 자를 보자마자 은솔은 젖 먹던 힘까지 짜내어 몸을 일으켰다.

아무렴, 서우진과 밤을 보낼 수는 없지.

물론 이상한 의미는 절대 아니고.

"아고고……."

아직 30대밖에 안 됐는데도 몸은 천근만근이었다. 건강은 매해 달라졌다.

골골거리는 자신과 민주를 보며 혜정이 운동을 추천해 주긴 했지만, 운동하느니 그 시간에 자는 편이 백배 나았다.

의사로서는 추천할 수 없긴 하지만.

그런 자신과 민주에게 혜정은 게을러 빠진 것들이라고 욕을 했었다. 당연히 민주나 은솔이나 귓등으로도 듣지 않았다.

그때 휴대폰 화면이 반짝 밝아지면서 유남의 메시지가 들어왔다.

[혹시 쌤 아직 퇴근 안 하셨어요?]

[네, 이제 가려고요.]

메시지를 보냈으나 불길하게도 유남의 답장이 이어지지 않았다.

은솔이 눈동자를 이리저리 굴렸다. 보통 불길한 예감은 잘 맞아떨어지곤 했다.

뭐랄까, 왠지 조유남 선생이 서우진에게 이 사실을 알릴 것 같은…….

'에이 설마. 이제 간다고 했으니까 굳이 말하지는 않겠지.'

은솔은 고개를 절레절레 젓고는 의국 휴게실을 나와서 진료실로 향했다.

이 한 층이 올라가기 싫어서 휴게실에 드러누워 있었다. 혜정의 말대로 자신은 게을러 빠진 게 틀림없었다.

진료실로 들어간 은솔은 서둘러서 가운을 벗고 외투를 걸쳤다.

분리되어 있는 개인 공간에서 가방을 꺼내 들고 가방 속 지갑을 다시 한번 확인한 그녀가 한 걸음 뗄 무렵이었다.

벌컥, 출입문이 예고도 없이 열렸다. 은솔은 깜짝 놀라서 비명을 질렀다.

"으악!"

"여기 있네."

눈앞에는 하얀 가운을 걸친 우진이 싱글거리고 있었다.

그 순간, 얼마나 놀랐는지 은솔의 다리가 풀리며 휘청거렸다.

책상을 붙잡은 은솔은 볼썽사납게 넘어지지 않아 다행이라고 속으로 안도의 한숨을 내쉬었다.

상태가 영 나빠 보이는 그녀에게 우진이 한달음에 다가왔다.

"너 왜 그래?"

"아, 진짜……."

"열은 없는데."

은솔의 팔을 꽉 잡아 일으킨 우진은 다른 손으로 그녀의 이마를 짚었다.

열이 없는 건 당연했다. 다리가 풀린 이유는 그저 지쳤기 때문이니까.

"놔. 수술 오래 해서 그래."

은솔의 말에 우진은 의자를 빼서 그녀를 앉힌 뒤에야 손을 놓았다.

"수술 몇 개 했는데?"

"마이크로(미세 접합 수술) 네 개."

"미쳤군."

진심을 담아 탄식한 우진은 진지한 표정으로 심각하게 말했다.

"인력 확충을 해야지, 있는 사람 죽어 나가게 만들지 말고."

"수부를 누가 하겠어? 너나 나처럼 정신 나간 인간들이나 전공하는 거지."

수부외과 전공을 해 봤자 관련된 의료 수가도 높지 않고, 오늘처럼 복잡하고 힘든 수술을 연달아서 해야 할 때도 많았다.

그런데도 예후가 좋지 않은 경우는 너무 많았고 절망하는 환자의 모습을 보는 것은 정신적으로 견디기 힘든 일이었다.

이런 와중에 그나마 얻을 것은 환자의 손을 살려 냈다는 보람, 감사 인사를 하는 환자의 밝은 모습 정도였다.

"스무 시간 동안 수술방에 서 있던 적도 있어. 열두 시간은 애교야."

은솔이 전공의 시절을 떠올리면서 코웃음을 쳤다. 서른 살 이전에는 서른여섯 시간을 깨어 있고도 멀쩡했었는데…….

과거의 영광을 떠올리는 은솔을 내려다보면서 우진이 기가 막힌다는 투로 대꾸했다.

"그땐 젊을 때고."

"뭐? 그럼, 지금은 늙었다는 거야?"

"글쎄…… 예전 같지는 않을 텐데."

"야!"

"건강 조심하라는 소리야. 그러다 훅 가는 수가 있어."

"너나 조심해."

"난 건강 관리 하거든."

말이 끝나기 무섭게 우진이 은솔의 손을 제 팔뚝으로 가져다 놓았다.

말랑말랑하고 보드라운 그녀의 팔과 다르게 가운 아래로 탄탄한 피부가 느껴졌다.

여자의 몸과는 전혀 다른 남자의 몸.

"기본적으로 운동을 하지."

멍하니 우진의 팔에 손을 대고 있던 은솔은 그의 말에 정신을 번쩍 차렸다.

손바닥 가득 느껴지는 감촉에 그녀는 쓰레기를 내다 버리듯 그의 팔을 확 밀었다.

키득대는 웃음소리가 들렸다. 그녀가 눈을 가늘게 뜨고 물었다.

"억지로 몸을 만지게 하는 것도 성희롱이지?"

"네 기분이 나빴으면."

우진이 여유롭게 대답하자 은솔은 아랫입술을 깨물었다. 기분이 이상해지긴 했지만 소스라칠 정도로 나쁘지는 않았다.

뭐랄까? 서우진 같지가 않다.

눈앞의 남자는 분명히 서우진의 껍질을 뒤집어썼는데, 3년 만에 만난 그의 분위기는 어딘가가 달라져 있었다.

3년 전까지의 서우진에게는 늘 도망치고 피하고 싶었는데, 지금은…….

"건강하게 오래 살아야지. 골골거려 봤자 누가 알아줘? 너만 힘들어."

우진의 목소리에 제 생각에만 빠져 있던 은솔이 번쩍 정신을 차렸다. 기분이 이상해진 그녀가 눈가를 찡그릴 때였다.

"운전은 할 수 있어?"

"나 환자 아니야."

"안색은 환자 같은데."

그의 눈길이 그녀의 얼굴에서 떠나질 못했다.

3년 전과 달라지지 않은 것이 있다면 이 시선. 그녀에게만 정확히 꽂혀서 따가운 시선과 그가 만들어 내는 침묵은 참기 힘들었다.

다행히 우진은 금세 다시 말을 이었다.

"택시 타고 들어가. 콜 부를게."

"지, 진짜 멀쩡하다니까!"

저도 모르게 목소리를 높인 은솔은 눈을 동그랗게 뜬 우진을 보자마자 얼굴을 붉혔다.

목소리가 너무 컸나?

그런데 그는 씩 웃을 뿐이었다.

도대체 뭐가 재미있는 거지? 역시 서우진의 정신세계를 이해할 수가 없다.

억지를 부려서 자차로 퇴근한 은솔은 집에 들어가자마자 곯아떨어졌다.

그리고 어김없이 해는 떴고, 은솔은 아직 피로가 다 풀리지 않은 무거운 몸을 이끌고 출근길에 올랐다.

"나, 운동할까 생각 중이야."

병원까지 가는 동안 은솔은 민주와 또 전화 통화를 했다.

—왜?

"어제 수술하고 힘 달려서 다리에 힘 풀렸어."

—대박! 정형 좋다, 좋다 하더니 내과가 삶의 질에는 짱이라니까.

은솔은 으스대는 민주의 목소리를 듣자 하니 혈압이 좀 치솟긴 했지만, 인내심을 발휘해서 무시했다.

"헬스 해야 하나?"

—내 생각엔 그래도 뭔가 배우는 게 낫지 않을까 싶어. 같은 운동을 해도 배우는 편이 재미있을 거 같은데.

일리 있는 소리였다. 친구에게 보이지는 않겠지만 은솔은 고개를 작게 끄덕이고 물었다.

"혜정이 요즘도 골프 쳐?"

―완전 미쳐 있지. 걔 월수금은 골프 치고 화목토는 요가인가 필라테스인가 하잖아. 일요일은 교회.

부지런한 친구의 일정을 듣자 은솔의 입이 저절로 벌어졌다.

"진짜 미쳤다. 그러고 어떻게 살아?"

―우리보다 건강할걸.

어제 오랜 수술에 지쳐 나가떨어졌던 은솔은 얌전히 입을 다물었다.

이내, 민주가 킥킥거리면서 화제를 바꾸었다.

―나도 지금이라도 시집갈까? 어디 돈 많은 남자 없나?

"왜?"

―생각해 보면, 혜정이가 인생의 승리자야. 사내 연애, 의사 부부, 병원장 며느리. 아등바등 개원할 것도 없고, 페닥 자리 찾을 것도 없고, 너처럼 수술하다 힘 달릴 일도 없잖아.

"그러네."

은솔은 별생각 없이 동의했다.

실제로 혜정은 전공의 시절에 만난 동기와 결혼에 골인했다. 끔찍한 전공의 생활 중에서도 깨가 쏟아지기로 유명한 커플이었다.

거기다 시아버지가 병원장이라는 복권 당첨까지!

혜정이 부러워서 한때 은솔도 혜정의 남편을 통해 몇 번 소개를 받아 봤으나 운이 따라 주지 않아서인지 지금까지 쓸쓸한 인생을 살고 있었다.

뭐 이제는 남자한테 질려서 굳이 결혼하고 싶은 마음도 없지만.

그때, 민주가 장난기 가득한 목소리로 은솔을 불렀다.

—야.

"왜?"

—너도 인생의 승리자가 될 수 있어.

이렇게 의뭉스러운 말투와 느물거리는 목소리로 말할 때, 김민주는 헛소리를 뱉곤 했다.

눈을 가늘게 뜬 은솔은 핸들을 꽉 잡고 친구를 비웃었다.

"또 무슨 헛소리를 하려고?"

—사내 연애, 의사 부부, 병원장 며느리. 한 큐에 되는 방법.

고은솔의 마음속 속물이 솔깃해했다.

"뭔데?"

—서우진하고 결혼하면 되잖아.

누가 누구랑 결혼해? 미쳤어?

하마터면 브레이크를 밟을 뻔한 은솔이 소리를 질렀다.

"야이! 나 운전 중인데 사고 날 뻔한 거 알아?"

—안 났으면 됐지.

민주가 좋다고 깔깔거렸다.

친구가 실없는 소리를 할 줄은 알았지만, 거기에 서우진을 가져다 붙일 줄은 몰랐던 터라 은솔은 씩씩거렸다.

'저게 자기 일 아니라고…….'

—그리고 이건 내 생각인데…….

"네 생각 됐고요."

―들어봐. 서우진이 아무래도 널 좋아하는 것 같아.

운전대를 잡은 은솔의 손에 힘이 팍 들어갔다. 뼈가 하얗게 도드라질 정도로 핸들을 꽉 쥔 은솔이 이를 갈았다.

"네가 그런 소리를 하니까 내가 안 듣는 거야. 끊어, 병원 다 왔어."

―잘 생각해 봐. 서우진은 남자 문제에서만 널 괴롭혔거든.

"시끄러워. 끊어."

전화기 너머에서 민주가 뭐라고 했으나 은솔은 듣지 못한 척 전화 종료 버튼을 눌렀다.

병원에 도착했다는 것은 거짓말이 아니었다. 은솔의 차는 그녀가 늘 차를 세우는 구역에 멈추어 섰다.

"가, 갑자기 서우진 이야기가 왜 나와?"

직원용 주차장에 주차한 뒤 은솔은 큰 소리가 나도록 운전석 문을 쾅 닫았다. 차체가 흔들릴 정도로 강한 힘이었다.

그리 기온이 높지 않은 날인데도 더워서 은솔은 손부채질을 하며 건물 안으로 들어갔다.

열이 올라 붉어진 얼굴로 그녀가 황당한 한숨을 내쉬었다.

다행히 어제보다는 덜 힘겨운 날이었다.

문에 찧어 떨어진 손톱 접합 정도의 가벼운 수술이 주를 이루어서 오늘은 기운이 떨어지지 않았다.

은솔은 운동을 시작할 생각으로 혜정에게 메시지를 보냈다.

[물어볼 거 있는데 연락 좀.]

바로 혜정의 전화가 걸려왔다.

—웬일이야?

"나 운동 좀 할까 해서."

—드디어 게을러 빠진 고은솔이 운동을 하는구나. 죽을 것 같디?

혜정의 웃음소리가 이어지자 은솔의 미간이 좁아졌다. 그러나 체력이 부족한 것도 사실이라 굳이 반박하고 싶지는 않았다.

대신, 은솔은 묻고 싶었던 것부터 물었다.

"뭐가 좋을까? 너 골프 친다며? 재밌어?"

—……골프 말고 기초 체력이나 쌓아.

"민주는 뭐라도 배우라던데."

—배우는 것도 체력이 있어야 가능하더라.

귀가 얇은 편은 아니라고 생각하는데, 아침에 민주의 의견을 들었던 것처럼 이번에도 또 귀가 팔랑거렸다.

역시 남들 다 하는 헬스나 다니는 편이 낫겠다.

그때, 혜정이 목소리를 높였다.

—아! 나 다니는 피트니스, 거기 주소 알려 줄게. 상담 한 번 받아 봐. 확장하면서 회원권 모집 열렸으니까.

"시설 좋아?"

—새로 지었으니까 시설은 끝장나지. 연예인 김찬기 알지? 나 거기서 김찬기도 봤어.

김찬기가 누군지는 모르겠지만, 연예인도 다닐 만큼 시설이 좋다는 소식에 은솔은 솔깃해졌다.

"오…… 어딘데?"

—너희 병원 새로 지은 건물 있지? 거기랑 가까워.

그리하여 가벼운 설렘을 간직한 채 혜정이 추천해 준 고급 회원제 피트니스센터를 갔으나…….

"기존 VIP 회원님의 추천이 없으면 등록이 불가능하세요."

"네에?"

카드 키가 없는 은솔은 출입문 프런트 데스크에서부터 입장 및 등록 거부를 당했다.

직원을 마주한 은솔이 황당하다는 투로 되물었다.

"혜정이…… 이혜정 씨가 미리 말씀 안 드렸나요?"

직원은 상냥하게 웃는 얼굴 그대로 태블릿PC를 살펴보더니 안타깝다는 양 대답했다.

"예, 상담 예약 목록에 없습니다."

"아, 잠시만요. 그 VIP하고 통화 좀 할게요. 그럼 되죠?"

은솔은 가방에서 휴대폰을 다급히 꺼냈다. 안내 직원은 은솔을 떨떠름하게 지켜보았으나 입가만큼은 미소를 유지한 채였다.

특별히 관리하지 않고 하나로 묶은 머리, 특징 없는 하얀 셔츠와 검은 정장 바지, 아마 럭셔리 브랜드는 아닐 트렌치코트와 가방.

이곳에 등록한 회원들과는 느낌도, 수준도 다르다.

그런 여자가 VIP의 추천을 받아서 회원 등록을 하러 왔다는 게 직원은 믿어지지 않았다.

한편, 은솔은 당황스러웠다. 혜정이 전화를 받지 않은 탓이었다.

'뭐, 뭐야! 이혜정, 왜 전화를 안 받아?'

전화 연결이 되지 않아 음성 사서함으로 넘어간다는 멘트를 듣고 그녀가 재발신을 할 참이었다.

보다 못한 직원이 상냥하지만 차가운 음성으로 말했다.

"죄송합니다만 회원님들의 안전을 위해 퇴장해 주시겠습니까?"

"네에? 아니, 저기……."

하지만 직원은 웃는 낯으로 은솔의 변명을 차단했다.

살면서 이런 취급은 처음이다. 무해하고 선하게 모범 시민으로 살아온 은솔은 자신이 테러리스트나 간첩이 된 기분을 느꼈다.

은솔은 혜정에게 분노의 메시지를 보냈다.

[이혜정!!!!!!!이게 무슨 짓이야??????]

분노한 만큼 느낌표와 물음표의 개수가 늘어났으나 혜정의 답장은 여전히 오지 않았다.

이대로 집에 돌아가야 하나 싶어 망연자실한 은솔이 감각적인 디자인의 벽에 기대어 섰다.

벽 디자인이 감각적이면 뭐하나, 유해한 사람 취급이나 받았는데.

은솔이 한숨을 내쉬며 발걸음을 돌릴 때였다. 누군가가 우뚝, 그녀의 앞을 막아섰다. 이내, 아는 목소리가 들렸다.

"고은솔?"

'이 목소리는…….'

서우진이었다.

왜 원수는 외나무다리에서 만나는 걸까?

아니, 왜 '고오급' 피트니스센터 출입문에서 만나는 걸까?

은솔은 우진과 딱 마주친 이 상황을 도저히 믿고 싶지 않았다.

병원에서와 달리, 캐주얼한 차림의 우진은 어째서인지 반가운 내색이었다.

반면, 그녀는 떫은 표정을 애써 갈무리해야만 했다.

"여기 다녀어?"

"어…… 아니, 그러니까…… 친구가 추천을 해 줘서 한 번 와 봤어."

우진이 눈을 내리깔고 은솔을 응시했다. 그의 눈매에 웃음이 가득 묻어났다.

무슨 남자가 이렇게 웃음이 헤픈 건지 모르겠다.

은솔은 싫어하거나 떨떠름해 하는 표를 내는데도 꼬박꼬박 웃으면서 접근을 하는 서우진이 신기했다.

"운동 시작하려고?"

"어…… 건강 챙기라며?"

"잘 생각했어. 여기 괜찮아. 조용하고, 병원하고 멀지도 않고."

그래, 그렇게 보이긴 하는데 못 들어간단 말이다!

조금 전 일을 반추하고 기분이 나빠진 은솔은 자신을 내쫓은 데스크 쪽에 등을 돌린 채 고개를 저었다.

"난 그냥 집 옆이 나을 것 같아. 운동하고 운전하기 싫어."

"그래?"

그때 휴대폰 벨이 울렸다. 은솔과 우진, 둘 다 응급 콜에 익숙해져서 곧장 휴대폰을 살폈다.

시끄럽게 울려대는 건 은솔의 전화기였다. 발신자는 고은솔에게 본의 아니게 한 방 먹인 이혜정.

은솔은 전화를 받자마자 버럭 소리쳤다.

"야!"

—은솔아, 진짜 미안해! 내가 깜빡했어.

깜빡 잊을 게 따로 있지.

혜정이 납작 엎드리는 목소리로 사과를 해도 은솔의 화는 풀리지 않았다.

"됐어. 필요 없어."

—어디야? 아직 센터야?

"아니거든? 집이거든?"

은솔이 어린애처럼 툴툴대자 혜정이 한숨을 내쉬었다.

—뭐? 그새 갔어? 나 센터 다 왔는…….

어째 전화 감도가 점점 가까워지는 것 같은데, 싶을 무렵이었다.

엘리베이터가 열리더니 고급스러운 차림의 혜정이 후다닥 달려 나왔다.

혜정은 입구 쪽에 어정쩡하게 서 있는 은솔을 보고 날 듯이 뛰어왔다.

"은솔아!"

은솔은 미안해 죽으려는 친구의 표정을 보니 화가 점점 풀리려고 했다.

그러나 곧, 은솔의 뒤에 서 있는 남자를 발견한 혜정이 얼굴을 굳혔다.

"넌…… 서우진?"

"네가 여기 다니는 줄 몰랐는데."

"어…… 시간이 겹치지 않으면 모르는 거지. 오랜만이다. 잘 지냈지?"

"그럭저럭."

우진이 미미하게 웃으며 대답했다.

사실, 혜정은 고은솔의 원수, 서우진이 어째서 이곳에 함께 있는 건지 의아했다.

물론 전에 은솔에게 우진의 거취에 대해 듣기는 했지만, 막상 실제로 만나고 보니 기분이 이상하기도 했고…….

'3년 전보다 은솔이가 짜증을 덜 내는 것 같네.'

3년간의 공백이 있어서일까? 예전보다 두 사람 사이의 분위기가 부드러워진 느낌이 들었다.

두 사람 사이가 개선된 걸까 생각할 즈음, 트렌치코트 주머니에 손을 찔러 넣은 은솔이 말했다.

"난 간다."

이제 이곳에 볼일은 없었다. VIP 회원인지 뭔지 하는 놈들끼리 잘 먹고 잘살라지.

얼굴을 찡그린 은솔이 엘리베이터 쪽으로 걸음을 내디딜 참이었다. 혜정이 은솔의 팔을 붙잡았다.

"가지 마, 은솔아. 내가 완전 미안해. 데스크에서 뭐래? 너보고 나가랬어?"

"나가?"

혜정이 눈치 없는 소리를 하며 사과를 거듭하자 사실을 알 리 없는 우진이 말을 덧붙였다.

한편, 정곡을 찔린 은솔은 어깨를 움찔 떨면서 기어들어 가는 목소리로 부정했다.

"야, 야, 아니야……."

"여기 보안이 좀 세서 그래. 이해해 줘."

"그래, 다 이해하니까 그만해라……."

은솔이 우진의 눈치를 보면서 어금니를 꽉 물고 속삭였다.

하지만 놀리고 비웃기 딱 좋은 상황인데도 우진은 굳이 말을 보태지 않았다.

웬일인가 싶어서 은솔이 그에게 의아한 시선을 힐끔 보내자, 그런 친구의 모습이 화가 풀린 것처럼 보였는지 혜정이 한결 밝아진 얼굴로 물었다.

"쫓겨나거나 그런 건 아니지?"

"……운동하지 말까 생각 중이야."

창피해진 은솔이 질문에 대답은 하지 않고 투덜거렸다.

"여기까지 와서 그런 게 어디 있어?"

혜정이 은솔의 팔에 팔짱을 꼈다. 그러더니 운동으로 다져진 팔로 은솔을 질질 끌고 프런트 데스크로 향했다.

"회원 등록하려고 하는데요."

혜정과 우진의 얼굴을 확인한 직원이 내쫓았던 은솔을 힐끔 보더니 언제 그랬냐는 양 공손한 태도로 안내했다.

"아까는 죄송했습니다. 프라이버시 보호를 위해서니까 이해 부탁드립니다."
"아, 네……."
도대체 얼마나 잘난 사람들이 다니는 곳인데?
은솔은 심플하지만 재질이 고급스러운 소파에 떨떠름하게 앉았다. 은솔의 옆에 딱 붙어 앉은 혜정이 속삭였다.
"호텔보다 싼데 시설은 훨씬 나아."
"그건 그래."
웬일로 우진이 동조를 해 주었다. 혜정이 입 모양으로 '나이스'라고 하면서 엄지를 척 들었다.
이 두 인간이 아무래도 고은솔을 콧대 높은 피트니스센터에 등록을 시키기로 작정한 모양이다.

* * *

환자는 30대 정도의 무척 젊은 남자였다.
그는 절단 기계를 다루는 데 벌써 10년 차가 넘어가서 능숙했지만 사고를 피할 수는 없던 모양이다.
오른쪽 손이 먼저 기계 안으로 말려 들어간 환자는 깜짝 놀라 소리를 지르며 오른손을 빼내겠다고 왼손을 썼다가 왼손 끝부분도 기계에 들어가고 말았다.
옆에서 작업하던 동료가 아니었으면 팔이 다 빨려 들어갔을 것이 분명했다. 그러면 고기가 썰리듯 칼날에 썰렸겠지.
환자는 그때의 충격으로 수술 내내 아무 말도 하지 못했다.

양쪽 손…… 아니, 목숨을 잃을 뻔한 환자에게 수부외과 과장의 집도 아래 은솔과 우진이 각각 붙었다.

수술실은 시끄러울 일이 없었다.

꼼꼼한 고은솔은 실수를 하지 않았고, 환자 인생이 달린 수술에 서우진도 진지하게 임했다.

이럴 때는 또 천생 의사다. 은솔은 힐끔 우진을 곁눈질하고 물었다.

"서우진 선생님, 그쪽 어때요?"

"여기는 다 됐습니다."

상대적으로 덜 다친 왼손은 사용하기 어려운 혈관을 제거하고 다른 곳에서 떼어 낸 혈관을 이식해 연결했다.

"환자분 세 번째, 네 번째 손가락 움직여 보세요."

환자는 우진의 말에 따라 손가락을 움찔거렸다. 신경도 제대로 연결이 되었다는 뜻이다.

결과를 본 과장이 만족스러운 목소리로 말했다.

"좋아, 그쪽은 바로 마무리해."

서우진 한 사람이 더 있을 뿐인데도 이렇게 수월했다. 그는 성형외과 전문의여서 그런지 속도도 빠르고 정확하며 섬세했다.

은솔은 물론 수부외과 과장도 만족스러워했다.

과장이 환자에게 말을 걸었다.

"이쪽 남자 선생님이 성형외과 전공이시니까 더 섬세하게 봉합해 주실 겁니다. 너무 걱정하지 마세요."

"아, 아, 네. 감사합니다."

"그리고 여기 저와 고 선생이 본 오른손은……."

과장이 잠시 말을 멈추었다. 불편한 침묵이 흐르자 환자는 각오하고 있다는 양 고개를 끄덕였다.

혈관이 터지고, 신경이 눌려 끊어졌으며, 뼈가 부서지고, 근육이 파열되었다고 설명을 들었다.

피치 못할 상황에는 전부 절단하겠다는 동의서도 작성했다.

절단.

중요한 오른손을 절단해야 할지도 모른다니 막막했지만 사고의 충격으로 환자는 멍했다.

"다섯 손가락 모두 살리지는 못했습니다."

"아……."

환자의 좌절 섞인 신음이 대답 대신 이어졌다.

수술 들어가기 전에도 안내받은 사항이지만 막상 결과가 나오고 나니, 더 비참한 기분이 들었다.

"자, 손이 이렇게 대각선으로 들어갔잖아요?"

과장은 새끼손가락 쪽이 위로 가게끔 팔을 비스듬히 들었다.

"그래서 새끼손가락하고 약지는 거의 뭉개졌다고 보시면 되고, 검지는 반 마디, 중지는 한 마디 정도가 잘렸어요."

먼저 딸려 들어간 오른손 중 두 손가락은 이미 형체부터 짓이겨진 터라 절단할 수밖에 없었다.

"수술 목표가 뭐라고 했죠?"

"……잘린 거 붙이기요."

"네. 목표한 대로 두 손가락은 붙였고 혈관도 잘 연결했지만 지켜봐야 합니다."

이제 겨우 한 차례 고비를 넘겼을 뿐이다. 운이 나쁘면 괴사가 올 수도 있고 결국 절단해야 하는 상황에 놓일 수도 있었다.

다만, 지금, 지금만큼은 상태가 좋았다.

"과장님 말씀대로 입원실 올라가서 지켜봅시다."

수 시간짜리 수술이 끝나고 환자가 나간 뒤, 의료진들은 의료 폐기물을 쓰레기통에 쑤셔 넣고 해방이라는 듯 수술실을 나섰다.

이번 수술에 같이 참여한 유남이 웃으면서 우진에게 말을 걸었다.

"서우진 선생님, 좋은 일 있으신가 봐요."

"왜요?"

"웃고 계시니까요."

"수술이 끝났으니까 좋죠."

"에이, 수술 내내 기분 좋아 보이시던데요."

유남은 끈질겼다. 이미 수부외과 의국 내에서는 조유남 선생이 서우진 선생에게 관심이 있다는 소문이 퍼져 있기도 했다.

다른 사람이 아니라 서우진이기에 소문이 파다한 것이다.

서우진은 병원장 아들이자 차후에 이 병원을 물려받을 후계자 아닌가. 당연히 모든 사람의 이목이 쏠린 상태였다.

그렇기에 은솔은 우진과 최대한 거리를 벌리고자 노력했다.

이상한 소문에 휩싸이는 건 사절이었다. 저번 '찾아가는 병원' 행사 때처럼 괜한 오해를 받고 싶지도 않았다.

'서우진하고 웬만하면 엮이지 말자.'

우진과 유남의 뒤에서 비척비척 걸어가던 은솔이 속으로 다짐할 차였다. 걸음을 멈추어 선 우진이 대뜸 뒤를 돌았다.

은솔과 우진의 눈이 마주쳤다.

시간이 멈춘 듯, 은솔과 우진은 서로를 말없이 바라보았다.

어째서일까, 그녀는 그에게서 눈을 떼지 못했다. 재차 다짐을 한 지 10초도 지나지 않았는데…….

이내 우진이 피식 웃으면서 말했다.

"글쎄요, 고은솔 선생한테 많이 배워서 그런가."

"어머나…… 하긴, 은솔 쌤이 능력자이긴 하시죠."

"네, 도움이 많이 되었습니다."

서우진이 겸손을 떨면서 대꾸하고는 다시 발걸음을 돌렸다. 반면, 은솔은 못이라도 박힌 양 그 자리에 멈추어 섰다.

이상하다.

서우진이 이상해.

저건…… 고은솔이 아는 서우진이 아니다.

고은솔이 아는 서우진은 사람을 우습게 아는 남자였다.

아무렇지 않게 타인을 장난감 취급하면서 자존심을 단번에 박살 낸 주제에 겸손한 척을 하다니.

그때, 어째서인지 민주의 말이 수면 위로 떠올랐다.

"서우진은 남자 문제에서만 널 괴롭혔거든."

그 전에 민주가 뭐라고 그랬었더라? 서우진이 고은솔을 좋아하는 것 같다 했었나?

은솔은 점점 멀어지는 우진의 뒷모습을 바라보았다.

아니다. 절대 그럴 리 없었다. 남자 문제에서만 서우진이 고은솔을 괴롭혔다면, 학부 시절 6년간의 굴욕은 일어나지 않았을 테니까.

서우진은 고은솔을 가볍게 누르며 항상 수석을 했고, 성적 장학금이 뜨는 날에는 턱을 들고 그녀를 내려다보곤 했었다.

너와 나는 '급'이 다르다는 듯, 말이다.

하긴, 그보다 더한 전공의 생활도 묵묵히 견뎠었는데 서우진이 뭐라고 아직도 마음이 착잡해지는 건지 모르겠다.

은솔은 안 좋아진 기분을 쫓아내기 위해 고개를 털었다.

'그러니까 군대 갔다 와서 개과천선한 거야?'

아니, 현역도 아니고 공중 보건 의사였잖아? 그래도 엄청 힘든 곳이었나? 고생을 많이 해서 성격이 변하기라도 한 건가?

"근데 걔가 고생하든 말든 나랑 뭔 상관이지?"

은솔은 이제 보이지 않는 우진의 뒷모습을 무의식적으로 상상하면서 중얼거렸다.

퇴근을 앞둔 은솔은 기분이 영 별로였다. 우진과 함께 수술한 이후로 자꾸 그에 대한 생각이 불쑥불쑥 치고 올라온 탓이었다.

과거 일이라도 떠오르면 기분은 한없이 바닥으로 침잠했다.

그런데 민주의 말 때문일까? 신기하게도 소개팅이나 연애 관련한 일에 깽판을 놓은 서우진만 떠올랐다.

'분명 다른 일도 있었을 텐데.'

진료실을 나선 은솔은 결코 좋지 못한 기억을 헤집으면서 1층 출입문 쪽으로 내려갔다.

학부 시절 일을 제외하면 특별히 떠오르는 건 없었다.

솔직히 일부러 엿 먹으라고 1등을 내주지 않는다는 건 어불성설이니까 그것도 뺀다면…….

'진짜? 내 연애 사업만 방해했어? 왜?'

그때였다. 툭, 누군가가 그녀의 어깨를 건드렸다.

서우진 생각에 빠진 은솔은 인상을 쓴 채 고개를 홱 돌렸다. 하필이면 등 뒤에 서 있는 놈도 서우진이었다.

온통 서우진투성이.

"표정이 왜 그렇게 살벌해?"

"내가 뭘."

너 때문이다, 너 때문!

은솔은 괜히 머리가 아파지는 것 같았다. 그녀의 마음을 알 리 없는 우진이 가볍게 말했다.

"당직 아니지? 운동 가자."

운동?

그제야 은솔은 지갑 안에 들어 있는 '고오급' 피트니스센터의 카드 키를 떠올리고 아차 싶었다.

나, 운동 등록했지.

갑자기 귀찮음이 파도처럼 밀려들었다. 왜 등록했지? 지금이라도 환불을 할까?

그때, 우진이 은솔의 상념을 깨뜨렸다.

"뭐해? 안 가?"

"어? 서, 설마 같이 다니자는 거야?"

그가 위험하게 웃었다. 햇빛이 쏟아지는 창가에서 웃었던 그 미소와 꼭 닮은 웃음이었다.

그리고 역시나…….

"으윽……."

피트니스센터에는 개인 트레이닝 룸도 준비되어 있었다.

예약을 해야 사용할 수 있는 곳인데 고은솔 굴릴 날을 벼르고 별렀는지 우진은 예약까지 해 두었다.

한 시간 동안 이리저리 굴려진 은솔은 결국 주저앉고 말았다. 숨이 턱 끝까지 차고 팔다리에 힘이 다 빠져서 움직일 수가 없었다.

그녀를 내려다보던 우진이 생수를 내밀었다.

"물 좀 마실래?"

은솔은 겨우겨우 팔을 뻗어 물병을 쥐었다. 500밀리리터 생수병을 잡는 일이 이토록 힘들 줄이야!

물을 서너 모금 마신 후, 조금 정신을 차린 그녀가 씩씩거렸다.

"이러려고 같이 운동하자는 거지? 나 죽는 꼴 보려고."

서우진, 이 자식은 예전과 똑같았다.

변한 것 같기는 개뿔, 역시나 서우진은 고은솔을 괴롭히기 위해 태어난 것이 분명했다.

잠시나마 그의 변화에 마음이 풀렸던 건 불찰이었다.

"너 정말 체력 바닥이구나. 도대체 그동안 수술은 어떻게 한 거야?"

"사람에게는 체력만큼 정신력도 중요해."

은솔의 대꾸에 팔짱을 끼고 벽에 기댄 우진이 진지한 음성으로 말했다.

"의사 체력이 안 따라 주면 환자한테 피해만 끼쳐. 독하게 마음먹고 운동해."

"……말은 잘한다."

투정을 부린 것이 민망해서 은솔은 다시금 물만 꿀꺽꿀꺽 넘겼다. 그녀에게서 시선을 떼지 않은 채 우진이 제안했다.

"다니는 김에 골프도 배우지그래?"

이 피트니스센터는 헬스뿐만이 아니라 수영과 골프, 테니스 등 여러 가지 운동을 한곳에서 할 수 있게끔 시설이 되어 있었다.

게다가 전국에 분포된 계열사 리조트와 골프장 이용도 가능했다. 이곳에서 골프 클래스를 배운 다음, 한 번에 필드에 나갈 수 있는 셈이다.

하지만 은솔은 단번에 거절했다.

"됐어. 골프고 나발이고 헬스도 때려치우고 싶으니까."

솔직한 심정을 들은 우진이 쿡쿡 웃었다. 그 웃는 소리마저도 얄밉게 들려서 은솔은 콧방귀를 뀌었다.

이내, 그가 말을 돌렸다.

"너, 근력 운동할 때 호흡을 안 하더라."

"힘드니까 그렇지……."

실제로 은솔은 힘들어서 이를 악무느라 숨을 멈추곤 했다. 우진이 못마땅하게 대꾸했다.

"숨을 쉬어야 근육까지 산소가 가잖아."

"나도 알아."

"머리로만 알면 뭐해? 적용을 하라고."

"아으으!"

김민주의 말은 틀렸다. 서우진이 연애 관련된 일에만 고은솔을 괴롭혔다고? 천만에! 지금도 봐, 세 치 혀로 고은솔을 몰고 있다.

지쳐서 나뒹굴던 은솔이 벌떡 일어났다. 이대로 여기 있어 봐야 서우진의 먹잇감밖에 더 될까.

"어디 가?"

"화장실."

우진은 두 번 묻지 않았다.

후들거리는 다리로 화장실에서 나온 은솔은 코너를 돌다가 웬 덩치 큰 남자와 딱 마주쳤다.

그를 피해 가기 위해 그녀가 옆으로 한 걸음 비켜날 즈음이었다.

"어라?"

남자에게서 덩치에 걸맞지 않게 귀여운 감탄사가 나왔다. 곧, 남자가 다급하게 은솔에게 물었다.

"우리 어디서 본 적 있지 않아요?"

덩치만큼이나 키가 큰 남자를 은솔이 올려다보았지만 아무리 봐도 낯선 생김새였다. 그녀가 심드렁하게 대답했다.

"처음 뵙는데요."

게다가 어디서 본 적 있지 않냐니, 이런 곳에서 황당한 작업 멘트를 들은 은솔은 기가 찼다.

하지만 남자는 계속 중얼거렸다.

"이상하네, 익숙한데……."

"사람 잘못 보셨습니다."

잠시간 말을 한 것만으로도 은솔은 너무 힘들어서 도망치듯 그 자리를 벗어났다.

등 뒤로 남자의 시선이 잠깐 느껴지다가 사라졌다.

* * *

전공의 2년 차. 눈코 뜰 새 없이 바쁜 시기였지만, 은솔은 오랜만에 친구들과 술자리를 가졌다.

고은솔은 정형외과에서, 김민주는 내과에서, 이혜정은 일반외과에서 착취 아닌 착취를 당하고 있었지만, 여름 휴가만큼은 맞춰 쓸 수 있었다.

"은솔아, 소개팅 한 번만 나가 주라."

혜정의 갑작스러운 부탁에 은솔이 눈살을 찌푸리고 거절했다.

"싫어."

"아, 왜애!"

"남자라면 지긋지긋해."

한숨을 푹 내쉰 은솔은 소주잔을 싹 비웠다.

얼마 전부터 돌기 시작한 고은솔 양다리설 때문에 그녀는 감정적으로 잔뜩 지쳐 있었다.

한 번도 해 보지 못한 연애에 환상이 있었다.

서로를 잘 챙겨 주고 배려하면서 달콤한 시간을 보내고, 그러면서도 가슴이 찢어질 듯 애절한 연애 말이다.

그런 사랑을 해 보고 싶었는데 현실은 '서우진에게 살아남아라, 서바이벌'이 따로 없었다.

"예원이네 선배가 소개팅 부탁했대. 매너 좋다는데 한 번만 나가 주라."

예원은 혜정의 연인이었다. 성격이 잘 맞아서 결혼까지 무난히 갈 것 같다고 들었다.

은솔은 잔잔하게 달콤한 연애를 하는 혜정이 부러웠지만 더 이상 남자와 엮이고 싶지 않았다.

고은솔 인생에 '남자'는 피곤한 존재일 뿐이었다.

"됐어. 그 사람도 내가 나오면 싫어할걸."

아직도 병원 안에 파다하게 퍼져 있는 소문은 좀체 누그러질 기미를 보이지 않았다.

이제 은솔은 자신의 등 뒤에서 속닥거리는 소리 따위엔 초연해질 정도였다.

"야, 그건 예원이가 다 설명해 줄 거야. 가짜 소문에 신경 쓰지 마."

"그런가……."

"응? 남자한테 받은 상처는 남자한테 치료받아야지. 응?"

혜정의 말도 일리가 있긴 했다.

반쯤 포기하고 있었지만, 은솔도 내심 피폐해진 인생에 무조건적인 사랑을 받아 보고 싶었다.

서우진만 아니었어도 잘될 기회가 몇 번 있었을 텐데.

그러나 민주는 고개를 저으며 반대 의견을 내놓았다.

"아서라. 또 서우진이 와서 엎어 놓을걸. 괜히 피해자 늘리지 마."

우진의 이름을 듣자마자 은솔은 바로 풀이 죽었다.

"도대체 걘 왜 그러는 걸까? 내가 잘 사는 게 싫은 건가?"

민주는 입술을 달싹이다가 한숨을 길게 뱉고 대꾸했다.

"모르지. 열 길 물속은 알아도 한 길 사람 속은 모른다잖아."

은솔은 다시금 소주잔을 비우고 팔꿈치를 테이블에 올린 채 턱을 괴었다. 그녀의 둥근 눈이 우울하게 일그러질 즈음이었다.

혜정이 팔을 걷어붙이고 나섰다.

"아냐! 서우진한테 지지 말자고. 완전 비밀 작전으로 나가면 되잖아."

"어, 그만두는 게 낫지 않을까……."

민주가 떨떠름하게 말렸으나, 혜정은 결국 소개팅을 주선하고 말았다.

혜정의 남자 친구인 예원은 4년 차 선배를 대뜸 소개해 주었다. 같은 정형외과 전공이 아니라 그나마 다행이었다.

"이재호입니다. 내가 연상이니까 말 놓아도 되지?"

"네…… 뭐, 그러세요."

초면에 말 놓는 걸 싫어하지만 첫 분위기부터 깨고 싶지 않아서 은솔은 한 번 꾹 참아 주었다.

하지만 첫인상부터 느낌이 좋지 않았다. 느낌이 온다, 느낌이.

‘이번에도 망한 느낌이 든다.’

남자의 흐리멍덩한 인상은 그렇다 쳐도, 얼굴과 전혀 어울리지 않게 셔츠며 바지에 뭔가를 주렁주렁 단 패션 감각이 영 별로였다.

한 10년 전쯤 로커들 사이에서 유행했을 법한 체인은 특히 최악이었다.

은솔은 그가 다리를 움직일 때마다 들리는 덜그럭거리는 소리가 거슬리기 시작했다.

“여자가 오쓰(정형외과) 전공하면 힘들지 않아?”

“힘든 일에 남녀가 어디 있나요? 다들 그렇죠.”

억지로 웃으면서 은솔은 수천 번쯤 했던 대답을 그대로 뱉고는 주스를 마시는 척 빨대를 질겅질겅 씹었다.

그때, 등 뒤에서 서늘한 음성이 들려왔다.

“우리 은솔이, 또 쓸데없는 짓 하고 있네?”

“헉!”

얼마나 놀랐는지, 은솔은 씹어서 납작해진 빨대를 뱉고 고개를 홱 돌렸다.

예상대로 단정한 셔츠 차림의 우진이 팔짱을 낀 채 그녀를 내려다보고 있었다.

“너, 너, 여길…….”

‘어떻게 온 거지?’

이는 거의 007 작전에 맞먹을 만큼 비밀리에 진행된 소개팅이었다!

이것까지 알아내다니, 역시 서우진은 악마에게 영혼을 팔아 초능력을 얻은 것이 틀림없었다.

우진은 은솔에게서 시선을 떼고 재호를 쳐다보았다.

순간, 그가 웃음을 "풋!" 하고 소리 내어 터뜨렸다. 청량한 웃음소리지만 상대는 충분히 기분 나쁠 만한, 서우진만의 웃음소리였다.

"고은솔. 내가 상한 거 주워 먹고 다니지 말랬지?"

우진이 도로 은솔을 바라보며 말했다. 덕분에 이재호 역시 순식간에 '상한' 남자가 되어 버렸다.

당황한 재호가 우진에게 삿대질하며 자리에서 일어났다.

"너, 넌 뭐야?"

그러나 우진은 재호의 목소리가 들리지 않는 듯 무시하고 은솔에게만 시선을 고정했다.

결국, 은솔이 조심스럽게 입을 열었다.

"여긴 어, 어떻게 알았어?"

"내가 너에 대해 모르는 게 어디 있어?"

'007 작전은 개뿔.'

테이블에 팔을 올린 은솔이 이마를 감싸 쥐었다.

하지만 우진은 더 이상 그녀를 기다려 주지 않았다. 그가 그녀의 팔을 잡아 억지로 일으켜 세웠다.

"일어나. 밥맛 떨어지게 저런 거 보면서 저녁 먹지 말고."

"서우진, 진짜 왜 이래!"

얼굴을 일그러뜨린 은솔이 울먹였다.

아니, 물론 오늘의 소개팅 상대는 완전히 별로였고 굳이 다시 만날 생각이 없긴 했지만, 인간적으로 예의는 지켜서 이별을 해야 하지 않나.

곧, 재호가 테이블 위의 냅킨을 우진에게 집어 던지면서 버럭 소리를 질렀다.

"야! 너 사람 말이 말 같지 않아? 누구냐고!"

냅킨은 카펫 위로 소리도 없이 떨어졌다.

눈만 내리깔고 하얀색 천 쪼가리를 보던 우진이 입가를 끌어올린 채 한 걸음씩 재호에게 다가갔다.

"나?"

자신보다 반 뼘가량 큰 우진이 가까이 다가오자 재호가 긴장한 양 침을 삼켰다.

소란을 듣고 달려온 직원이 냅킨을 주우면서 두 사람을 경계했다.

이 모든 상황이 전혀 보이지 않는 듯 우진은 재호에게 차가운 음성으로 말했다.

"고은솔이랑 아주 깊은 사이지."

은솔의 눈앞이 아찔해졌다.

'망했다…….'

"얼마나 깊은지 읊어 볼까?"

깊긴 깊은 사이였다. 원한이 깊은 사이라는 게 문제였지만!

물론 잘못 알아들은 재호는 어이가 없다는 표정으로 은솔에게 시선을 돌렸다.

강아지처럼 무해해 보이는 눈동자가 가증스러워서 화가 치밀었다.

"그 소문 진짜였냐?"

"네?"

"너, 피쓰(성형외과) 애랑 붙어먹었다며? 이야, 그래 놓고 뻔뻔하게 소개팅을……."

그때였다.

"입."

우진이 큰 손으로 재호의 입과 턱을 한 번에 감싸 쥐고는 손에 힘을 주기 시작했다.

턱이 으스러질 정도로 고통이 느껴지자 재호의 입이 저절로 벌어졌다.

"조심해."

재호의 입에서 앓는 소리가 흘러나왔다.

재호는 어떻게든 고통에서 벗어나고자 우진의 팔을 양손으로 잡았으나 역부족이었다.

"맨디블(Mandible, 하악뼈) 박살 나기 싫으면."

우진은 사람이 괴로워하는 모습을 무표정하게 지켜보면서 끝까지 자기가 하고 싶은 말을 하고 재호를 거칠게 밀었다.

바닥으로 쓰러진 재호가 숨을 헐떡거렸다.

우진과 재호 사이에서 어쩔 줄 몰라 하는 은솔을 이끈 건 당연히 우진이었다.

그는 그녀를 데리고 카페 밖으로 성큼성큼 향했다.

피가 통하지 않을 만큼 꽉 잡힌 팔목이 아팠다. 울상이었지만 은솔은 독기 어린 목소리로 이를 갈았다.

"도대체 나한테 왜 이래?"

"나야말로 궁금한데? 도대체 왜 저런 상한 것만 주워 먹고 다니는지."

"먹긴 뭘 먹어? 제발 그만 좀 해! 진짜 지긋지긋하다고."

서우진이 또 이렇게 깽판을 쳐 놨으니 이제 재호가 속한 소아청소년과에 고은솔에 대한 안 좋은 소문이 진하게 날 것이고, 자신은 주선자인 예원 볼 낯도 없을 것이다.

어쩌면 혜정도 은솔을 미워할지 모르겠다. 은솔의 가슴이 무거워졌다.

이런 마음을 알 리 없는 못된 우진이 그녀의 손을 놓아주고는 어깨를 으쓱였다.

"저녁 먹고 갈래?"

"미친놈!"

은솔은 그대로 몸을 돌려 지하철역으로 뛰어갔다.

잠에서 깬 은솔은 멍하니 중얼거렸다.

"내가 진짜 미친놈이라고 욕을 했나?"

그 후 환자 보호자와 시비가 붙은 재호는 성추행 및 폭행 사건으로 병원에서 퇴출당했다.

미성년자 환자를 성추행하다가 보호자에게 들통이 나서 폭력을 썼다는 충격적인 사건이었다.

그땐 역시 첫인상부터 별로였다고 가볍게 넘겼지만, 지금 생각해 보니 우진의 '상한 것'이라는 표현이 딱 어울린다.

"아으으, 뻐근해!"

은솔은 근육통으로 죽을 맛이었다.

오늘, 오프가 아니었으면 큰일이 났을 것이다. 팔을 떨면서 미세한 수술을 할 수는 없는 노릇이니까.

'안 쑤시는 곳이 없네.'

허리를 부여잡고 억지로 일어난 은솔은 한 걸음을 걸을 때마다 통증을 느끼며 방 밖으로 나왔다.

거실에는 엄마 혼자 우아하게 커피를 마시고 있었다.

"다들 출근했어?"

"해가 중천이야."

은솔이 힘없이 고개를 끄덕이곤 소파에 쓰러지듯 앉아 징징거렸다.

"나 헬스 시작해서 죽을 것 같아."

"자랑이다, 자랑. 밥은?"

"입맛 없어."

"샌드위치 해 줄게. 먹어."

엄마가 커피잔을 내려놓고 벌떡 일어났다. 여기서 입맛 없다고 해 봐야 엄마는 듣지 않을 것이다.

엄마가 주방으로 들어가자마자 동생인 은석에게서 전화가 걸려왔다.

응급 콜 때문에라도 항상 휴대폰을 쥐고 있는 습관 덕분에 은솔은 바로 전화를 받을 수 있었다.

"어, 은석아."

―누나, 요즘 만나는 사람 있어?

"없는데 왜?"

그녀가 삭막하게 대꾸했다.

—그러면 나 한 번만 도와주라.

"밑도 끝도 없이 뭘 도와줘?"

—만나는 사람 없으면 우리 회사 대표님 한 번만 만나 줘.

은솔의 미간이 좁아졌다.

회사 대표? 자신과 달리 문과 머리를 가진 동생은 국어국문과를 졸업하고 현재 박봉에 시달리며 출판사를 다니고 있었다.

그러니까 출판사 대표란 건데…….

'보통 대표는 늙은 아저씨 아니야?'

설마 동생이 승진에 눈이 멀어서 누나를 팔아먹기라도 한 것인가.

그럴 성격의 고은석이 아니긴 하지만, 은솔은 얼굴을 잔뜩 찌푸리고 차갑게 말했다.

"내가 너희 회사 대표를 만나야 하는 이유를 육하원칙에 따라서 똑바로 설명해."

—아, 누나아…….

"대표 신상 명세부터 읊고."

내용은 간단했다.

예전에 출판사 어느 직원이 결혼하게 되었는데 동생과 함께 자리를 채워 주러 참석한 적이 있었다.

거기서 대표가 은솔을 눈여겨보았다나 뭐라나.

게다가 한 회사의 대표씩이나 되었으면서도 이제 겨우 서른다섯 살밖에 먹지 않은 남자였다. 이 점은 천만다행이었다.

어려운 부탁은 아니었다. 한 번 정도 밥만 먹어 주면 되겠지, 가볍게 생각한 은솔은 제안을 수락하고 전화를 끊었다.

그새 엄마가 샌드위치를 만들어 은솔의 손에 들려 주며 물었다.

"무슨 전화야?"

"은석이네 회사에서 대표가 날 소개받고 싶대."

"대표? 사장?"

"그런가 봐."

은솔이 무덤덤하게 대답하자 엄마의 얼굴이 조금 전 은솔처럼 일그러졌다.

"……사장이면 중늙은이 아니야?"

"서른다섯 살이라던데."

"그건 괜찮네. 그 나이에 회사 대표라니."

상대의 나이를 확인하자마자 엄마의 얼굴이 도로 펴졌다. 안도의 한숨을 내쉰 엄마가 계속 캐물었다.

"그래서 언제 나가기로 했는데?"

"오늘 그 사람 퇴근 시간에 맞추기로 했어."

쇠뿔도 단김에 빼라고 했다. 대단치 않은 자리니까 빨리 해치우는 게 마음도 편할 것이다

비록 몸은 근육통 때문에 아파 죽겠지만, 의학적 지식을 가진 은솔은 몸을 움직여 근육을 풀어 줘야 한다는 걸 눈물겹게 잘 알고 있었다.

—누나, 부담스러우면 안 나가도 돼. 지금이라도 말씀드릴까?

아픈 몸을 이끌고 외출 준비를 마쳤건만 동생이라는 놈은 이런 소리나 했다. 은솔이 인상을 구기고 대꾸했다.

"됐어. 생각보다 괜찮은 사람일 수도 있잖아."

—솔직히 누나가 아깝지. 종합 병원 의사에 동안이고…….

디스가 미덕인 남매 사이에 갑자기 웬 칭찬이란 말인가? 은솔은 동생의 의도를 의심하면서 못을 박았다.

"칭찬해 봐야 너한테 떨어질 거 없다."

—그런 거 아니거든? 가볍게 밥만 먹고 들어와. 나도 대표라서 거절 못 한 거니까.

은석은 진심으로 미안해하는 듯했다. 도대체 '출판사 대표(35)'가 얼마나 못났기에 이토록 미안해하는 건지 모르겠다.

은석과의 통화를 끝내고 바로 주차장으로 내려가자 은솔의 휴대폰이 또 울렸다. 혹여 병원인가 했지만, 다행히 민주의 전화였다.

"왜?"

심드렁한 은솔의 목소리에도 민주는 발랄했다.

—오프라며? 맥주 한잔 콜?

운전석에 앉는 동안에도 팔다리가 다 쑤셨다. 특히 한 줌도 안 되는 근육들이 아프다고 아우성이었다.

은솔은 겨우겨우 안전벨트를 매고 대답했다.

"맥주는 무슨. 너도 운동이나 좀 해라. 뒤지겠다."

—아, 이혜정에 고은솔까지 보태고 있네! 맥주 한잔이 뭐 어떻다고.

민주가 투덜거렸다. 은솔도 민주의 마음을 모르는 것은 아니었다. 자신 역시 얼마 전까지는 민주와 똑같이 생각했으니 말이다.

시동을 건 은솔이 정면을 보며 말했다.

"맥주는 다음에 마시자. 나 지금 소개팅 나가."

—이 시간에 소개팅? 누구랑?

진심으로 놀란 듯, 민주의 목소리가 반쯤 갈라져 나왔다. 은솔은 여전히 간결하게 대답을 했다.

"동생 출판사 대표."

—지금이 몇 신데…… 어디서?

"GG호텔."

—이 저녁에 처음 만나자마자 호텔부터 간다고? 너 그렇게 오픈 마인드였니?

"뭐라고?"

—아직 이 나라는 보수적인데.

"드디어 돌았구나? 이상한 상상을 하고 있어. 소개팅이라니까? 카페 가는 거야."

은솔의 말이 끝나기 무섭게 민주는 깔깔 크게도 웃었다. 일부러 고은솔의 기분을 긁은 게 틀림없었다.

—GG호텔…… 그렇구나.

"빨리 끝나면 전화할까? 거기서 한잔하자."

—뭐, 그러든지.

민주는 시원스럽게 대꾸하고 전화를 끊었다.

은솔이 의아하게 휴대폰 화면을 흘끔거렸다. 평소의 민주답게 통화를 질질 끌 줄 알았는데 쿨하게 전화를 끊다니, 웬일인가 싶었다.

퇴근 시간이라 걱정을 했는데, 차가 많이 밀리지 않아서 제시간에 도착할 수 있었다.

걸을 때마다 종아리며 허벅지가 끔찍하게 땅겼지만 은솔은 표정을 갈무리하고 직원에게 '박정수'라는 사람이 어디에 있는지 물었다. 카페 안을 일일이 돌아다니고 싶지 않아서였다.

곧, 은솔은 자리로 안내를 받을 수 있었다.

"안녕하세요, 고 대리한테 말씀 많이 들었습니다. 박정수입니다."

박정수는 은솔을 보자마자 오른손을 내밀며 악수를 청했다.

낯선 사람과의 스킨십을 그다지 좋아하지 않는 은솔은 조금 난처했으나 동생의 사회생활을 위해 정수와 악수를 했다.

기다리는 동안 더웠던 건지 아니면 초조했던 건지 정수의 손바닥은 끈적거렸다.

은솔은 그가 눈치채지 못하게끔 슬쩍 휴지로 손을 닦고 인사를 건넸다.

"안녕하세요. 고은솔입니다. 그런데 은석이가 뭐라 하던가요?"

"아하하, 누나가 엄청 똑똑하다고요."

출판사 사장이라기에 유약한 학자 이미지일 줄 알았는데, 정수는 듬직한 타입이었다.

좋게 말하면 듬직하고 나쁘게 말하면 덩치가 많이 큰…….

'어디서 본 것 같은데, 환자 중에 비슷한 사람이 있었나?'

동생을 따라갔던 결혼식에서 머릿속에 남은 출판사 직원들은 한 사람도 없었다.

그래서 은솔은 비슷한 인상의 환자를 언젠가 봤겠거니 넘기고 말았다.

"고 대리는 은솔 씨가 자기랑 전혀 다른 이과 두뇌라서 연구 대상감이라 하던데, 저는 잘 모르겠네요."

"예에……."

'고은석, 이 자식은 별소리를 다 한다.'

사실 은석이 은솔을 이해하지 못하는 이유는 그녀가 '이과 두뇌'라 이상해서가 아닌, 그냥 고은솔의 성질이 끔찍한 수련 과정과 서우진의 영향으로 나빠졌기 때문이었다.

은솔은 굳이 자신에 관해 이야기하고 싶지 않아서 대화의 타깃을 정수로 돌렸다.

"대표님이신데 굉장히 젊으시네요. 전 나이가 좀 있으실 줄 알았어요."

"어디나 그렇지만 출판 쪽도 세습이 만만찮거든요."

"……아, 그러시군요."

그러니까 자수성가를 한 젊은 사장이 아니라 운 좋게 부모를 잘 만난 케이스였다.

은솔의 반응이 시원찮아서일까? 정수가 허겁지겁 덧붙였다.

"이런 거 말하면 내가 무능해 보이려나? 그래도 저 그렇게 바보는 아닙니다. 수완도 있고요. 하하하하!"

느낌이 온다. 이번에도, 오고 있다. 느낌이…….

이 사람과도 많이 안 맞는 것 같다. 유머 코드라든지, 대화 의도라든지.

'아냐, 내가 깐깐한 걸지도 몰라.'

은솔은 지난날을 잘 생각해 보았다.

자신은 소개팅 상대에게서 뭔가 한 가지라도 마음에 안 드는 점이 보이면 그때부터 정이 뚝 떨어지곤 했다.

소개팅 자리마다 그녀는 무의식적으로 상대를 누군가와 비교하면서 꼭 마음에 들지 않는 구석을 하나씩 발견했었다.

지금도 은솔은 자리를 박차고 나가고 싶은 충동이 들었다.

원래 참을성 없는 성격도 아니었는데, 어쩌다 성질을 이렇게 버린 건지 모르겠다.

"실은 저 은솔 씨 처음 보는 거 아닙니다."

"예, 전에 결혼식 때 보셨다고 들었어요."

"아뇨, 어제도 뵈었는걸요."

"네?"

은솔이 눈을 동그랗게 떴다. 동시에 등골이 오싹해졌다.

그녀는 2년 전, 일주일 동안 스토킹을 당한 적이 있었다. 자신도 모르는 사이에 낯선 남자가 자신을 봤다는 소리는 끔찍하게 들렸다.

하지만 이어지는 정수의 말이 은솔의 떨리는 마음을 가라앉혀 주었다.

"스퀘어월드 다니시죠?"

그 순간, 은솔의 머릿속에서 영화가 재생되듯 어제의 일이 주르륵 떠올랐다.

서우진에게 실컷 굴려진 후 화장실을 간다는 핑계로 도망 나왔을 때 이 남자를 봤었다!

"아!"

"기억하시는군요!"

은솔이 아는 눈치를 보이자 정수가 방긋 웃었다.

기억하다마다. 이 덩치에 안 어울리는 귀여운 감탄사.

그리고 그…… 멘트!

"어라? 우리 어디서 본 적 있지 않아요?"

지금 생각해 보면, 그렇게까지 못난 멘트는 아니었던 것도 같다.

어제야 워낙 서우진에게 탈탈 털려서 모든 것이 부정적으로 보이던 터라 별로라고 느꼈을 뿐.

하지만 은솔은 이미 그와의 악수에서부터 이번 소개팅도 틀렸다는 사실을 깨닫고 있었다.

아니다. 박정수라는 사람을 딱 마주했을 때부터 아니라는 걸 깨달았다.

외적인 모습이 자신의 취향과는 백만 광년 정도 떨어져 있는 스타일이었으니 말이다.

키는 이 사람보다 좀 더 크고, 어깨는 넓되 얼굴은 작고, 이목구비가 또렷해서 멀리서도 누군지 알 수 있었으면 좋겠고, 몸매는 슬림하지만 탄탄하게 근육이 잡힌 그런 남자.

그때 은솔의 뇌리에 플래시가 반짝 터지듯, 누군가가 떠올랐다가 바로 사라졌다.

그 잔상을 다시 떠올리고자 은솔이 생각 속으로 빠져들 참이었다.

맞은편에 앉은 정수가 방해했다.

"저녁은 드셨습니까?"

아직 저녁 전이었지만 은솔은 굳이 정수와 밥을 먹고 싶지는 않았다. 그녀가 어색하게 웃으며 대답했다.

"아, 네. 시간이 애매해서요."

"좋은 곳 아는데 아쉽네요. 다음에 대접해 드리면 좋겠습니다."

정수는 자연스럽게 다음 만남을 유도했다.

스무 살 때보다 거짓말이 늘긴 했어도 거짓말을 잘하지 못하는 성격은 여전해서 은솔은 선뜻 긍정할 수가 없었다.

'싫은데.'

하지만 동생의 체면도 있고, 딱히 거절할만한 이유도 없어서 속이 탈 즈음이었다.

은솔의 뒤에서 전혀 상상도 못 한 목소리가 들렸다.

"그 좋은 곳은 혼자 가시고."

그 말을 듣자마자 은솔이 자리에서 벌떡 일어나 뒤를 돌아보았다.

눈앞에는 고개를 살짝 기울인 우진이 팔짱을 낀 채 서 있었다.

그녀는 자신이 꿈을 꾸는 건가 싶을 만큼 현실감이 없어서 그의 이름을 불렀다.

"서, 서우진?"

우진은 어째서인지 은솔을 내려다보며 한숨을 내쉬었다. 또 '상한' 남자 운운할까 두려워진 그녀가 고개를 작게 흔들 때였다.

눈치가 꽝인 정수가 물었다.

"엥? 누구신데……."

우진의 미간이 꿈틀거렸다.

결국, 서우진을 자극하고 만 정수는 독설의 피해자가 되기 직전이었다.

"물살 좀 관리 하……."

"서우진!"

안 돼! 다른 사람도 아니고, 내 동생이 다니는 회사의 사장이라고!

간절한 마음을 담아서 은솔은 팔을 뻗어 우진의 입을 덥석 막았다. 우진의 말이 도중에 잘렸다.

"은솔 씨?"

다른 남자의 입에서 은솔의 이름이 불리자 우진의 기분이 한결 더 가라앉았다.

그의 표정이 안 좋아지는 걸 알아챈 은솔이 억지로 웃으면서 정수에게 사과에 사과를 거듭했다.

"죄송, 죄송합니다, 대표님! 정말 죄송한데 나중에 연락을…… 읍!"

나중에 연락?

이번에는 우진이 은솔의 입을 턱 막았다.

"저기요……."

뜻밖의 상황에 정수가 식은땀을 냅킨으로 닦으며 입을 열었다.

은솔이 우진의 팔목을 잡아 떼어 내려 하자 그의 손에 힘이 들어갔다.

'또 망했어…….'

두 사람은 서로의 입을 막은 채 노려보았다. 살벌한 분위기가 둘을 감싸고 돌았다.

우진에게 집중하던 은솔은 다른 곳에서 자신을 향한 시선을 느꼈다. 잠시 잊고 있던 정수가 은솔을 쳐다보고 있었다.

은솔은 화들짝 놀라 정수를 향해 고개를 꾸벅 숙인 후 우진을 질질 끌고 도망치듯 나갔다.

아, 젠장! 오늘 꾼 꿈이 떠올랐다. 그 꿈은 예지몽이었다. 필히 예지몽인 것이다.

서로의 입을 막았던 손을 내린 건 카페에서 로비로 나왔을 때였다.

은솔은 주먹을 꽉 쥐었다. 우진의 입술이 닿았던 손바닥이 간지럽고 뜨거워지는 착각 때문이었다.

그러나 은솔은 짐짓 아무렇지도 않은 척 얼굴을 굳히고 우진을 매섭게 쳐다보았다.

"뭐 하는 거야?"

인제 와서 그런 걸 왜 묻느냐는 양, 그가 얄밉게 어깨를 으쓱였다. 한두 번 있었던 일이 아니니까 가능한 몸짓이었다.

그녀는 화가 머리끝까지 확 치밀어 올랐지만 여기는 호텔 로비였다. 소리를 지를 수는 없었다.

그가 먼저 대화를 이었다.

"다시 만날 생각 없잖아? 너나 내가 그놈한테 무슨 말을 하든 어때서?"

"은석이 회사 대표란 말이야."

"아, 네 동생? 잘리면 말해. 병원에 꽂아 줄 테니까."

우진은 은석의 퇴사 따위가 아무 일도 아니라는 듯 태연하게 말했다.

태생적으로 부족함 없이 넘치는 환경에서 자라서일까? 서우진은 늘 이런 식이었다.

"어떻게 넌 몇 년 전이나 지금이나 변한 게 없니?"

"내가 하고 싶은 소린데."

그 말은 고은솔이 또 '상한' 남자를 만났다는 뜻일 것이다.

짜증이 확 치민 은솔은 씩씩거리다가 겨우 울화를 가라앉혔다. 이곳은 호텔 1층 로비, 사람들이 많이 다니는 곳이니까.

"어떻게 알고 왔어?"

"내가 모르는 게 어디 있어?"

"서우진."

우진의 이름을 부르는 은솔의 목소리가 한결 낮아졌다. 그녀의 표정이 진지하게 변했다.

강아지 같은 눈에 독기를 가득 담은 채로 그녀가 쏘아붙였다.

"이렇게 훼방 놔서 뭐가 좋아? 네 기분이 좋아져? 내가 지랄하면 기분이 좋니?"

"아니."

"그런데 왜 이래?"

이내 우진의 눈동자가 까맣게 물들었다.

평소에도 깊이를 알 수 없을 만큼 새까맣던 눈이 더욱 어두워진다. 우울하고 외로운 기색이 올라왔다가 순식간에 사라졌다.

꼭 상처받은 사람처럼.

뭐지?

다짜고짜 달려와서 훼방을 놓은 주제에 왜 네가 상처받은 척을 해?

그녀의 불편한 눈빛에 그가 느리게 입을 열었다.

"기분이 더 나빠지기 전에 이 정도에서 끝내는 거야."

이해할 수 없는 소리에 은솔의 말문이 턱 막혔다.

기분이 더 나빠지기 전에?

동시에 뭔가를 참는 듯 그의 턱이 딱딱하게 굳었지만, 생각에 빠진 은솔은 눈치를 채지 못했다.

그녀는 서우진의 말뜻을 이해해 보기 위해 고민에 고민을 계속하고 있었다.

그때, 그가 그녀의 어깨를 잡았다.

"차 가지고 왔지?"

그렇게 물은 우진은 은솔을 주차장으로 데리고 가더니, 그녀가 운전석에 올라 시동을 거는 것까지 끈질기게 지켜보았다.

혹시라도 그녀가 다시 카페 안으로 들어갈까 봐, 그는 그녀의 차가 건물을 떠날 때까지 기다렸다.

마침내 은솔의 차가 사라지자 우진은 지친 기색을 감추지 않으며 제 차로 향했다.

조수석 의자에 던져둔 휴대폰을 든 그가 어디론가 전화를 걸었다.

"현장 검거했어. 협조 고마워."

—뭘.

잘 아는 여자 목소리가 전화기 너머에서 들렸다. 보고를 마친 그가 통화를 끊기 위해 입을 열 찰나였다.

상대가 선수를 쳤다.

—서우진, 그만 솔직하게 고백하는 게 어때?

운전석에 앉은 우진은 등받이에 몸을 길게 기대고 눈을 감았다. 자신을 바라보는 은솔의 눈동자에 가득 찬 부정적인 감정이 선했다.

투명한 호의에 반해서 생전 처음으로 고백을 했었다.

고민을 거듭하고 감정을 부정해 보려고도 했으나 서우진의 입으로 여자에게 좋아한다고 말한 적은 스무 살, 그때가 처음이자 마지막이었다.

하지만 결과는 어땠던가.

"고은솔은 날 싫어해. 예과 때부터 그랬어."

—그래서 평생 그렇게 은솔이 뒤만 쫓아다니려고? 남자들 다 쳐내면서? 그러다가 은솔이가 너 몰래 결혼이라도 하면 어쩌려고?

그 순간, 우진의 눈이 기다렸다는 듯 뜨였다.

상상조차 할 수 없을 만큼 끔찍한 기분이 발밑에서부터 뱀처럼 스멀스멀 올라와서 그는 무표정한 가운데 입술만 길게 늘였다.

"나 몰래? 그게 가능해?"

그의 목소리가 오만하게 울렸다.

아, 이런 태도 때문에 고은솔이 서우진을 싫어하는 건데 그래도 말이 되는 소리를 해야지.

—개새끼야! 너, 은솔이 좋아하는 거 맞아?

"아니면 이 짓을 왜 해? 십몇 년을."

스무 살 때부터 지금까지, 서우진은 고은솔을 향해 촉각을 세우고 있었다.

가끔 다른 여자를 만나 보려고도 했었으나 딱딱하게 얼어 버린 마음은 쉽게 녹지 않았다.

얼어붙은 심장은 오로지 한 사람에게만 반응했다.

심지어 그 사람이 자신을 싫어함에도 불구하고.

—그러면 은솔이가 널 왜 싫어하는지 이유를 알려고 해!

"싫어하는 이유?"

그걸 모를 리가.

의과 대학 차석 정도를 하는 여학생이라면 눈에 띄기 마련이었다.

거기다 강아지처럼 귀여운 외모와 겉으로도 느껴지는 착하고 소심한 성격까지.

고은솔은 남자들의 먹잇감이 되기 충분했다. 예과 2학년 때부터 은솔은 사랑 고백의 주인공이 되곤 했다.

그런데 서우진의 고백은 단번에 차 버린 고은솔은, 생기다 만 멍청한 놈들의 고백에는 우물쭈물 쉽게 대답을 못 하곤 했다.

항상 그녀는 고개를 푹 숙이고 '미안하지만……'으로 말을 시작했다.

그녀는 어찌어찌 거절을 잘하기는 했으나 억지로 밀어붙여서 연애를 시작하려는 쓰레기들도 많았다.

어느 날은 남학생들이 떼거리로 은솔에게 다가와서 찐빵같이 생긴 놈과 그녀를 커플로 몰아가려는 것을 목격했다.

은솔이 난감한 표정을 감추지 않았을 때 우진은 머리끝까지 화가 났고, 동시에 자신이 그녀를 아직도 좋아하고 있다는 사실을 다시금 깨달았다.

서우진은 고은솔을 포기할 수 없다.

그때부터였을 것이다. 서우진이 고은솔의 모든 연애를 방해한 것은.

우진은 자신이 가진 화제성을 적절히 이용할 줄 알았다.

'고은솔'을 떠올리면 자연스럽게 '서우진'이 생각이 날 정도가 되도록 일부러 그녀의 곁을 맴돌았다.

고은솔의 가장 친한 친구, 김민주를 통해 은솔의 정보를 빼내기 시작한 것도 그즈음이었다.

동시에 우진은 은솔이 다른 남자에게 관심을 가질 수 없도록 그녀를 몰아붙이기로 했다.

그 방법은 의외로 간단했다. 그녀의 개인 사정이 이용하기에 적합했다.

고은솔이 간절히 바라는 전액 장학금은 학년 수석에게만 주어졌고, 전국의 똑똑한 학생들만 모인 의과 대학에서 수석을 하기 위해서는 피눈물 나는 노력이 필요했다.

하지만 고은솔은 눈에 띄게 똑똑한 학생이었기에, 우진은 그녀가 방심하지 않도록 신경을 쓰기로 했다.

문제는 그게 삐끗해서…… 본의 아니게 그녀에게 수석 자리를 매번 빼앗고 말았다는 점 정도일까.

1학년 2학기 성적이 나왔을 때, 우진은 자신에게 향하던 은솔의 원망스러운 눈망울이 잊히질 않았다.

그녀는 그날 이후로 다시는 그에게 호의를 내비치지 않았다.

"내가 개새끼니까 싫어하지."

―본인을 잘 아는군.

역시 고은솔 친구 아니랄까 봐, 전화 상대인 김민주는 서우진 속을 신랄하게 잘도 긁어댔다.

우진이 기가 막힌다는 양 코웃음을 쳤으나 민주는 이성적으로 말을 이었다.

—알면 사과하고 사실대로 말해. 좋아해서 초딩처럼 그랬다고.

하지만 벌써 십수 년이나 쌓인 일이었다. 사과하고 진심을 전하는 것만으로 끝나기에는 두 사람 사이의 골이 너무 많이 파였다.

조금만 더 빨리, 사랑하는 방법을 알았다면 좋았을 텐데.

—변명이라도 해 보라고.

우진은 눈을 내리깔았다. 자신에게 변명할 자격이 있는지 알 수 없었다.

만약 자신이 평범한 집안에서 평범하게 자랐다면…… 아버지의 비난과 원망 대신 애정과 관심을 받으며 자랐다면 과거가 달라졌을까?

"오늘은 고마웠어. 끊는다."

—야!

더는 들을 말도, 할 말도 없어진 우진은 미련 없이 전화를 끊었다.

자신의 불행에 갇혀 있던 20대의 서우진은 좋아하는 상대에게 오로지 유치하고 잔인한 방법으로만 다가갔었다.

무엇이 상대에게 상처를 주는지, 어떤 행동이 타인을 비참하게 만드는지, 그런 것들이 쌓이면 쌓일수록 얼마나 끔찍한 존재가 되는지 알았더라면 지금 고은솔과 서우진의 관계는 달라졌을까?

하긴, 인제 와서 이게 다 무슨 소용이지. 과거는 변하지 않는데.

사랑을 받아 본 적이 없어서 어떻게 사랑을 표현하는지 몰랐다는 변명은 너무나도 구차했다. 그런 말은 하고 싶지 않았다.

서우진에게 쫓겨나듯 호텔을 나와 정처 없이 서울 시내를 돌아다니던 은솔은 결국 민주의 병원 근처를 찾아갔다.

술집 대신 카페에서 은솔은 퇴근한 민주에게 오늘 만난 상대에 관한 이야기와 우진이 벌인 짓을 설명하고 나서 한숨을 내쉬었다.

"개 진짜 초능력이라도 있는 거 아니야?"

도대체 어떻게 알고 찾아왔을까? 정말 그것이 알고 싶다.

못마땅해하는 은솔을 가만히 지켜보던 민주는 커피를 한 모금 마신 뒤 혀를 쯧쯧 찼다.

"그러니까 넌 맘에도 없는 자리는 왜 나가서 민폐를 끼치고 그래? 맥주나 마시자니까."

"뭐야? 내 잘못이라 이거야?"

"똑같은 실수를 반복하는 건 잘못이야."

"와! 이거 친구 맞아?"

은솔이 얼굴을 있는 대로 구기자 민주는 화를 가라앉히라는 의미로 딸기 타르트를 친구 쪽에 밀어 주었다.

단 음식을 먹고 기분 풀라는 뜻이었다.

저녁도 거른 터라 허기진 은솔은 이번 한 번만 넘어가 주겠다는 듯 턱을 들고 타르트를 포크로 쿡 찍었다.

그녀는 타르트를 한 입 먹고 나서 눈을 가늘게 뜬 채 말했다.

"어디서 정보가 새는 게 틀림없어."

“무슨…… 뜻이야?”

“서우진이 초능력자일 리는 없고, 누군가가 오늘 일을 알려 준 게 틀림없다고.”

“서우진이라면 악마한테 영혼을 팔았을지도 모른다며?”

“이성적으로 말이 되는 소리를 하자. 우리 의사잖아?”

은솔이 한심하다는 투로 대꾸하자 민주가 입가를 씰룩였다. 그 비이성적인 소리를 제일 먼저 한 쪽은 고은솔 본인이면서!

학생 때 언젠가 시험이 끝난 날, 셋이서 혜정이 가져온 B급 호러 영화를 본 적이 있었다.

악마에게 영혼을 파는 남자가 악역으로 나오는 영화였다.

그날 이후로 은솔은 툭하면 ‘서우진도 악마한테 영혼을 판 게 틀림없어. 아니면 그냥 악마가 들렸거나 악마 그 자체거나.’ 같은 비이성적인 소리를 하곤 했었다.

‘그래 놓고는 뭐가 어째?’

하지만 민주의 배신감을 눈치채지 못한 은솔은 손가락을 접어 가면서 포위망을 좁히기 시작했다.

“오늘 일을 아는 사람이 나, 너, 우리 엄마, 은석이…….”

손가락은 네 개에서 더 이상 접히지 않았다. 새끼손가락만 편 채로 은솔이 민주를 쳐다보며 꽥 소리를 쳤다.

“김민주, 너였냐!”

“무, 무슨 소리야? 생사람 잡지 마!”

“그럼 뭐? 은석이랑 우리 엄마가 서우진이랑 연락하겠어?”

발각되기 일보 직전, 민주의 순발력은 대단했다.

"그, 그 남자!"

"그 남자?"

"그래! 오늘 소개팅한 남자도 피트니스센터 다닌다며."

아까 은솔은 오자마자 덩치 좋은 박 아무개 씨에 대해 이미 설명을 마쳤었다.

처음에는 결혼식에서 봤고, 어제는 피트니스센터에서 스쳐 지나갔었다고 말이다.

귀신같이 설명을 떠올린 민주가 잽싸게 그 점을 내세웠다.

"거기서 서우진이 들었나 보지. 걔 정보 수집 잘하잖아."

"그거보다는 네가 더 의심스러워."

물론 은솔은 쉽게 넘어가지 않았다. 박 아무개, 아니 박정수는 퇴근 후 바로 소개팅 장소인 호텔로 직행했으니까.

여전히 의심하는 은솔의 태도에 민주는 결국 감정에 호소했다.

"인간적으로 내가 너랑 서우진 까면서 뒤로 서우진하고 연락하겠냐?"

은솔은 운전 때문에 맥주는 못 마시고 대신 아이스커피만 꿀꺽꿀꺽 마셨다. 민주를 의심하고 싶지 않아서 더욱 속이 탔다.

친구의 눈치를 살피던 민주가 슬그머니 화제를 바꾸었다.

"서우진이 왜 너한테 집착을 하는지 좀 고민을 해 봐."

"몰라, 또라이라 그런가 보지."

은솔이 고민할 것도 없다는 양 곧장 대답하자 민주는 한숨을 삼켰다.

아! 이래서 사람들 사이에 끼면 안 되는 건데, 열혈이던 20대 때

말려들어서 지금까지 이게 무슨 꼴이람.

"아이참. 그렇게 넘기지 말고 뭔가 이유가 있을 거 아니야. 그 이유만 해결되면 더는 그러지 않겠지."

"나도 고민 엄청나게 했어. 근데 그 결론은 항상 서우진이 이상한 거로 나."

"서우진이 널 좋아하는 건 아니고?"

민주의 주장에 은솔은 할 말을 잃고 친구를 멍하니 쳐다보았다. 민주가 머리를 벅벅 긁고는 벌써 몇 차례 했던 말을 또다시 뱉었다.

"서우진은 네가 소개팅하거나, 누가 너한테 찝쩍거리면 지랄했잖아."

"절대 아니야."

은솔이 똑 부러지는 목소리로 대꾸했다.

"왜 그렇게 단언해? 너 좋다고 고백도 했었잖아."

학생일 적, 우진에게 괴롭힘을 당하던 은솔은 끙끙 앓다가 민주와 혜정에게 모든 것을 다 털어놓았지만, 그중에서도 하지 못한 말이 있었다.

우진의 친구가 했던 고은솔과 서우진은 급이 다르다는 말. 그때 우진은 그 말을 부정하지 않고 고은솔과 '급'을 맞춰 보겠다는 농담이나 던졌었다.

그뿐만이 아니었다. 그는 그녀를 재미있는 장난감 취급이나 하고 있었다.

공부밖에 모르는 고은솔이 사랑에 빠지면 재미있게 변할 것 같다면서.

그 말을 하려니 자존심이 상해서 자신의 입으로 차마 뱉지 못했고, 결국 서우진이 다른 남학생과 뒤에서 험담했으면서 앞에서는 고백했다고 두루뭉술하게 말할 수밖에 없었다.

'걔한테 내가 같은 사람으로 보이기는 할까?'

은솔은 회의적이었다.

서우진은 고은솔의 모든 것을 자신의 손으로 컨트롤할 수 있다고 생각하는 것이 틀림없었다. 오늘만 해도 그렇다.

"잘리면 말해. 병원에 꽂아 줄 테니까."

그렇게 말한 우진의 태도는 오만하기 짝이 없었다. 자기 위주로만 생각하는 나쁜 남자.

'출판 업계에 있던 애가 어떻게 병원에서 일하냐고! 멍청이!'

"서우진한테 난 애완견이나 장난감처럼 보일걸."

"어…… 째서?"

"걔는 내가 자기 손바닥 안에서 놀아나는 걸 즐기거든."

민주는 이해할 수 없다는 듯 미간을 찌푸렸다. 그러거나 말거나, 은솔의 말은 계속되었다.

"다른 남자가 생기면 그거 못 하니까 그러는 거야. 변태라는 뜻이지."

무거운 걸음으로 집에 돌아온 은솔은 우중충한 얼굴의 은석과 마주쳤다. 이미 박 아무개 씨로부터 연락을 받은 것이 분명했다.

"누나……."

"……미안하다."

"아니야, 마침 사표가 내고 싶었어."

비아냥거린다기보다는 반쯤 포기한 말투였다. 자기 일 때문에 동생에게 피해를 줄 수는 없었다.

은솔이 눈에 힘을 주고 딱딱하게 말했다.

"내가 정식으로 찾아뵙고 사과한다고 그래."

그러나 은석은 고개를 저었다. 이미 늦었다.

자존심 높고 실패 없이 살아온 대표에게 이번 일은 무척이나 충격적이고 굴욕적인 일이었을 터.

전화 연락을 받았을 때, 은석은 직감했다.

'망하겠구나.'

회사 밖에서 일어난 일로 잘리지는 않겠지만, 대표가 그 덩치로 압박하면 차라리 사직서를 내는 편이 나을지도 모른다.

솔직히 은석은 후회스러웠다. 아무리 대표가 누나에게 관심을 보였다 한들 끝까지 거절을 했어야 했다.

회사 생활이 조금 편해질까 싶은 간사한 마음에 넘어갔다가 이 꼴이 되었으니까.

은솔은 거실로 비틀비틀 들어가는 은석의 뒷모습을 미안한 마음으로 보다가 동생을 쫓아갔다.

"야, 역시 내가 사과를 하는 게……."

"아냐. 됐어. 근데 그 남자는 누구야?"

"누구…… 서우진?"

"서우진?"

은석이 낯선 이름을 앵무새처럼 따라 말할 때였다.

"서우진 선생?"

소파 상석에 앉아서 책을 읽던 아버지도 아는 이름에 책을 덮었다.

"서 선생이 널 왜?"

지난 10년간, 은솔은 한 번도 집에 괴롭힘을 당한다고 말한 적이 없었다.

투자 사기를 당한 뒤부터 집안 분위기가 냉랭해서 차마 징징댈 수가 없었다.

그나마 지금은 빚도 다 갚고 사정이 나아졌으니까 간략하게나마 말할 수 있게 되었지만.

"개랑 대학 동기였는데 옛날부터 날 그렇게 못 잡아먹었어요. 오늘도 어떻게 알았는지 깽판을 놓으러 찾아온 거고."

"서 선생이 그랬다고?"

아버지는 전혀 믿지 못하는 눈치였다.

반면, 우진에 대해 처음부터 안 좋은 이미지가 박힌 은석은 오만상을 찌푸렸다.

"……미친 사람이야?"

"좀 이상한 성격이야."

"서 선생이? 멀쩡하던걸?"

"다른 사람한테는 멀쩡한데 저한테는 안 그래요."

아버지는 고개만 갸웃거렸다. 우진에게 호기심이 생긴 은석이 계속 질문을 던졌다.

"근데 아버지도 그 사람을 아시네?"

"서우진 아버지가 병원장이야. 재단 오너고."

은석이 눈살을 찌푸렸다. 그 정도로 갑 중의 갑이었을 줄이야.

곧, 은솔이 한숨을 내쉬면서 중얼거렸다.

"도대체 어떻게 알고 거길 찾아왔는지 진짜……."

"당신이 말한 거 아니야?"

옆에서 이야기를 가만히 듣고 있던 엄마가 거들었으나 아버지는 꿈에도 생각하지 못했다는 듯 펄쩍 뛰었다.

"서 선생이랑 근무하는 건물도 다른데 무슨 소리야?"

"나랑 은솔이 얘기로 통화하고 다른 사람들한테 흘렸으면 또 모르지."

잠시 네 사람 사이에 침묵이 흘렀다.

힐끔힐끔, 서로의 눈치만 살피는 가운데 아버지가 헛기침하고 나서 조심스럽게 입을 열었다.

"……회사 대표라기에 선생 두어 명한테만 자랑했는데. 그게 서 선생 귀에 들어가게 될 줄은 몰랐다."

"당신이 일 그르친 거네."

엄마가 쐐기를 박자 아버지가 풀죽은 표정으로 입을 다물고 읽던 책을 도로 들었다.

한편, 은솔은 아버지에게 향하는 엄마의 비난을 멈추기 위해 말을 돌렸다.

"근데 잘될 리는 없었어요. 안 맞는 느낌이라서."

"너도 나이가 있는데, 다들 맞춰 가면서 사는 거지."

은솔이 얼굴을 찡그렸다. 아무리 맞춰 가려고 해도 정도가 있는 법이다.

"그래도 자꾸 비교하게 된단 말이야."

"비교? 누구랑?"

"어?"

"누구랑 비교하는데?"

그 순간 찰칵, 은솔의 머릿속에서 플래시가 터졌다.

잠깐 떠올랐던 잔상 중에서 까맣게 가라앉는 눈동자가 유난히 선명하게 보였다.

은솔은 눈을 깜빡거리다가 대강 얼버무려 말했다.

"어…… 그냥, 아니, 뭐…… 연예인이라든지……."

"그건 연예인이고! 아직도 정신을 못 차렸지?"

엄마의 잔소리가 길어질 기미를 보여서 은솔은 도망치듯 방으로 숨었다.

4장

생일을 보내는 방법

우진이 초등학교 2학년 때, 신참 교사였던 담임 선생님은 학생들과 함께하는 이벤트를 좋아했었다.

그중, 매달 열리는 이벤트는 생일 파티였다.

"5월이 생일인 사람! 빨리 앞으로 나오세요."

매달 첫째 주 토요일, 2학년 3반에서는 파티가 열렸다.

열혈 신참 선생님은 쿠키를 직접 구워 왔고 모자라는 부분은 과자와 음료수, 초콜릿 파이로 만든 케이크로 채웠다.

방학에 생일이 있는 친구들은 학기 중에 생일을 맞은 친구들을 부러워했으나 대체로 축하를 해 주었다.

어차피 주어지는 간식은 평등했으니까.

5월에 생일이 있는 학생들은 신이 나서, 혹은 머쓱한 표정으로 나란히 칠판 앞에 섰다.

"자. 선물."

선생님은 예쁘게 포장된 작은 상자를 학생 수만큼 준비해서는 한 사람, 한 사람에게 직접 건네주었다.

3월부터 시작해서 벌써 세 번째 열린 파티였기에 선물을 받은 학생들은 놀라지 않았다.

"고맙습니다."

"감사합니다."

"선생님, 이거 지금 풀어 봐도 돼요?"

"안 돼. 이따 자리로 돌아가서 풀어 봐."

그렇게 하나하나 선물을 주던 선생님이 마침내 우진의 앞에 섰다.

선생님은 아홉 살짜리치고는 남다르게 의젓하고 똑똑한 반장에게 선물을 내밀며 웃었다.

"자, 우진이 거."

하지만 우진은 쉽게 선물을 받지 못했다. 어서 받아 가라는 듯 선생님이 손을 살짝 흔들었으나, 우진은 꿈쩍도 하지 않았다.

"왜? 싫어?"

"아니요. 그건 아닌데요."

"그럼?"

우진은 의아한 얼굴로 선생님과 선물을 번갈아 보았다. 선물이라면 냉큼 받아야 할 어린아이답지 않은 모습이었다.

"……받아도 되는 거예요?"

"당연하지."

선생님의 대답을 들었음에도 우진은 여전히 혼란스러웠다.

"하지만 제 생일은……."

어머니가 돌아가신 날인데. 어머니가 세상을 떠난 날에 선물까지 받으면서 축하를 받아도 되는 건가?

우진은 작년 생일을 떠올렸다.

보통이라면 술을 입에도 대지 않던 아버지가 잔뜩 취해서는 욕설을 퍼붓고 손찌검을 했었다.

그럼에도 자신이 찍소리조차 하지 못한 건, 그날이 어머니의 기일이기 때문이었다.

얼마나 무서웠는지 모른다. 아마 올해에도 같은 일이 반복되겠지.

그렇기에 서우진에게 있어서 '생일'은 오지 않았으면 싶은 날이었다.

이런 사정을 알 리 없는 선생님은 다정하게 웃으며 말했다.

"아, 오늘이 아니어서? 괜찮아. 5월 생일 파티 한 번에 하는 거야. 3월, 4월에도 그랬잖아?"

그게 아니에요. 저는 선물 받을 자격이 없단 말이에요.

속에서 웅어리진 마음이 아우성쳤으나 어째서인지 말이 되어 입 밖으로는 나오지 못했다.

"……고맙습니다."

그게 서우진이 기억하는 첫 생일 선물이었다. 선물 상자가 유난히도 무겁게 느껴졌다.

우진은 착한 아이가 되는 방법을 일찌감치 깨우쳤다.

아버지가 명령하는 대로 '네, 네……' 그것만 반복하면 어느새 '그나마 쓸모 있는' 착한 아이가 되었다.

그렇게 인정을 받으면 텅 빈 가슴속이 조금이나마 채워져서 기분이 좋았다.

다 쓸모없는, 얄팍한 인정이었지만.

담배 냄새가 짙게 풍긴다. 아버지가 퇴근해 돌아온 것이 분명하다.

우진은 한숨을 길게 내쉬었다.

아버지의 존재를 인식할 때마다 심장이 불안하게 떨렸다. 아주 오랫동안 서우진에게 아버지는 포식자 같은 존재였으니까.

서회준 원장.

고전적인 영화배우처럼 잘난 외모에 의사이자 큰 병원과 의료 재단을 가진 이 남자는 아주 오래전, 아내를 잃은 뒤 많은 여성의 대시에도 불구하고 재혼을 하지 않았다.

그 대신, 그는 자신을 꼭 빼닮은 아들 하나만을 데리고 병원을 키워 왔다. 모든 사람이 그를 의사의 본보기라고 찬양했다.

단 한 사람, 아들인 서우진만 제외하고.

그래도 하나뿐인 혈연이었고 자신의 아버지였다. 우진은 무거운 걸음으로 계단을 내려갔다.

"다녀오셨어요."

1층에 내려온 우진이 마음에도 없는 인사를 건넸으나 아버지는 당연하게도 눈살을 찌푸릴 뿐이었다.

멀쩡하니 반반한 아들의 모습이 마음에 들지 않는 모양이었다.

회준은 인사에 대답해 주는 대신, 우진에게 비난을 퍼부었다.

"곧 제 엄마 기일인데 얼굴색 하나 변하지 않지. 죄송한 마음 자체가 없어. 제 엄마를 잡아먹어 놓고도."

우진의 입가가 딱딱해졌다.

아주 어렸을 적부터 아버지의 폭언은 숨을 쉬는 일처럼 당연했다. 어머니가 우진을 낳다가 갑작스럽게 사망했기 때문에.

아이러니하게도 어머니가 죽어 갈 때, 의사인 아버지는 다른 수술실에서 누군가의 손을 살리고 있었다.

아버지는 어머니를 향한 죄책감을 아들에게 폭력을 가하는 것으로 풀어 왔다.

지금까지 쭉.

"배은망덕한 새끼, 태어났을 때 죽여 버렸어야 했는데."

이렇게.

우진은 숨이 막힐 것 같아 눈을 길게 감았다 떴다.

여기서도 '네'라고 해야 하는 걸까? '네, 죽이시지 그랬어요?' 하고 대답해야 하는 건가?

우진은 제 생각을 비웃었다. 그러면 아버지는 외과 의사에게 목숨줄과도 같은 손을 들어 자신의 뺨을 내려칠 것이 분명했다.

"일하는 사람이 듣습니다."

그 대신, 우진은 이성적으로 차분한 말을 뱉었다.

어느새 훌쩍 자란 아들이 잇새로 대꾸하자 아버지의 기세가 조금은 줄어들었다.

무언의 위협을 본능적으로 느꼈기 때문일지도 모른다.

아버지가 사라지고 나서, 2층으로 올라온 우진은 거실 소파에 쓰러지듯 앉았다.

오랫동안 폭언을 들어온 그는 아직도 아버지가 큰 산으로만 보여 힘겨웠다.

공중 보건 의사로 서울을 떠나기 전까지, 우진은 아버지의 분노가 정당하다고 생각했다.

사랑하는 사람을 죽인 존재를 끔찍하게 미워하는 건 당연했다.

비록 출산 중에 산모가 사망하는 사고일지라도 아들이 어머니를 죽인 셈이니까, 그는 어렸을 적부터 아버지의 폭력을 묵묵히 견뎌왔었다.

"너는 살인자야. 태어났을 때부터 살인을 하고 태어난 거라고."

음산하게 들리던 아버지의 목소리가 아직도 생생했다.

고명딸을 잃은 외가는 우진을 달갑게 여기지 않았고 부자와 모든 인연을 끊어 버렸다.

조부모 역시 일찍 세상을 떠났기에 하늘 아래 피붙이라고는 자신을 증오하는 아버지와 단둘뿐이었다.

어쩌면 그래서 더…… 아버지의 폭력에 순종했을지도 모르겠다.

테이블 위의 유리에 자신의 얼굴이 살짝 반사되자 우진의 눈빛이 어두워졌다.

아버지와 너무나도 닮은 얼굴.

어렸을 때는 자신의 부모가 따로 있지 않을까, 꿈을 꾼 적도 있었다.

따뜻하고 다정한 부모가 따로 있는데 못된 아저씨에게 맡겨져서 고통을 받는 것이 아닐까 하는…… 아이 다운 상상이었다.

하지만 아버지와 너무나도 닮은 이 얼굴은 그런 상상의 여지마저도 물거품으로 만들어 버렸다.

애초에 아버지의 싸늘한 성격이라면 자신의 자식도 아닌 아이를 굳이 키울 리가 없었다.

그때, 휴대폰 화면이 반짝 빛나며 메시지가 도착했다. 메시지를 확인한 우진은 저도 모르게 입을 벌렸다. 은솔의 메시지였다.

[운동 언제 가?]

고은솔이 먼저 스스로 서우진에게 메시지를 보낸 건 이번이 처음이었다.

그는 믿을 수 없는 눈빛으로 메시지를 한참 동안 들여다보았다.

지금까지 그를 괴롭히던, 아버지를 향한 부정적인 감정이 눈 녹듯 녹아 사라졌다.

그는 떨리는 손길로 화면을 쓸어 보았다. 따스한 기운이 휴대폰에서부터 팔을 타고 심장까지 전해지는 느낌이었다.

지난번에 소개팅 자리를 방해해서, 한동안은 쌀쌀맞게 투명 인간 취급을 할 줄 알았는데…….

[너는?]

우진은 너무 늦지 않게 답장을 보냈다. 그가 그녀의 답장을 기다리는 걸 알기라도 하는 듯, 금세 은솔의 메시지가 도착했다.

[내가 먼저 물어봤어.]
[지금 갈까.]
[그래? 알았어.]

짧은 메시지를 본 우진이 미소를 지었다.

메시지에 담긴 속내가 투명하게 보인다. 어떻게 해서든 마주치고 싶지 않아 하는 은솔의 마음을 읽자 더욱더 쫓아가고 싶었다.

우진은 휴대폰 전화번호부를 쭉 내려서 한 번도 걸어 본 적 없는 번호로 전화를 걸었다.

—여보세요?

"이혜정."

—누, 누구세요?

은솔의 또 다른 친구인 혜정이었다. 그녀는 낯선 남자의 목소리에 놀라 당황하고 있었다. 우진이 한숨을 내쉬고 또박또박 말했다.

"이 번호 저장해. 서우진으로."

—서우진…… 어? 서우진? 너, 내 번호 어떻게 알았어?

물론 그는 질문에 대답하지 않고 전화를 건 목적에 충실했다.

"고은솔이 벌써부터 운동하기 싫어하는 것 같던데 좀 끌어내 봐. 내 얘기는 하지 말고."

—하여튼 게을러 빠졌어!

단순한 혜정은 우진의 의도대로 움직이려는 기색을 보였다. 그가 담담한 말투로 물었다.

"언제쯤 갈 거야?"

—지금?

"지금 말고 한 시간쯤 뒤에 가. 지금 사람 많을 시간이야."

—그러네. 알았어!

혜정은 오로지 은솔을 잡을 생각만 하는 듯했다. 우진의 입가에 미소가 걸렸다.

이제 한 시간쯤 뒤 피트니스센터에 가면 끝.

우진의 웃는 낯짝을 정면에서 본 은솔이 어이없는 표정을 지어 보였다.

그럴 만도 했다. 서우진과 마주치지 않으려고 일부러 시간을 조절해서 피트니스센터에 왔는데 그와 딱 마주쳤으니 기가 찰 수밖에.

"솔직히 말해 봐."

"뭘?"

"악마한테 영혼을 팔았지?"

결국, 고은솔은 비이성적인 생각에 빠져들었다. 팔짱을 낀 우진이 은솔을 가만히 내려다보며 고개를 갸웃거렸다.

"술 취한 건 아닌 것 같은데……."

울컥, 은솔의 가슴에서 뭔가 뜨거운 감정이 치밀어 올랐다. 그녀는 기막힌 헛숨을 몇 번 뱉어 내고 말했다.

"운동하러 아까 간다며? 왜 이제 와?"

"일이 좀 있었거든."

그의 태연한 태도에 그녀의 눈가가 미세하게 찡그려졌다.

은솔이 우진을 피하고 싶었던 이유는, 과거뿐만이 아니라 지옥과도 같은 그의 운동량 때문이었다.

차라리 개인 트레이너를 데리고 최고 강도로 운동하는 편이 서우진보다 낫다고 생각할 정도로!

'어차피 여기 PT도 다 공짜잖아.'

앞으로는 아예 개인 트레이너와 어디론가 숨어서 서우진을 피해야겠다 싶을 무렵이었다.

우진이 지친 듯 희미한 목소리로 말했다.

"힘들어."

처음 듣는 우진의 지친 목소리가 은솔의 귀를 송곳으로 찌르는 것만 같았다.

은솔은 얼음처럼 굳어진 채 그를 올려다보았다. 그가 눈을 반쯤 내리깔고 한숨에 섞어 고통을 토해 냈다.

"요즘 정말, 힘들다."

태어난 것부터가 죄인 우진은 생일이 다가올수록 힘들었다. 5월 20일, 서우진의 생일.

그리고…… 얼굴 한 번 보지 못한 어머니의 기일.

"네가 죽고 네 엄마가 살았어야 했어."

더욱 괴로운 건 아버지의 심정을 이해할 수 있다는 데 있었다.

누군가가 고은솔을 죽인다면, 비록 그 사람이 제 자식이라 할지라도 용서하지 못할 테니까.

한편, 은솔은 진심 어린 우진의 목소리에 심장이 덜컥 내려앉았다.

'힘든 일이 있다고? 서우진한테?'

늘 오만하고 자신 넘치며 실패라고는 모를 그가 도대체 힘든 일이 뭐가 있다는 건지 모르겠다 싶을 무렵이었다.

"조금 있으면 내 생일이거든."

그의 힘없는 목소리에 그녀의 눈동자가 동그래졌다.

뭐라고 해야 할까, 그의 모습은 생일이 아니라 꼭 제삿날을 앞둔 양 절망스러워 보였다.

우진은 정말 힘겨운 듯 근처 운동 기구에 앉았다. 이제는 서우진이 고은솔을 올려다보는 모양새가 되었다.

'서우진 생일?'

그러고 보니, 5월 언젠가가 서우진의 생일이라고 의과 대학이 시끌시끌했었던 것도 같다.

언제나 사람들 가운데에 있던 우진이 제 생일만큼은 챙기지 않는다고 들었었다.

사실 이 시기쯤 되면, 서우진의 얼굴에는 희미한 고독이 보통 때보다 뚜렷하게 서려 있었다.

은솔은 자신에게는 읽히는 그 외로움이 다른 사람들에게는 왜 보이지 않는 걸까 궁금했다.

그리고 서우진은 왜 생일을 챙기지 않았을까?

"그래, 뭐 축하해. 선물 줘?"

은솔이 떨떠름하게 묻자 우진이 복잡한 미소를 내보였다. 생일에 선물 받는 건 그에게 익숙하지 않았다.

"아니, 선물은 됐고 대신 20일에 시간 좀 내줘."

"20일? 당직인데. 그날이 네 생일이야?"

그가 고개를 작게 끄덕였다. 오랫동안 알아 온 사이였는데도 그의 생일을 몰라 머쓱해진 그녀는 머리만 긁적였다.

사실대로 말하자면 고은솔은 서우진의 정확한 생일 날짜를 알지 못했다.

첫 단추부터 잘못 꿰인 관계에서 생일을 챙겨 줄 의리도 없었고, 그의 우울해 보이는 표정과 생일이 연결되지 않기도 해서였다.

"그러면…… 의국에서 다 같이 케이크 들고 노래 불러 줄까? 케이크는 내가 사 올게. 3호 정도면 넉넉하겠지?"

수부외과 의료진들이 케이크를 들고 서우진의 생일을 축하하는 노래를 부른다니, 상상만으로도 우진의 미간이 일그러졌다.

"별로, 그럴 필요 없어. 그날 오프니까."

"왜? 잠깐 들러. '서우진의 생일을 축하합니다!' 해 준다니까?"

썩 내켜 하지 않는 그의 모습에 그녀의 눈이 반짝 빛났다.

서우진만 고은솔을 괴롭히라는 법 있나? 고은솔도 서우진을 놀릴 수 있다고!

은솔이 턱을 들고 으스대자 그녀를 물끄러미 올려다보던 우진이 씩 웃었다.

"고은솔, 살 만한가 봐? 이제 운동 좀 하자."

순간, 은솔의 미소가 싹 거두어졌다.

"안 돼! 무리하면 손 떨려서 수술 못 해!"

"하체 운동을 하면 되지. 코어 근육이 중요하거든."

"안 돼! 못 서 있어!"

"앉아서 수술하면 되지."

"아, 아무튼!"

은솔과 반대로 우진은 쿡쿡거리는 웃음을 터뜨렸다.

쭈뼛쭈뼛한 태도로 순수한 호감을 보이던 스무 살 때의 고은솔이나, 지금처럼 솔직한 태도로 질색하는 고은솔이나, 서우진의 시선을 빼앗아 가는 것은 너무 당연한 일이었다.

결국, 운동이 시작될까 봐 겁을 먹은 은솔이 먼저 억지로 화제를 바꾸었다.

"저기 나 21일 오프잖아. 밥이라도 살까?"

"밥?"

"어어, 저녁 말이야."

은솔은 어째 어색한 느낌이었다.

원수 같은 서우진에게 먼저 저녁 제안을 하게 되다니, 이런 날도 다 온다.

우진은 별 대꾸 없이 그녀를 빤히 쳐다보기만 했다.

"근데 여기 진짜 덥다."

그 시선 때문인지 얼굴에 열이 오르는 것만 같아서 그녀는 쓸데없는 말을 덧붙이며 손부채질을 했다.

여전히 우진은 대답이 없었다. 힐끔, 그의 눈치를 본 그녀가 점심 때 느닷없이 끌려갔던 일식집을 떠올리며 말했다.

"전에도 너한테 코스 얻어먹으니까 나도 좀 비싸더라도 밥을 사야 할 것 같아서…… 뭐, 싫으면 말고."

"좋아."

눈을 두어 번 깜빡인 그가 마침내 시원스럽게 대답했다.

그런데 어째서일까? 은솔은 그가 수락하자 안도의 한숨이 나올 뻔해서 내심 놀랐다.

'아니, 거절해야 다행이구나 싶은 거 아냐?'

며칠 전만 하더라도 서우진과 마주 앉아서 밥을 먹으면 체할 것 같았는데?

자신을 올려다보는 우진의 시선이 따가울 정도로 강하게 느껴졌다. 은솔은 차마 그를 내려다볼 자신이 없었다.

기분이 이상했다. 가슴이 울렁거렸다.

아니야, 요즘 힘들다고 하니까 마음이 약해진 것뿐이야. 그녀는 마른 입술을 조심스럽게 떼었다.

"그럼 일단 21일 저녁은 비워 두는 거로 할게."

우진은 대답 대신 미소를 지었다. 고은솔만이 볼 수 있는 쓸쓸한 웃음이었다.

*　　*　　*

끙끙, 앓는 소리가 났다. 짐승이 끙끙거리는 소리라기보다는 아픈 사람이 내는 앓는 소리와 비슷했다.

그 소리는 파티션을 넘어 안쪽에서 들려왔다.

발소리를 감춘 우진은 출입문에서부터 단 세 걸음 만에 파티션까지 도달했다.

그러나 파티션을 넘어가는 순간, 그의 보폭이 반 이상으로 줄어들었다.

휴게실 소파 위에는 새벽 내내 당직을 선 은솔이 누워 있었다.

몸을 둥글게 말고 얌전히 옆으로 누운 그녀였지만, 얼마나 발버둥을 쳤는지 그녀의 몸을 덮었을 담요는 바닥에서 나뒹굴고 있었다.

우진은 한숨을 내쉬었다.

은솔이 불편한 곳에서 잠들어 있다는 것과 그녀의 자는 모습을 누구나 볼 수 있다는 점이 그의 심기를 건드렸다.

얼마나 피곤했으면 당직실도 아니고 휴게실에서 잠들었을까 싶다가도 너무 조심성이 없다는 생각이 들었다.

"고은솔 선생."

우진은 짐짓 엄한 목소리로 은솔의 이름을 한 글자, 한 글자 또박또박 뱉었다. 마치 입술에 새기기라도 하는 듯.

그때였다. 우진의 목소리를 듣기라도 한 양, 신음 사이로 그녀가 그의 이름을 불렀다.

"흐으, 서우진……."

"응?"

이름이 불리자 그가 저도 모르게 대답을 했다.

동시에 살짝 구부러진 그녀의 다리가 움찔거리더니 살짝 벌어진 작은 입에서 애원하는 말이 계속 흘러나왔다.

"서우진, 나 더는 못 하겠, 그만……."

잠에 빠져 눈을 감은 은솔은 순진한 얼굴을 잔뜩 일그러뜨리더니, 숨을 몰아쉬었다.

"하아, 그만둬…… 읏, 너무 힘들어……."

뻣뻣하게 굳어 있던 우진은 저도 모르게 뒷걸음질을 쳤다.

그녀가 무슨 꿈을 꾸고 있는지는 모르겠지만, 현실에 있는 서우진은…… 지금 상황이 너무나도 당혹스러웠다.

상기된 얼굴로 헐떡거리면서 제발 그만둬 달라고 신음하는…… 고은솔의 모습이라니.

서우진도 어쩔 수 없는 남자인 모양이다. 먼저 드는 생각이 야한 생각인 것을 보면.

주춤주춤 뒷걸음질을 친 그는 숨이 멎을 것만 같았다.

그 순간, 은솔이 소리를 치며 눈을 떴다.

"……죽을 것 같다고!"

비명을 지른 그녀가 씩씩거리면서 눈가를 거칠게 비볐다.

아직 우진을 발견하지 못한 그녀가 뭐라 뭐라 혼잣말로 욕을 뱉고는 그제야 스르르 고개를 돌렸다.

그리고 마침내 은솔은 석상이 되어 서 있는 우진을 발견하고 다시금 비명을 질렀다.

"으악! 깜짝이야! 너, 뭐야?"

꿈속에서 자신을 괴롭히던 서우진이 현실에 나와 있으니 놀라는 건 당연했다.

반면, 우진은 어째서인지 말이 잘 나오지 않았다. 그는 한동안 입술을 달싹거리다가 한숨을 겨우 삼키고 말했다.

"……여기서 왜 자고 있어?"

"어, 세 시에 응급 수술 한 건 있었거든. 그거 하고 나니까 죽을 것 같아서."

운동을 시작한 지 얼마 되지 않아 아직 은솔의 체력은 대단찮았다.

오히려 운동이 너무 힘들어서 체력이 마이너스로 깎인 기분이 들 정도로.

우진이 말없이 응시하고만 있자 은솔의 미간이 찌푸려졌다.

또 무슨 트집을 잡아 괴롭히려는 건지 알 수 없어서 그녀가 먼저 선수를 쳤다.

"뭘 봐?"

"……도대체 무슨 꿈을 꾸는 거야?"

"헬스 하는 꿈."

곧장 대답한 은솔이 얼굴을 있는 대로 구겼다.

그러고 보니 어제도 이놈한테 시달렸다.

퍼스널 트레이닝 등록을 위해 프런트 데스크에 갔건만 서우진, 이 악마 같은 놈이 나타나는 바람에 퍼스널 트레이닝의 '퍼'도 말을 못 했다.

한편, 우진은 그럴 줄 알았다는 생각이 듦과 동시에 자신의 상상력이 창피해졌다.

하긴, 서우진을 싫어하는 고은솔이 '그런' 꿈을 꿀 리가 없지.

잠에서 덜 깨 멍하니 있던 은솔이 이내 아차, 하면서 물었다.

"아, 뭐야? 꿈꾸는 거 어떻게 알았지? 설마 나 잠꼬대했어?"

"나한테 욕하는 것 같던데."

"헉!"

우진의 입에서 나오는 말이 믿기지 않아 은솔이 제 입을 가렸다.

우진이 어깨만 으쓱였다. 농담이었는데, 의외로 진짜 욕을 하고 있었나 보다.

얼굴을 붉힌 은솔이 못마땅하게 말했다.

"그러니까 네가 날 얼마나 괴롭혔으면…… 꿈에서까지 욕을 먹겠어?"

"널 괴롭힌 기억이 잘 안 나는데."

"혹시…… 머리가 장식이야? 며칠 전에도 소개팅 터뜨린 게 누군데."

"아하, 그랬었나? 뭐, 이만한 얼굴이면 장식으로 쓸 만하지 않아?"

어느새 평소처럼 돌아온 우진이 여유롭게 웃었다.

울컥했으나 은솔은 마른세수를 하고 나서 겨우겨우 분노를 가라앉혔다. 사실, 기운이 별로 없어서 화를 내고 싶지도 않았다.

"지금 몇 시지."

눈을 가늘게 뜬 그녀가 손목으로 시선을 떨굴 참이었다. 우진이 먼저 입을 열었다.

"여섯 시 반."

"아, 일어나야겠네."

일곱 시부터 회진이 있었다. 아까 세 시부터 응급 수술을 받은 환자도 회진 대상에 포함될 것이다.

회진이 끝나면 케이스 스터디를 하고 퇴근이다.

은솔이 뻐근한 다리를 몇 번 주무르고 소파에서 일어났다.

아침. 고단한 하루의 끝이 보이기 시작했다.

토요일이라서 출근하지 않은 은석은 어제 당직을 선 은솔이 퇴근하기를 기다렸다가 말을 전했다.

"누나, 이제 나 걱정 안 해도 될 것 같아."

"뭘 걱정해?"

"아니, 대표님 일 말이야."

"아아!"

다행스럽게도 은석은 이제 대표로부터 불이익을 받지 않을 것 같다고 설명을 해 주었다.

단지 누나의 마음을 가볍게 만들어 주기 위해서인지는 알 수 없으나, 죽을상이던 은석의 안색이 한결 나아진 걸 보면 사실인 듯했다.

나쁜 누나는 사고를 쳐 놓고도 병원 일이 바쁘다고 동생의 밥줄이 걸린 일을 깜빡했었다.

은석에게 미안해진 은솔이 어색한 미소를 지었다.

"정말 사표 안 써도 돼?"

"어…… 선봤는데 잘되는 것 같아."

여자에게 받은 상처는 여자로 치유한다, 이런 건가?

"미인 대회 출신에 나이도 어리다고 자랑하더라고. 미스…… 뭐더라? 미스 춘향은 아니고. 무슨…… 마늘 아가씨라고 했던가?"

"아, 그래? 다행이네."

미스 무엇이든 자신과 뭔 상관이랴. 은솔이 무덤덤하게 대꾸하자 은석은 힐끔, 누나의 눈치를 살폈다.

사실, 박정수 대표는 은솔과의 소개팅이 터진 것에 노골적으로 안도하고 있었다.

그 덕택에 예쁘고 어린 여자를 만나게 된 정수는 너그럽게도 사과까지 할 정도였다.

"대표님이 오히려 누나한테 미안하다고 전해 달래. 남친도 있는데 동생 볼모로 억지로 나오게 해서 미안하다고."

"남친?"

"아, 그 사람을 남자 친구로 착각한 것 같더라."

그 사람? 설마 서우진?

우진의 번드르르한 얼굴이 떠오른 순간, 은솔이 소리를 쳤다.

"뭐? 누가 남친이야!"

"아니, 뭐…… 그랬다고. 그럼 쉬어."

은솔의 표정이 안 좋아지자 지레 겁을 먹은 은석이 후다닥 도망쳤다.

모자란 잠을 보충하고자 침대에 드러누운 은솔은 멍하니 천장을 바라보다가 휴대폰을 들었다. 친구에게 보낼 메시지를 작성하기 위해서였다.

[나 오늘 헬스 쉰다.]

[왜?]

[어제 당직 서서 너무 피곤해.]

[운동은 거르면 안 되는데. 알았어.]

당직을 서서 피곤한 건 사실이었으나, 솔직히 말하자면 운동을 아예 못 나갈 정도는 아니었다.

지금부터 오후까지 자면 충분히 운동할 수도 있었다.

그러나 은솔은 오늘, 운동을 쉬고 싶었다. 이유는 조금 어이가 없지만 꿈 때문이었다.

'이미 오늘치 운동을 한 것 같거든.'

꿈에서 서우진에게 이리 뒹굴, 저리 뒹굴 굴려진 은솔은 사지가 다 쑤셨다.

한 시간도 안 되는 짧은 시간, 눈을 붙였을 뿐인데 그동안 온몸의 근육이 반응한 모양이었다.

그 탓에 회진을 도는 동안에도 지쳐 있었지만, 자신만을 바라보는 담당 환자들을 위해서라도 정신을 똑바로 차려야만 했다.

결국, 체력에 정신력까지 다 소모한 은솔은 퇴근을 하자마자 이렇게 뻗어 버렸다. 아주 쭉!

'푹 쉬자.'

그래야 또 출근을 해서 진료를 보고 수술을 할 수 있을 테니까.

하지만 푹 쉬겠다는 다짐과는 상관없이 휴대폰이 시끄럽게 울었다.

전화벨을 무음으로 바꿔 두고 잔다는 걸 깜빡했다가 번쩍 잠에서 깬 은솔은 어두운 가운데 혼자 환하게 빛나는 휴대폰을 집었다.

"아니, 서우진이 왜……."

화면에 뜬 이름과 번호는 우진의 것이었다.

오랜만에 꿈도 꾸지 않고 편히 자고 있었는데!

속으로 우진을 원망하면서도 은솔은 헛기침을 해서 목소리를 몇 번 가다듬고 전화를 받았다.

"왜?"

―고은솔, 너 어디 아파?

어째서일까? 그의 목소리에서 걱정이 묻어나는 느낌이 들었다.

낯설고 이상한, 간지러운 기분이 혀끝에 감돌아서 은솔은 아니라는 대답을 쉽게 하지 못했다.

은솔이 답하지 않자 우진의 말이 다급하게 이어졌다.

―너 회진 돌 때도 컨디션 나빠 보였는데, 어디 안 좋아? 센터 올 시간 지났잖아. 무슨 일 있어?

그제야 그녀가 천천히 입을 열었다.

"피, 피곤해서 그래."

―피곤해서?

"어…… 새벽에도 수술했다니까."

고도로 집중해야 하는 미세 접합 수술을 새벽 세 시에 하고 나니 정말 죽을 맛이었다.

집에서 잘 자고 있던 수부외과 과장도 새벽에 불려 나와서 은솔과 함께 수술을 겨우 끝내고 죽는소리를 할 정도였다.

그래서 정작 수술을 할 적에는 몰랐던 피로가 수술 후 파도처럼 밀려와, 그녀는 당직실로 가지도 못하고 가까운 휴게실에서 기절하듯 잠들었던 것이다.

―어디 아픈 게 아니라 그냥 피곤하다는 말이지?

"그렇다고!"

다시금 확인하는 우진에게 은솔이 힘주어 대답했다.

그러자 휴대폰 너머에서 잠시 정적이 흐르더니 얼마 뒤 그가 피식 웃으며 폭탄을 던졌다.

―좋아. 그러면 아파트 현관으로 내려와.

"뭐? 어딜?"

―피곤하기만 한 네 얼굴 확인 좀 하고 가게. 너희 집이 몇 동이야?

"뭐라고?"

―몇 동이냐니까.

은솔은 제 귀를 의심했다. 그러니까 지금 서우진이 이 아파트 근처에 있다는 뜻인가?

휴대폰을 쥔 그녀의 손에 힘이 바짝 들어가면서 목소리가 높아졌다.

"미쳤어? 네가 어딜 와?"

―101동? 103동? 빨리 말해.

그녀의 타박에도 우진은 아랑곳하지 않았다. 진심으로 쳐들어오겠다는 뜻이었다.

은솔은 한동안 말을 잃고 입술만 달싹거렸다.

느닷없이 집 앞으로 찾아오겠다니, 서우진은 이제 창의적으로 고은솔을 괴롭히는 방안을 고안해 내는 걸까?

그때, 전화기 너머로 빵빵, 클랙슨 누르는 소리가 전해졌다. 아무래도 서우진이 아파트 근처의 길목을 막고 있는 모양이다.

결국, 은솔은 제 입으로 대답을 하고 말았다.

"……107동."

—알았어. 기다릴게.

"기다려?"

—빨리 내려오는 게 좋을 거야.

이어 전화기 너머로 우진의 만족스러운 웃음소리가 울렸다. 이상한 기분이 끊임없이 계속되어서 은솔은 냉큼 전화를 끊었다.

'뭐야? 진짜? 여길 온다고?'

통화가 끊어진 휴대폰을 침대 위에 둔 은솔은 혼란에 빠졌다.

방금 전 서우진의 전화가 꿈이 아닐까, 하며 다시 통화 목록을 확인한 그녀는 현실을 깨닫고 침대에서 날 듯이 뛰어내렸다.

"으악! 진짜 오나 봐!"

비명을 지른 은솔은 옷장 문을 열고 카디건 하나를 꺼내 들었다.

옷에 정신없이 팔을 꿰던 그녀는 벽에 걸린 거울을 보자 숨이 멎는 듯했다. 머리가 엉망진창이었다.

방금 자고 일어났다는 것을 까먹은 은솔은 경악한 표정으로 머리를 대충 빗어 묶고 휴대폰만 챙긴 채 방을 달려나갔다.

"어디 가?"

"잠깐, 밖에 좀!"

"아빠 곧 오실 텐……."

은솔은 엄마의 말을 듣는 척도 하지 않고 현관문을 나섰다.

서우진은 한 번 내뱉은 말은 웬만해서 지키는 놈이었다. 이유 없이 전화로 공용 현관에 내려오라는 소리를 할 리가 없었다.

이내, 엘리베이터에 타서 거울을 본 은솔은 끙, 앓는 소리를 냈다.

'베개 자국……?'

뺨에 적나라하게 남은 한 줄기 베개 자국이 그녀의 마음을 아프게 만들었다.

금방 사라질 자국이 아님을 알지만, 그녀는 일부러 자국이 난 부분을 문질러 보았다.

슬프게도 변화는 일어나지 않았다. 울적해진 그녀는 무거운 걸음으로 엘리베이터에서 내렸다.

공용 현관 바로 앞, 주차할 수 없는 공간임에도 검은 차 한 대가 서 있었다.

날렵하게 빠진 디자인이 유명한 외제차는 은솔도 아는 자동차였다.

'……진짜 왔네.'

그녀가 터덜터덜 조수석 쪽으로 다가가자 창문이 스르륵 열렸다.

"왜 왔어?"

"잠깐만 타."

"싫은데?"

은솔이 얄밉게 대꾸했다.

'서우진 차에 탔다가 무슨 짓을 당할 줄 알고?'

남자가 접근하면 일단 의심부터 하고 보는 은솔은 남자의 자동차에 덥석덥석 타는 편이 아니었다.

그게 여자에 아쉬울 것 없는 우진이라 할지라도 원칙은 버리지 않는다.

"그래? 그럼 내가 내리지 뭐."

우진이 가볍게 말하고는 기어를 조작한 뒤, 차에서 내렸다. 그는 막 퇴근한 참인지 넥타이까지 맨 정장 차림이었다.

"무슨 일인데?"

"너한테 줄 거 있어서."

"줄 거?"

그녀의 반문이 이어지기 무섭게 그가 뒷좌석 문을 열었다. 그의 어깨너머로 뒷좌석을 빼곡하게 채운 선물 쇼핑백이 언뜻 보였다.

은솔이 눈을 동그랗게 뜨고 고개를 살짝 기울여 뒷좌석을 다시금 살펴보았다. 명절 때나 볼 법한 쇼핑백들이 정말 가득 차 있었다.

도저히 영문을 알 수 없어서 그녀가 물었다.

"뭘 저렇게 샀어?"

"다 너 줄 건 아니고."

"누, 누가 다 달래?"

우진은 그중에서도 꽤 큰 쇼핑백을 꺼내 은솔에게 내밀었다.

얼떨결에 쇼핑백을 받은 은솔은 의아한 눈으로 쇼핑백과 우진을 번갈아 보았다.

"한우 갈비 세트야."

"헉?"

역시 엄청 묵직하다 싶었는데…….

"오늘 너 기운 없어 보여서 잘 먹으라고."

"응?"

"아, 너 혹시 빈혈 있는 거 아니야?"

"아니, 없는데."

고개를 저은 은솔이 다시금 쇼핑백 안을 들여다보았다.

고급스러운 포장지로 포장이 되어 있어서 상자를 꺼내지 않고는 내용물을 확인하기가 어려웠다.

'그래도 쇼핑백에 한우 갈비 세트라고 쓰여 있으니까…….'

맞겠지, 뭐.

은솔은 더 이상 머리를 쓰고 싶지 않았다. 지금 이 상황만으로도 머리가 핑핑 돌고 있기 때문이었다.

그녀가 침을 꿀꺽 삼키고 입을 열었다.

"웬 갈비야? 무슨 날이야?"

"곧 내 생일이라서."

"어?"

은솔은 생일이라서 타인에게 선물을 준다는 우진의 말이 영 이해가 되질 않았다. 우진이 씩 웃으면서 말을 이었다.

"쇼핑을 좀 했지."

물론 은솔은 여전히 이해하지 못했지만.

한편, 은솔의 얼굴을 유심히 바라보던 우진은 대뜸 그녀의 뺨으로 손을 뻗었다. 그의 엄지가 그녀의 뺨에 난 자국을 따라 움직였다.

"잘 잤어?"

베개 자국인 걸 단번에 알아본 우진이 웃음을 참으며 물었다.

그의 손가락이 닿았던 부분이 뜨거워졌으나 은솔은 전혀 아무렇지 않은 척, 얼굴을 바싹 구기고 그의 손을 쳐 냈다.

계속 웃으면서 그가 말했다.

"나 나오는 꿈 또 꿨어?"

"안 꿨어! 맨날 네 꿈만 꾸는 줄 알아?"

"아쉽네."

겨우 펴졌던 은솔의 눈가가 일그러졌다.

이놈은 꿈에서까지 고은솔을 괴롭히고 싶은 건가.

오늘 새벽에 꿨던 고통스러운 꿈을 떠올린 은솔은 아직도 다리가 저릿저릿했다.

그때였다.

"은솔아?"

멀리서부터 들리던 저벅저벅 걷는 소리가 가까이에서 뚝 멎더니, 익숙한 목소리가 들렸다.

토요일인 오늘도 성실하게 출근을 한 아버지, 동권이었다.

은솔의 이름이 불리자 우진도 고개를 돌렸다.

"어……."

"아……."

서로 얼굴을 아는 두 남자는 눈을 마주치고 어색한 목소리만 냈다.

먼저 정신을 차린 쪽은 우진이었다.

"안녕하십니까, 과장님."

"어어…… 그러니까 서, 서 선생?"

동권은 의아한 목소리로 물었다.

"그런데 여긴 어쩐 일로?"

"고은솔 선생한테 줄 게 있어서 들렀습니다."

"그래요?"

그제야 정신을 차린 은솔이 부랴부랴 끼어들었다.

"이거요."

사람 좋은 인상의 동권이 안경을 추켜올리고 눈을 깜빡거렸다.

딸의 손에 들린 쇼핑백이 한우 갈비 세트임을 뒤늦게 알아챈 동권은 도저히 이해할 수 없다는 듯 우진을 쳐다보았다.

그러니까 네가 왜 이런 걸 주느냐는 시선에 우진은 웃음이 나올 것 같았다. 동권의 그 눈빛이 조금 전 은솔의 눈빛과 똑같았기 때문이었다.

"너무 부담 갖지 말고 드십시오."

"아니, 왜 받는지를 알아야 할 거 같은데……."

하지만 동권의 눈빛은 물론 음성에서조차 부담이 뚝뚝 떨어지고 있었다. 동권이 머리를 긁적이며 말했다.

"이거 뭐…… 부정청탁방지법? 그런 거에 걸리지 않나?"

우진은 동권의 대꾸에 당황하지 않으려 애를 썼다.

"……아뇨, 사적으로 아는 분들께 돌리고 있습니다."

"그러니까 왜?"

은솔은 오늘따라 아버지가 든든하게 느껴졌다.

서우진은 모르겠지만 자신의 아버지, 고동권은 깐깐할 땐 어마어마하게 깐깐한 사람이었다.

"제 생일이거든요, 곧."

"생일? 생일에 왜 남한테 선물을 줘? 자기가 받아 가야지."

"기쁨은 나누면 두 배가 되니까요."

그러나 우진도 만만찮았다.

아버지 앞에서 한마디도 밀리지 않는 우진을 보자 은솔은 그동안 자신이 어떻게 저 인간을 상대해 왔나 아득해졌다.

"생일이 언제인데?"

"20일입니다."

"아…… 미리 축하하네."

"감사합니다."

그런데 어째서일까? 축하와 감사 인사를 주고받은 두 남자 사이에 훈훈한 분위기가 감돌았다.

은솔이 뭔가 이상하게 흘러간다 싶은 걸 눈치챘을 때는 아버지가 이런 소리를 한 뒤였다.

"서 선생, 저녁은?"

"아직입니다."

힐끔, 동권은 딸의 손에 들려 있는 한우 갈비 세트를 쳐다보았다.

아무리 부담을 갖지 말라 한들 이유 같지 않은 이유로 값비싼 세트를 받기는 부담스러웠다.

또 도로 돌려보내려니 마음이 편치 않고…….

'차라리 저걸 지금 당장 먹어 치워 버리면 낫지 않을까?'

그렇게 생각한 동권은 이내 은솔을 경악하게 만들었다.

"서 선생, 약속 없으면 우리 집에서 저녁 먹고 가지?"

"네?"

이번에는 우진도 한 방 맞은 듯 멍해졌다. 반면 은솔은 경악에 경악을 거듭하며 소리를 쳤다.

"아빠!"

"왜? 서 선생이 갖고 온 갈비 구워 먹으면 되잖아."

우진에 대한 편견이 하나도 없는 동권은 자신이 무엇을 잘못했는지 모르겠다는 순진한 표정으로 갈비 세트 쇼핑백을 가리켰다.

아버지는 틀렸다. 은솔은 우진에게 재빨리 거절하라는 무언의 시선을 보냈다.

그녀의 눈빛에 제정신으로 돌아온 우진이 입가를 미미하게 올렸다. 그는 기회를 놓치지 않았다.

"아, 그럼 저야 감사하죠."

빌어먹을!

서우진은 고은솔을 잡아먹지 못해서 안달이 난 모양이었다. 그렇지 않고서는 여기서 저렇게 얄밉게 웃을 리가 없으니 말이다.

동권이 은솔의 손에서 쇼핑백을 건네받은 후 먼저 올라가고, 은솔은 우진이 주차할 때까지 바깥에서 기다렸다.

마침내 차를 세운 우진이 운전석 문을 탁 닫고 내렸다. 은솔이 기다렸다는 듯이 그에게 다가와 말했다.

"네가 저녁을 왜 우리 집에서 먹어?"

"과장님 초대잖아."

우진이 마치 어쩔 수 없었다는 양 대답하자 은솔은 뒷골이 당기는 것만 같았다.

마음 같아서는 그에게 쇼핑백을 다시 돌려주고 가 버리라고 하고 싶었으나, 이미 아버지가 들고 올라가 버렸다.

"안 가?"

"아, 진짜!"

카디건 주머니에 손을 꽂은 은솔이 먼저 걸음을 옮겼다.

늘 눈에 담고 싶었던 그녀의 뒷모습에 우진은 웃음을 겨우 참아 가면서 그녀를 따라 건물 안으로 들어갔다.

동권이 일부러 1층을 눌러 두었는지, 엘리베이터를 기다릴 필요도 없었다.

엘리베이터 안에 들어가서 14층 버튼을 누른 은솔은 곧장 '열림' 버튼을 누른 채 바깥쪽을 멀리 보며 말했다.

"지금이라도 안 늦었어."

"뭐가?"

"그냥 가도 된다고. 알고 보니 선약 있었다고 전해 줄게."

말이 끝나기 무섭게 은솔의 머리 위에서 한숨 소리가 들렸다.

아주 잠깐의 정적이 흐른 다음, 우진이 가라앉은 목소리로 대꾸했다.

"너, 정말 내가 싫은가 보다."

당연히 그렇다고 말하려는데 왜일까? 은솔의 입술이 움직이질 않았다. 그의 목소리에서 예상 못 한 짙은 외로움이 읽혔다.

그러고 보니, 평소에는 서우진을 잘도 똑바로 보던 고은솔이 지금은 어둑어둑한 공용 현관 바깥쪽에 시선을 고정하고 있었다.

차가운 소리를 뱉으며 차마 그를 바라볼 수가 없었다.

어째서인지 은솔의 마음에는 서우진을 향한 미움이나 분노, 짜증 등의 수치가 내려가 있었다.

그 때문인지 3년 전까지의 서우진과 지금의 서우진이 다르게 느껴지는 것도 같았다.

"그래도 선약이 없는 건 사실이고."

우진은 '열림' 버튼을 누르고 있는 은솔의 손을 조심스럽게 잡아 떼어 놓았다.

엘리베이터 문이 기다렸다는 듯이 스르르 닫혔다.

"별로 초대를 거절하고 싶지도 않거든."

은솔은 아직도 우진의 손안에 잡혀 있는 제 손을 내려다보았다. 같은 일에 종사하고 있지만, 손의 크기와 느낌이 전혀 달랐다.

남자의 손. 서우진은 확실히 남자였다. 그것도 꽤 멋지고 괜찮은.

이질적인 현실을 느낀 순간, 그녀는 그의 손에서 제 손을 매끄럽게 빼냈다. 그는 더 이상 그녀의 손을 붙잡지 않았다.

심장이 뛰고 속이 울렁거리는 건, 엘리베이터가 너무 빠르게 올라가기 때문일 것이다.

은솔과 우진은 엘리베이터가 14층에 멈추기 전까지 아무 대화도 하지 않았다.

목적지에 도착해서 은솔이 현관 전자키를 누를 때까지도 그들 사이에는 이상한 침묵이 존재했다.

이해할 수 없는 미묘한 공기.

그러나 현관문이 열린 순간부터 세상은 다시 평소와 똑같이 돌아가기 시작했다.

"어머, 어서 와요."

은솔의 엄마, 미선은 갑작스럽게 들이닥친 손님을 얼떨떨하게 맞이했다.

느닷없이 한우 갈비 세트를 가져온 남편으로부터 손님이 온다는 소식을 전해 듣긴 했어도 막상 우진을 맞닥뜨리자 당황스러웠다.

'세상에! 어느 집 아들이 이렇게 잘났어?'

주로 그런 감상이었다.

"갑작스럽게 방문해서 죄송합니다."

"아! 서 선생 이리로 들어와."

우진의 음성을 들은 동권이 거실에서 손짓했다.

현관 전실에서 미선에게 다시 한번 묵례를 한 우진은 동권이 기다리는 거실로 들어갔다.

한편, 우진의 뒷모습을 힐끔거린 미선은 이내 눈을 가늘게 뜨고 딸을 쳐다보았다.

"뭐야?"

"뭐가?"

모르는 척을 하는 앙큼한 딸에게 미선은 우진이 들어간 방향으로 턱짓을 하며 되물었다.

“누구야?”

“서우진이라니까. 아빠가 말 안 해 줬어?”

“그러니까 너랑 무슨 관계냐고.”

엄마의 질문을 듣자마자 은솔은 숨을 흡, 들이마셨다.

엄마는 지난날, 고은솔이 서우진에게 얼마나 괴롭힘을 당했는지 몰랐다.

저번에 은석이 주선한 소개팅이 서우진의 난입으로 깨지지 않았더라면 꿈에서마저도 상상하지 못할 것이다.

하지만 은솔의 입에서는 우진에 대한 안 좋은 이야기가 쉽사리 나오지 않았다.

솔직히 인제 와서 엄마에게 뭐라고 할 것인가.

‘쟤 때문에 만년 2등이었어!’라고? 아니면, ‘쟤 때문에 전에 남친하고 헤어졌어!’라고? 그도 아니면, ‘쟤 때문에 이상한 소문에 휘말려서 퇴사했어!’라고?

유치하고 구차하게 구구절절 털어놓기엔 고은솔은 나이를 먹을 만큼 먹은 성인이었다.

“고은솔.”

제 생각에 빠져 있는 은솔에게 엄마의 엄한 목소리가 닿았다.

정신을 차린 은솔이 눈가를 이상하게 일그러뜨리면서 떨떠름하게 입을 열었다.

“어…….”

고은솔과 서우진의 관계를 압축하면…….

"그러니까 대학 동기였던 직장 동료?"

"'그냥' 직장 동료를 집까지 데리고 오니? 이 시간에?"

"아니, 아빠가 데리고 온 거잖아. 난 집에 가라고 했어."

은솔이 솔직하게 말했으나 미선은 그 말을 믿어 주지 않았다.

오히려 엄마는 한발 더 나아가 은솔과 우진을 이상한 관계로 묶기까지 했다.

"너도 참, 만나는 사람이 있으면 있다고 솔직하게 말했어야지."

"아니라니까!"

"됐어. 당장 결혼하라고 볶지 않을 테니까. 근데 정말 괜찮다. 우리 딸, 보는 눈 있구나?"

"어, 엄마…… 제발 내 말 좀 믿어 줘!"

물론, 미선은 딸의 절규를 무시한 채 주방으로 향할 뿐이었다. 콧노래를 부르면서 가벼운 발걸음으로.

'망했다.'

서우진을 어떻게든 보냈어야 했다.

은솔은 30대 미혼 여성에게 주변의 미혼 남자…… 그것도 서우진만큼 외적으로 완벽해 보이는 남자란 아주 위험한 존재라는 걸 뒤늦게 상기하고 말았다.

두통이 밀려온 그녀는 이마를 짚은 채 방 안으로 들어가 신경질적으로 카디건을 벗고 침대에 앉았다.

그래, 인정한다. 객관적으로 서우진은 잘난 남자였다. 기본적으로 외모가 출중했고, 직업도, 능력도, 심지어 집안까지 끝내줬다.

엄마마저도 욕심이 나서 눈이 멀 만큼.

하지만 문제는 자기만 잘난 줄 아는 오만한 성격과 과거였다.

과거, 서우진은 고은솔을 집요하게 쫓아다니면서 손바닥 위에 올려놓고 제멋대로 갖고 놀려 애를 썼다. 어쩌면 지금도 그렇겠지.

아직도 가끔 악몽을 꿀 정도로 시달렸는데…….

고은솔만 과거에 연연하고 서우진을 비롯한 다른 사람들은 별로 신경도 안 쓰는 것 같아, 은솔은 고립감이 들었다.

'아무도 날 이해 못 하겠지.'

그녀가 앞머리를 쓸어 올리면서 한숨을 내쉴 참이었다. 똑똑, 노크 소리가 들렸다.

"은솔아, 나와서 고기 좀 봐."

어느새 엄마가 다시 온 모양이었다. 정확히는 거실로 딸을 데리고 나오고 싶은 것뿐이겠지만 말이다.

"고은솔!"

"알았어."

엄마의 재촉에 은솔은 떨어지지 않으려는 걸음을 무겁게 떼었다.

주방까지 끌려가서 고기의 마블링이 얼마나 섬세하고 좋은지, 그래서 그 갈비가 얼마나 상등품인 건지 확인까지 한 은솔이 어색하게 나타나자 우진과 동권의 대화가 뚝 멎었다.

처음 왔으면서도 서우진은 꼭 이 집에 30년은 산 것처럼 자연스러웠다. 그가 미소를 지은 채 물었다.

"갈비는 마음에 들어?"

"먹어 봐야 알지."

은솔은 우진과 같은 소파에 자리를 잡았으나 멀찍이 떨어져 앉았다.

그때, 현관문 여는 소리가 들렸다. 동생인 은석이 외출했다가 저녁 시간에 맞춰 돌아온 듯했다.

"다녀왔습니……."

방으로 들어가기 위해 인사를 하며 거실을 가로지르던 은석은 아버지와 누나, 그리고 얼굴 한 번 본 적 없는 낯선 남자를 발견하고 우뚝 멈추어 섰다.

"누, 누구세요?"

은석의 질문에 대답해 준 쪽은 왠지 기분이 좋아 보이는 아버지였다.

"은석이 이리 와 봐라. 이쪽은 우리 병원에 근무하는 서우진 선생. 인사해."

"동생은 처음 보네요. 서우진입니다."

그 순간, 은석의 눈동자가 세차게 흔들렸다.

서우진이란? 고은석을 출판사 대표에게 털리게 만든 미친놈이었다!

그런데 그 남자가 왜 아버지와 마주 앉아 있고 누나와 나란히 자리했단 말인가?

"은석아?"

동권은 석상이 된 은석을 의아한 목소리로 다시 불렀다. 그제야 은석이 주춤주춤 소파로 다가와 우진에게 꾸벅 인사를 했다.

"안녕하세요……."

은솔과 닮은 은석의 강아지 같은 눈에는 경계심이 잔뜩 어려 있었다.

그 이유를 금세 파악한 우진이 미안한 표정을 드러내며 말했다.

"저번 일은 사과드립니다. 미안하게 됐어요."

"흐억! 진짜 그쪽이……."

차마 말을 끝맺지 못한 은석이 뜨악한 눈빛으로 우진을 살폈다.

솔직히 말해서 은석은 우진의 이름을 듣고, 우진에게 직접 사과를 들은 지금까지도 그 사실을 믿을 수가 없었다.

남자가 봐도 반할 만큼 멋진 사람이 어째서, 왜, 무슨 이유로 누나의 소개팅을 방해했단 말인가!

"제가 그땐 심했습니다. 눈에 보이는 게 없어서…… 하여튼 불이익받은 게 있으면 말해 주세요. 최대한 보상해 드릴 테니까."

우진이 싹싹한 태도로 말하자 은석은 뭔가에 홀린 양 고개를 저었다.

"아, 아니요, 그럴 수도 있……."

"고은석."

은석이 우진에게 말려들어 가는 광경을 보다 못한 은솔이 동생의 이름을 불렀다.

그제야 제정신으로 돌아온 은석이 눈을 깜빡거리다가 어색하게 볼을 긁으며 우진에게 물었다.

"그런데 왜 눈에 보이는 게 없었어요?"

순간 거실 공기가 가라앉고 침묵만이 맴돌았다.

동권과 은석은 아무렇지 않게 우진을 응시했으나, 은솔은 우진 쪽으로 고개를 아주 조금도 돌릴 수 없었다.

어떤 남자가 어떤 여자의 소개팅을 방해하는 이유는 분명 여러 가지가 있겠으나, 눈에 보이는 것 없이 다급하게 방해해야만 하는 이유라면 보통은…….

그 여자를 마음에 두고 있다는 뜻일 터.

"서우진이 아무래도 널 좋아하는 것 같아."

전화기 너머로 들었던 민주의 말이 저절로 떠올랐지만, 은솔은 그 말을 애써 지우려 노력했다.

서우진과 고은솔 사이는 평범한 남녀관계와 전혀 달랐다.

또라이 서우진은 고은솔을 손바닥 위에 놓고 괴롭히고 싶어 했고, 그녀의 인생을 있는 족족 방해해 왔으니 말이다.

우진이 침묵하자 그의 눈치를 보던 은석이 조심스럽게 먼저 입을 열었다.

"설마 그쪽이 우리 누나를……."

"잠깐, 그런 거 아니야."

은솔은 지난날, 두 사람 사이에 무슨 일이 있었는지 하나도 모르는 은석의 착각을 깨 주고자 목소리를 높였다.

우진에게 향해 있던 시선이 모조리 은솔에게로 돌려졌다. 이번에는 우진의 눈길 또한 은솔에게 아프게 박혔다.

"그런 게 아니면 왜?"

'아니, 서우진 성격이 이상해서 그렇다고!'

차마 말로 뱉을 수 없는 사실에 은솔은 끙끙 앓아야만 했다. 그때, 우진이 옅은 미소를 띠며 말했다.

"정말 둔하다니까요."

소름이 돋을 만큼 달콤한 목소리가 울리자 은솔은 저도 모르게 우진에게로 고개를 돌렸다.

그녀와 눈이 마주치기 무섭게 그의 미소가 거두어지더니, 그의 서늘한 눈이 이유를 알 수 없는 불안한 눈빛으로 변했다.

깜빡.

평소보다는 조금 느리게 그가 눈을 감았다 뜨자 눈동자 속 불안은 언제 존재했냐는 듯 사라지고 없었다.

동시에 그의 입가에 전보다 훨씬 진한 미소가 올라왔다.

꼭, 장난을 치기 직전 개구쟁이 같은 미소.

그건 은솔, 자신이 너무나도 잘 아는 표정이었다. 그녀에게 장난을 걸 때마다 지어 보이던 재수 없는 미소였으니까.

"헐…… 대박!"

은석의 놀란 목소리에 현실로 돌아온 은솔이 재빨리 동생의 착각을 정정했다.

"고은석, 괜히 착각하지 마. 얘가 뭐가 아쉬워서!"

"에이, 설마? 아버지 앞에서 거짓말을 하겠어?"

동권이 드디어 헛기침을 한 번 하면서 제 존재감을 드러냈다.

"아냐, 이거 날 놀리는 거라니……."

물 흐르듯 잘 말하던 은솔이 도중에 말을 멈추었다.

그러고 보면 아주 찰나의 시간, 서우진의 진심을 엿본 게 아니었을까?

눈이 마주쳤을 적 우진의 표정은 놀릴 때 짓던 것과 달랐다. 거기에 불안한 듯 흔들리던 눈동자까지.

뒤늦게 변한 미소를 보면 오히려 놀리는 척을 하는 것 같은…….

'서우진의 진심이 뭔데?'

은솔의 머릿속이 복잡해질 무렵이었다.

"이렇게 매일 차이고 있습니다."

"누, 누나가 눈이, 눈이 심하게 높아서…… 이, 이해해 주세요."

쾌활한 우진과 어색한 은석의 대화에서 은솔은 번쩍 정신을 차렸다.

얄밉게 싱글벙글 웃는 우진을 보자 파블로프의 개도 아니고, 은솔은 혈압부터 치솟았다.

"저녁 드세요!"

마침, 네 사람 사이로 미선의 신이 난 목소리가 들렸다.

은솔은 더 이상 우진의 진심이 뭔지, 그 불안한 시선의 이유가 무엇 때문인지를 굳이 생각하지 않기로 하고 주방으로 향했다.

평소 보던 저녁상이 아니었다.

보통 때의 두 배는 되는 반찬 가짓수, 평소보다 신경 써서 담은 듯한 음식까지…… 이 밥상은 엄마의 무한한 노력이 빚어낸 결과였다.

식탁을 둘러보는 네 사람을 지켜보면서 미선이 보람찬 기분으로 겸손을 부렸다.

"은솔이 아빠가 갑자기 손님을 데려온 건 이번이 처음이라서…… 좀 조촐하죠?"

"아닙니다. 전혀……."

은솔은 말 잘하던 우진이 조용해지자 신기했다. 무슨 소리를 더 떠들어댈 법도 한데?

"맞아, 엄마. 완전 진수성찬인데? 맨날 이렇게 먹으면 좋겠다."

우진을 따라 은석이 눈치 없이 사실을 말하자 미선이 눈을 부릅뜨고 아들을 쳐다보았다.

만일 이 자리에 우진이 없었더라면 은석은 등짝을 맞았을 것이 분명했다.

미선은 넓은 식탁이 좋다고 노래를 부른 덕분에 샀던 6인용 식탁이 지금처럼 쓸모 있게 느껴진 적은 없었다.

눈치라고는 내다 버린 은석이 제 누나 옆에 앉으려고 의자를 빼자, 미선이 기다렸다는 듯 손짓했다.

"은석이, 너는 엄마 옆에 앉아."

"엥? 왜요?"

"'왜'가 어디 있어? 아들 옆에 끼고 밥 먹으려고 그런다."

평소에는 아들에게 관심도 안 주던 엄마가 웬일인가 싶어서 은석은 고개를 갸웃거렸지만 이내 식탁을 돌아 미선의 옆에 앉았다.

은솔은 엄마의 속내를 눈치채고 눈살을 찌푸렸다. 그러나 인제 와서 동생을 다시 부를 수도 없는 법이었다.

그녀는 떨떠름하게 우진과 나란히 앉았다. 어째 엄마의 눈빛이 뿌듯해졌다.

"어머, 꿈만 같다."

미선은 꿈꾸는 눈빛으로 은솔과 우진을 번갈아 보았다.

엄마의 눈동자에 담긴 속뜻을 아는 은솔은 부담스러워서 밥을 먹기도 전에 체할 것만 같았다.

"서 선생 그만 좀 보고 밥들 먹지."

다행히 동권이 나서 주었다. 그제야 미선은 꿈에서 깨어났다.

"응? 아, 그래. 식사들 하세요."

"잘 먹겠습니다."

겨우 꿈에서 깨어난 미선은 우진이 밝게 인사를 하자 또다시 정신을 놓을 뻔했다. 이번에는 남편이 아니라 아들 덕택에 정신줄을 꽉 잡았지만.

"미나리 무침, 너무 멀어."

식탁을 가로질러 팔을 뻗기가 곤란했는지, 은석이 중얼거렸다. 미선은 꼭 그 말을 기다린 사람처럼 자리에서 벌떡 일어났다.

"기다려 봐, 엄마가 덜어 줄게."

작은 접시를 가지고 돌아온 미선이 음식을 덜어 은석 가까이에 놓아 주었다. 그 생소한 광경을 우진만이 물끄러미 바라보았다.

은솔도, 동권도, 심지어 당사자인 미선과 은석조차 아무 생각이 없어 보이는 풍경.

우진은 미나리 무침을 한 젓가락 크게 집은 은석에게 따뜻한 눈빛을 보내는 미선이 신기했다.

자신에게 쉽게 주어지지 않았던 그 눈빛을 은석은 너무나도 당연하게 여기고 있었다.

우진의 시선을 느껴서일까? 미선은 우진에게로 눈길을 돌리고 웃는 낯으로 물었다.

"은솔이랑 의대 동기라면서요?"

"아, 예."

"은솔이 학생 때 어땠어요? 그때 우리가 애한테 신경을 많이 못 써 줘서 기억이 잘 안 나."

순간, 은솔의 등골에 소름이 돋았다. 고은솔의 의과 대학 시절을 암흑으로 만든 주범에게 그 시기에 대해 질문을 하다니!

"엄마, 밥 먹는데 뭐 그런 걸 물어봐?"

"왜? 보통 이런 이야기 하는 거야."

그건 살벌하기 그지없던 '서바이벌, 서우진에게 살아남아라!'를 모르니까 할 수 있는 소리다.

오만상을 찌푸린 은솔이 옆에 놓인 컵을 들어 냉수를 벌컥벌컥 들이켰다.

"그땐……."

우진이 조심스럽게 입술을 떼며 흘긋, 은솔을 곁눈질했다. 그를 향한 은솔의 눈동자가 번뜩였다.

그녀의 눈이 마치 '네 죄를 알면 적당히 둘러대라'라고 말하는 듯했다.

우진이 말을 이었다.

"공부하느라 엄청 힘들었던 기억밖에 없네요. 아마 고 선생도 그랬을 겁니다. 저희 둘이 수석, 차석이었으니까요."

은솔은 안색 하나 변하지 않고 잘도 둘러대는 우진이 대단했다.

그저 더 이상 엄마의 질문이 이어지지 않기를 바라며 은솔은 말없이 깨작깨작 밥만 먹었다.

"어머머! 우리 은솔이 만년 2등 시킨 게 누군가 했더니!"

"엄마, 누나 존심 상하겠다."

미선의 호들갑에 은석이 슬그머니 말을 덧붙였다. 그러나 자존심 상할 시기는 이미 지난 지 오래인 터라 은솔은 고개를 저었다.

"어? 아니야. 그게 언제 적인데."

그 당시에는 억울하고 분했으나 이미 다 지난 일이었다. 은솔은 굳이 우울한 과거를 떠올리고 싶지는 않았다.

다행히 엄마가 대화 주제를 돌렸다.

"그럼 전공은 뭐 했어요? 정형외과?"

"아뇨, 저는 성형외과입니다."

인턴 당시, 성형외과로 지원한다는 은솔의 말을 믿고 우진은 전공을 바로 성형외과로 선택했다가 한 방 맞고 말았다.

고은솔은 서우진 보란 듯이 정형외과로 도망쳤으니까.

그들 사이에 겹겹이 쌓인 과거 일을 모르는 미선은 우진을 흐뭇하게 바라보며 말했다.

"어머, 좋다……. 성형외과 선생님이 이 정도로 생기면 완전히 믿고 맡길 수 있을 것 같아."

"서 선생은 미용 성형 쪽 아니야."

그때, 조용히 음식만 먹고 있던 동권이 끼어들었다. 미선이 남편 쪽으로 고개를 돌렸다.

"그래요? 아쉽네."

"아쉽긴, 대견한 거지. 원장님께서도 기특해하실 거야. 그렇지?"

"……예."

우진은 거짓말을 태연하게 뱉으며 힘없이 웃었다.

서회준이 서우진을 대견히 여긴 적은 단 한 번도 없었다. 회준에게 있어서 우진의 모든 업적은 당연하거나 혹은 못마땅한 것뿐이었다.

* * *

20일, 오프인 우진은 어머니를 기리며 별장에 틀어박힌 아버지에게는 신경도 쓰지 않고 운전대를 잡았다.

아버지는 젊은 어머니의 사진이 빼곡하게 걸린 그 별장에서 미친 사람처럼 울고 웃을 테지.

우진은 아버지를 이해하면서도 이제는 이해하지 않기로 했다.

죽은 사람보다는 산 사람이 더 소중하다는 사실을 공중 보건 의사로 지낸 3년 동안 깨달았기 때문이었다.

그는 지방의 한 어촌 마을로 차를 몰았다. 얼마 전까지 자신이 3년을 콕 박혀서 보낸 곳이었다.

운전대를 잡은 그의 표정에 설렘이 가득했다. 꼭 고향에 가는 기분이 들어서였다.

우진의 차는 넓은 고속도로를 지나 한결 좁아진 국도로, 국도에서 더욱 좁은 도로로 들어갔다.

굽이굽이 차를 몰던 그가 멈춰선 곳은 최근에 지어져서 번듯한 2층짜리 마을 회관이었다.

그는 차를 세우기 무섭게 뒷좌석에서 양손 가득 쇼핑백을 꺼냈다.

은솔의 집에 간 그날, 뒷좌석에 가득 자리한 선물 쇼핑백은 오늘을 위한 것이었다.

"안녕하세요. 어머니."

우진은 싹싹하고 붙임성 좋게 먼저 인사를 건넸다. 현관에서 우진을 발견한 어른들이 눈을 동그랗게 뜨고 우진을 바라보았다.

제일 가까이 있던 할머니가 벌떡 일어나 우진을 반겼다.

"아이고, 의사 선생!"

몇 번이고 이름을 불러도 괜찮다고 말했으나, 어른들은 우진을 꼭 의사 '선생님'으로 대했다. 거기에는 나이를 떠나 오랫동안 배운 자에 대한 존경이 담겨 있었다.

구두를 벗고 마을 회관 안으로 들어가는 우진은 퍽 자연스러웠다.

그가 거실 한구석에 쇼핑백을 내려놓았다. 은솔에게 주었던 한우 갈비며, 온갖 고급 영양제, 건강식품 등이었다.

하지만 어른들은 선물보다는 우진에게 집중했다. 가운데 우진을 두고 할머니들이 빙 둘러 모였다.

"서울 가니까 인물이 더 훤칠해졌네."

할머니들의 시선은 꼭 장성한 손자를 보는 듯 흐뭇했다.

우진은 그런 시선이 무척 좋았다. 자신의 존재를 기꺼워하는 어른들을 만나는 게 즐거웠다.

"잘 지내셨습니까?"

"노인네들이 뭐, 늘 똑같지. 아프고."

"어디가 아프신데요?"

의사답게 그는 아프다는 말에 예민하게 반응했다. 반면, 아픈 것이 일상인 어른들은 태연했다.

"안 아픈 곳이 어디 있어?"

"검사는 받으셨고요? 건강 검진이라도."

"무릎 연골이 없디야. 수술밖에 못 한다는데 수술할 시간이 어디 있어?"

"수술하시면 좋아질 텐데요."

"돈도 없어야. 두 쪽 하는데 700을 달라더만? 의사는 다들 도둑놈들…… 아차차!"

"의사 선생 앞에서 말이 심하네."

뒤에서 다른 할머니가 농담 삼아 말을 건넸다. 순식간에 도둑놈이 될 뻔한 우진이 난처하게 웃었다.

우진의 깜짝 방문에 신이 난 할머니들도 소리 높여 깔깔거렸다.

"저 할망구 은행에 돈은 쌓아 뒀으면서, 다 자식들 주고 간다고 안 쓰는 거잖어."

"죽으면 그만인 몸뚱이에 뭔 돈을 처발라?"

워낙에 마을 내 앙숙으로 유명했던 할머니 두 분인지라 우진은 별로 놀랄 것도 없이 평온하게 말했다.

"어머니, 무릎 좀 보여 주세요."

"그랴."

우진의 말이 끝나기 무섭게 할머니는 바지를 쑥 걷어 올렸다.

우진의 어깨너머로 다른 할머니들이 구경을 나섰다.

내 다리도 저런데, 내 다리도…… 등등 할머니들이 너 나 할 것 없이 동감하고 있었다.

"양쪽 다?"

"네."

할머니가 다른 쪽 바지도 무릎 위로 걷었다.

살과 근육이 빠진 다리, 탄력이 떨어져 처진 피부가 그동안의 세월을 대신 말해 주고 있었다.

한눈에 보기에도 바깥으로 휘어져 있는 무릎이 아슬아슬했다. 우진의 눈빛이 안 좋아지는 걸 모르는 듯, 할머니가 슬쩍 물었다.

"수술 안 할 방법이 있을까?"

"……엑스레이 사진 갖고 계세요?"

"없지. 병원에 있겠지."

"육안으로 보기에도 무릎이 많이 뒤틀려 있고 안 좋으세요. 그 선생님이 진단 내려 주신 대로 수술하는 편이 나으실 겁니다."

우진이 진심을 담아 경고를 했으나 할머니는 손을 내저었다.

"아이고, 됐다. 얼마나 산다고."

"20년은 더 사실 것 같은데요."

"20년이나 어떻게 살아!"

경악을 하면서도 할머니는 만족스러워 보였다. 오래 살 거라는 말은 축복이지 저주가 아니었으니까.

이내, 주방 쪽에서 다른 할머니가 소쿠리 가득 딸기를 씻어 내왔다.

"의사 선생! 딸기 먹어, 딸기."

딸기가 아주 맛있다며 할머니들이 한마디씩 보탰다. 거의 한 바구니는 될 큼직한 딸기는 그 크기만큼이나 푸짐하고 맛있어 보였다.

"노래방 기계 틀어 봐잉."

"노래 부를 사람 작은 방으로 와라!"

어느새 마을 회관이 왁자지껄해졌다. 우진의 방문에 들뜬 할머니들은 흥에 겨워 보였다.

"의사 선생도 노래 한 곡 하지?"

"저는 됐어요."

"왜!"

우진의 재롱을 보고 싶은 할머니가 불만스러워했으나 우진은 어른들의 약점을 아주 잘 알고 있었다.

그가 손가락으로 딸기 소쿠리를 가리켰다.

"딸기 먹어야 하니까요."

"그럼 어쩔 수 없지."

바로 음식. 아니, 정확히는 먹는 것.

어른들은 우진이 뭔가를 먹고 있으면 절대 방해하지 않았다. 오히려 더 먹으라면서 챙겨 주거나 잘 먹는다고 칭찬을 할 정도였다.

그래서 공중 보건 의사 1년 차 때 우진은 먹는 것만으로도 칭찬을 받을 적마다 어리둥절했다.

자신은 그저 점심을 먹고 있었을 뿐인데 어른들이 칭찬과 덕담을 하고 가는 일이 매번 일어나다 보니, 이제는 익숙하다 못해 영악하게 이용할 줄도 알게 되었다.

우진은 아까 무릎을 보여 준 할머니에게 다시 말을 붙였다.

"어머니, 서울 한 번 올라오시겠어요?"

"왜? 서울 구경시켜 주게?"

"의사 선생이 우리 서울 구경시켜 준다고?"

되레 옆에 있던 할머니가 관심을 보였다. 저쪽 멀리에서 화투를 치고 있던 다른 할머니가 소리를 꽥 질렀다.

"아이고야! 서울 지난주에도 다녀왔다! 촌것들처럼 호들갑들을 떨고 그래?"

"너나 다녀왔지."

우진은 할머니들의 기 싸움에 눈치를 살피다가 적당한 타이밍을 잡아 설명했다.

"서울 구경이 아니고요, 수술비가 부담되시면 제가 적은 금액으로 수술할 수 있게 도와드리려고요."

"어떻게?"

할머니의 눈이 초롱초롱 빛나자 우진이 희미하게 웃었다.

사실, 특별한 할인 방법은 없다. 그저 어느 선에서 차액을 자신이 부담하려는 생각이었다. 자신이 할 수 있는 일은 그 정도니까.

"이건 제 명함입니다."

우진은 지갑에서 명함을 꺼내 할머니에게 드렸다.

눈을 가늘게 뜬 할머니가 명함을 보다가 돋보기를 꺼내 쓰고 글자를 하나하나 읽었다.

"성형외과 전문의? 우리 같은 노인네들한테 성형외과로 오라고?"

"으응? 의사 선생 일이 성형외과야? 오메, 나 검버섯하고 기미 좀 싸게 지워 줘."

화투를 치던 할머니가 눈가와 광대 부근을 가리키면서 부탁을 했다.

안타깝게도 성형외과 전문의 서우진은 미용 시술과 관련이 없다는 게 문제였지만 말이다.

"……저 레이저 쪽은 안 합니다."

"그 좋은 걸 왜 안 해?"

"그러니께 말이여."

"하여튼!"

갑작스럽게 변한 화제를 돌리기 위해 우진은 목소리를 높였다. 할머니들이 눈을 동그랗게 뜨고 그를 주시했다.

"제가 정형외과 관절센터에 말씀을 드릴게요."

그러나 할머니들은 또 다른 주제로 대화를 시작했다.

"의사 선생이 처음 왔을 때는 깍쟁이같이 말 한마디도 안 하고 그랬는데 지금은 큰소리도 뻥뻥 치네."

"그러게. 고슴도치처럼 삐죽삐죽하더니 지금은 미꾸라지가 다 되었어."

"미꾸라지는 너무했다, 언니."

우진이 이마를 짚고 한숨을 내쉬자 할머니들이 모두 킥킥거렸다.

하긴, 공중 보건 의사 1년 차 때 서우진과 현재의 서우진은 완전히 다른 사람이 되어 있었다.

바로 이곳에서 어른들에게 넘치는 사랑을 받았기에 가능한 일이었다.

뭔가를 '먹는 것'만으로도 칭찬을 받고, 인사를 '하는 것'만으로도 덕담을 듣는다.

당연하게 진료를 했을 뿐인데도 어른들은 우진이 '큰일'을 해낸 양 대견스러워했다.

단 한 번도 누려 보지 못했던 너그러움.

그런 어른들에게 조금씩 조금씩 마음을 열던 우진은 2년 차 여름쯤 완전히 바뀌었다.

타인에게 진심을 담아 먼저 베풀 줄도 알게 되었고, 불안을 잊고 느긋해졌으며, 좋아하는 상대가 기뻐하는 게 자신의 기쁨이라는 것까지 완전히 체득한 것이다.

그 순간, 우진은 은솔을 떠올렸다.

자신의 존재만으로도 질색하던 은솔의 얼굴이 눈에 선했다. 엇갈린…… 아니, 정확히는 비비 꼬인 인연.

생각에 빠져 있던 우진을 건져 올린 건 원래 화제로 돌아간 할머니의 말이었다.

"그래서 얼마나 싼데?"

할머니의 눈이 빛나고 있었다.

우진은 본능적으로 여기서 말을 잘해야 할머니의 무릎 수술을 주선할 수 있음을 깨닫고 조심스레 말했다.

"반……."

"안 해."

단번에 흥정에서 진 우진이 부랴부랴 말을 덧붙였다.

"……이상 쌉니다."

그제야 할머니는 만족스러운 얼굴이었다.

"서울 올라가서 의사 선생한테 전화하면 되는 건가?"

"네. 연락 주세요."

우진이 웃으면서 대답했다.

자신의 인생을 바꿔 준 어른들.

수술비 및 제반 병원비를 전부 우진, 자신이 부담하고 싶을 정도였으나 '무료'라고 한다면 할머니는 절대 수술을 받지 않을 것이다.

그러니 이렇게 돌아가야 했다.

첫 딜을 마치기 무섭게, 다른 할머니가 끼어들었다.

"의사 선생, 나도 무릎이 반병신이야."

"볼게요."

우진의 말이 떨어지자 할머니가 바짓단을 걷었다. 맨눈으로 보기에 이 할머니도 마찬가지로 무릎 상태가 좋아 보이지 않았다.

특히 안 좋아 보이는 왼쪽 무릎으로 우진이 손을 가져다 댈 참이었다.

할머니가 싱글벙글 웃었다.

"잘생기고 젊은 남자가 막 무릎을 주물러 주니 기분이 이상하네."

"주책, 주책! 다 늙어서, 쯧쯧……."

옆에 앉아 있던 다른 할머니가 혀를 찼다. 그러나 마침 노래방 기계가 있는 작은방에서 꼭 맞는 노래가 흘러나왔다.

"야야야아, 내 나이가 어때서어!"

할머니들이 까르르 웃음을 터뜨리자 우진도 덩달아 웃고 말았다.

그나마 지금은 이 왁자지껄하고 정 많은 분위기에 익숙해졌지만, 발령 첫 달에는 불쾌해서 미치는 줄 알았다.

내 것, 네 것의 경계가 거의 없는 작은 어촌 마을. 온통 밭과 바다, 키가 낮은 건물뿐인 곳에서 우진은 유배당한 선비들의 심정을 반쯤 이해하곤 했었다.

충격적인 사실은 이 지역에서 이곳이 가장 크고 인구가 많은 곳이라 공중 보건 의사가 파견되었다는 거지만.

"나도 수술해야 해?"

"병원에서는 뭐래요?"

"오른쪽 다리는 써도 되는데 왼쪽은 꼭 수술하라고 그러더라고."

"저도 왼쪽이 훨씬 안 좋아 보이네요."

"그러면 나도 의사 선생 명함 줘."

본인의 몸 상태는 본인이 가장 잘 안다고, 할머니도 내심 수술을 생각했던 모양이다. 우진은 기쁘게 명함을 건넸다.

명함을 바지춤에 잘 챙긴 할머니가 뜻밖의 말을 꺼냈다.

"그 아가씨는 만났고?"

그 아가씨.

어디나 그렇듯, 연애 이야기가 가장 재미있는 법이라 우진도 관련한 질문에 오랫동안 시달려 왔다.

얼굴 반반하고 직업도 좋은 우진에게 연인이 없다는 사실을 어른들은 믿어 주지 않았다.

매일 같이 시달리던 우진은 결국 은솔의 이야기를 꺼냈다.

좋아하는 여자에게 어떻게 해야 할지 몰라서 상처를 많이 주었다는 고백에 어른들은 모두 탄식을 했다.

"그래도 말여, 의사 선생은 잘생기고 돈도 잘 벌 텡게 이제라도 잘 해 봐."

"여자들은 싹싹 빌면 봐줄 수도 있어."

"맞어, 내가 영감을 몇 번을 봐줬는데. 그놈의 영감이 화투를 죽을 때까지도 손에서 못 놔서…… 아니, 이게 아니지."

하여튼 그렇게 어른들은 하나 같이 우진을 응원해 주었다. 얼굴도 모르는 아가씨보다는 눈앞의 우진이 더욱 밟힌 탓이었다.

어쩌다 보니, 당사자라면 당사자인 고은솔보다 이곳의 어른들이 서우진의 진심을 더욱 잘 알고 있었다.

"네? 아…… 네. 만났습니다."

"생선 가시 발라 줬어?"

"네."

그중 이 할머니가 추천한 방법은 '생선 가시 발라 주기'였다.

우진은 어른의 지혜를 은솔과의 점심 식사에서 써먹었으나 시기가 너무 일렀는지 은솔은 떨떠름해 할 뿐이었다.

그녀의 눈동자가 '왜 이래?' 하고 묻는 것 같아 내심 머쓱하기도 했다.

"난 우리 영감이 발라 줘서 결혼 결심했는데, 그 아가씨는 아직인가 보네."

"그러게요."

"우리가 거의 맨날 가져다줬응게 생선 천 마리는 발라 봤을 텐데 아쉽겠구만. 또 해 줘."

생선 해체 작업을 천 마리까지는 하지 않은 것 같지만, 우진은 굳이 정정하지는 않았다.

시기가 너무 일렀다는 점을 인정하고 언젠가 다시 도전해 봐야겠다. 조금 더, 은솔의 경계심이 낮아지고 유대감이 깊어질 때쯤?

"평생 발라 준다고 말은 했고?"

"그건 아직……."

평생 생선 가시를 발라 준다니…… 그 말을 들었으면 고은솔은 기겁을 하며 식기를 내팽개치고 식당을 떠났을 것이다.

"그러니까 망하지."

우진의 시들한 반응에 할머니는 더 들을 것도 없다는 양손을 흔들었다. 그러나 옆에서 다른 할머니가 한마디 거들었다.

"언니, 평생 가시 발라 준다는 형부 갔잖어. 언니가 발라 먹고 있잖어."

"썩을 영감탱이. 한 번도 약속을 지킨 적이 없어야."

할머니의 입에서 나온 걸쭉한 말에 우진이 움찔했다.

이미 오래전 일인지 할머니는 죽은 남편을 굳이 추억하지는 않고 바로 말했다.

"의사 선생은 오래 살어."

"……네."

"남자나 여자나 하나 다를 것 없어. 내가 듣고 싶은 말 해 주고 내가 원하는 일 해 주고, 그럼 돼야."

"그럼, 그게 기본이지."

할머니들이 주거니 받거니 조언을 해 줄 때, 마침 아까 딸기 소쿠리를 가져다준 할머니가 다시 다가오더니 소쿠리 안에 든 딸기의 양을 가늠하고 못마땅하게 목소리를 높였다.

"딸기 왜 안 먹어! 이게 얼마짜린 줄 알아?"

가볍게 진찰을 하고 대화를 나누느라 딸기에 거의 손도 대지 않은 우진이었다.

젊은 남자답게 다 비웠을 줄 알고, 또 가져다줄 생각이었던 할머니는 그대로인 소쿠리에 적잖이 실망한 눈치였다.

생선 가시의 지혜를 알려 준 할머니가 우진을 훑어보고는 혀를 차며 물었다.

"의사 선생, 밥은 먹고 다니는 거야? 어째 더 삐쩍 곯았어. 서울만 가면 다들 삐쩍 곯더라. 우리 애들도 그렇고 의사 선생도 그렇고."

"괜찮……."

"뭐? 밥을 안 먹었다고? 야! 이분아! 의사 선생이 밥을 안 자시고 왔단다!"

딸기 할머니가 소쿠리를 주워 들면서 주방 쪽으로 소리를 쳤다.

오늘의 당번이라 주방 일을 도맡게 된 이분이 할머니가 단숨에 달려 나왔다.

"밥을 안 먹으면 어떡해? 연탄불에 생선 구워 올까? 연탄불에 구우면 맛있잖아."

오늘의 당번은 연탄불에 구운 생선을 추천하는 듯했다. 그러나 생선으로 프러포즈를 받은 할머니는 고개를 흔들었다.

"연탄에 구우면 암 걸린다며? 의사 선생은 오래 살아야 하니까 암 걸리면 안 돼. 그건 우리나 먹어."

"나는 암 걸려 뒈져도 된다는 거냐?"

이분이 할머니가 꽥 한마디를 한 찰나, 바깥에서 개가 컹컹 짖어댔다. 주방의 작은 창문이 열려 개 짖는 소리가 흘러들어왔다.

"아, 나 이 똥개 새끼가 또 지랄을 해 싸대네. 고만 짖어!"

개한테 닿을 리 없는 말인데도 이분이 할머니는 구수하게 욕설을 내뱉었다.

우진이 말을 돌렸다.

"아, 그러고 보니 이장님께 인사를 못 드렸네요."

늘 공기처럼 어디엔가 존재하던 이장이 오늘따라 보이질 않는다. 우진은 주변을 둘러보았다.

여초 마을이나 다름없는 이 동네에서, 다섯 손가락 안에 꼽히는 남자가 바로 이장이었다.

"이장님? 지금 우리 집 보일러 고치고 있어. 아직도 안 오는 걸 보면 단단히 고장이 났나 봐?"

그리고 이장은 종종 우진에게 할머니들을 모시고 지내는 고충을 털어놓곤 했다.

수도를 고친다든지, 보일러를 고친다든지, 막힌 변기를 뚫는다든지…… 만능 일꾼으로 살아야 한다고.

오늘도 이장은 만능 일꾼으로서 보일러를 고치고 있나 보다.

"늘 바쁘시네요."

"그러려고 이장님 된 거지. 밥 먹고 인사드려."

"네."

"점심 자셔!"

이장에 관한 이야기를 나누다 보니 벌써 밥상이 차려졌다. 굳이 생일이라 하지 않았는데도 생일상에 가까운 푸짐한 한 상이었다.

"상은 제가 들고 가겠습니다."

"응? 그래?"

"먼저 가 계세요."

"아이고, 젊으니까 번쩍번쩍 잘도 드네."

우진은 상을 들고 오려는 할머니를 만류하고 대신 밥상을 옮겼다. 이런 사소한 일만 대신해도 할머니들은 우진을 뿌듯하게 여겼다.

'할머니 집'이 있다면 이런 느낌일까?

우진은 갖지 못한 '할머니 집'이라는 것이 늘 궁금했다. 친구들이 '할머니 집'에만 다녀오면 살이 찐다면서 농담을 뱉곤 했기 때문이었다.

내리사랑에 가까운, 투명하고 무조건적인 호의를 처음 느낀 곳.

태어났을 때 이미 돌아가신 어머니, 어머니를 죽게 만든 아들을 증오하는 아버지는 주지 않았던 따뜻한 마음.

어른들은 우진이 처음에 보이던 차가운 태도도 웃어넘겼고 매일 똑같이 대해 주었다.

그 때문인지 우진은 자신이 이 어른들의 자식이나 손자가 된 것 같다는 착각을 느꼈다.

아니, 결코 착각만은 아니었다. 마을에 놀러 온 자식과 손자들을 대하는 태도나, 공중 보건 의사 서우진을 대하는 태도나 어른들은 다르지 않았다.

극한 상황에 놓이면 다를지도 모르겠지만, 평범한 상황에서는 동일했다.

그것만으로도 우진은 만족했다. 자신은 그들의 혈연이 아니었으니 말이다.

투명하고 무조건적인 호의. 스무 살 때, 신기루처럼 아주 잠깐 느끼고 말았던 그 호의를 3년간 듬뿍 받아 왔다.

그렇기에 우진은 지난 3년, 제 인생을 바꿔 놓은 이 마을을 정기적으로 찾을 수밖에 없었다. 마치 자식이 부모를 찾아뵙듯이.

어느 정이든 간에, 첫정을 주고받은 상대를 잊지 못하는 법이니까.

5장

서우진이 진짜 변했어?

당직 때문에 피곤해 죽을 지경이었으나, 은솔은 집에 가기 전 피트니스센터에 갔다.

서우진과 괜히 시간이 겹쳤다가는 정말 세상을 하직할지도 모르기 때문이었다.

'적당히 하다 가자.'

적당량의 운동은 피로를 씻어 주는 좋은 약이었다. 귀찮아서 그렇지.

그래도 처음보다는 몸이 가벼웠다. 그동안 서우진에게 잘 굴려진 보람은 있는 모양이다.

은솔은 제법 탄탄해진 제 팔을 이리저리 돌려 보면서 간만에 인체의 신비를 느꼈다.

그때 그녀의 머리 위로 그림자가 졌다.

"오늘은 혼자 오셨나 봐요?"

"네?"

갑작스러운 접근에 깜짝 놀란 은솔이 눈을 동그랗게 뜨고 고개를 들었다. 어딘가 인상이 익숙한 남자가 환하게 웃으며 서 있었다.

"어……."

아는 사람인가? 묘하게 낯익은 남자다.

하지만 고은솔 인생에 이만큼 잘생긴 남자는 서우진을 빼면 분명히 처음이었다.

"아하하, 많이 놀라셨나 봐요. 다들 그러시더라고요, 처음에 절 보면……."

"죄송한데 누구시죠?"

그녀가 남자의 넉살 좋고 능수능란한 말을 끊자마자 잠시 침묵이 일었다.

남자는 도저히 믿을 수 없다는 눈빛으로 그녀를 내려다보고 있었다.

어색한 기분에 은솔이 머뭇머뭇 말했다.

"절 다른 사람하고 착각하셨나 본데 죄송하……."

"아뇨, 아뇨…… 으음, 참……."

그녀가 사과하려고 하자 손을 내저은 남자는 얼굴이 붉어졌다.

달아오른 얼굴을 양손에 묻은 채 한참 서 있던 그가 이내 미친놈처럼 웃어 젖혔다.

"아하하하하하! 뭐지?"

'뭐긴 뭐야, 네가 미친놈이지.'

은솔은 차갑게 식은 눈으로 남자를 보다가 슬금슬금 뒷걸음질을 치기 시작했다. 지난 세월, 뼈저리게 느낀 교훈이 하나 있다.

또라이와는 얽히지 말 것.

'얼굴 멀쩡한 놈들은 다 미친놈인가?'

우진을 떠올린 은솔이 속으로 투덜거렸다.

고은솔 인생에 잘생긴 남자와의 조우는 두 번째였고, 이 두 번째 남자 역시 아무래도 제정신이 아닌 것 같다.

그 순간, 불쑥 남자가 오른손을 내밀었다. 악수하자는 제스처에 은솔이 움찔 놀랄 찰나였다.

"저 김찬기라고 합니다."

"네?"

김…… 뭐? 어디서 들어보긴 한 이름인데.

"직업은 배우."

"아, 네."

그녀가 떨떠름하게 그의 오른손을 잡았다. 호탕하게 팔을 흔든 그가 친근한 목소리로 물었다.

"영화나 드라마 안 보세요?"

은솔은 TV와 친하지 않았다. 어렸을 적부터 미선이 은솔에게 TV 시청을 제한한 탓이었다.

사춘기 때는 가끔 또래 친구들과 대화 주제가 통하지 않아서 겉돌았던 적도 있었지만 그래도 큰 문제는 일어나지 않았다.

어찌 되었든 간에 수험이 가장 큰 화젯거리였으니 말이다.

자연스럽게 연예인이나 드라마와 멀어진 그녀는 바쁜 일상에서 영화도 별로 즐기지 않았다.

"네, 뭐……."

친구, 민주가 산골 스님들처럼 재미없게 산다며 놀리던 고은솔의 취미는 멍 때리기, 특기는 잠자기였다.

그 외의 시간은 정신을 차릴 수 없을 만큼 바빴으니까.

"바빠서요."

너 같은 놈에게 시간을 내주고 싶지 않다는 의미까지 담아서 대답한 그녀는 오늘치 운동량을 채웠으니 그만두기로 했다.

돌아오는 길에 은솔은 혜정에게 '김찬기'라는 미친 사람을 만났다고 전화를 걸었다.

곰곰이 생각해 보니, 혜정이 이 피트니스센터를 소개해 줄 때 '김찬기'라는 이름을 말했던 것도 같아서였다.

그리고 역시나…….

—김찬기? 너, 김찬기를 몰라?

어이가 없다는 투로 혜정이 헛웃음을 터뜨렸다. 정지 신호에 차를 세운 은솔이 머리를 긁적이며 대꾸했다.

"알면 너한테 전화를 했겠어?"

—내가 말했잖아, 거기서 김찬기 봤었다고!

"그러니까 그게 누군지 알아야 제대로 기억을 하지."

—〈사랑의 왈츠〉 안 봤어?

요즘 같이 TV 채널이 많고 인터넷이 발달한 시기에도 시청률이 평균 30퍼센트가 넘었다던 국민 인기 드라마, 〈사랑의 왈츠〉!

"……제목이 왜 그렇게 촌스러워? 쌍팔년도 드라마 제목이야?"

ㅡ그건 작가한테 가서 따져. 넌 어떻게 그걸 안 볼 수가 있어?

물론 고은솔은 전혀 몰랐다.

가끔 입원 환자들이 그 드라마에 빠져 있는 모습을 회진하거나 지나다니다가 보긴 했어도 그 화면이 그 드라마인지는 전혀 몰랐다.

"난 TV 안 보잖아."

매일 복잡한 수술에 동원되는 친구를 잘 알기에 혜정은 부정하지 않았다.

대신, 혜정은 설명을 시작했다.

ㅡ김찬기가 그 드라마에서 서브남으로 나왔는데, 아련미 쩔어서 이번에 주가 확 올랐잖아. 어떻게 그걸 모르냐? 한국 사람 맞아?

"모를 수도 있지."

갑자기 국적을 박탈당한 은솔이 미간을 찌푸렸다.

'아련미'라니…… 자신이 본 김찬기라는 남자는 '아련'과는 거리가 300만 광년 정도 멀어 보였다.

게다가 이번 드라마로 갑자기 유명해진 사람인가 보다. 그러니까 모든 사람이 다 자신을 안다고 믿고 뻔뻔하게 얼굴을 들이밀지.

은솔은 이제야 김찬기의 예의 없는 접근을 이해할 수 있었다. 그리고 그녀의 반응에 당황하던 모습도.

지금까지 김찬기라는 남자는 누구에게나 환대만 받았던 것이다.

'참나…….'

은솔은 김찬기의 번드르르한 얼굴이 새빨개지던 모습을 떠올리고 혀를 찼다.

그때 혜정이 은근한 목소리로 물었다.

—김찬기 잘생겼지?

"어? 그래, 그렇긴 했어."

고은솔 인생에서 그만큼 잘생긴 남자를 맨눈으로 본 건 이번이 두 번째였으니까.

그러나 혜정은 은솔의 반응이 만족스럽지 않은 양, 못마땅해했다.

—뭐야, 그 시큰둥한 반응은? 난 진짜 거의 반나절을 김찬기 생각밖에 못 하겠던데. 김찬기랑 이런 짓, 저런 짓 다 하는 상상 막 하면서.

이런저런 짓은 대체로 19금 빨간 딱지가 붙은 상상일 터였다. 은솔이 눈살을 찌푸린 채 말했다.

"너 유부녀잖아."

—내가 김찬기랑 진짜 바람을 피운 것도 아닌데 뭐가 문제야? 예원이도 요즘 아이돌 삼촌팬이라고 지랄을 하고 있는데, 내가 더 건전하지.

"어……."

그건 그렇다. 상상은 무죄 아닌가.

은솔은 혜정의 논리에 수긍하면서 운전을 지속했다. 이제 조금만 더 가면 아파트 정문이었다.

어서 들어가서 눈을 좀 붙이고 저녁에 서우진한테 밥을 사야 하는데 뭘 입고 가야 하나, 고민할 참이었다.

—근데 김찬기가 왜 너한테 인사를 먼저 해?

"글쎄? 모르겠는데."

그러고 보니, 은솔은 그 남자가 말을 건 이유를 전혀 몰랐다. 별로 중요하지 않아서 신경도 쓰지 않고 있다는 게 더 맞겠다만.

이내, 혜정이 이상한 방향으로 대화를 틀었다.

—역시 의대 퀸카 고은솔 클래스 어디 안 가나 보다. 너한테 줄서서 고백했잖아, 애들이.

"뭐? 언제 적 단어야, 퀸카가?"

—왜? 서우진도 고백한 고은솔인데.

"좀!"

우진의 이름만으로도 깜짝 놀란 은솔이 목소리를 높이자 혜정이 깔깔거렸다.

—다음에도 김찬기가 인사하면 연락처라도 얻어 봐. 나도 다시 보게.

"됐어. 이상한 사람 같았다니까."

자기 혼자 접근해서 말을 걸고는 웃어 젖히던 모습은 은솔에게 이상한 사람으로밖에 비치지 않았다.

물론, 혜정은 찬기의 편을 들었다.

—네가 못 알아보니까 놀랐나 보지. 내가 김찬기라도 놀랐겠다. 어떻게 자길 못 알아보나 싶어서.

"연예인이라고 다 알아봐야 하나."

아파트 지하주차장으로 차를 몰면서 그녀가 심드렁하게 대답했다. 혜정이 쯧쯧, 혀를 찼다.

—적어도 요즘 '김찬기'는 알아봐야 한다니까. 하여튼 고은솔, 트렌드에 떨어지는 건 여전해. TV도 안 보고 살고.

"바쁘니까 그렇지. 집 다 왔어. 끊자."

—그래, 잘 쉬어.

고맙게도 혜정은 더 이상 은솔을 붙잡지 않고 쉽게 놓아주었다.

은솔은 피곤한 눈가를 꾹꾹 누르면서 엘리베이터에 올랐다.

어째서인지 집으로 가까워질수록 피로가 짙게 느껴졌다. 긴장이 풀려 가는 탓이리라. 은솔은 힘없이 집 안으로 걸음을 옮겼다.

"다녀왔습니다."

모두가 일터에 있을 시각, 집 안에는 미선만이 청소를 마치고 잠시 쉬고 있었다.

짧은 휴식을 위해 미선은 소파에 앉아 느긋하게 티타임을 즐기며 TV 시청 중이었다.

"수고 많았어. 피곤하지?"

"어……."

은솔에게 강력하게 TV 시청 제한을 하던 미선은 자식에게 뿐만이 아니라 본인 역시도 TV 시청을 잘 하지 않았다.

그래서일까? 은솔은 TV 앞에 앉아 있는 엄마의 모습이 생경했다.

"웬일로 TV 보고 있어?"

"응, 드라마 재방송."

미선이 TV 볼륨을 두어 번 높일 때였다. 화면에 뜬금없이 김찬기의 얼굴이 클로즈업되었다.

깜짝 놀란 은솔이 저도 모르게 놀란 숨을 뱉었다.

"헉!"

"왜?"

"나 저 사람 아까 봤는데!"

은솔이 화면을 가리키면서 눈을 크게 떴다. 미선은 딸의 말을 장난 정도로 받아들이고는 농담을 뱉었다.

"김찬기? 응, 엄마도 지금 보고 있다."

"아니, 진짜로 봤다니까! 헬스장에서."

'정말 배우였구나?'

새삼 TV 화면으로 보자 은솔은 저 얼굴이 신기해졌다.

물론 혜정에게 못이 박이도록 김찬기의 정체에 대해 듣긴 했으나 실제로 맞닥뜨리는 것과는 차이가 있는 모양이다.

"그래? 화면하고 똑같이 생겼어?"

이번에는 미선도 놀란 듯했다. 은솔은 TV 화면을 뚫어져라 쳐다보며 분석을 시작했다.

"음, 화면발이 좀 더 잘 받는 것 같은데? 피부가 실제로 저렇게 하얗진 않았어. 오히려 서우진이……."

무심결에 우진의 이름을 말한 은솔은 엄마의 시선을 느끼고 멈칫했다. 엄마의 눈빛이 뿌듯하게 느껴지는 건, 착각일까?

"……쉬, 쉬러 갈게."

"잘 자라."

하지만, 자기 전에 해야 할 일이 하나 더 있었다.

방에 들어온 은솔은 당장이라도 쓰러져 자고 싶었지만, 피로를 참고 우진에게 메시지를 보냈다.

[퇴근하는 대로 연락 줘. GG호텔에서 보게.]

그러나 휴대폰을 내려놓기 무섭게 바로 전화가 걸려왔다.

시끄러운 벨 소리에 인상을 찌푸린 그녀가 화면에 뜬 우진의 이름을 보고 투덜거렸다.

"아니, 얜 알았다고 답장이나 하지."

은솔은 침대에 드러누운 채 전화를 받았다.

"어."

—정확한 시간, 정확한 장소.

우진은 인사치레 하나 없이 딱 제 할 말만 뱉었다.

장소야 정확히 댈 수는 있으나, 시간은 부정확했다. 수술이라도 하나 길게 잡히면 아예 약속을 취소해야 할 수도 있을 정도였다.

"아니, 네가 언제 끝날지 정확하지가 않잖아."

—최대한 맞출 거니까 그건 걱정하지 말고.

은솔의 눈이 가늘어졌다.

앞날을 아는 것도 아니면서 무슨 배짱인지 모르겠다만, 그녀는 그가 원하는 대로 시간을 잡아 주기로 했다.

너무 피곤해서 어서 전화를 끊고 자고 싶었으니까!

"여덟 시 반 어때? 30분이면 올 거 아니야?"

—알았어. 룸 넘버는?

"응? 뭔 넘버?"

—호텔이니까 룸 넘버.

처음에는 무슨 말인지 이해하지 못했던 은솔의 얼굴이 이내 확 붉어졌다.

구렁이 담 넘어가듯 능글맞은 인간인 건 알았지만, 이렇게 사람을 놀리다니 서우진은 변한 게 없다.

그녀가 질색하며 목소리를 높였다.

"얻어먹기 싫어?"

—장난이야.

그의 말에서 웃음기가 묻어나는 걸 보니 장난은 장난인 모양이다.

잠시 할 말을 잃은 은솔은 휴대폰을 들지 않은 손으로 얼굴을 가렸다. 아무도 보는 사람이 없는데 괜히 부끄러웠다.

은솔은 제 감정을 숨기기 위해 힘주어 말했다.

"장난이라도 그렇지, 어떻……."

—너 아니었으면.

우진이 은솔의 말허리를 도중에 자르고 낮아진 목소리로 속삭였다.

—이런 장난 안 해.

통화는 거기까지였다.

머릿속의 모든 생각이 귀를 통해 휴대폰 너머로 빨려 들어간 것만 같다.

아무 생각도 못 하고 멍하니 있던 은솔은 휴대폰을 귓가에서 떼어 냈다.

화면에 잔상처럼 남은 서우진이라는 이름에 손이 떨려서 그녀는 하마터면 휴대폰을 얼굴 위로 떨어뜨릴 뻔했다.

"너 아니었으면 이런 장난 안 해."

나지막하게 속삭이던 그 말이 심장을 파고드는 듯해, 그녀는 일부러 소리 내어 중얼거렸다.

"뭐야, 그래서 뭐? 호텔에 들어가자고? 미쳤나 봐!"

그 못된 장난에 화가 나야 하는데 왜 얼굴이 뜨거워지고 심장이 뛰는 건지 모르겠다.

은솔은 얼굴을 베개에 묻고 양옆으로 흔들었다.

서우진이 쓸데없는 장난질을 한 탓에, 몸은 피곤해 죽겠음에도 잠이 오지 않아 은솔은 한참을 뒤척이다가 늦게 잠에 빠졌다.

곤히 자고 있던 은솔은 찬물이라도 맞은 듯 번쩍 눈을 떴다. 예상대로 사방이 어두웠다.

'몇 시지?'

더듬더듬 휴대폰을 찾아 든 은솔은 화면에 떠 있는 시간을 보고 상체를 벌떡 일으켰다.

"헉!"

여덟 시, 하고도 10분이 더 지난 시각!

생각보다 늦게 일어난 은솔은 쇼크에 빠졌다. 누가 껐는지 일곱 시에 맞춰진 알람은 꺼져 있었다.

뭐, 잠결에 자신이 껐겠지만.

하여튼 지금 당장 뛰어가도 아슬아슬한 시간인데 자다 깬 모양새로 호텔에 갈 수도 없는 법. 이럴 때는 연락이 먼저였다.

"서우진."

—음.

"……나 지금 일어났어."

은솔이 기어들어 가는 목소리로 솔직하게 말했다.

우진은 기가 막힌 건지 아무 대꾸도 하지 않았다.

눈앞에 있으면 눈치라도 볼 텐데, 전화 통화만으로는 그의 기분을 읽을 수가 없어서 답답했다.

그녀가 조심스럽게 사과했다.

"미안해."

—네 입에서 미안하단 말, 처음 듣는 것 같은데.

잠깐의 정적 끝에 기다리던 그의 목소리가 들렸다.

하긴, 지난날들을 돌이켜봐도 자신은 그에게 화를 내기 바빴다. 게다가 애초에 서우진에게 미안할 짓을 한 적도 없었다.

"이번에 실컷 들어. 정말 미안하게 됐어."

그녀는 이번 일 이후로 미안하다는 말을 더는 하지 않기를 바라며 작아진 목소리로 대꾸했다.

다행히 그는 더 이상 그녀를 탓하지 않았다.

—예약은 했고?

"어제 전화하니까 정확한 시간을 못 정하겠으면 평일에는 그냥 와도 된다기에 예약은 안 했어."

—어디 가려고 했는데?

"일식집."

—흐응, 거기 라스트 오더가 아홉 시 아니었나?

"그래서 여덟 시 반에 보자고 한 거였는데……."

늦잠을 자고 말았다.

은솔은 거칠게 앞머리를 쓸어 올렸다.

지금부터 준비하고 나가면 아홉 시는 아슬아슬했다. 인제 와서 대접할 만한 다른 파인다이닝 레스토랑을 찾는 것도 무리였다.

'어째야 하나.'

저녁을 사겠다고 큰소리를 땅땅 쳐 놨는데 서우진만 도로 돌려보내게 생겼다.

은솔은 나름대로 머리를 열심히 굴려 보았다. 예전에 민주와 갔던 횟집도 꽤 괜찮았었는데…….

그녀가 여러 방법을 생각할 때였다.

—그럼 호텔 말고, 그 근처 이자카야에서 보자. 조용한 곳 알고 있어.

은솔이 고민에 빠진 것을 아는 듯, 우진이 먼저 장소를 결정해 주었다.

문제는 그 장소라는 게 그녀의 마음에 별로 차지 않는다는 것쯤?

은솔은 지난번 점심때, 우진과 함께 갔었던 일식집 이상의 음식점을 가고 싶었다.

받은 만큼 돌려줘야 직성이 풀리는, 강한 자존심 탓이었다.

"뭐? 안 돼! 진짜 끝내주게 비싼 데에서……."

—한 번 더 다시 사면 되지. 위치는 따로 보내 줄게. 서둘러.

은솔의 말을 끊은 우진이 깔끔하게 결론을 내 버렸다.

"어, 어…… 그래."

얼떨결에 그에게 휩쓸린 그녀는 끊어진 휴대폰 화면을 멍하니 내려다보았다. 그러니까…….

'또 밥을 사라고?'

서우진하고 또? 은솔의 얼굴이 일그러졌다. 그러나 자신이 정한 약속에 늦은 이상, 변명의 여지는 없었다.

일본식 선술집이라면 역시 술을 마셔야 할 것 같아, 은솔은 일부러 차를 두고 나왔다.

택시를 타고 가는 내내, 은솔은 '다음 식사 자리'에 대해 고민했다.

수련 중도 아닌데 수부외과 세부 전문의 인력이 부족한 탓에 은솔은 전공의 시절처럼 거의 병원에 갇혀 있다시피 했다.

그로 인해 기껏해야 민주, 혹은 혜정과 만날 적에나 가끔 고급 레스토랑을 갈 뿐 은솔은 당연히 이런 쪽에 어두웠다.

'역시 이혜정한테 추천을 받는 편이 낫겠어.'

부유하게 지내고 있는 친구를 떠올리면서 은솔이 막 정할 참이었다. 택시가 목적지에 도착했다.

5월의 밤은 별로 쌀쌀하지 않았다. 택시에서 내린 은솔은 카디건을 벗어 팔에 걸친 채로 조심스럽게 출입문을 열었다.

가게 직원에게 일행이 있다고 말하기 무섭게 직원이 은솔을 우진의 테이블로 안내했다.

'어?'

그런데 어떤 여자가 우진에게 말을 걸다가 은솔을 발견하고는 인상을 찌푸리며 멀어지는 것이었다.

영문을 모를 상황에 은솔은 머리를 긁적이며 우진의 맞은편에 앉았다.

"뭐야?"

"합석 요구?"

"으응?"

웬 합석?

은솔이 동그란 눈을 더욱 동그랗게 뜨고 여자가 사라진 쪽으로 고개를 돌리자, 우진이 웃음기 섞인 목소리로 대답했다.

"신경 쓰지 마."

이미 여자는 자취를 감춘 상태였다. 더 이상 신경을 쓰려 해도 쓸 수 없는 터라, 은솔은 고개를 바로 했다. 웃고 있는 우진의 모습이 보였다.

"일식이 먹고 싶었나 봐?"

"응? 그런 건 아니고."

특별한 감정 없이 대꾸한 은솔은 라임 조각이 들어가 있는 물을 한 모금 마셨다. 차갑고 상큼해서 상쾌한 느낌이 좋았다.

기분이 한결 좋아진 은솔이 누그러진 목소리로 말을 이었다.

"그때, 네가 샀던 게 일식이라서."

우진의 눈이 가늘어졌다. 어느 것 하나도 허투루 넘기지 못하는 고은솔다웠다.

만약 그날 점심에 서우진이 이탈리아 요리를 샀으면, 고은솔도 이탈리안 레스토랑을 찾았을 것이다.

혹은 프렌치 레스토랑에 갔더라면 지금 두 사람은 프랑스 요리를 맛보고 있을지도 모른다.

우진은 은솔을 물끄러미 바라보았다.

아직도 두 사람 사이에는 명확하게 그어진 선이 남아 있었다. 이는 과거, 자신의 과오로 인해 그어진 선이었다.

그 선을 넘을 준비가 된 서우진과 다르게 고은솔은 선 밖으로 나올 생각이 전혀 없어 보였다.

과연 언제쯤, 선을 지워 버릴 수 있을까?

그저 빤히 쳐다보기만 할 뿐, 말 한 마디 하지 않는 우진 때문에 은솔은 괜스레 어색해졌다.

서우진이 유난히 까만 눈동자로 바라보면 이상한 기분이 든다.

새카만 눈동자에 사로잡힌 은솔은 주문을 받는 직원이 올 때까지 그에게서 눈을 떼지 못했다. 이는 우진 역시 마찬가지였다.

말없이 서로를 바라보던 두 사람 사이에는 침묵만이 가득했다. 그 정적을 깬 쪽은 제삼자인 가게 직원이었다.

"주문 도와드리겠습니다."

은솔과 우진 사이에 감도는 미묘한 분위기를 알아채지 못한 직원은 사무적으로 제 일에 임했다.

그 덕분에 부담스럽고 어색한 공기가 사라져서 은솔의 마음이 한결 편해졌다.

그러다 문득, 은솔은 우진이 주문한 음식들이 전부 일식임을 깨달았다.

바로 내올 수 있는 음식으로 테이블이 세팅되자 마치 일식집에 온 느낌이 들 정도였다.

직원이 떠나고 나서 은솔이 천천히 입을 열었다.

"혹시 내가 일식 먹고 싶어 하는 줄 알았어?"

"음, 그랬지. 아니었으면 다른 데도 생각해 볼 걸 그랬어."

우진의 태연한 대꾸에 은솔은 잠시 말문이 막혔다.

자신은 오로지 '빚'에만 연연해서 음식점을 골랐는데, 서우진은 고은솔의 취향을 맞춰 주려고 노력한 것이다.

그녀는 문득 창피해졌다.

그럴 줄 알았다는 듯, 그가 웃으면서 다른 이유도 덧붙였다.

"그래도 이 시간에 주문받는 괜찮은 가게는 술집뿐이니까."

"미안하게 됐어."

진심을 담아 사과한 은솔이 고개를 푹 숙였다.

서우진 앞에서 이만큼 미안해하는 건 고은솔 인생에 처음인 것도 같았다.

그러나 자존심이 상한다거나 기분이 나쁘지는 않았다. 약속에 늦은 건 완벽하게 제 잘못이었고, 또 정말 미안했으니까.

그러나 우진은 그다지 신경 쓰지 않는 말투로 대꾸했다.

"괜찮아. 너랑 술 한잔하고 싶었거든."

그의 말이 끝나기 무섭게 은솔이 주문한 하이볼이 나왔다. 투명한 액체 밑에 가라앉은 레몬이 예뻤다.

흐뭇하게 레몬을 바라보던 그녀가 진한 시선을 느끼고 번쩍 고개를 들었다.

우진이 여전히 그녀를 바라보고 있었다. 따가울 정도로 뜨거운 눈빛은 여전했다.

'나는 왜 서우진의 눈을 보면 기분이 이상해지는 걸까.'

자기 자신도 알 수 없는 희미한 감정이 가슴속에서 요동쳤다. 은솔은 그 마음을 무시하고는 애써 평소처럼 태연히 말했다.

"어제 말 못 했네. 생일 축하한다, 서우진."

"어? 아……."

그는 잠시 아무 말도 하지 않았다.

다시 찾아온 어색한 침묵을 이기지 못하고 은솔은 하이볼을 한 모금 마셨다. 차가운 술이 식도를 타고 넘어가자 정신이 또렷해지는 듯했다.

이내, 그가 미소를 머금은 채로 조금은 장난스럽게 대답했다.

"너한테 생일 축하한다는 말을 들은 것도 처음이야."

"난 네 생일이 언젠지 몰랐잖아."

"그건 그래."

우진이 서늘하게 웃었다.

그렇지, 서우진은 고은솔의 생일을 알아도 고은솔은 서우진의 생일 따위를 알지 못했다. 알고 싶지도 않았을 테고.

"그리고 그동안 생일 축하해 줄 상황도 아니었잖아? 네가 날 좀 괴롭혔어야지."

말을 하고 나서도 은솔은 왠지 오래된 이야기를 괜히 들춘다는 느낌이 들어 민망해졌다.

3년 만에 만난 우진이 과거와 달라져 있는 듯 보이기 때문이었다.

그녀는 일부러 볶음요리에 얹혀 있는 숙주를 깨작거렸다. 어째서인지 우진의 시선을 똑바로 받아칠 수가 없었다.

사실 이 자리부터가 말이 안 되는 자리였다.

서우진과 단둘이 술잔을 기울이는 일은 3년 전까지만 하더라도 상상조차 할 수 없었다. 서우진이라면 치를 떨던 고은솔이었으니까.

3년의 공백이 그를 향한 그녀의 미움을 희석이라도 시킨 걸까?

하지만 전처럼 뻔뻔하게 턱을 들고 과거를 부정할 줄 알았는데, 우진은 뜻밖에도 사과를 입에 올렸다.

"미안했어."

"……뭐?"

번쩍 머리를 든 은솔은 믿을 수 없다는 눈으로 우진을 응시했다.

우진이 그 특유의 희미한 미소를 지은 채 등받이에서 몸을 떼고 그녀에게로 고개를 기울여 속삭였다.

"그땐 내가 유치했잖아."

곧 나직하고 달콤한, 유혹적인 남자의 목소리가 이어졌다.

"어떻게 마음을 표현해야 하는지 잘 몰랐거든."

마음을 표현해? 무슨 마음?

은솔이 멈칫했다. 그녀의 눈동자가 살짝 흔들릴 즈음, 그가 입술을 다시 열었다.

"내가 너를……."

"잠깐, 서우진, 잠깐만."

분위기가 이상하다.

이상기류를 느낀 은솔이 젓가락을 내려놓고 손을 내저으며 우진의 말을 도중에 잘랐다.

그는 별 저항 없이 입을 다물었다. 마치 그는 그녀의 손짓 하나에 반응하는 큰 강아지 같았다.

그럼에도 숨길 수 없는 것은 눈빛이었다.

그의 시선이 강렬하게 꽂혀서일까? 은솔은 얼굴에 열이 오르는 듯싶었다.

속을 알 수 없는 검은 눈동자가 자신을 향하면 기분이 묘해졌다.

그래서 피하고 싶었다.

"……일단 먹고, 이야기하자."

얼굴이 뜨거워진 터라 그녀는 시원한 술을 벌컥벌컥 마셨다.

레몬향이 향긋한 하이볼은 상큼해서 잠시나마 미묘한 기분을 잊게 해 주었다.

은솔이 하이볼을 한 번에 반 정도 마시고 내려놓았을 때였다. 우진이 기다렸다는 듯 다시 말했다.

"그러니까. 나 너무 싫어하지 마."

그녀는 서우진을 알아 온 이래 처음으로 그가 처량하게 느껴졌다.

그는 꼭 비를 쫄딱 맞고 잔뜩 젖은 채로 주인을 기다리는 버려진 강아지 같았다.

서우진이 고독해 보이기는 했어도 단 한 번도 가엾다거나 불쌍하다는 생각을 해 본 적이 없는데 왜일까?

그녀는 번뜩 솟은 제 생각에 당황하고 말았다.

"갑자기 왜 이래? 술도 안 마셨으면서?"

"너랑 잘 지내고 싶으니까."

자세를 바로잡은 우진이 빙그레 웃으면서 말했다. 그의 달콤한 미소는 그 말을 진실로 받아들이게 만드는 힘이 있었다.

"우린 계속 볼 사이잖아."

"그렇긴…… 하지."

은솔이 어색하게 대꾸하자 우진의 미소가 한결 더 짙어졌다.

술을 마셔서 그런가? 그녀는 겨우 식혔던 열이 더 오르는 것 같았다.

그녀는 얼음이 하나도 녹지 않은 하이볼을 다시금 꿀꺽꿀꺽 마셨다. 그런데도 얼굴이며 가슴속은 여전히 뜨겁기만 했다.

결국, 생소한 감정을 외면하고자 노력하면서 은솔이 말을 돌렸다.

"생일에 미역국은 먹었어?"

"먹었지."

우진은 입술에 침 하나 바르지 않고 거짓말을 했다.

먼 지방까지 내려갔다 왔지만, 미역국은 먹지 못했다. 아니, 애초에 생일이라고 알리지도 않았다.

생일은 어머니의 기일이기도 해서 챙기고 싶지 않았다.

생일이 가까워질수록 아버지의 폭력이 심해진 터라 그에게 생일은 축하받는 날이 아니었다.

어른들이 생일에 관해 물어보면 언제나 '지났어요' 혹은 '아직 멀었어요'라고 대답했기 때문에 우진에게 관심이 많은 어른조차 그의 생일을 정확히 알지 못했다.

"선물은?"

"선물 같은 거 받을 나이인가?"

"그래도……."

은솔은 마른 입술을 냉수로 축이고 나서 힐끔 우진의 눈치를 보았다.

욕심 같은 걸 모르는 듯 담담해 보이는 그에게 그녀의 입은 제멋대로 말을 쏟아냈다.

"뭐 갖고 싶은 거 없어?"

"……가지고 싶은 거?"

"소소하게."

이 단서를 꼭 붙여야만 했다. 안 그러면 고급 취향을 가진 서우진이 말도 안 되는 선물을 부탁할 수도 있으니까!

그녀의 마음이 훤히 읽혔는지 우진이 피식 웃었다.

그런데 신기하게도 비웃는 것처럼 보이지 않았다.

3년 전까지였다면 그가 자신을 비웃는다고 기분 나빠할 만도 한 웃음이었는데…….

뭐가 달라진 걸까? 단지 시간이 흐르면서 두 사람이 한 층 성장한 걸까?

그때, 제 생각에 빠진 은솔의 귓가에 우진의 목소리가 닿았다.

"있긴 한데, 네가 주지는 않을 거야."

"어? 무슨 소리야? 내가 가지고 있는 거야?"

우진의 눈동자가 한결 어두워졌다. 자신이 원하는 건 눈앞의 그녀뿐이었다.

그 외에는 바라는 것이 없음에도 그녀의 마음 하나 얻기가 이토록 힘이 든다. 다 인과응보이리라.

그는 대답 대신 물을 한 모금 마시고 화제를 돌렸다.

"지갑 뭐 써?"

뜻밖의 질문에 은솔이 강아지 같은 눈을 더욱 동그랗게 뜨고 대답했다.

"지갑? 그냥 카드 지갑 쓰지. 많이 들고 다니는 거 싫어하거든. 현금도 잘 안 쓰고."

"보여 줘."

"뜬금없이 왜?"

그러면서도 은솔은 가방을 뒤적여 지갑을 꺼냈다. 럭셔리 브랜드였지만 고은솔답게 무난한 갈색 지갑이었다.

우진의 시선이 지갑을 향하자 은솔이 버튼을 열어 안쪽을 보여주었다.

단정한 은솔의 성격이 그대로 반영된 지갑 안은 무척 단순했다.

"이 브랜드 좋아해?"

"아, 그냥저냥? 동생이 선물해 준 거야."

2년간의 세부 전문의 과정을 끝마친 날이었다. 웬일로 은석이 럭셔리 브랜드 쇼핑백을 건네면서 축하한다는 말을 건넸었다.

문제는 그다음에 일어났다.

설레는 마음으로 쇼핑백 안의 상자를 열었는데 그 안에 든 물건을 보자마자 은솔은 앓는 소리를 내면서 이마를 감싸 쥘 수밖에 없었다.

"처음에는 반짝반짝한 핑크색 지갑이어서 이걸 어떻게 들고 다니냐고, 제일 무난한 거로 바꿔 오라고 시켰지."

핫핑크에 가까운 화려한 지갑은 은솔의 취향에서 백만 광년 정도 벗어나 있었다.

사람들 사이에서 눈에 띄는 것을 무척 꺼리는 그녀의 성격 탓이었다.

여자에 무지한 은석은 여자들은 다 핑크색을 좋아하는 것 아니냐며 헛소리를 하다가 결국 가장 기본적인 디자인으로 바꿔 오고 말았다.

"다행이네. 핑크색이 아니라서."

"그렇지? 오래 쓰려면 무난한 게 좋다니까."

"아니."

그 뜻이 아니라는 양 부정한 우진이 그녀의 지갑을 가리켰다.

"내 선물, 이거랑 같은 모델로 해 줘."

"어?"

그의 손가락을 따라 그녀의 시선이 움직였다. 자신의 지갑이 아무리 남녀공용이라지만…….

"너 지갑 없는 것도 아니잖아?"

"네가 잘 쓰는 거 보니까 실용적으로 보여서 그래."

"갖고 싶던 게 내 지갑이었어?"

우진은 바로 대답하지 않고 묘한 미소만 지었다.

가지고 싶은 건 고은솔의 지갑이 아니라, 고은솔의 마음. 아니, 정확히는 고은솔 그 자체.

하지만 아직 그녀에게 가까이 다가가기에는 일렀다. 이제야 겨우 그녀에게 미안하다고, 미워하지 말아 달라고 부탁하지 않았던가.

"글쎄."

우진은 그녀를 향해 샘솟는 욕심을 억누르고 아리송하게 대꾸했다. 은솔은 도무지 이해할 수 없다는 투로 고개를 절레절레 저었다.

* * *

오전에는 간단한 수술만 이루어졌다. 응급 수술을 필요로 하는 환자도 없었고, 중상을 입은 환자도 없었다.

매일이 오늘만큼만 같으면 참 좋겠다고 속으로 중얼거리면서 은솔은 너스 스테이션에 있는 유남에게 슬쩍 말을 붙였다.

"점심시간에 어디까지 다녀올 수 있을까요?"

"네? 왜요?"

"선물 사러 백화점을 좀 다녀와야 해서요."

우진이 뜬금없이 카드 지갑을 선물해 달라고 한 터라 은솔은 백화점에 갈 시간을 찾고 있었다.

문제는 병원에서 가까운 백화점에는 이 브랜드가 입점해 있지 않다는 데 있었다.

고로 은솔은 차를 몰고 나가도 대충 20분이나 30분 정도 걸리는 백화점까지 가야 했다.

점심시간은 한 시간이므로 선물을 사는 시간까지 더하면 정시에 도착하기엔 아슬아슬했다.

그보다 만약 응급 환자라도 온다면 왔던 길을 되돌아가야 할지도 몰랐다.

사실, 이토록 서두를 필요는 없었다. 느긋하게 오프인 날 백화점에 들러도 되니까.

하지만 은솔은 가능한 한 빠르게 우진에게 선물을 주고 싶었다.

'인간관계도 넓고 좋아 보이던데 어떻게 선물을 하나도 안 받을 수가 있어?'

주변에 득실대던 친구와 지인들에게 선물 하나 받지 못한 우진이 측은한 감이 없지는 않아서였다.

이는 대학 다닐 적부터 그랬다. 서우진은 남들에게 잘 퍼 주면서도 받으려 들지 않았다.

그때, 유남이 빙그레 웃으면서 말했다.

"30분 정도 걸리는 거리면 퇴근하고 가세요. 금, 토, 일은 연장 근무하잖아요."

"아, 연장 근무요?"

뜻밖의 사실을 깨달은 은솔이 눈을 크게 뜰 참이었다.

옆에 있던 신참 간호사가 전화를 받더니 얼굴을 딱딱하게 굳히고 은솔에게 말을 전했다.

"선생님, 응급실 콜이요."

"어차피 점심은 틀렸네요."

조짐이 좋지 않았다. 응급실에서 수부외과에 연락했다는 건 응급 수술이 필요한 환자가 도착했다는 뜻이었다.

그리고 대체로 그 응급 수술은 어려운 수술일 가능성일 터.

자리에서 일어난 은솔은 걸음을 재촉해서 1층 응급실로 달렸다.

"수부외과 고은솔입니다."

"네, 이쪽이요."

간호사의 안내로 베드에 도착한 은솔은 환자의 손 상태를 보기만 해도 무슨 사고인지 바로 알아차릴 수 있었다.

손가락 세 개가 잘렸고, 손등은 물론 팔꿈치 아래까지 강한 힘에 눌려 뭉개졌으며 피부가 터져 피투성이였다.

기계에 눌려 말단 부위가 절단된 것이고 위쪽은 골절일 가능성이 컸다.

왼쪽 팔을 심하게 다친 환자는 의식이 없었다. 이처럼 크나큰 충격으로 인해 정신을 잃는 경우가 많았다.

상처 부위를 닦아 낸 응급의학과 의사가 덤덤하게 설명했다.

"기계에 눌렸대요."

은솔의 예상대로였다.

"스텀프(Stump, 잘린 부위)는요?"

"세 개 모두 보관 중이긴 합니다만 상태가 별로 좋지 않습니다."

느낌이 좋지 않았다.

"……바로 수술방 잡아야 할 것 같은데요. 보호자분!"

그녀가 목소리를 높여 보호자를 찾자, 구급차를 타고 함께 온 동료가 손을 들면서 어영부영 대답했다.

"네, 네?"

"보시면 손가락 세 개는 완전 절단, 그 위로는 복합 골절로 보입니다. 최대한 빨리 수술을……."

"잠깐만요. 이 친구 가족한테 연락했으니까 그 가족한테 말씀해 주시는 게……."

회사 동료는 별로 나서고 싶지 않은 듯 손을 내저었다.

보호자가 언제 도착할지, 수술 전 검사나 수술실 준비가 언제 될지 은솔이 머릿속으로 시간을 계산할 즈음, 유남이 나타났다.

"쌤, 수술방 비어 있고, 마취과 과장님 콜했습니다."

수부외과 전문 간호사로서의 경력이 은솔보다 긴 유남은 척하면 척이었다.

큰 수술이 이루어져야 하는지 확인하기 위해 뒤따라온 유남은 환자의 상태를 보기 무섭게 수술실 상태 확인과 마취통증의학과로 연락을 취했다.

손가락 같은 말단 부위는 접합할 수 있다면 신경을 최대한 빨리 이어 줘야 했다. 말초 신경이 다른 부위보다 일찍 죽기 때문이었다.

그러므로 어느 진료과나 마찬가지지만 수부외과는 진정 시간과의 싸움이었다. 봉합 시간이 늦어질수록 환자의 소중한 신체가 절단될 확률이 높았다.

준비가 된 이상 기다릴 필요가 없어 은솔의 말이 빨라졌다.

"우리 과에 지금 누구 있어요?"

"서우진 선생님이요."

"서 선생만으로는 안 될 텐데."

아무리 날고 긴다는 서우진이라고 한들, 우진은 아직 수부외과 수련 중일 뿐이었다. 훨씬 더 경험이 많고 경력이 긴 선배가 필요했다.

수부외과 의료진들을 일일이 찾기 전, 은솔은 수술 동의서를 미리 받기 위해 환자의 동료에게 물었다.

"환자 가족분 언제 도착하시죠?"

"그게 전화를 하기는 했는데 언젠지는 저도 잘……."

"사고 난 지 얼마나 지났나요?"

"한 시간 정도요. 요 근처 공장이라서."

한 시간 정도면 이론적으로 괜찮을 것이다. 경험적으로도 사고 한 시간 정도에 신경이 죽는 경우는 겪은 적이 없었다.

"알겠습니다. 유남 쌤!"

"네?"

필요한 검사를 위해 응급의학과 의사와 대화를 나누던 유남이 빙글 고개를 돌렸다. 은솔이 말을 서둘렀다.

"환자 가족분 오시면 저 불러 주세요."

"알겠습니다."

명쾌한 대답을 듣자마자 은솔은 응급실을 빠져나오면서 수부외과 과장실로 전화를 걸었다.

"고은솔입니다. 과장님 계십니까?"

―과장님 수술 중이신데요.

점심시간임에도 불구하고 과장은 수술 도중이었다.

"아이, 안 되는데. 마이크로(미세 접합 수술)예요?"

―네, 오전에 들어가셨어요.

"알겠습니다."

긍정의 대답에 은솔은 미간을 찌푸린 채로 대꾸하고 전화를 끊었다.

미세 접합 수술은 파열된 뼈와 혈관, 신경, 힘줄, 근육 등 모든 부위를 일일이 이어 줘야 해서 집중력을 크게 요했다.

단순 접합 수술에 비해 시간도 오래 걸려서 과장의 수술이 언제 끝날지도 모르는 데다, 집중력이 필요한 미세 접합 수술을 연달아 하기에는 의사로서 부담스럽기도 했다.

즉, 과장은 무리였다. 은솔은 다른 선배에게 전화를 걸었다.

"고은솔입니다. 최준구 선생님 계세요?"

―네, 식사 중이세요.

함께 점심을 먹는 중인지 간호사의 목소리가 살짝 뭉개져서 들렸다. 은솔의 얼굴이 금세 환해졌다. 그녀가 다급히 말했다.

"응급 수술 있다고 전해 주세요. 마이크로."

―네!

응급 수술, 그것도 미세 접합 수술이라는 연락에 간호사의 목소리에 힘이 들어갔다.

전화를 끊은 은솔은 수부외과 의국 쪽으로 빠르게 걸었다. 멀리 우진이 보였다.

서우진을 찾는 건 사실 별로 어렵지 않았다.

한눈에도 서우진이라고 확 느껴질 정도로, 그는 평범한 사람과 달랐다.

기본적으로 큰 키에 손으로 다 가려질 만한 작은 얼굴, 그저 가운 하나만 걸치고 있는데도 옷맵시가 나는 어깨와 몸매.

모르는 사람이 보면, 의학 드라마에 나오는 배우인 줄 알 정도로 우진은 군계일학이었다.

은솔의 발소리를 듣기라도 한 양, 우진이 그녀 쪽으로 고개를 돌렸다. 눈이 마주치자 그녀가 그를 불렀다.

"서 선생."

"음?"

"수술 있어. 준비해."

수술을 앞둔 은솔은 이성적이고 차가웠다.

우진의 시선에 얼굴을 붉히던 고은솔이 아니라 의사 고은솔로서 그녀는 얼굴을 딱딱하게 굳히고 있었다.

그가 의심스럽게 물었다.

"설마 우리 둘이 해?"

"당연히 아니지. 최준구 선생님께 콜했어."

"환자 상태는?"

은솔은 아까 보았던 환자의 뭉개진 손 상태를 떠올리고 간단하게 설명했다.

"프레스에 눌렸어. 내 눈엔 거의 절단 각이야. 뼛조각 맞추는 것까지는 해도 그 신경, 그 혈관을 다 어떻게 이어? 몇 시간을 해도 못 살릴 것 같은데……."

말끝을 길게 늘인 은솔이 한숨을 내쉬었다. 뭔가 더 할 말이 있어 보이는 태도였다.

"그런데?"

"왠지 너라면 살릴 수 있을지도 몰라서."

"네가 못하는 걸 내가 어떻게 해?"

기가 막힌다는 투로 우진이 되물었다.

반쯤은 맞는 말이었다. 고은솔은 수부외과 세부 전문의 자격이 있었지만, 서우진은 이제야 수련을 시작했기 때문이었다. 경험치부터가 달랐다.

그러나 반쯤은 또 틀린 소리였다.

"넌 섬세한 피쓰(성형외과) 출신이잖아?"

정형외과 전문의들은 크게 보면 골절이나 인대 파열 등에 강했다. 물론 수련을 하고 임상 경험을 쌓으며 현미경을 통해 혈관과 신경도 잘 연결하기는 했지만.

반면, 성형외과 전문의들은 미세한 도구를 무척 잘 다루었다. 실제로 우진 역시 눈에 보이지도 않는 수술용 실을 이용해서 혈관과 신경을 쉽게도 연결하곤 했다.

숙련된 선배들마저도 혀를 내두르게 만드는 우진의 실력을 은솔은 이미 잘 알고 있었다.

그녀는 '너라면 크게 도움이 될 거야'라는 눈빛으로 그를 바라보았다.

"이런 수술에는 네가 필요해."

은솔의 목소리가 또박또박 복도에 울렸다. 그녀를 물끄러미 내려다보던 우진이 뭐라 대답하기 위해 입술을 뗄 참이었다.

은솔의 휴대폰으로 전화가 들어왔다. 유남의 콜이었다.

—선생님, 환자분 가족 오셨습니다.

"알겠습니다. 지금 갈게요."

수술 동의서를 받기 위해서는 보호자에게 수술에 대한 설명이 필요했다. 전화를 끊은 은솔이 우진을 올려다보며 손짓을 했다.

"응급실 좀 다녀오자."

함께 가자는 손짓이었다.

전화를 받고 달려온 보호자는 어머니가 아닌 할머니였다.

환자의 부모가 모두 직장을 나오지 못해서 집에 있던 할머니가 나온 모양이었다.

의료진들은 나이 든 어른의 정신적 충격을 방지하기 위해 환자의 손을 보여 주지 않으려 애를 썼다.

다행히 보호자는 구태여 상처 부위를 보겠다고 나서지 않았다.

수술 동의서를 받기 전, 은솔은 수술에 대해 최대한 쉽게 차근차근 설명했다.

"다친 부위가 광범위해서 수술 시간도 오래 걸릴 예정입니다만, 절단만큼은 하지 않도록 최선을 다해서……."

"절단? 손을 자른단 말입니까?"

"팔꿈치 아래로 너무 크게 다쳐……."

"절단이라고요?"

보호자는 절단이라는 끔찍한 단어가 거슬려서 은솔의 말을 중간에 끊고 심각한 표정으로 다시금 물었다.

"앞날이 창창한 우리 손자 팔을요?"

형형하게 빛나는 노인의 눈동자에 은솔은 한숨을 겨우 삼켰다. 이렇게 쓸데없이 시간을 보내고 있을 수는 없었다.

"할머님, 한시라도 빨리 수술에 들어가야 합니다. 절단의 가능성이 있다는 건 아셔야……."

"아이고! 안 됩니다! 선생님, 제발! 애 고작 스물입니다. 고등학교

만 졸업하고 바로 취직한 대견한 애 손을 어떻게 잘라요? 예?"

사무적으로 말하는 은솔과 반대로 보호자는 길길이 날뛰었다. 심지어 상처 부위를 직접 보겠다고 소리를 칠 정도였다.

"내 눈으로 봐야겠어. 우리 정주 손이 어떤지, 진짜 잘렸는지 봐야겠다고오!"

"진정하세요. 최대한 살리기 위해서 수술하려는 겁니다."

은솔이 보호자의 야윈 어깨를 잡고 또박또박 말했다.

그러나 은솔과는 말이 통하지 않는다고 느낀 보호자는 우진에게로 고개를 돌렸다.

"선생님, 꼭, 꼭 우리 정주 손 좀 붙여 주시오, 예? 정 안 되면 제 손을 잘라서라도 붙여 주시오."

평소라면 입에 발린 말 정도는 가볍게 내뱉었을 우진은 웬일인지 쉽게 입을 열지 못했다.

그는 괴로운 듯 미간을 찡그렸다가 겨우 입술을 떼었다.

"최대한…… 노력하겠습니다."

지옥으로 끌려들어 가는 듯한 목소리에 은솔은 우진을 힐끔거렸다.

그는 환자도, 보호자도 보지 않고 눈을 내리깐 채 바닥에만 시선을 고정하고 있었다.

'왜 저러지?'

집도는 최준구 선생이 한다. 따지자면 고은솔이 세컨드 어시스턴트고, 엄격하게 말하면 서우진은 수련의의 신분이었다.

'그래서 말을 아끼나?'

하지만 우진을 감싼 공기는 평소와 달랐다. 꼭 그때를 보는 것 같았다.

그때, 피트니스센터에서 힘들다고 약한 모습을 보였을 때 말이다.

이내 수술 동의서 작성을 결심한 보호자는 아직도 의식을 되찾지 못한 손자를 안은 채 흐느꼈다.

"우리 정주 불구 되면 안 된다. 정주야…… 내 새끼……."

그 모습을 보는 은솔의 마음도 무거워졌다.

겨우 의식을 되찾은 환자는 수면 마취를 부탁했다.

신경이 제대로 연결되었는지 확인하기 위해 보통 운동 신경은 살려 두는 경막외마취만 하는 편이었으나 어린 환자는 고개를 저었다.

어쩌면 환자는 현실에서 도망치고 싶었던 걸지도 모른다. 의사로서도 수술하는 도중에는 차라리 그게 나았다.

"겨우 스무 살짜리가 이게 무슨 일이래."

최준구 선생이 한숨을 내쉬었다.

상처 부위는 예상대로 엉망진창이었다. 피부가 눌려 터졌고 뼈가 부서졌으며 근육은 파열, 인대는 잘렸고 혈관과 신경도 꽤 많이 끊어져 있었다.

"손가락은…… 포기해야겠다."

잘린 세 손가락은 이미 뭉개져서 형체를 알아볼 수 없었다. 팔꿈치 아래를 살리는 게 최우선이었다.

"자신 없어도 잘해 봅시다. 정 안 되면 과장님 불러와야지, 원장님이나."

원장이라는 말에 마스크 안에 가려진 우진의 입가가 딱딱하게 굳어졌다. 아차, 하면서 준구가 말을 덧붙였다.

"아, 서 선생은 아버지랑 같이 수술하기 껄끄러우려나?"

"예?"

아버지 이야기에 우진의 심장이 빠르게 뛰는 것도 모르고 준구는 느긋하게 말을 이었다.

"원장님, 수술방에서는 엄청 날카로우셔서 과장님도 찍소리 못 하시거든. 몰랐어?"

"예, 전혀."

"집에서는 자상한 아버지신가 보네."

자상한 아버지?

아들을 살인자라고 부르면서 경멸하고 증오하는 아버지가 자상한 아버지인가?

언어폭력은 물론 물리적 폭력까지도 서슴지 않는 아버지가 자상한 아버지인가?

오히려 수술실에서의 아버지 모습이 집 안에서의 모습과 닮았을지도.

더 이상 아버지에 관한 이야기를 나누고 싶지 않아서 우진은 대답 대신 이색한 미소만 지었다. 그마저도 마스크에 가려져 보이지 않았다.

다행히 준구는 우진이 아닌, 은솔에게로 관심을 돌렸다.

"고 선생 특기 좀 보자."

"특기라뇨, 그런 소리 마세요."

은솔이 멋쩍은 목소리로 대꾸했다.

아무리 혈관과 신경을 빨리 이어야 한다지만 기본은 뼈대다. 뼈를 맞추고 그에 따라 신경과 혈관을 이어 줘야 하는 법이다.

그리고 정형외과 전문의 고은솔의 특기는 정복, 즉 골절된 뼈를 바로잡는 일이었다.

조각이 난 뼛조각을 이어 맞춘다. 머릿속에 그려져 있는 사람의 뼈 모양을 그대로 맞추고 고정해서 으스러진 뼈를 바로잡는다.

지체할 것 없이 은솔은 수술용 드릴을 사용하기 시작했다. 자연히 다른 의료진들도 바빠졌다.

그런 와중에서도 경험이 많은 준구만큼은 여유를 갖고 있었다.

"나는 가끔 그런 생각이 들더라. 남자가 아니라 여자가 대부분의 서전(Surgeon, 외과 의사)을 해야 하지 않을까? 고 선생을 보면 그래. 확실히 섬세하잖아."

"저보다 서 선생이 더 섬세하다면서요."

칭찬에 후한 준구는 분명히 며칠 전만 하더라도 미세 접합 수술 때 서우진을 칭찬했었다.

역시 성형외과 출신이라 섬세하기로는 수부외과에서 1등이라나 뭐라나?

그러더니 인제 와서는 고은솔보고 섬세하단다. 은솔이 헛웃음을 짓자 준구는 능구렁이처럼 위기를 빠져나갔다.

"그럼 서전 말고 오쓰(정형외과)에서만 그렇다고 하자."

"뭡니까, 갑자기 말을 바꾸시고."

긴장되었던 수술실 분위기가 한결 편안해졌다.

어쩌면 준구는 안정된 분위기를 만들려고 일부러 우스운 역할을 자처했는지도 몰랐다.

은솔은 아까부터 말이 하나도 없는 우진을 힐끔, 곁눈질했다. 평소라면 한마디 정도 넉살 좋게 거들 텐데, 아무 말도 하지 않는 게 이상했다.

아까부터 그랬다. 아까, 환자의 할머니를 봤을 때부터 서우진은 어딘가 이상해졌다.

그때, 한층 차분한 준구의 음성이 들렸다.

"서두르지 말고 차근차근, 할 수 있는 데까지 잘해 봅시다. 너무 어리잖아."

스무 살의 환자. 세 손가락이 잘리고 팔꿈치 아래까지 복합 골절. 산업 재해로 장애를 얻기에는 너무나도 이른 환자였다.

다행히 원장이나 과장을 부를 일 없이 여섯 시간짜리 수술이 끝났다.

"수, 수술은 잘됐습니까?"

이번에는 할머니뿐만이 아니라 부모까지 도착한 상태였다. 환자 부모의 피로에 찌든 얼굴에는 아들을 향한 걱정만이 잔뜩 묻어났다.

"……입원실로 올라가서 말씀드리겠습니다."

준구가 나서서 대답했다.

준구는 수술 경험만큼이나 환자와 보호자를 대하는 경험도 많았다. 젊은 은솔이나 우진보다 중후한 준구가 더욱 믿음을 주기도 했다.

수술 집도의의 표정이 만족스럽지 않아서일까, 보호자 역시 불안에 떨기 시작했다.

"아이고, 우리 정주, 우리 정주 불쌍한 것……."

환자의 할머니는 스트레처에 누워 있는 손자를 보고 눈물을 훔쳤다.

오늘 아침만 해도 사지 멀쩡히 출근한 손자가 환자가 되어 누워 있을 줄 누가 알았을까.

결국, 세 손가락을 절단하게 된 젊은 환자가 안타까워서 은솔의 마음이 더욱 무거워졌다.

'그래도 팔은 잘 고정했으니까…….'

최상의 결과가 나올지는 모르겠으나, 수술실에서는 분명 최선을 다했다. 그것만이 그녀의 위안이었다.

보호자와 함께 움직이는 준구를 뒤로 하고 은솔과 우진은 그 자리를 피했다.

환자 상태도 그렇지만, 수술 내내 이상했던 우진의 모습을 떠올리며 은솔이 먼저 그에게 말을 걸었다.

"많이 피곤해?"

"아?"

우진이 놀란 표정을 감추지 않고 은솔을 내려다보았다. 그녀는 짐짓 아무렇지 않은 척 말했다.

"안색이 안 좋아서."

"아니, 괜찮아."

어느새 우진의 얼굴에는 여유의 빛이 돌아왔다. 평소와 같은 말투로 그가 웃으며 물었다.

"웬일이야? 네가 날 걱정해 주고."

"아니, 그건……."

잠깐 말을 멈춘 은솔이 한숨을 푹 내쉬었다.

응급실에서부터 말수가 부쩍 적어진 우진이 계속 마음에 걸렸었다.

하지만 고은솔이 왜 서우진에게 이토록 신경을 쓰는지 이유는 알 수 없어서, 그녀는 수술 탓이나 했다.

"당연하지. 수술에 지장 있을까 봐 얼마나 조마조마했는데."

은솔의 대꾸에 우진은 아무 대답 없이 옅은 미소만 지을 뿐이었다.

복도를 걸어 계단까지 나온 은솔은 뒤늦게 허기를 느꼈다.

점심시간 직전에 수술실에 들어가서 여섯 시간을 고도로 집중했으니 배가 고프지 않을 리 없었다.

'남들은 저녁 먹을 시간이겠다.'

억울해진 그녀는 고개를 들어 우진에게 말했다.

"뭐 좀 먹자."

"난 됐어."

작게 고개를 흔든 우진을 은솔은 의아하게 쳐다보았다. 분명 서우진도 점심을 걸렀을 텐데 전혀 배고픈 내색을 하지 않았다.

결국 은솔은 가운 주머니에 손을 꽂은 채 계단 쪽으로 향했다.

"그럼 난 1층 편의점 다녀올게. 먼저 들어가."

언제 또 응급 환자가 올지 모르는 터라 제대로 된 저녁은 늦더라도 퇴근 후에 먹는 거로 하고, 급한 불부터 끄기로 했다.

인사차 그녀가 왼손을 살짝 들어 올린 후 망설임 없이 등을 돌릴 때였다.

"마음 변했어. 같이 가."

우진이 은솔의 왼손을 덥석 잡아 멈춰 세웠다. 화들짝 놀란 은솔이 잽싸게 그의 손아귀에서 제 손을 빼냈다.

"뭐야, 말로 하지."

대꾸하는 대신 그는 어깨를 으쓱이고 말았다.

얼마 전까지만 하더라도 이런 상황에 놓이면 고은솔은 화를 벌컥 내곤 했다.

화를 낼 수 없는 장소…… 예를 들면 지금처럼 병원이라든지 다른 사람과 함께 있다든지 할 적에는 이를 악물고 있었지만, 우진은 뭉게뭉게 피어오르는 분노의 기운을 느낄 수 있었다.

하지만 지금은 달랐다. 그녀는 놀란 목소리를 내기는 해도 화를 내지는 않았다.

이 변화를 아는 사람은 서우진뿐이었다. 당사자인 고은솔조차도 자신의 변화를 예민하게 받아들이지 않았다.

"걔 잘됐으면 좋겠어."

"누구?"

"아까 수술한 환자. 너무 어려서 안타깝더라고."

계단을 내려가며 은솔이 한숨에 섞어 말했다.

"겨우 스물이잖아."

"그렇지."

우진이 가볍게 동의했다.

신체 절단은 그 누구에게도 끔찍하지만, 스무 살짜리 어린 환자에게는 더욱 가혹했다.

스무 살. 같은 또래는 대학에 입학해서 달콤 쌉싸름한 자유를 처음으로 맛볼 때였다. 게다가 날씨 좋은 5월 아닌가.

이 좋은 날, 어린 환자는 손가락을 잃었다. 이미 잘린 손가락은 어쩔 수 없지만, 잔뜩 눌린 팔까지는 잃지 않았으면 했다.

그렇기에 뼛조각을 맞추고 끊어진 신경과 혈관을 현미경으로 보면서 잇느라 눈이 침침하고 뻑뻑했다.

그래도 오랜 시간 쉬지 않고 애를 써서 그만큼 살려 낸 셈이었다.

1층 구석, 편의점에 들어온 은솔과 우진은 간편 식품 코너로 직행했다. 정확히 말하자면 은솔이 앞장을 섰고 우진은 그녀의 뒤만 따랐다.

곧 저녁이라 걱정했는데 다행스럽게도 물량은 그럭저럭 남아 있었다.

은솔은 김밥 한 줄과 샌드위치 하나를 양손에 하나씩 들고 고민을 시작했다.

'컵라면을 먹을까, 김밥을 먹을까, 샌드위치로 때울까…….'

손에 들지는 않았지만, 컵라면도 꽤 끌리는 선택지였다. 그러나 셋 중 두 가지를 먹고 싶지는 않았다. 제대로 된 저녁은 퇴근 후에 먹을 생각이었으니까.

그렇게 은솔이 마음 깊이 고민하고 있는데 옆에서 시선이 느껴졌다. 누군지 굳이 보지 않아도 알 만큼 따가운 시선이었다.

아무래도 샌드위치보다는 김밥이 더 마음에 든다.

은솔은 잠정적으로 김밥 한 줄을 사기로 하고 손에 들고 있던 햄에그 샌드위치를 우진에게 내밀었다.

"이거 줘?"

그러나 그는 샌드위치를 받기는커녕 그녀를 생소하게 훑어보더니 헛웃음을 터뜨리며 이렇게 말하는 것이었다.

"넌 하나도 변하질 않았어."

"무슨 말이야?"

알 수 없는 소리에 그녀가 미간을 좁혔으나 그는 대답 대신 그녀의 손에서 샌드위치를 홀랑 가져갈 뿐이었다.

대학에 입학한 후, 예과 1학년 초. 아직 서우진과 고은솔의 사이가 나빠지기 전에도 비슷한 일이 있었다.

급하게 커피를 사러 편의점에 들어간 우진은 간편 식품 코너에서 샌드위치와 김밥을 각각 손에 들고 고민하던 은솔을 보았다.

바로 다음 강의가 있어서 그녀를 지나쳐야 하는데, 이상하게 발이 떨어지지 않았다.

그때, 그를 발견한 그녀가 강아지 같은 둥근 눈을 깜빡거리다가 샌드위치를 내밀며 물었었다.

'……이거 사려고?'

그녀는 그의 시선이 샌드위치를 먹고 싶었기 때문이라고 생각한 모양이었다.

그 탓에 그는 계획에 없던 샌드위치까지 사서 강의실에 들어가고 말았다.

그때 만용을 부려서 고백을 하지만 않았더라면, 그런 몽글몽글

한 일상이 얼마간이라도 더 유지가 되었을까.

한편, 우진이 아무 말도 하지 않자 굶주린 은솔은 더 이상 신경 쓸 기운이 없어서 음료 코너로 걸음을 옮겼다.

"커피, 커피 어디 있나……."

중얼중얼 혼잣말을 하며 진열대를 쭉 살피던 그녀가 새카만 커피를 하나 꺼내 들면서 그에게 물었다.

"너도 마실래?"

"그래."

"뭐로?"

"같은 거로."

은솔이 새카만 커피 두 병을 아슬아슬하게 들었다.

하지만 이내, 커피는 우진의 손으로 옮겨 갔다. 그녀보다 손이 커서 커피 두 병이 안정적으로 들렸다.

계산대로 가면서 지갑을 꺼낸 은솔이 투덜거렸다.

"오늘 점심에 백화점 가려고 했는데 아주 틀렸어."

"백화점은 왜?"

"왜긴? 네가 지갑 사 달라며."

"아."

그가 그녀의 카드 지갑을 흘끗 쳐다보았다.

굳이 갖고 싶은 거라면, 새 제품보다 그녀의 손에 들린 저 지갑을 가지고 싶었다. 이런 진심을 말했다가는 고은솔이 질색하겠지만 말이다.

"천천히 사. 급한 거 아니잖아."

계산대에 커피와 샌드위치를 내려놓은 우진이 너그럽게 말하고는 가운 주머니를 뒤적거리다가 멈칫했다.

가운 주머니가 텅 비어 있었다.

아차, 그러고 보니 수술 들어가기 전에 펜이며 카드 등을 다 빼놓고 왔다.

끼니를 잘 챙기지 않는 성격이라 지갑을 꼬박꼬박 챙겨 다니지 않은 탓이었다.

그가 난처하게 중얼거렸다.

"……지갑 두고 왔다."

"뭐 이런 걸 따로 사? 됐어."

계산이 이루어지는 동안 은솔은 우진에게 뼈 있는 농담을 건넸다.

"근데 지갑, 천천히 사면 안 될 것 같다."

할 말이 없어진 그는 말없이 웃기만 했다.

전자레인지에 은솔의 김밥을 데우는 동안, 벽에 기대어 선 우진은 커피를 한 모금 마시고 뜻밖의 말을 꺼냈다.

"나는…… 할머니들한테 약해."

"왜? 할머니가 키워 주셨어?"

"그건 아니지만, 내 인생을 바꿔 주신 분들이 할머니들이시거든."

'인생을 바꿔?'

우진의 이야기를 들으며 은솔은 커피에 빨대를 꽂으려 노력했으나, 번번이 빗나가 빨대가 꺾이기에 이르렀다.

얼굴을 구긴 그녀가 있는 힘껏 빨대를 내리꽂을 찰나, 그가 그녀의 커피를 가져가 가볍게 빨대를 꽂아 주었다.

"고마워."

마른입에 커피를 들이켜니 이제야 살 것 같았다. 안색이 한결 나아진 은솔이 우진을 올려다보며 물었다.

"할머니라면 외할머니?"

"아니, 외할머니는 뵌 적이 없어."

외가는 고명딸을 죽게 만든 사위와 외손자를 외면했다. 우진은 외조부 내외가 누구인지도 몰랐다.

다만, 평범한 집안이라면 크게 성공한 사위를 외면하지는 못할 터라 유력가 집안일 가능성이 크다고만 짐작할 뿐이었다.

그의 사정을 알 리 없는 은솔이 되물었다.

"아, 그럼 친할머니?"

"친할머니는 돌아가셨고."

우진의 조부모는 아버지가 결혼하기 전에 사고로 돌아가셨다고 들었다.

할머니, 할아버지가 계셨더라면 조금쯤은 유년기가 행복했을까?

우진은 가끔 조부모가 살아 계시는 상상을 해 보곤 했다. 살아 계셨다면…… 아마 그 마을 어르신들 같았겠지.

이도 저도 아니라는 우진의 대꾸에 은솔이 강아지 같은 눈을 깜빡이다가 고개를 갸웃거렸다.

"그럼 대체 어느 할머니? 고모할머니?"

"공보의로 있을 때 가까운 마을 어른들이 많이 도와주셨어. 그분들 말하는 거야."

그렇다면 완전 타인이라는 뜻이다. 은솔이 의아한 표정을 지었다.

"인생이 바뀔 정도였어?"

"음."

사는 재미가 뭔지 그때 조금 맛을 본 것 같다. 그리고 그녀와 나란히 서서 편의점 커피를 마시는 지금도.

서우진이 바라는 건 딱 이 정도였다.

"그래서인지 보호자를 봤을 때 기분이 별로 좋지 않았어. 할머니였잖아."

그것도 손자 걱정에 미치기 직전인 할머니 말이다.

그제야 은솔은 응급실에서 우진에게 느낀 이상한 분위기의 이유를 알게 되었다.

말 잘하던 서우진이 말을 아낀 이유는 놀랍게도 보호자에게 상처가 될 만한 말을 참았던 것이다.

자기 잘난 줄만 알던 서우진이!

"난 수련 과정이고 수술을 성공시킬 능력도 없잖아? 임상 경험도 별로 없고."

심지어 서우진은 겸손까지 떨고 있었다.

김밥이 다 데워졌다는 전자음을 듣고도 은솔은 움직이질 못했다. 그녀는 그를 믿을 수 없는 눈으로 바라보았다.

'서우진이 진짜 변했어?'

삑삑거리는 전자음을 멈추기 위해 우진이 은솔 대신 전자레인지 문을 열었다.

따끈하게 데워진 김밥이 그녀의 손에 쥐어졌으나, 너무나도 충격적인 터라 은솔은 잠시나마 허기를 잊었다.

"배고프다며?"

"어…… 그래……."

결국, 우진의 재촉에 은솔은 김밥 포장을 뜯기 시작했다.

숙인 고개 위에서 쏟아지는 시선 때문에 괜스레 머리가 간질간질한 느낌이 들었다.

그녀는 포장을 뜯다 말고 입을 열었다.

"내, 내가 보기에 너 되게 잘하는데…… 어, 물론 나도 경력은 짧지만…… 너무 그렇게까지 자신 없는 생각은 안 하는 게……."

강한 자에게는 강하고, 약한 자에게는 한없이 약한 고은솔답게 그녀는 서우진의 약한 소리 한마디에 어쩔 줄 몰라 했다.

'내가 왜 얘를 달래고 있는 거야?'

두서없는 소리를 하던 은솔은 얼굴을 찌푸린 채 말을 멈추고 다시 김밥 포장이나 뜯는 데 집중했다.

우진의 시선이 너무 따가워서 숨이 막힐 것 같았다. 허기는 잊힌 지 오래였다.

그때였다.

"너랑 같이 수술하게 되어서 좋았어."

"어?"

저도 모르게 고개를 든 은솔은 우진과 눈이 마주치자 덜컥 가슴이 떨어지는 착각을 느꼈다.

그녀의 심정을 알 리 없는 그는 빙그레 웃으며 나직하게 속삭였다.

"배울 게 많았어."

칭찬 때문인지 그녀의 얼굴이 붉어졌다. 숨쉬기가 힘들고 심장 박동이 빨라졌다.

그녀는 가까스로 태연한 척 대꾸했다.

"그래? 다행이네. 다음에도 도움이 되면 좋겠다."

우진은 은솔을 응시하면서 아무 말 없이 웃었다.

매력적으로 휘어진 눈웃음 탓인지, 김밥 위쪽 포장을 다 뜯었음에도 그녀는 먹을 엄두가 나질 않았다.

6장

믿을 수 없는 진실

외과 계열 전공의들은 2년 차 때에 응급실을 담당하곤 했다.

아비규환인 응급실 담당이 되면 눈 밑이 어두워지고 안색은 창백해지는 것이 보통이었다.

그런 와중에도 빛나는 전공의가 있었다.

성형외과 2년 차 전공의인 서우진은 일주일에 다섯 시간도 자지 못하는 일정에도 불구하고 항상 빛이 났다.

그 덕분에 그는 응급실에서 근무하는 여직원들의 눈요깃감으로 명성을 떨치게 되었다.

"피쓰(성형외과) 서우진 쌤은 보는 것만으로도 힐링이 돼."

"맞아. 그냥 ER(응급실) 한가운데에 세워 두면 환자들이 알아서 치료되어서 나갈 것 같다니까."

응급의학과 전공의 둘이서 속삭였다. 그 근처에서 골절 환자를 보고 있던 은솔은 헛웃음을 지었다.

확실히 서우진은 겉으로 보기에는 화려했다.

훤칠하게 큰 키와 연예인이라고 소개해도 믿을 법한 얼굴, 다른 사람을 대하는 똑 부러지는 태도에 사람들의 이목을 빼앗는 매력까지.

그러나 고은솔은 알고 있었다. 서우진은 화려하지만, 결코 몸에 좋을 리 없는, 독버섯 같은 존재였다.

다른 사람에게는 몰라도, 자신에게만은 확실히 인생의 방해물이었다.

등 뒤로 시선이 느껴진다. 시선, 지독하게 달라붙는 눈길. 피부가 따끔거릴 정도로 강렬한 시선에 그녀는 익숙해진 지 오래였다.

이 시선은 예과 1학년 때부터 받아넘기던 것이었으니까.

하지만 아무리 익숙한 시선이라 하더라도 몇 시간씩 스토커처럼 쫓아다니면 신경이 날카로워지기 마련이었다.

결국, 참다못한 은솔은 시선이 느껴지는 쪽으로 고개를 홱 돌렸다.

역시나, 그곳에는 예상대로 서우진이 서 있었다.

마침 진료를 마쳤는지 그는 아무하고도 대화를 나누지 않고 오롯하게 그녀만을 바라보고 있었다.

눈이 마주치자 그가 싱긋 웃었다.

이쯤 되면 소름이 끼친다기보다 지긋지긋하다. 은솔은 가운 소매를 걷어붙이고 우진에게로 성큼성큼 걸어와 시비조로 물었다.

"뭘 봐?"

"너."

한 치의 망설임도 없이 대답한 우진이 빙그레 웃었다. 반면 은솔의 얼굴은 정반대로 찌그러졌다.

"널 보고 있지."

"미쳤네."

은솔이 차갑게 대꾸하고는 뒤돌아섰다.

확실히 괴롭히는 게 서우진의 목표였다면 그는 목적을 제대로 달성한 셈이었다.

이 시선의 목적이 고은솔을 성가시게 만드는 것이었다면 백 퍼센트 완벽한 성공이었다.

서우진은 정신없이 바쁜 응급실 안에서도 유난히 눈에 띄는 존재였다. 그의 일거수일투족은 남들의 관심사나 다름이 없었다.

그런 서우진이 한 사람만 계속 지켜보고 있다면, 당연히 그 상대도 주목을 받기 마련이었다.

굳이 남들 눈에 띄고 싶지 않은 은솔로서는 부담스럽기 그지없는 일이 응급실 내에서 계속 일어나고 있었다.

그래도 뭐, 부담스러운 정도에서 끝이 났다면 지금처럼 심사가 뒤틀리고 화가 나지는 않을 것이다.

고은솔이 서우진이라면 경기를 일으킬 정도가 된 건 며칠 전에 퍼진 소문이 큰 원인이었다.

전공의 주제에 병원 내에서 양다리를 걸쳤다는 소문이었다.

헛소문이라고 열심히 해명했으나 의국은 발칵 뒤집혔고 까마득한 선배들은 물론, 교수들조차 은솔을 못마땅하게 여기기 시작했다.

결국 고은솔의 이미지는 나락으로 떨어지고 말았다.

남은 수련 기간을 어떻게 보내야 하나 싶은 걱정 때문에 끔찍한 피로에도 불구하고 잠이 오지 않을 정도였다.

그런 그녀의 기분을 아는지 모르는지, 우진이 생긋 웃으면서 물었다.

"밥은 먹었어?"

남의 인생을 엉망진창으로 만들어 놓은 주제에 걱정하는 꼴이 퍽 가증스러웠다.

그녀가 싸늘한 눈으로 그를 쏘아보았다.

"너랑 별로 말 섞고 싶지 않아. 제발 그냥 가 줄래?"

"왜?"

"'왜?'냐고?"

영문을 모르겠다는 우진의 반문에 은솔은 기막힌 웃음이 저절로 튀어나왔다.

"지금 너 때문에 내 입장이 얼마나 난처한지 알기나 해?"

"그래? 무슨 일인데?"

"바보야? 네가 무슨 짓을 했는지 몰라?"

톡 쏘아붙인 그녀는 물끄러미 자신을 바라보는 그에게 코웃음을 치고 걸음을 옮겼다. 더 이상은 서우진하고 함께 있고 싶지 않았다.

서우진을 차갑게 대하는 고은솔을 근처에서 보고 있던 응급의학과 전공의가 도저히 이해할 수 없다는 투로 은솔에게 말을 붙였다.

"왜 그렇게 서우진 선생 싫어해요?"

그녀는 서우진의 친위대라도 되는 양 은솔에게 옅은 적개심마저 내보이고 있었다.

은솔은 아무것도 모르는 제삼자를 빤히 쳐다보다가 서서히 입을 열었다.

"……서 선생이요?"

잠시 말을 멈춘 은솔은 자신에게 있어서 서우진이라는 사람이 어떤 존재인지 되짚어 보았다.

대학 동창? 수련 동기? 아니, 전부 다 틀렸다.

고은솔에게 있어서 서우진은…….

"인생의 방해물 같아서요."

"네?"

은솔이 지친 목소리로 대답하자 전혀 예상하지 못했다는 듯 상대의 눈이 커졌다.

그때, 멀찌감치 서 있던 다른 전공의가 그들에게 후다닥 다가와서는 제 동기를 말렸다.

"야, 그만해."

속삭이는 목소리에서 은솔을 향한 부정적인 감정이 읽혔다. 그녀는 모르는 척 몸을 돌려 그들로부터 멀어졌다.

등 뒤로 저들끼리 소곤거리는 소리가 전해졌다.

"고은솔 선생 때문에 오쓰(정형외과) 난리 났잖아. 못 들었어?"

"그래? 나 오프였는데."

은솔의 손에 힘이 가득 들어갔다. 주먹을 세게 쥔 그녀는 아무것도 들리지 않고, 아무것도 보이지 않는 사람처럼 직진할 뿐이었다.

듣고 싶지 않았는데. 아니, 듣더라도 침착할 줄 알았는데.

등 뒤로 우진의 강렬한 시선 외에 다른 홍밋거리를 보는 가벼운 시선들이 느껴졌다.

그날 정형외과 의국이 뒤집혔다던 그 사건은 고은솔 때문이 아니라 서우진 때문이라고 외치고 싶었다.

그러나 고은솔에게는 변명할 권리가 없었다. 아무도 그녀의 말을 들어 주지 않았으니까.

* * *

"이거랑 같은 모델 선물 포장 부탁드립니다."

오늘 오프인 은솔은 제 카드 지갑을 들고 백화점을 찾았다. 우진이 부탁한 생일 선물을 구입하기 위해서였다.

그가 원하는 것은 뜻밖에도 자신의 것과 똑같은 지갑.

'하여튼 성격 참 이상해.'

굳이 이 지갑으로 콕 집어 말한 이유는 뭘까?

은솔이 묘한 기분으로 제 지갑만 내려다볼 참에 모델 확인을 마친 판매 직원이 정중한 태도로 말을 건넸다.

"예, 잠시만 기다려 주십시오."

백화점에 잘 들르지 않는 은솔은 낯선 표정을 애써 숨기며 마련되어 있는 소파에 앉았다.

직원이 도착하기를 기다리는 동안, 그녀는 다른 손님이 통화하는 소리를 들을 수 있었다.

“맞아, 남자들은 여자가 조금만 만만하게 생기면 다 들이댄다니까? 재수 없게.”

여자의 말에 은솔은 저도 모르게 고개를 끄덕거리다가 화들짝 놀라 움직임을 멈추었다.

다행히 여자는 통화에 집중하느라 은솔에게는 관심도 없는 모양이었다.

“내 친구는 인상이 센 편이거든? 걔한테는 찍소리도 못하는 루저들이 나한테 맨스플레인 하면서 잘난 척들을 얼마나 하는지.”

날카로운 목소리에 은솔은 그쪽으로 고개도 돌리지 않았다.

그저 들리는 것뿐이지만, 왠지 타인의 대화를 훔쳐 듣는 느낌 탓이었다.

은솔은 여자의 말소리가 들리지 않는 척, 담당 직원이 들어간 방향만을 응시했다.

그러고 보면 은솔, 자신 역시 ‘만만한’ 인상이었다. 정작 연애 경력은 한 번이지만 스무 살 때부터 남자들의 같잖은 추파를 많이 받아 봤다.

‘지금까지 별 탈이 없는 건 운이 좋기 때문일지도.’

곧, 담당 직원의 반가운 얼굴이 보였다. 은솔은 기다렸다는 듯이 소파에서 일어났다.

“이 제품 맞으시죠?”

“네.”

판매 직원은 은솔의 지갑과 같은 모델을 정확히 가져왔다. 은솔은 손에 들려 있는 자신의 지갑과 새 제품을 번갈아 보았다.

저걸 서우진이 가지고 다니겠다고?

물론 전 세계적으로 대량 생산이 되는 제품이라지만 기분이 이상해졌다. 뭐랄까? 꼭 커플 아이템 같다는 황당한 생각이…….

"제품 확인 도와드리겠습니다."

은솔의 머릿속에 어이없는 생각이 치고 올라오기 직전, 말을 마친 직원이 지갑을 열어 안쪽을 보여 주었다. 하자가 없다는 것을 확인하는 절차인 듯했다.

그때, 전화가 걸려 왔다.

콜에 예민한 은솔은 깜짝 놀라 바로 휴대폰을 확인했다. 병원은 아니고 전공의 시절의 정형외과 선배였다.

그리 좋은 기억이 없는 수련 병원에서 만들어진 인연이었지만, 무시하기도 찜찜해서 은솔은 직원에게 양해를 바란다는 듯 어색한 미소를 짓고는 바로 전화를 받았다.

"선생님. 웬일이세요?"

—어, 고 선생. 아직 번호 안 바뀌었구나?

"네, 잘 지내시죠?"

—나야…… 그냥 그렇지. 고 선생은? 개원했어?

"개원이라뇨, 제가 무슨."

은솔은 개원하고 싶은 생각이 별로 없었다. 요즘 개원 시장이 불안하기도 했고, 큰돈을 대출받아야 한다는 점도 부담스러웠다.

심지어 대학 때 학자금 대출조차 받지 않았던 고은솔 아니던가.

—아, 그래? 결혼은?

결혼? 은솔의 미간이 저절로 좁아졌다. 결혼할 생각 따위는 눈곱

만큼도 없기 때문이었다.

은솔은 자신의 근황에 대해 전혀 모르는 선배가 굳이 전화까지 한 이유가 뭔지 가늠이 되지 않았다.

하여튼 전에 다녔던 병원에서 퇴사했을 때 휴대폰 번호도 홀랑 바꿔 버렸어야 했다.

"……아직이요. 근데 무슨 일이세요?"

—어, 그게 말이야…….

어째서인지 선배는 쉬이 말을 잇지 못했다. 설마…… 돈 빌려 달라는 용건은 아니겠지?

은솔이 머릿속으로 '오랜만에 연락을 할 이유'를 헤아려 볼 참이었다.

이내, 전화기 저편에서 한숨에 섞인 목소리가 들려왔다.

—다름이 아니고 고 선생, 혹시 장균태 선생하고 연락하니?

'장 선배는 또 왜?'

장균태. 아주 잠깐이었지만 연애 상대였던 그 이름을 오랜만에 듣게 되자 은솔은 더더욱 찜찜해졌다.

좋게 끝난 사이가 아닌 터라 균태가 병원을 나가기 전까지 두 사람은 데면데면, 그저 선후배 사이로만 지냈고, 당연히 균태가 전공의 과정을 끝낸 뒤로 연락은 완전히 끊어졌다.

"아뇨."

은솔이 차가운 목소리로 단호하게 대답했다. 장균태와는 아무 사이도 아니라는 사실을 강조하고 싶어서였다.

아주 잠깐, 며칠이나 했을까 싶은 그 짧은 연애 때문에 몇 년이나 지난 지금 이런 전화를 받게 되어서 은솔의 기분은 썩 좋지 못했다.

인연이 끊어진 지도 한참 전이고 학회 등의 행사가 아닌 이상 웬만해서는 볼 일이 없는 사람의 사정을 전해 듣는 건 편치 않은 일이었으니까.

—어휴, 그래? 큰일이네.

선배의 한숨 소리가 크게도 울렸다.

연락이 닿지 않는 사람이니 더는 물어보지 말라고 말하고 싶었으나, 매정하게 전화를 끊기도 곤란하게 되었다.

"큰일이요? 무슨 일이신데요?"

—장균태가 잠수를 탔어.

선배가 기다렸다는 양 대답했다. 그 목소리가 마치 자신만 아는 비밀을 대나무 숲에 풀어놓듯 시원하게 들렸다.

"네…… 왜요?"

—나도 자세한 사정은 모르겠는데…… 아, 이게 좀 복잡해.

아무래도 통화가 길어질 것 같아서 은솔은 판매 직원에게 포장해 달라고 입 모양으로 말하고 마련되어 있는 소파에 앉았다.

선배의 사정 설명이 줄줄 이어졌다.

—결혼할 여자 집안이 병원 차려 준다고 했나 봐. 한참 동안 실실 쳐웃고 다니더니만 식 올리기 전인데 임신까지 시켰다더라. 그래 놓고 잠수 탔어.

"네?"

전혀 예상치 못한 소리에 은솔의 눈이 동그래졌다.

지금 무슨 내용을 들었는지 바로 머릿속에 입력이 되지 않을 정도로 기가 막힌 사정이었다.

—그 새끼 그거 완전 제정신 아니지 않아?

"어, 그……."

이 상황을 전하는 선배 또한 어이가 없는 목소리라 은솔은 차마 뭐라 대답해야 할지 몰랐다. 그때였다.

—걔가 얼마나 개원을 바랐었냐. 너도 알지? 걔 은근히 야망가인 거.

"아, 그랬나요? 몰랐는데. 그래도 장 선생님이 나쁜 사람은 아니잖아요. 무슨 사정이 있겠죠."

장균태의 바람 따위를 알 리도 없거니와 기억할 가치도 없었다.

은솔이 심드렁하게 대충 대답하자 이상하게도 전화기 저편에서 침묵이 일었다.

'끊으려나?'

수련 병원에서 만들어진 인연이다. 지금이야 목적이 있어서 살갑게 연락을 했지만, 이 선배 역시 그녀를 배척하던 사람 중 하나였다.

전공의 시절, 그녀를 감싸 준 사람은 거의 없었다. 아니, 아예 없었다고 보는 게 나았다.

그나마 간호사와 의료 기사들이 소문에 시달리는 그녀를 안쓰럽게 여겼기에 지독한 전공의 수련을 악으로 버티며 마칠 수 있었다.

그러나 이어진 정적 끝에서 의외의 말이 튀어나왔다.

—고 선생, 옛날에 우리가 말하지 않은 게 하나 있었는데…….

선배는 난감한 투로 쩔쩔매면서 말을 이었다.

—장균태, 그 새끼 정말 쓰레기야.

아니, 갑자기 웬 비난?

물론 비난받을 만한 상황인 것 같긴 해도…… 뭔가 느낌이 안 좋다. 그녀가 떨떠름하게 대꾸했다.

"네? 왜요?"

—장균태가 고 선생한테는 내색 안 했나 본데, 걔 인턴 때부터 공공연히 여자 잘 잡아서 처가 돈으로 개원할 거라고 그랬거든.

처음 듣는 소리에 은솔의 입가가 굳어졌다. 황당하게도 은솔의 침묵을 좋게 해석한 선배는 불평을 늘어놓았다.

—내가 지금 고 선생 말고도 장균태 그놈 전 여친들한테 일일이 전화 거느라 죽을 맛이다. 고 선생하고 사귈 때도 뒤로 여자 둘을 데려다 놓고 재던 놈이야, 걔.

상상도 못 한 정보에 은솔의 눈앞이 어지러워졌다. 소파에 앉아 있지 않았다면 휘청거렸을지도 모르겠다.

하지만 폭탄은 거기서 끝나지 않았다.

—장균태 새끼가 고 선생한테 이상한 누명 씌워서 차 버린 것도 실은 고 선생 아버지 병원 사정이 별로 안 좋다고 들어서 그런 거였어. 아, 지금 아버지 병원 사정은 괜찮지?

뭐라고?

"네?"

휴대폰을 든 은솔의 손에 힘이 들어갔다. 아버지 병원이야 이번에 접긴 했지만, 중요한 건 그게 아니었다.

뭔가 이상한 걸 느낀 은솔이 재빨리 되물었다.

"잠시만요, 누명이라면…… 제 소문 말씀하시는 거죠? 지금?"

은솔의 목소리가 높아지자 직원이 흠칫 놀라 그녀 쪽을 쳐다보았다. 그러나 은솔은 직원의 눈길을 알아챌 겨를이 없었다.

"그 소문, 거짓말인 거 그때도 알고 계셨어요?"

—어, 뭐, 으응…… 장균태가 건수 잡았다고 그랬으니까.

정형외과 2년 차 전공의 고은솔에게 재난처럼 밀어닥친 소문은 그녀의 앞길에 끝없는 장애물을 만들었었다.

바쁘게 배워야 할 전공의 주제에 여기저기서 남자나 만나고 다닌다는 소문은 고은솔의 평판과 연인과 직장을 앗아가 버리고 말았다.

오랫동안 그 소문의 원흉을 얼마나 미워했는지 모른다.

전화기 너머 선배가 대답을 대신해 침묵으로 긍정하자 은솔은 얼굴을 굳히고 물었다.

"설마 그거 장 선생님이 퍼뜨린 건…… 아니죠?"

아니라고 해. 아니라고. 오래전에 헤어진 사람에게 더는 실망하고 싶지 않으니까.

하지만 은솔의 바람과는 달리 휴대폰에서는 씁쓸한 목소리가 흘러 나왔다.

—미안해. 그래도 같은 남자끼리 좀 의리가 있어서 말 못 했었다.

의리?

미안한 투로 사과하면서도 선배는 말도 안 되는 변명을 덧붙였다.

다 알고 있었구나. 찬물을 맞은 듯 은솔의 등골이 오싹해졌다. 손이 부들부들 떨리기 시작했다.

아주 오래전, 우진이 한숨을 내쉬며 했던 말이 떠올랐다.

"은솔아, 네가 착각하는 게 있는데 그 소문…… 내가 낸 건 아니야."

그러고 보면 서우진은 거짓말을 하는 성격이 아니었다.

그 일도 정말 서우진이 퍼트린 소문이었다면 그는 혐의를 부인하지 않았을 것이다.

오히려 이제 알았느냐며 얄밉게 미소를 짓고 그녀의 절망하는 모습을 즐겼으면 즐겼지.

그런데 나는 그때…… 뭐라고 했었지.

"그 말을 나보고 믿으라고?"

은솔의 안색이 하얗게 바랬다. 어지럼증이 두통으로 점차 변화했다. 스트레스를 받을 때 일어나는 두통이었다.

그녀는 눈을 감고 딱딱하게 말했다.

"그럼 그때나 저 좀 도와주시지 인제 와서 그런 말씀 왜 하시는 거예요?"

—어…… 혹시라도 장균태 숨겨 주고 있으면 걔 말 믿지 말라고. 걔 진짜 나쁜 새낀데 고 선생이 잘 모르는 것 같아서…….

"죄송한데 저 장균태 씨하고는 연락 안 해요. 선생님 같으면 하고 싶겠어요?"

은솔의 얼굴이 구겨졌다.

마음 같아서는 욕설을 잔뜩 퍼붓고 싶었으나, 그녀는 마음을 겨우 다스리고 이성을 되찾았다.

이 선배와 좁은 의사 사회에서 언제 다시 볼지 모르기에 얼굴을 붉힐 일은 가능하면 줄이고 싶었다.

"그리고 솔직히 저, 저랑 상관없는 이야기 전해 듣는 거 별로예요. 앞으로는 이런 일로 연락 안 해 주셨으면 합니다."

—미안해, 고 선생. 그래도 이해해 주라. 내가 여자 쪽 집안하고 한 다리 건너 아는 사이거든. 나보고 장균태, 그 새끼 좀 잡아 오라고 난리가 났다. 지푸라기라도 잡아야 돼. 응?

"……전 도움이 안 될 것 같아요. 이만 끊겠습니다."

선배의 간절한 부탁에도 은솔은 망설임 없이 전화를 끊었다.

이 사람과 더 이상 말을 섞고 싶지 않았다. 장균태에 관한 일은 더는 알고 싶지 않았다.

"하하……."

은솔이 헛웃음을 터뜨렸다.

아주 오랫동안 이 사람들은 잘못된 일임을 알면서도 '남자의 의리'로 한 사람을 완전히 바보로 만들었다. 기가 막히고 허탈했다.

그동안 난 애먼 곳에 분노하고 있었구나.

은솔은 결백을 주장하던 우진의 모습을 떠올리고 머리를 부여잡았다.

'서우진을 어떻게 보지?'

사실을 알기 전이라면 모를까, 다 알게 된 이상 미안해서 그를 똑

바로 볼 자신이 없었다.

충격적인 소식을 접했기 때문인지 은솔은 어떻게 선물을 사서 백화점을 나섰는지조차 기억하지 못했다.

그런데 이상하게도 머릿속에는 오래전 우진이 했던 말만이 둥둥 떠다녔다.

"상한 음식은 탈이 나잖아. 탈 나기 전에 버려야 하지 않을까?"

상한 거. 우진의 눈에는 장균태가 이상해 보이기라도 했던 걸까?

은솔은 생각을 털어 내기라도 하려는 듯 고개를 탈탈 털었다. 그러나 우진의 말은 오랫동안 그녀의 머릿속을 맴돌았다.

서우진에게 선물을 가장 빨리 전달하는 방법은 피트니스센터행이었다.

우진을 기다리는 내내 은솔은 가시방석에 앉은 기분이었다. 물론 그의 과거 행동이 그녀가 오해하게끔 여지를 남기긴 했다.

그래도 잘못하지도 않은 일로 누명을 씌워서 오랫동안 미워했다는 사실을 깨닫자 그를 볼 낯이 없었다.

누명이라면 은솔 본인도 지긋지긋하기에 더욱 기분이 찜찜했다.

'……미안하다고 해야 하는데.'

그러다 문득, 은솔은 아까 선배에게 들었던 원망스러운 감정이 떠올랐다. 숨길 거면 끝까지 숨기지 이제 와 미안한 척 사실을 알리나 싶어서였다.

이미 일어난 일은 바꿀 수도 없는데.

어쩌면 서우진도 같은 감정을 가질지 모르겠다 싶자, 은솔은 어찌할 바를 몰랐다.

방금까지는 사과를 어떻게 할지 고민했지만, 안 좋은 일을 들추느니 그냥 묻어 두고 앞으로 미안한 만큼 잘해 줄까 싶기도 했다.

'어떡하지?'

갈팡질팡하던 차에 기다리던 우진이 나타났다.

지금 당장 선택지를 택할 자신이 없어서 은솔은 결정을 나중으로 미루고 자리에서 일어났다.

"어…… 서우진!"

우진은 갑자기 제 앞을 막아선 은솔을 보고 걸음을 멈추었다. 그는 그녀에게서 시선을 떼질 못했다. 꽤 놀란 모양이었다.

그의 빤한 눈빛을 받자 어쩐지 미안하고 어색해진 은솔이 작은 쇼핑백을 내밀었다.

"선물 주려고. 늦어서 미안해."

"아."

전혀 예상하지 못한 우진이 쇼핑백으로 손을 뻗었다.

두 사람의 손가락이 슬쩍 스치나 싶더니 이내 우진이 쇼핑백을 들어 안쪽 내용물을 흘끗 내려다보았다.

리본이 묶인 앙증맞은 상자가 보여 웃음이 절로 새어 나왔다.

꼭 고은솔 같은 상자.

은솔이 갖고 있는 카드 지갑과 같은 모델을 선물로 굳이 부탁한 건 반쯤 충동적이었다.

그녀와 같은 지갑을 사용한다는 사실도 마음에 들지만, 무엇보다 선물을 사는 내내 그녀가 자신을 생각해 줬을 거라는 점이 그를 만족스럽게 만들었다.

"설마 선물 주려고 지금까지 기다렸어?"

"응, 뭐……."

게다가 늦은 시간, 퇴근할 때까지 기다려 주기까지.

아마 고은솔은 이 쇼핑백을 가지고 있는 동안 서우진을 계속 생각했을지도 모른다.

우진이 소리 없이 웃었다. 작은 쇼핑백이었지만 큰 선물을 받기라도 한 기분이었다.

"생각보다 기분 좋은데?"

"그렇다면 다행이고."

기쁜 듯 웃는 우진을 보자 은솔의 마음이 조금 편안해졌다. 그녀를 가만히 바라보던 그가 다시 입을 열었다.

"그런데 여기에 밥 한 번 더 사야 하지 않아?"

"어? 어, 그렇지?"

서우진에게 말려든 기분이 없잖아 있긴 해도 어쨌거나 그날 약속에 늦은 쪽은 은솔이었다. 그 대가를 치러야 할 날이 머지않았다.

"언제 살 거야?"

그가 개구쟁이 같은 미소를 짓고 물을 때였다. 은솔의 등 뒤로 그림자가 지더니, 두 사람의 대화에 누군가가 쓱 끼어들었다.

"안녕하세요?"

뒤에서 들리는 음성에 은솔이 고개를 돌렸다. 놀랍게도 자신의 뒤에는, 실물을 한 번 보기도 힘들다는 김찬기가 서 있었다.

그러니까 요즘 주가가 높아지다 못해 넘친다는 그 김찬기!

화들짝 놀란 은솔이 어색하게 인사를 받았다.

"……안녕하세요."

"오늘은 혼자가 아니네."

히죽 웃은 찬기가 은솔을 지나 우진을 쳐다보며 중얼거렸다.

언제 웃고 있었냐는 듯, 우진은 얼굴에서 미소를 지우고 찬기를 응시했다.

까맣게 물든 눈동자가 꺼림칙했는지 찬기는 본능적으로 우진의 눈길을 피해서 은솔에게 말을 붙였다.

"제가 누군지, 오늘은 아세요?"

"아, 네……."

은솔이 떨떠름하게 긍정했으나 찬기는 도저히 믿기지 않는다는 표정으로 허탈하게 되물을 뿐이었다.

"정말 아는 거 맞아요? 보통 날 보면 사인을……."

"연예인 김찬기 씨죠?"

무표정한 얼굴에 다시 웃음을 띤 우진이 찬기의 말을 끊고 오른손을 내밀었다.

얼떨결에 은솔에게서 우진에게로 찬기의 시선이 움직였다.

우진은 아주 반가운 미소를 지은 채 찬기가 늘 들었음 직한 말을 뱉었다.

"팬입니다. 악수 한번 해 주시죠."

"아? 아, 예."

팬이라고 하니 찬기는 별생각 없이 우진의 손을 맞잡았다. 그러나 곧, 찬기는 이맛살을 찌푸리고 말았다.

'이 새끼 뭐야?'

손이 우그러질 정도로 강한 악력이 이어진 탓이었다. 팬이랍시고 악수를 청한 사람의 태도는 결코 아니었다.

뒤늦게 상황을 이해한 찬기도 손에 힘을 주었으나, 우진은 눈썹 하나 까딱하지 않았다.

오히려 우진은 오만하게 턱을 들고 찬기를 내려다보고 있었다.

호의를 가진 팬이라고는 결코 보일 수 없는, 확실한 적의가 담긴 눈빛이었다. 이 악수는 친교의 의미보다는 오히려 경고에 가까웠다.

짧지만 강한 악수가 끝난 뒤 한숨 돌린 찬기는 일부러 우진에게 빈정거렸다.

"운동 참 '열심히' 하시나 봐요?"

"열심히까지는 아닙니다."

언제 적의를 보였냐는 양, 다정한 미소를 지은 우진은 찬기의 빈정거림을 단숨에 칭찬으로 둔갑시켰다.

"악력이 장난 아니신데요."

"그런가요?"

우진은 처음 듣는 소리라는 듯이 고개를 갸웃거리더니 찬기의 손을 쳐다보면서 안쓰러운 투로 말을 이었다.

"김찬기 씨가 힘이 없는 건 아닐까요."

대놓고 물을 먹이는 우진의 말에 그제야 은솔은 두 사람의 대화가 정상적이지 않다는 사실을 깨닫고 정신을 번쩍 차렸다.

연예인에 관심 없는 서우진이 진정으로 김찬기의 팬일 리가 없었다. 느닷없이 악수를 청한 것부터 이상하다고 여겼어야 했다.

싸늘하게 식어 가는 주변 공기에 은솔이 어쩔 줄 몰라 할 무렵, 의외의 곳에서 구원자가 나타났다.

열려 있는 출입문 사이로 빼꼼 고개를 내민 낯선 남자가 김찬기를 향해 손짓한 것이었다.

"찬기야, 안 나오고 뭐 해? 바빠 죽겠……."

귀찮은 듯, 혹은 피곤한 듯 힘이 하나도 실리지 않은 권태로운 목소리가 중간에 끊어지더니 김찬기의 매니저로 보이는 남자가 다짜고짜 안으로 들어와 우진에게 말을 걸었다.

"오, 어느 회사예요? 마스크 좋은데? 신인?"

전혀 예상치 못한 상황에 은솔이 눈동자만 이리저리 굴릴 무렵, 찬기가 우진에게 접근하는 매니저의 앞을 막아섰다.

"일반인이야. 형, 그만 가자."

"일반인? 말도 안 돼!"

"그만 가자니까."

"잠깐만…… 아이, 잠깐만."

찬기보다 키가 작은 매니저는 찬기의 어깨너머로 우진과 계속 눈을 마주친 채 황급히 명함을 꺼내 높이 들었다.

"저기요, 소속사 없으면……."

"됐습니다."

우진이 고려할 것도 없다는 양 단호하게 거절하자, 매니저는 아쉬움이 뚝뚝 떨어지는 눈으로 김찬기와 함께 피트니스센터를 나서야만 했다.

우진의 입장에서 큰 불청객이었던 김찬기가 사라진 후, 기다렸다는 듯이 은솔이 출입문과 그를 번갈아 보다가 입을 열었다.

"방금 저 사람이 너 캐스팅? 하려던 거 맞지?"

"글쎄?"

"눈앞에서 보니까 신기하다."

신기해하는 은솔과 달리 우진은 전혀 놀라지도, 당황하지도 않았다.

평소와 똑같은 모습의 그를 보자 어째서인지 그녀의 들뜨고 놀란 마음도 점차 가라앉기 시작했다.

"이런 일 자주 있었어?"

"아니? 병원에만 있었잖아, 우리."

납득 가는 이유에 은솔이 고개를 끄덕였다.

맞다. 의과 대학을 졸업하자마자 두 사람 모두 온종일 병원에서만 지냈다.

심지어 전공의 수련 과정이 다 끝난 뒤에도 우진은 공중 보건 의사로 3년을 보냈다.

확실히 연예계 관계자를 만나기 쉬운 환경은 아니었다.

"근데 고은솔."

"왜?"

"김찬기랑 어떻게 알게 됐어?"

우진이 턱짓으로 출입문 쪽을 가리키며 물었다.

담담한 목소리였지만 은솔은 긴장하기 시작했다. 서우진이 고은솔에게 '남자'에 관해 묻고 난 뒤에는 항상 싸움이 이어졌기 때문이었다.

"어…… 처음에는 그쪽이 먼저 말 걸었는데 난 누군지 몰랐거든."

"김찬기를 몰랐어?"

그가 의외라는 투로 말하자 은솔은 왠지 배신감이 느껴졌다.

서우진도 김찬기를 모를 줄 알았는데 대한민국에서 김찬기를 모르는 사람은 진짜 자신뿐이었을지도!

"넌 알고 있었어?"

"입원실 TV에서 맨날 나오던데."

물론 회진 때마다 스쳐 지나가듯 본 드라마 덕분에 은솔 역시 김찬기의 얼굴이 낯익긴 했었다. 이름까지는 몰랐지만 말이다.

그녀가 입술을 삐죽이면서 말했다.

"자길 못 알아본 게 마음에 안 들었는지 오늘 또 와서 말 거네."

"흐응……."

눈을 가늘게 뜬 우진은 은솔의 짐작이 틀렸다는 것을 확신할 수 있었다.

고은솔에게 접근하던 김찬기에게서는 신선한 여자를 향한 호감 외의 다른 감정이 보이지 않았다.

김찬기가 고은솔에게 보인 태도는 마음에 들지 않는 여자에게 보이는 태도가 아니었다.

역시, 둔하기로는 대한민국 첫째가는 고은솔이었다.

10년을 넘는 세월을 서우진이 짝사랑하는 것도 모르는 고은솔다운 생각에 그가 코웃음을 칠 찰나였다.

"아! 김찬기 또 봤으니까 연락처 땄어야 하는데."

뒤늦게 혜정의 부탁을 떠올린 은솔이 미간을 좁히고 투덜거렸다.

놀랍게도 그녀는 말 한마디로 우진의 여유를 단숨에 앗아 갔다. 생일 선물이 든 쇼핑백에 힘이 들어갔다.

"……연락처는 왜?"

"혜정이가 김찬기 왕팬이거든. 연락처 따 달라고 하더라고."

은솔이 심각한 표정으로 대답했다.

상상 속에서 김찬기와 그렇고 그런 짓까지 했다던 이혜정을 위해 김찬기의 연락처를 알아내든지, 통화를 시켜 주든지, 하다못해 김찬기의 사진이라도 찍었으면 좋았을 걸 그랬다.

한편, 한숨 돌린 우진은 말도 안 된다는 듯 고개를 절레절레 저었다.

"김찬기 같은 연예인이 연락처를 쉽게 줄 것 같아?"

듣고 보니 또 그렇다. 대한민국에서 고은솔 빼고 다 아는 듯한 인기 연예인, 김찬기 아닌가.

우진의 말대로 연락처를 그렇게 쉽게 알려 줄 리가 없었다.

"그러네? 혜정이한테는 오늘 못 봤다고 해야겠다."

"저녁은 언제 살래? 오늘?"

더 이상 김찬기 관련으로 은솔과 대화를 나누고 싶지 않은 터라 우진은 일부러 화제를 돌렸다.

김찬기가 난입하기 직전, 둘만이 나누던 이야기로 돌아가고 싶었다.

"오늘? 오늘은 늦었잖아."

"난 내일도 상관없어."

"내일? 야, 저녁 한 끼 먹는데 왜 그렇게 급해? 천천히 정해."

여유를 잃은 서우진이 얼마나 초조해하는지도 모르고 고은솔은 느긋하기만 했다. 가끔은 조금 얄미울 정도로.

담배 냄새.

우진은 집으로 들어오자마자 눈살을 찌푸렸다. 담배 냄새는 아버지의 존재를 직접 드러내는 냄새였다.

이 집에서 아무 저지 없이 담배를 피울 수 있는 존재는 아버지뿐이었으니까.

그 덕분에 담배 냄새가 끔찍해서 우진은 담배에 손 한 번 대지 않았다.

가뜩이나 아버지를 꼭 빼닮은 얼굴에 담배까지 물면, 아버지 그 자체가 되어 버릴 것 같아서였다.

"다녀…… 왔습니다."

아버지의 나른한 눈빛이 향하자 우진은 목이 졸리는 듯했다. 끝없는 어둠만이 담긴 눈동자는 소름이 끼칠 만큼 시렸다.

오늘은 또 무슨 소리로 사람을 할퀴어 놓을까?

"일은 할 만하냐?"

그러나 각오했던 것과 달리, 뜻밖에도 근황을 묻는 말이 나왔다.

허를 찔린 우진이 쉽게 대답하지 못하자 회준은 그런 아들을 비웃으면서 말을 이었다.

"수부외과 과장이 나만 보면 네 칭찬을 하질 못해서 안달이 났거든."

우진, 자신이 알기로 수부외과 과장은 아버지의 후배였다.

예민하고 칼 같은 아버지와도 잘 지낼 만큼 과장의 성격은 좋은 편이었다.

"혓바닥에 기름을 발랐는지."

말끝에 가래 끓는 소리가 섞여 나왔다.

회준은 재떨이에 침을 뱉고 나서 낮게 욕설을 중얼거리더니 티슈를 뽑아 그 위에 덮었다. 우진으로서는 이해하기 힘든 행동이었다.

언뜻, 티슈 아래로 붉은 기운이 비쳐 보인다 싶을 때였다.

"우리 서 선생, 우리 서 선생 해 가며…… 참나."

이내 아버지가 헛웃음을 터뜨렸다. 결코 호의적인 웃음소리는 아니었다.

회준은 소파 등받이에 푹 기대고는 가시 돋친 목소리로 말했다.

"네가 나한테 어떤 자식인지도 모르면서 말이야."

보통의 부모는 자식 칭찬을 기쁘게 받아들인다. 거기에는 자식을 훌륭하게 키워 낸 부모에 대한 존경과 칭찬도 어느 정도 담겨 있기 때문이었다.

그뿐만이 아니었다.

꼭 부모 본인에 대한 존경이나 칭찬이 아니라 해도 부모 대부분은 자식을 끔찍하게 생각한다.

무뚝뚝해서 아무 표현을 하지 못하는 사람마저도 말이다.

대부분의 부모…….

수부외과 과장은 회준 역시 자신과 같은 부모의 마음을 가지고 있을 거라고 여겼을 것이다.

그러니까 웃는 낯으로 서우진을 칭찬했겠지.

"내가 너를 얼마나 죽이고 싶어 하는지도 모르면서 내 앞에서 칭찬을 해."

그러나 회준은 우진이라면 치를 떨었다. 서회준은 아들이라면 진심으로 '끔찍'해 하는 사람이었다.

"참 잘 숨겨 왔어. 그렇지?"

30년이 넘는 오랜 기간을 그들은 평범한 부자로 가장하고 살아왔다.

겉으로 보이는 것들. 몸의 상태, 금전적 문제.

아버지는 뺨을 때리고 발로 배를 차도 우진의 눈가에 멍이 들게끔 만든 적은 없었다.

남들에게 아쉬운 소리를 하지 않도록 우진은 한도가 없다시피 하는 카드를 이용했다. 지금까지도 계속.

그러다 보니 주변에는 서우진을 부러워하는 사람들이 많았다.

외모는 물론 집안까지 훌륭한 우진을 부러워하는 사람들은 속사정도 모르고 회준을 찬양했다.

"그 인물에, 그 능력에 아들 하나 보고 살겠다고 새장가도 들지 않고 대단하신 분이야."

그래서일까?

우진은 전공의 수련과 공중 보건 의사로 복무하기 위해 집을 떠나 살 적, 저런 소리를 들으면 아버지의 폭력이 꿈이라도 되는 듯 희미했다.

하지만 희미하기만 하던 기억은 이 집에 다시 돌아온 뒤로 선명해지기 시작했다.

"나는 너 때문에 인생 전부를 잃었는데."

아버지의 눈동자가 선뜩하게 빛났다.

눈보라가 휘몰아치는 벌판에 홀로 서 있는 기분이다. 아무런 보호구도 갖추지 못하고 맨몸으로 폭풍을 맞는 느낌이었다.

"……올라가 보겠습니다."

더 이상 견딜 수 없어진 우진은 고개만 살짝 숙이고 걸음을 돌렸다. 등 뒤로 아버지의 광기 어린 목소리가 울렸다.

"단지 내 아들이라는 이유로 나는 끔찍한 괴물을 키워야만 했다고!"

숨이 막힌다.

2층에 올라온 우진은 침실로 도망치듯 들어간 뒤에야 숨을 내쉴 수 있었다.

숨을 몰아쉬던 그는 문에 등을 기댄 채 한동안 바닥만을 내려다보았다.

"나는 너 때문에 인생 전부를 잃었는데."

한이 서린 아버지의 음성.

아버지 인생의 전부란 단 한 사람, 죽은 지 30년이 넘은 어머니였다.

서우진이 태어나면서 죽여 버린, 그리하여 머리로는 알아도 가슴으로는 영원히 알 수 없게 된 어머니.

그렇다고 해서 서우진이 행복했느냐 하면, 그 역시 인생은 엉망진창이었다.

남들 눈에는 훌륭한 외모, 부유한 집안, 번듯한 직업까지 완벽한 인생으로 보이겠지만…….

"아무리 부모 자식이 원수지간이래도 천륜은 끊을 수 없는 법이여."

마을 어른들이 하시던 말은 대체로 옳았지만, 이것만큼은 틀렸다고 믿고 싶었다.

'그만 포기하자.'

학대를 받으면서까지 아버지의 곁에 남아 있을 필요는 없었다.

천륜을 끊지 못한다 하더라도 끊고 싶었다. 나이도 찼으니 '독립'이라는 완벽한 모양새로 희준과 떨어져 살 수 있을…….

그때였다.

연속해서 울리는 메시지 진동 소리에 우진이 번쩍 고개를 들고 휴대폰을 꺼냈다.

[서우진!]

[병원 근처에 12시까지 하는 랍스터집이 있대.]

[예약 필요 없으니까 금요일쯤 어때?]

캄캄한 침실에서 은솔의 메시지가 담긴 화면만이 환하게 빛났다. 그는 무의식적으로 화면을 쓸었다.

눈물이 나올 것 같았다.

* * *

대학 입학식 당일, 우진은 아침부터 기분이 좋지 않았다. 수석 입학을 한 바람에 신입생 대표로 단상에 서야 하기 때문이었다.

의과 대학 수석 입학. 그 찬란한 명예에도 아버지는 아들의 학교 근처에도 걸음 하지 않았다.

애초에 아버지는 우진이 의사가 되는 것도 싫어했다.

"살인자로 태어난 새끼가 누굴 또 죽이려고?"

대학 합격 소식에 아버지는 삐딱한 목소리로 이제 겨우 스무 살짜리 아들의 가슴에 비수를 박았다.

높은 입시 성적에도 불구하고 눈을 낮춰 아버지가 졸업한 대학에 원서를 넣은 건 어떻게든 아버지의 비위를 맞춰 보기 위해서였다.

아무리 자신을 학대했다 하더라도, 아버지는 서우진에게 있어서 단 하나뿐인 가족이었다.

성인이 되고 이토록 노력하는 모습을 보인다면…… 아버지도 바뀌지 않을까 했다.

하지만 아버지는 새벽같이 병원으로 출근을 했고, 언제나 그렇듯 경멸 어린 표정으로 한마디를 뱉었을 뿐이었다.

"적당히 둘러대."

입학식에 부모가 참석하지 않는 이유를 알아서 만들라는 말이었다.

우진은 학과장에게 태연한 표정으로 아버지가 응급 수술에 들어갔다는 거짓말을 했고, 높고 찬란한 자리에 올라 아무렇지 않게 신입생 선서를 했다.

단상에서 내려온 우진은 자신을 향한 여러 시선을 무시하고 저벅저벅 걷기만 했다.

등 뒤로 질투 어린 목소리가 들렸다.

"쟤 얼굴로 수석 입학한 거 아니야?"

"계집애처럼 생겼구만."

"재수 없게 생겼어."

"야야, 여자들 죽는다, 죽어."

들으라는 건가.

그러나 갓 스물 먹은 애들의 비아냥거리는 소리 따위는 우진에게 별로 타격을 입히지 못했다.

저보다 더한 소리를 어렸을 적부터 들어왔기에 무슨 말을 들어도 감흥이 없었다.

그래도 들으라는 듯 떠들고 있으니 한 번쯤은 돌아봐 주는 게 인지상정이겠지.

담담하게 생각한 우진이 말소리가 들린 쪽을 바라볼 때였다.

고개를 반쯤 뒤로 돌린 여학생이 못마땅한 표정으로 바보들을 노려보고 있었다.

강아지처럼 동그란 눈을 잔뜩 찌푸린 그녀는 쑥덕거리던 남학생들에게 한심한 시선을 보냈다.

키도 작고, 인상도 여려 보이는데, 그녀는 무슨 강단인지 건장한 남학생 셋을 상대로 말없이 화를 내고 있었다.

이내 바람이 불었다. 3월 2일, 이른 봄에 부는 바람은 차가웠다.

그런데도 우진은 추위를 전혀 느끼지 못했다. 오로지 바람결에 살랑살랑 흔들리는 검은 머리칼만이 그를 부르는 듯했다.

그는 저도 모르게 그녀의 앞으로 걸어갔다. 안면도 없는 사이에 자신을 대신해서 화를 내주는 여학생이 신기했다.

이 세상에 대가 없는 호의는 없는 법인데.

저벅, 그의 걸음이 멈추었다. 빙글, 그녀는 고개를 바로 돌렸다.

그리고 마침내 두 사람의 시선이 마주친 순간, 그는 진심으로 한심해하는 그녀의 표정을 똑바로 볼 수 있었다.

강아지처럼 귀여운 얼굴에 화난 표정은 별로 어울리지 않아서 그는 그녀를 달래는 듯 말했다.

"너무 신경 쓰지 마. 익숙하거든."

깜짝 놀라 더욱 동그래진 눈을 보며 그는 빙그레 미소를 지었다. 놀란 얼굴이 화가 난 것보다 귀여웠다.

겉으로는 일행과 대화를 하는 척하면서도 우진은 아까부터 한 테이블에 둘러앉은 여학생들의 대화를 엿듣고 있었다.

"저기 서우진이다."

"이야! 아주 연예인이네."

"생긴 건 연예인이잖아."

세 명 모두 의예과 동기였는데, 그의 주의를 끄는 사람은 문가에 앉아 있는 여학생이었다.

입학식 날 알아본 이름은 고은솔. 그가 처음으로 외운 여자 동기 이름이기도 했다.

강아지 같은 여학생은 대화에 끼기보다 주로 듣는 편이었다.

그녀의 친구들은 그의 외모를 빈정거리는 말투로 칭찬하고 있었지만, 그녀는 여전히 입을 다물고 있었다.

우진은 은솔의 속마음이 궁금했다. 그녀도 다른 사람들 같은 생각을 하고 있을까?

"쟤 공부 그렇게 잘한다며. 저렇게 노는데 잘도 하겠다. 어쩌다가 수능 잘 본 거 아니야?"

워낙 방대한 학습량 때문에 입학과 동시에 다시 고등학교 3학년, 수험 생활로 돌아가는 기분이었지만 남들보다 암기력이 탁월하게 좋은 우진은 학습에 어려움을 느끼지 않았다.

그런 특별한 모습이 다른 사람에게는 썩 좋지 않게 비치는 모양이다.

그때, 웬일인지 묻는 말에 대답 정도나 무기력하게 하던 은솔이 정색을 하고 대꾸했다.

"수능을 어쩌다가 잘 보는 사람이 어디 있냐. 나름대로 열심히 했겠지."

잠깐 정적이 흐르더니 그 테이블에서 웃음이 터졌다. 셋 중 누군가가 큰 소리로 웃는 바람에 사람들이 그 테이블을 힐끔거렸다.

옆에 있던 동기, 태민이 소곤거렸다.

"신입생 트로이카네."

"신입생 트로이카?"

"쟤네 셋."

태민은 은솔이 앉아 있는 테이블을 턱짓으로 가리켰다.

"셋이 몰려다니는 거 보고 선배들이 그러더라. 신입생 트로이카라고. 특히 쟤가 귀엽게 생겨서 관심 많더라고."

"쟤가 누구야?"

"왼쪽에 앉아 있는 애, 고은솔."

순간 우진은 다른 사람들이 그 테이블을 볼 수 없게끔 막아 버리고 싶다는 이상한 생각이 들었다.

정확히 말하자면 아무도 고은솔에게 관심을 갖지 말았으면, 하는 기묘한 감정이었다.

그때 한 손에 커피를 든 최지혜가 우진을 발견하고 쪼르르 다가왔다.

"너희 뭐 봐?"

"어……."

우진 대신, 태민이 우물쭈물 입을 열 참이었다. 우진의 시선이 가리키는 방향을 본 지혜가 먼저 투덜거렸다.

"쟤네 짜증 나. 학과 행사에 참여도 잘 안 하려고 하고. 개총 정도는 와 줘야 하는 거 아니야? 선배들은 왜 오냐오냐 내버려 두는지 몰라."

"그럴 수도 있지."

불쾌해하는 지혜의 목소리에도 불구하고 우진은 덤덤하게 대꾸할 뿐이었다. 그러자 가시를 세우고 있던 지혜의 기세가 한풀 꺾였다.

"참, 우진아! 너희 아버지 병원 말이야, 우리 집 근처더라?"

"아, 그래?"

"네 이름 대면 좀 잘 봐 주실까?"

"글쎄."

"그래도 아들 친구에 후밴데 잘해 주시지 않을까? 우리 가족들 다 아프면 거기로 가자고 할까 봐."

농담처럼 말한 지혜가 입을 가리고 웃었다. 우진은 지혜를 물끄러미 쳐다보다가 이해할 수 없다는 투로 물었다.

"손 안 좋아?"

"손? 손이 왜?"

"아버지 수부외과시거든."

"수부외과? 그게 뭐지? 세부 전공이야?"

입학식 날부터 성적은 물론 특출한 외모로 주목을 받은 서우진은 단숨에 의과 대학 내에서 유명인이 되었다.

거기에는 아버지의 후광도 작용했다.

아버지가 동문이고 규모 있는 종합 병원 원장이라는 사실에 서우진은 동급생뿐만이 아니라 선배와 교수들에게도 관심을 받고 있었다.

"꼭 손만 아프다고 가니? 원장님이시잖아. 다른 과라도 말씀해주시면 되지."

"글쎄…… 아버지는 그런 거 별로 안 좋아하셔서."

"어머, 그래?"

아니, 정확히는 '서우진'과 관련된 일이라면 무엇이든 끔찍해 할 것이다.

하지만 아무것도 모르는 지혜는 그 말조차 제멋대로 좋게 해석한 모양이었다.

"대쪽 같은 분들 계시지. 공사 구분 잘하시는 게 오히려 더 멋있는 것 같아. 대단하시다."

"그런가."

우진이 심드렁하게 대답했다.

아부나 마찬가지겠지만 아버지를 치켜세우는 사람들 가운데 있다 보면, 20년 동안 자신을 끔찍하게 학대해 온 아버지라 할지라도 괜찮은 것 같다는 착각에 빠져들곤 했다.

아버지도 나이가 더 들어서 예민하고 날카로운 성격이 한풀 수그러지면 그럭저럭 데면데면하게나마 평범한 부자지간이 되지 않을까, 하는 기대도 있었다.

"최지혜!"

그때, 멀리서 누군가가 지혜를 불렀다. 지혜의 일행인 듯 여학생 셋이 출입문 쪽에 서 있었다.

"아 참, 퀴즈 공부해야 하는데! 나중에 얘기하자. 먼저 갈게."

아쉬움이 가득한 표정으로 지혜가 손을 흔들고 자리를 떴다. 지혜의 뒷모습을 보면서 태민이 중얼거렸다.

"최지혜가 얼굴은 참 괜찮아."

여자에 관심이 많은 태민은 툭하면 여학생들의 외모를 품평하곤 했다.

언젠가 고은솔도 저 가벼운 입에 오르내릴지 모른다. 불쾌한 생각에 미간을 살짝 찡그린 우진이 태민의 어깨를 밀었다.

"너도 먼저 가."

"왜?"

"공부 안 해?"

"겨우 대학 왔는데 또 공부라니……."

그러면서도 태민은 우진의 말을 거부하지 못하고 주섬주섬 짐을 챙겨 의자에서 일어났다.

"넌 안 해?"

"난 뭐…… 됐어."

수석 입학생인 덕분에 우진은 일정 학점 이상이면 4년 동안 등록금을 낼 필요가 없었다.

더 이상 주목받고 싶지 않은 마음에 그는 무난한 성적만을 유지할 심산이었다.

태민마저 자리를 뜨고 주변이 조금 조용해졌다 싶을 즈음, 우진은 카운터 앞에 서 있는 은솔을 발견했다.

그는 무의식적으로 벌떡 일어나 그녀에게 다가갔다.

전처럼 깜짝 놀라는 모습이 보고 싶었다. 짧게라도 좋으니, 대화를 나눠 보고 싶기도 했다.

알음알음 관심을 받고 있던 고은솔이 학과 내에 깊게 각인된 것은 퀴즈 성적 게시일부터였다.

성적뿐만이 아니라 은솔의 귀여운 외모까지 주의가 집중되자 우진은 점점 기분이 나빠졌다.

"야, 요즘은 얼굴 예쁜 애들이 공부도 잘한다며."

"1등 고은솔, 2등 서우진. 맞는 말이네. 유전자 몰빵인가 봐."

'왜 이렇게 짜증 나지?'

키득거리는 동기들 사이에 있던 우진은 더 이상 피곤해지지 않기로 했다.

"먼저 가."

"응? 왜? 야! 저녁은?"

태민의 외침에도 대꾸하지 않은 우진은 학교 정문까지 다 나와서는 도로 걸음을 돌렸다.

저녁은 대강 학생 식당에서 먹고 들어가는 게 낫겠다 싶어서였다.

그런데 웬걸, 예상치 못하게도 학생 식당에는 고은솔이 홀로 저녁을 먹고 있었다.

그녀를 본 순간 벼락이라도 맞은 양 우진은 꼼짝도 못 했다.

뭔가에 지친 듯, 무기력한 표정의 은솔은 손에 든 작은 수첩을 읽으면서 우동을 먹고 있었다.

촉촉하게 젖은 그녀의 입술 사이로 들어가는 하얀 면발에 우진의 가슴이 일렁였다.

그는 아무 음식이나 선택한 뒤, 그 많은 빈자리를 두고 은솔의 앞에 자리를 잡았다.

번쩍 고개를 든 그녀가 그를 보자마자 사레가 들려 콜록거렸다.

고은솔은 작은 동물처럼 깜짝깜짝 잘도 놀란다. 우진이 미소를 지으며 그녀에게 냉수를 건넸다.

"미안. 놀랐어? 물 좀 마셔."

"으, 어…… 고맙…….."

오랫동안 기침을 해서인지 얼굴이 빨개진 그녀의 모습은 꽤 생소했다. 그녀에게서 시선을 고정한 채 그가 물었다.

"물 좀 더 갖다 줄까?"

"아, 아니야……. 근데 무슨 일로?"

"동기끼리 밥 먹는데 무슨 이유가 필요해?"

솔직히 서우진과 고은솔은 별로 접점이 없는 편이긴 했다.

그러나 그의 태연한 대꾸에 그녀는 알쏭달쏭한 표정을 지우고 고개를 끄덕였다. 이해가 되었나 보다.

우진은 은솔의 손에 들린 수첩을 힐끗 쳐다보았다. 수업 내용을 정리한 일종의 요점 정리 노트였다.

1등을 하는 이유가 있긴 하구나, 싶은 마음에 그가 입을 열었다.

"예과인데도 왜 그렇게 공부 열심히 해?"

우진이 알기로도 고은솔은 공부만 하는 모범생이었다. 그녀에게 있어서 세상에서 가장 중요한 건 공부인 듯 보였다.

"겨우 대학 왔는데 놀고 싶지는 않아?"

"그래도…… 공부하러 대학 온 거니까."

"모범생이네."

"장학금이 조금 더 급해서."

바로 덧붙이는 은솔의 낯빛이 어두워졌다.

고학생인가? 전혀 생각해 보지 못한 소리에 우진은 뭐라 대답해야 할지 몰랐다.

다행히 그녀가 억지웃음을 짓고 말했다.

"그리고 난 놀 줄도 모르거든."

그녀의 얼굴에는 더 이상 성적이나 장학금 이야기를 하고 싶지 않다는 마음이 올라와 있었다.

그는 아무렇지 않은 척 화제를 돌려주었다.

"그래서 그런가. 넌 좀 다른 것 같아."

"응?"

"넌 입학식 때부터 한 번도 나에 대해서 안 좋은 소리를 한 적이 없었잖아."

은솔은 이해할 수 없다는 듯 눈만 깜빡거렸다.

특별한 의도가 없는 일은 기억하지 못하는 법이다. 그때그때 진심에서 우러나온 행동을 한 것이 분명했다.

"얼굴로 수석을 했다든지, 운으로 수능을 잘 봤다든지……."

"운도 실력인걸."

우진은 말없이 은솔을 바라보았다. 운이 좋다는 말을 주변에서 얼마나 많이 들었는지 모른다.

사람들은 머리 좋은 부모 아래서 태어난 것도 운이고, 부유한 아버지를 가진 것도 운이고, 잘생긴 것도 운이라고 입을 모아 말했다.

우진도 이는 부인하지 않았다. 잘생기고 부유하며 머리 좋은 서회준 원장의 아들로 '운 좋게' 태어난 건 사실이었으니까.

다만 그들은 서우진이 얼마나 힘들었는지는 알고 싶지 않아 했다. 우진 역시 그들에게 굳이 자신의 고통스러운 나날을 설명할 필요는 없다고 생각했다.

그런데 처음으로, 자신의 어두운 이야기를 털어놓으면 그녀만큼은 공감해 줄지도 모른다는 생각이 든다.

"또, 얼굴 이야기는…… 칭찬으로 받아들이는 게 좋을 것 같아. 잘생겼다는 뜻이잖아."

"너 되게 긍정적이다."

우진은 사실, 단 한 번도 자신의 외모를 좋게 느낀 적이 없었다.

아버지와 똑같이 생긴 얼굴은 자신의 뿌리를 부정하고 싶어도 그럴 수 없게 만들었다.

남들은 모두 찬양하지만 정작 본인은 거울을 볼 적마다 고통스러워서 빼어난 외모가 좋다는 생각은 들지 않았다.

하지만 신기하게도 은솔의 말을 듣자, 아버지를 꼭 빼닮은 얼굴이 퍽 괜찮게 느껴지기 시작했다.

"그래서 너는?"

"응?"

"너도 내가 잘생겼다고 생각해?"

"뭐, 뭐?"

"나 어떠냐고."

그녀가 괜찮다고 말한다면…… 부정하고 싶은 이 얼굴이 조금이나마 좋아질 것 같다.

"어, 그……."

"별론가?"

어째서인지 은솔은 쉽게 대답을 하지 못했다.

하긴, 잘생겼다는 말이든 못생겼다는 말이든 간에 바로 앞에서 하기는 조금 난처하겠지.

그래도 우진은 그녀를 계속 놀려 보고 싶어졌다. 우물쭈물하는 모습이 귀엽고 신선하게 느껴져서.

"고은솔, 눈 되게 높다. 나 어디 가서 못생겼다는 소리 들어 본 적은 없는데."

반쯤은 장난이었다.

조금이라도 친해지고 싶어서 농담 삼아 던진 말이었는데 이런 일이 일어날 줄은 몰랐다.

"아니야! 진, 진짜로 잘생겨서…… 멋, 멋있다고 생각해! 정말!"

벌떡 일어난 은솔이 큰소리로 외쳤다. 동시에 사람들의 시선이 모두 그들에게 꽂혔다.

당황한 건 은솔만이 아니었다. 뜻밖의 칭찬을 직접 들은 우진의 얼굴이 화끈 달아올랐다.

테이블 위에는 기이한 정적만이 흘렀다.

1초, 2초, 3초…….

3초를 견디지 못하고 은솔이 털썩 주저앉았다. 자신이 무슨 소리를 했는지 뒤늦게 깨달았나 보다.

그 귀여운 모습에 우진은 웃음을 참을 수 없어서 입가를 가리고 웃었다.

이런 모습을 나만 보고 싶은데.

“꼬셔 보고 싶지 않냐?”

우진이 위기를 느낀 건 주태민이 이런 소리를 한 직후였다.

공부보다 여자에 관심이 큰 태민은 입학 때부터 ‘작업’을 걸 여자를 탐색하고 있었다.

“시끄러워.”

기분이 확 나빠진 우진은 태민의 말을 일단 모조리 무시했다. 친구의 장단에 놀아 주고 싶지 않았다.

그러나 태민은 계속해서 은솔의 이야기를 늘어놓았다.

“아, 왜? 고은솔 정도면 머리 좋지, 얼굴도 괜찮지, 강아지처럼 생겨서 귀엽…….”

“1절만 해.”

“난 또 네가 걔한테 관심 엄청 갖기에 좋아하나 했는데.”

우진은 다른 남자의 입에서 나오는 은솔의 이야기가 더는 듣기 싫었다.

마음 같아서는 고은솔을 꽁꽁 싸매서 어디론가 숨겨 두고 싶었다. 그녀가 더 이상 다른 사람들의 입방아에 오르내리지 않았으면 했다.

하지만 태민은 은솔에 대한 관심을 쉽게 거두지 않았다.

태민이 고은솔과 그 무리에 관련된 이야기를 계속해서 늘어놓자 참다못한 우진이 입을 열었다.

"고은솔이 왜 그렇게 공부를 하는지 알아?"

계속해서 무시로 일관하던 우진이 처음으로 은솔의 이야기를 꺼내자 태민이 흥미를 보였다.

내가 너보다 고은솔에 대해 훨씬 잘 안다고 으스대고 싶어 말을 꺼낸 우진은 흥미에 찬 태민의 눈빛마저도 짜증이 났다.

눈알을 찔러 버리고 싶을 정도로.

그러나 그는 험한 마음을 숨긴 채 차가운 목소리로 말을 이었다.

"장학금이 필요하댄다."

"장학금?"

"집안 사정이 안 좋은가 보더라."

"아, 정말? 안됐네."

"그러니까 어려운 사람 건드리지 마. 불쌍하잖아."

우진의 싸늘한 말에 태민이 어깨를 으쓱였다.

"아쉽다. 공부밖에 모르는 애들이 연애 시작하면 장난 아니게 변한다는데."

"그래?"

"관심거리가 공부에서 연애로 스위치 눌리듯 확 넘어간대. 개, 강아지처럼 생겨서 더 귀여울걸?"

"흐응……."

저도 모르게 우진은 사랑에 빠진 은솔의 모습을 상상하고 말았다.

학생 식당에 있었을 때처럼 빨개진 얼굴에 깜짝깜짝 놀라는 모습은 분명 귀여울 것이다.

그리고 따뜻한 마음을 가진 그녀는 아무렇지 않게 그의 마음을 어루만져 줄 것이다.

그를 대신해서 화를 내주기도 하고, 그의 어두운 인생에 공감해서 동정해 줄지도 모른다.

하지만 무엇보다도 고은솔을 향한 찝쩍거리는 시선이 전부 사라질 것을 생각하니 가슴 한구석에 희열이 차올랐다.

"확실히 재미는 있겠네."

"엥? 야, 설마 너 고은솔 꼬셔 보려고?"

태민이 경악한 투로 물었다. 꼬셔 본다라…… 거참 굉장히 좋은 방법이다.

"좋은 거 알려 줘서 고마워, 주태민."

불안해할 바에야 고은솔을 먼저 가져 버리는 편이 낫겠지?

마음을 먹은 것도 일주일이 지났건만 이상하게도 우진은 은솔과 통 마주칠 일이 없었다.

원래 접점이 없는 사이라 더욱 만나기가 힘들긴 한데…… 뒤늦게야 그는 그녀가 자신을 피한다는 걸 눈치챘다.

우진은 퀴즈 성적이 게시된 날, 은솔을 발견하고 쫓아갔다. 시간이 흐를수록 그녀를 놓칠 것 같다는 불안에 참을 수가 없었다.

집에 무슨 일이라도 있는지 퀴즈 성적이 좋지 않아서 은솔은 상심한 모양이었다.

그래도 더는 시간을 끌고 싶진 않았다.

"고은솔."

우진은 난생처음으로 마음을 가득 담아 그녀의 이름을 또박또박 불렀다.

"은솔아."

한 글자씩 가슴속에 새기기라도 하는 듯.

"나랑…… 사귀자."

고백을 했다.

은솔이 우진을 빤히 쳐다보았다.

그녀의 눈에 의문이 가득 들어차 있었다. 서우진의 사랑 고백이 고은솔에게는 꼭 외계어처럼 들리는 듯했다.

"……왜?"

"네가 좋으니까."

하지만 은솔은 장난인 줄 아는지 차갑게 말했다.

"장난치지 마."

"장난 아니야."

"장난이 아니면…… 대체 무슨 속셈이야?"

이때 깨달았어야 했다.

뭔가가 잘못되고 있다는 것을 알아챘어야 했는데, 처음 느껴 본 감정에 취해서 우진은 은솔의 표정을 읽지 못했다.

"속셈? 그런 거 없어. 그냥 순수하게 네가 좋다고. 안 믿겨?"

"그래, 안 믿겨."

그의 고백을 상상조차 한 적 없었는지 그녀는 황당해하고 있었다.

이번에는 그 역시 대꾸할 말을 잊고 말았다. 그녀가 그를 못마땅하게 쳐다보았다.

이상하게도 은솔의 눈빛은 아버지의 혐오감 가득한 눈빛과 똑같았다. 우진의 등골이 오싹해졌다.

그녀가 왜 그런 눈으로 자신을 바라보는지 이해하지 못할 때였다.

"믿기지도 않고, 사실 난 너 별로 안 좋아하거든."

완벽한 거부. 그녀의 비아냥거리는 목소리는 자신을 뒤에서 험담하던 목소리와 비슷했다.

도대체 왜 이렇게 사람이 변해 버린 걸까? 그가 의문을 가득 담아 물었다.

"내가 왜 싫어?"

"재수 없으니까."

직설적인 대답에 그의 얼굴이 굳어졌다. 그녀가 기막힌 얼굴로 그를 비웃기 시작했다.

"서우진. 좋아하지도 않으면서 사람 가지고 놀 생각으로 거짓말하는 거 정말 재수 없는 거 아냐?"

"뭐?"

"왜? 네가 고백하면 당연히 넘어갈 줄 알았어? 내가 왜 그래야 해?"

그런 생각을…… 하지 않은 건 아니었다.

우진은 자신을 향한 이성의 관심을 지극히 잘 알고 있었고, 자신의 매력으로 은솔을 붙잡을 수 있을 거라 믿었다.

그런데 아니었다.

우진은 내심 창피했지만 내색하지는 않았다. 은솔의 표정은 물론 시선에서까지 적의가 느껴져서 감정을 내비칠 수가 없었다.

"그리고 나 그렇게 불쌍한 사람 아니야. 잘산다는 너희 집만큼은 아니어도 나름대로 잘 살고 있어. 그러니까 동정 같은 거 하지 마. 아니, 동정이 아니라 비웃는 건가?"

은솔의 입에서 나온 이해할 수 없는 말에 우진은 창피함을 뒤로하고 되물었다.

"……무슨 소리야?"

"우리 집 사정, 네가 상상하는 것만큼 그렇게 어렵지 않다고."

"무슨 소린지 모르겠다. 내가 널 언제 동정하고 비웃었다는 건지……."

여기서 왜 그녀의 집안 사정에 관해 이야기를 해야 하는지 그는 이해하지 못했다. 그때였다.

"어려운 사람 건드리지 마. 불쌍하잖아."

그의 눈이 크게 뜨였다.

우진이 입술을 달싹이기도 전에, 은솔이 빠르게 말을 이었다.

"미안한데, 서우진. 나는 네 장난감이 되어 줄 생각은 없어. 너한테 불쌍하게 여겨지고 싶지도 않고, 너한테 재미있는 장난감 취급을 받고 싶지도 않거든."

"잠깐! 너 지금 오해하고 있어."

그 말은 주태민이라는 파리를 쫓기 위한 말이었을 뿐이다. 그건 결코 자신의 진심이 아니었다.

서우진 따위가 감히 어떻게 고은솔을 가엾게 여길까? 그녀의 작은 동정에 마음이 흔들리던 쪽은 오히려 서우진이었는데.

"오해라고?"

"그래, 그날 네가 어떻게 들었는지는 모르겠지만……."

"어떻게 들었는지, 그게 너한테는 중요하겠지. 하지만 나는 네가 어떻게 그랬는지가 더 중요하거든. 내 얘기를 어떻게 다른 사람한테 말할 수가 있어? 내 사생활이잖아. 아무리 우리가 친하지 않아도 여기저기 떠벌리지 않는 게 최소한의 예의 아니야?"

오래 참았는지, 은솔이 빠르게 쏘아붙였다. 우진은 잘못을 지적당하자 당황스러웠다.

그럴 의도로 말한 건 아니었는데…….

"고은솔. 그건 오해야."

"내 귀로 똑똑히 들었어."

"은솔아, 믿어 줘. 나는……."

"네 말을 믿어야 할 이유가 우리 사이에 있어?"

하지만 은솔은 우진의 진심에 더 이상 관심이 없는 모양이었다.

그의 말끝을 차갑게 자른 그녀는 자존심이 상한 듯 눈물 가득한 눈으로 그를 올려다보았다.

동그란 눈에서 눈물이 똑, 떨어졌다. 무슨 말이라도 하고 싶은데 그녀의 눈물 탓인지 우진의 입은 움직이질 못했다.

우진은 원망이 담긴 은솔의 눈이 아버지의 것과 똑 닮아서 아프게 느껴졌다.

선의만 담겨 있던 눈을 저렇게 만든 사람이 자신이라는 사실에 가슴이 서늘해졌다.

"나 이제 가 봐야 해. 오늘 일은 없었던 거로 해."

눈물을 닦은 그녀는 예전에 한 번도 들어 보지 못한 냉엄한 목소리로 그와의 단절을 선언했다.

그제야 우진은 고약한 마법에서 풀려난 것처럼 번쩍 정신을 차릴 수 있었다.

우진의 눈앞이 암담해졌다. 이대로라면 무슨 일이 있어도 고은솔은 서우진을 받아 주지 않을 것 같았다.

안 돼.

너를 놓치고 싶진 않은데.

"가지 마, 고은솔."

이때, 서우진은 고은솔에게 무슨 말을 해야 할지 몰랐다.

자신의 진심을 들어 주지 않는 그녀를 어떻게 달래야 할지 도저히 알 수 없었다.

지금 와서 미안하다는 말을 해 봤자 그녀는 믿어 줄 것 같지도 않았다.

그래서 바보처럼 이런 소리나 던졌다.

"지금 가면 후회할 거야."

"후회? 내가 왜?"

역시나 은솔은 미련 따위는 없다는 양 그에게서 몸을 돌렸다.

그는 틈 하나 보이지 않는 그녀의 뒷모습을 간절히 바라보았다. 그의 시선을 느낀 건지 그녀가 싸늘하게 말을 덧붙였다.

“너한테 놀아나는 것보다 후회할 일은 없어.”

‘놀아나?’

문득 우진은 이해할 수 없는 부정적인 감정이 훅 치밀어 올랐다.

‘고은솔에게 나는 고작 그 정도였나.’

자신이 입을 쉽게 놀리긴 했으나 분명 그 말은 진심이 아니었다.

사려 깊은 고은솔이라면 적어도 진심 정도는 다시 들어 볼 줄 알았는데, 그녀는 그의 해명을 들어 줄 생각도 하지 않았다.

이럴 거면 다른 사람들처럼 서우진을 흥밋거리로 소비하고 지나가 주지, 왜 마음을 이해하는 듯 말을 해 준 건데? 나더러 인제 와서 어떡하라고?

마음을 흔들지나 말지.

우진의 눈동자가 까맣게 가라앉았다. 그녀를 향한 죄책감과 미안함이 원망과 서운함으로 변하기 시작했다.

이성은 그녀를 포기하라 말하는데 감정은 그녀를 붙잡으라 말한다.

호의가 순식간에 악의가 되었듯이 악감정이 단숨에 호감으로도 바뀔 수 있는 거라고 감정이 악마처럼 속삭였다.

그리고 우진은 처음으로 감정의 손을 들어 주었다.

언젠가는 예전의 귀여운 모습이 될지도 모르니까, 그녀를 놓아 줄 생각은 들지 않았다.

7장

싫지 않았어

오랜만에 우진은 피트니스센터에 가는 대신 다른 방향으로 차를 돌렸다.

"가능하면 수술은 줄이는 편이 좋겠어."

현재 우진은 정신과 전문의가 된 동기, 태민의 개인 병원에서 약을 받으며 조언을 들었다.

여심을 공략하기 위해 정신건강의학과를 전공하겠다고 헛소리를 하던 주태민이었지만 어릴 때의 경박하던 모습은 어디로 가고, 결혼을 계기로 한층 성숙해지고 진중해졌다.

뜻밖에도 주태민은 서우진의 베스트 프렌드로 남았다.

예과 1학년부터 우진을 졸졸 쫓아다니던 덕에, 태민은 폐쇄적인 우진에게 있어서 단 하나뿐인 '속내를 공유하는' 친구가 되었고 일종의 주치의가 되었다.

우진이 대답하지 않자 태민이 미간을 찌푸리고 친구를 불렀다.

"서우진."

"음."

"내가 아는 누구보다 네 정신력이 끝내주는 건 아는데 불안 장애가 있는 사람이 오랫동안 수술방에 들어가 있는 건 권하고 싶지 않아."

"괜찮아."

"그래, 네 강박적인 완벽주의 덕분에 환자는 괜찮겠지만 너는 안 괜찮으니까 약 타러 온 거잖아."

의자에 앉은 태민은 팔짱을 낀 채 우진을 걱정스럽게 쳐다보고 있었다.

우진은 태민의 시선이 불편해서 말을 돌렸다.

"너희 아파트, 살 만해?"

"우리 아파트? 왜?"

"집을 나갈까 생각 중이라서."

전혀 예상치 못한 우진의 대꾸에 태민이 눈을 동그랗게 떴다.

우진의 표정은 변함없었지만 태민은 친구에게서 왠지 긍정적인 느낌을 받았다.

그렇게 독립을 하라고 권했었다. 서우진의 인생에 드리워진 그림자를 걷어 내기 위해서는 부모로부터의 독립이 필수적이었다.

하지만 평생을 학대 속에 살아온 친구는 쉽게 집을 나갈 결정을 하지 않았다.

심지어는 공중 보건 의사로서 아버지와 물리적으로 떨어져 있던 3년 동안 지난 기억을 미화하기까지 하던 친구였다.

그런 그가 갑작스럽게 독립을 결정하게 된 원인이 뭘까. 서우진도 결국은 버틸 수 없었던 걸까?

어쨌거나 쌍수를 들고 환영할 일인지라, 태민은 우진이 마음을 바꾸기 전에 쐐기를 박기로 했다.

"잘됐네. 좀 알아봐 줄까?"

"그러면 고맙고."

우진이 가볍게 답하자 태민은 친구를 가만히 살펴보다가 말했다.

"이참에 집도 나가고 병원도 그만둬. 갈 곳이 네 아버지 병원 말고 없는 것도 아니고."

"병원은 됐어."

우진은 태민의 조언을 단칼에 거절했다. 태민이 헛웃음을 지었다.

"고은솔 때문이야?"

느닷없이 은솔의 이름이 나와서 우진의 눈이 가늘어졌다.

아무리 오랜 친구라 할지라도, 우진은 다른 남자에게서 은솔이 언급되는 게 싫었다. 유치하기 짝이 없는 감정이었지만.

"너희 병원에 고은솔 근무하는 거 들었어."

어떻게 알았느냐고 물을 법도 한데, 우진은 아무 말도 하지 않았다.

태민이 의자 등받이에 몸을 깊숙이 기대자 끼익거리는 소리가 들렸다.

"도대체 무슨 생각으로 고은솔까지 있는…… 아버지 병원에 들어갔어?"

태민이 알기로 우진이 느끼는 불안의 근원은 두 가지였다.

하나는 서우진이라는 존재를 부정하는 아버지. 다른 하나는 예과 1학년 때부터 서우진의 마음을 빼앗아 간 고은솔.

태민은 우진의 곁에서 친구가 하는 모든 삽질을 다 지켜보고 안타까워했으나, 두 사람 사이에 끼어들지 말라 부탁한 우진의 부탁 때문에 은솔에게 한 발자국도 접근하지 못했다.

얼마나 오랫동안 진심을 숨겨 왔는지 우진의 표정은 아무런 변화가 없었다.

그런 친구의 모습이 속상해서 태민이 욱하는 마음에 목소리를 높였다.

"네 마음 알아줄 생각도 없는 여자야. 네가 한 짓을 아직도 잊지 못하고 치를 떠는 여자라고. 그런데 걔를 왜 못 놔?"

"……그러게."

우진이 허탈하게 중얼거렸다.

은솔을 물리적으로 만날 수 없는 지난 3년간, 몇 번이고 은솔을 잊으려 노력했었다.

매력적인 서우진에게 접근하려는 여자들이 많았기에 얼마든지 고은솔을 잊을 기회는 많았다.

하지만 그럴 수가 없었다.

서우진의 두뇌와 심장에 고은솔의 이름 석 자가 새겨지기라도 한 양, 그는 어느 여자를 만나 보든 은솔이 겹쳐졌다.

다른 여자에게는 도통 흥미가 생기질 않았다.

우진을 물끄러미 쳐다보고 있던 태민이 조심스럽게 제안했다.

“미련이 남아서 찜찜한 거 아닐까? 제대로 고백 한번 해 보는 게 어때? 차이면 마음을 정리할 수 있지 않을까?”

거절을 당한다면 고은솔을 잊을 수 있다고? 이미 거절당한 전적이 있는 우진은 피식 웃었다.

힘 빠지는 웃음소리를 듣고 태민의 얼굴이 일그러졌다.

친구에게서 오랫동안 불안정함을 읽긴 했으나 지금처럼 불안해 보이는 모습은 처음이었다.

서우진은 웃고 있었지만, 한편으로는 전혀 웃고 있지 않았다. 오랜 친구의 가짜 미소를 보자 태민은 등골이 오싹해졌다.

“내가 우리 아버지…… 이야기를 했었나?”

우진의 비밀스러운 속내를 의사로서 경청했던 태민은 고개를 끄덕였다.

서회준 원장의 이중적인 모습을 처음에는 도저히 믿을 수 없던 태민도 우진의 일관된 진술에 서서히 심각성을 인식하기 시작했다.

“어머니가 돌아가신 지 30년이 넘었어. 내 나이만큼 시간이 흘렀지.”

그러나 서회준 원장은 죽은 아내를 아직도 놓아주질 못했다. 태민의 눈동자가 흔들렸다. 그가 탄식하듯 대꾸했다.

“……설마.”

“나는 왜 그런 저주받은 기질을 물려받은 걸까.”

은솔을 떨쳐 내려 애를 쓰다 지친 우진이 내린 결론은, 서우진은 영원히 고은솔을 잊을 수 없다는 것뿐이었다.

자신이 행복해지기 위해서는 고은솔과 함께여야만 했다.

공중 보건 의사로 근무할 적 처음으로 어른들의 사랑을 나누어 받은 우진은 자신이 받은 모든 사랑을 은솔에게 전해 주고 싶었다.

그녀와의 거리가 조금씩 좁혀질수록 그 시기가 다가온다는 기대로 가슴이 터질 것만 같았다. 서우진의 눈에는 고은솔만이 보였다.

선물을 주기 위해 자신을 기다리던 그녀의 모습에 심장이 뛰었다.

은솔의 집에서 저녁을 먹었을 때처럼 그녀의 화목한 가족 사이에서 웃고 싶었다.

그녀의 곁에 있고 싶었다. 영원히.

* * *

김찬기의 매니저로 보이는 남자가 우진에게 관심을 보였던 뒤로 은솔도 새삼 느끼는 거지만, 서우진은 다른 사람의 이목을 끄는 힘을 갖고 있었다.

보통 매력이라고 칭하는 힘이었다.

'나도 처음에는 그랬었지.'

운전석에 앉은 은솔은 시동은 걸지 않은 채 핸들에 팔을 기대고 가만히 생각에 빠졌다.

바람에 흩날리던 부드러운 머리카락, 고개를 바짝 들어야 할 만큼 큰 키에 같은 사람이 맞나 싶을 정도로 잘생긴 얼굴.

서우진을 처음 본 여학생들이라면 아주 잠깐일지라도 그에게 분명 호감을 느꼈을 것이다. 마치 고은솔이 그랬던 것처럼.

서우진에게 익숙해진 지금도 가끔은 그를 홀린 듯이 바라볼 때가 있으니까, 남자에게 면역이 없던 그때는 더했지.

그때, 누군가가 똑똑, 조수석 차창을 두드렸다. 서우진이었다.

문득 은솔은 우진을 처음 본 날이 겹쳐졌다.

칼바람 사이로 풍기던 상큼한 향기가 나는 것 같아 그녀는 멀뚱히 차창을 통해 그를 쳐다보았다.

사위가 어두운 가운데에서도 그 얼굴만큼은 선명했다.

우진은 은솔이 가만히 보고만 있자 다시 한번 창문을 두드렸다. 톡톡, 병원에서 새어 나온 불빛이 그의 길쭉한 손가락에서 반짝였다.

그제야 정신을 차린 그녀가 조수석 창문을 내렸다.

"먼저 간 줄 알았네. 좀 태워 줘."

말하면서 그가 환하게 웃는 바람에, 그녀는 거절하지 못한 채 조수석 문을 열어 주었다. 기다렸다는 듯 그가 차에 올랐다.

한 번도 타 본 적 없으면서 꼭 제 자리인 양 우진은 익숙하게 조수석 의자를 움직였다. 키가 큰 그에게 자리가 비좁았던 모양이다.

번쩍번쩍한 외제차는 어디에 두고 남의 차를 얻어 타려는 건지. 은솔은 우진의 행동을 지켜보다가 물었다.

"차 안 가지고 왔어?"

"오늘만. 술도 살 거지?"

"응? 어……."

얼떨결에 긍정한 은솔은 뒤늦게 시동을 걸었다.

좁은 공간에 함께 있어서일까? 평소와 다를 것도 없는데 서우진이 이상하게 낯설어서 신경이 그에게만 쏠렸다.

그런 고은솔의 마음을 알 리 없는 우진은 태평하게 안전벨트나 매고 있었다.

은솔은 약간 얼굴을 구기고 운전대를 잡았다.

병원에서 음식점까지는 멀지 않았으나 어째서인지 은솔은 잠시간의 정적도 견딜 수가 없었다.

그녀는 정지 신호에 교차로 앞에서 브레이크를 밟으며 입을 열었다.

"아까 응급으로 온 우즈벡 환자 말이야, 봤어?"

"아."

우진이 안다는 듯 고개를 끄덕였다.

오후에 근처 공장에서 기계에 손이 짓눌린 우즈베키스탄 출신 남자가 실려 왔었다.

은솔과 수부외과 과장이 바로 응급 수술에 들어갔고, 처참한 상황이라 수술하는 데 애를 좀 먹었다.

"수술하는데 '병신 되면 안 돼요. 사장님이 쫓아내면 한국에서 쫓겨나요.' 이 말을 몇 번이나 했어."

환자는 어눌한 한국말로 제발 잘 고쳐 달라고 간절히 부탁했다.

워낙 불안해하는 환자를 안심시키고자 과장은 일부러 가족 이야기를 유도했다.

그러자 눈물을 보이지 않던 환자가 왈칵 눈물을 쏟아 내며 이렇게 말했다.

"본국에 이제 막 신혼살림을 차린 아내가 있어서 돈을 꼭 벌어 가야 한다고."

이 병원에 들어온 후, 은솔은 오늘 그 우즈베키스탄 환자와 비슷한 사연을 가진 사람들을 많이 봐 왔다.

환자는 내국인과 외국인을 가리지 않았는데, 그들은 항상 1순위로 가족의 생계를 걱정했다.

그런 게 가장의 책임감이라는 걸까?

"대단한 것 같아. 자기 손이 불구가 될 수 있는 상황에서도 먼저 생각하는 게 가족이라니."

가만히 듣고만 있던 우진이 물었다.

"수술은 잘 됐고?"

"응, 다행히 괜찮았어."

아슬아슬하게 연결된 혈관으로 피가 돌고, 창백하던 피부에 혈색이 생겼을 때의 쾌감.

끊어진 신경이 이어져서 손가락을 구부릴 수 있게 된 환자가 기뻐할 때의 보람.

그럴 때마다 은솔은 이 험한 길을 선택하길 잘했다고 생각했다.

비록 규모 대비 의료진 수가 적어서 거의 매일 출근을 해야 하고, 그 탓에 거의 매일 고된 수술대 앞에 서야 하지만.

다시 운전을 시작하자 또 침묵이 찾아왔다.

자꾸 서우진에게 정신이 쏠려서 은솔은 무슨 말을 해서든 이 정신을 분산시키고 싶었다.

무슨 말을 꺼내면 좋을까?

그때, 은솔의 머릿속을 스치는 말이 있었다.

"미안해. 그래도 같은 남자끼리 좀 의리가 있어서 말 못 했었다."

고은솔의 이름 석 자에 엉겨 붙은 지저분한 소문.

며칠 동안 정신건강을 해쳤던 오래된 진실을 다시 떠올리는 것만으로도 그녀의 마음이 무거워졌다.

솔직히 묻어 두고 싶은 심정이 앞섰다. 우진에게 원망을 돌려받게 되리라는 걱정 때문만은 아니었다.

그럭저럭 무던한 사이를 과거 일로 조각내거나 망치고 싶지 않았다.

하지만 은솔은 이 일을 영원히 묻어 두었다가는 우진을 볼 때마다 가슴이 불편할 것 또한 알고 있었다.

언젠가는 반드시 잘못을 정정하고 사과하고 싶었다.

그녀는 마른침을 삼키고 입을 열었다.

"있잖아."

"응?"

"나 레지던트 때……."

잠시 숨을 고른 그녀가 천천히 말을 이었다.

"잠깐 만났던 선배 얘긴데, 장균태라고."

은솔의 말이 끝나기 무섭게 우진의 얼굴이 굳어졌다.

그의 주변에 평소와는 다른 공기가 맴돌고 있었다.

그녀를 향한 눈빛이 어딘가 모르게 절박해 보였다. 꼭 엄마를 잃어버린 아이처럼 불안해하는 모습이었다.

그녀는 그의 기분을 눈치채지 못한 척 앞만 바라보고 운전하며 말했다.

"며칠 전에 그 사람 관련해서 연락을 받았어."

"……무슨 연락."

"그냥, 안 좋은 연락이었어."

"왜? 죽기라도 했대?"

우진에게서 싸늘한 대꾸가 튀어나왔다. 어둡고 차가운 목소리에 멈칫했으나, 은솔은 별 내색 없이 대답했다.

"그건 아니고, 행방불명인가 봐."

"행방불명?"

"자세한 건 나도 잘 몰라. 임신한 약혼녀 두고 사라졌다고, 혹시 아는 거 없냐고 묻더라."

은솔은 튀어나오려는 헛웃음을 겨우 참았다.

가해자까지는 아니라 해도 방관자였으면서, 그 선배는 뻔뻔하게 연락을 먼저 해 왔다.

아마 선배는 그 일이 이미 예전에 다 끝난 일이라고 생각했을 것이다.

바로 그 사건으로 인해 지난겨울, 고은솔이 원치 않은 퇴사를 한 줄도 모르고.

"너한테? 왜?"

"뭐…… 지푸라기라도 잡아 보는 거겠지."

"그래서? 아는 거 있어?"

은솔은 대답 대신 고개를 저었다.

장균태가 병원을 떠난 뒤로 연락 한 번 해 본 적이 없었다. 정확히 말하자면, 사적인 연락은 헤어지고 나서 한 번도 하지 않았다.

"여자만 불쌍하게 됐어. 나라면 다시 만나도 신뢰 회복이 안 될 것 같아. 한 번 일 그르친 사람, 두 번 그르치지 않는다는 보장도 없고."

"……그래?"

그 말을 끝으로 우진은 무슨 생각에 빠진 듯 말이 없었다.

은솔도 자신이 꺼낸 이야기가 역시 편하지만은 않아서, 잠시 말을 멈추었다.

곧, 목적지가 보이기 시작했다.

"저기다. 나머지는 들어가서 말할게."

병원과 가까운 음식점은 한산한 편이었다. 저녁 식사 손님들이 쭉 빠져나간 시간이었고 평일인 덕분이었다.

"가깝네."

널찍한 주차장에 어렵지 않게 차를 세운 은솔은 서둘러 안전벨트를 풀었다.

여덟 시가 넘은 시간, 눈앞에서 음식점을 보니 죄책감 때문에 잊고 있던 허기가 밀려왔다.

지갑과 휴대폰도 챙겼겠다, 이제 나가기만 하면 되는데…….

그때였다. 은솔의 오른손이 덥석 잡혔다. 깜짝 놀란 그녀가 우진 쪽을 홱 돌아보았다.

무표정하게 앉아 있던 그가 그녀를 불렀다.

"고은솔."

당황한 그녀가 그의 손아귀에서 벗어나려 애를 썼으나 그는 지푸라기를 잡은 사람처럼 그녀를 단단히 붙들고 제게로 끌어당겼다. 두 사람 사이가 바짝 좁혀졌다.

"정말 한 번 아니면 아닌 거야?"

어째서일까, 서우진의 눈동자에 절실함이 담겨 있다.

은솔은 조금 전까지 느껴지던 허기가 단숨에 증발하는 것을 느꼈다. 그의 눈빛이 평소와는 너무 다르게 보여서.

그녀가 대답하지 않자 그가 그녀를 빤히 쳐다보면서 다시금 물었다.

"다신 기회 같은 거 없어?"

고은솔에게 있어서, 한 번 일을 그르친 사람은…… 정말 신뢰 회복이 안 되는 걸까?

우진은 생각하고 싶지도 않은 과거를 떠올렸다. 자신이 그녀에게 뱉은 말, 했던 행동, 준 상처가 모두 후회 덩어리였다.

이제부터라도 관계에 최선을 다한다면 그녀가 한 번쯤은 자신을 뒤돌아봐 주지 않을까? 그는 진심으로 간절히 바랐다.

이내, 그에게 의아한 시선을 주던 은솔이 난처한 듯 어정쩡한 자세로 말했다.

"일단은…… 내렸으면 좋겠는데."

우진의 손아귀에서 힘이 풀렸다.

주차장만큼이나 식당도 한산했다. 게다가 테이블마다 공간이 나뉘어 있는 룸 형식이라 실내가 훨씬 조용하게 느껴졌다.

안내받은 자리에 앉은 두 사람은 메인 요리를 고른 후 술과 음료 코너를 살폈다.

운전해야 하는 은솔은 탄산음료를 선택했으나 우진은 잠시 고민하다가 입을 열었다.

"와인을 마셔야 할 것 같은데?"

"싸게 소주 마셔."

"음……."

그녀가 농담을 던지기 무섭게 전혀 예상하지 못했다는 듯 그가 그녀를 물끄러미 바라보았다.

왠지 측은하게 보는 듯한 눈빛이라 그녀가 솔직하게 대꾸했다.

"농담이야. 와인……."

이름도 어려운 와인 리스트를 쭉 읽어 본 그녀가 미간을 좁히고 덧붙였다.

"근데 나 와인에 대해 잘 모르는데."

"나도 잘 몰라. 메뉴와 어울리는 와인 한 병 같이 주세요."

환자 케이스를 보기에도 바쁜 머리였다. 이 세상에 무슨 와인이 있는지 일일이 외우고 다닐 필요는 없었다.

우진은 옆에서 주문을 받는 직원에게 대충 부탁하고 메뉴판을 덮었다.

더 이상 주문할 메뉴가 없는 은솔도 직원에게 메뉴판을 넘겼다.

직원이 나가고 난 다음 둘이 남자, 닫힌 문을 보고 있던 은솔이 우진에게로 시선을 옮겼다.

"갑자기 술은 왜? 너 술 잘 안 마시잖아."

"머리가 복잡해서."

답답한 듯 한숨을 내쉰 우진이 말을 이었다.

"가끔 머리 비울 땐 알코올이 좋더라고."

"고민 있어?"

서우진과 고민은 너무나도 어울리지 않는 단어였으나 은솔은 히죽거리며 그렇게 물었다.

잠시 침묵을 지키던 그가 옅은 미소를 지은 채 진지하게 대답했다.

"고민…… 많지."

그는 폭언을 내뱉던 아버지를 먼저 떠올렸다.

현재 그의 고민거리는 독립이었다. 독립해서 아예 집을 나가 버린다면 아버지와의 관계 따위에 괴로울 일은 없을 것이다.

하지만 집은 나가도 병원만큼은 그만둘 수가 없었다.

고은솔을 만날 수 있다면 아무리 지옥 같더라도 병원 정도는 참고 다닐 수 있었으니까.

그나마 다행인 점은 타인의 시선에 예민한 아버지가 집 밖에서 그를 들들 볶지도 않는다는 것쯤이었다.

그런데 오늘, 가슴속에 고민거리가 하나 더 얹혔다.

우진은 은솔을 지그시 응시했다. 차 안에서 그녀가 단호하게 말했던 말이 그의 마음을 무겁게 만들었다.

"나라면 다시 만나도 신뢰 회복이 안 될 것 같아. 한 번 일 그르친 사람, 두 번 그르치지 않는다는 보장도 없고."

그 말은 단지, 장균태에게만 적용되는 소리일까?

현재 서우진을 가장 두렵게 만드는 것은 평생, 영원토록 고은솔이 곁을 내주지 않을지도 모른다는 불안이었다.

아버지를 향한 부정적인 감정보다 그녀를 향한 불안의 크기가 더욱 컸다.

그러나 그녀에게 사실대로 말할 수도 없는 법.

"일단은 고은솔 연봉이 얼만데 싸게 소주를 마시라고 했는가부터……."

"아니, 그건 농담이라고 했잖아!"

은솔이 펄쩍 뛰자 우진의 눈이 다 알고 있다는 듯 반달 모양으로 휘어졌다.

역시 그럼 그렇지, 너무 진지해 보여서 진짜 큰 고민이라도 있는 줄 알았다. 그녀가 기가 막힌다는 양 투덜거렸다.

"무슨 말을 못 해."

그때 직원이 똑똑 노크를 하고 출입문을 열었다. 직원이 밀고 온 트레이에는 탄산음료와 이름 모를 와인이 자리하고 있었다.

두 사람의 앞에 와인 잔을 놓은 후 직원은 능숙하게 코르크 마개를 땄다.

직원이 공손한 태도로 은솔의 잔을 먼저 채우려 하자, 은솔이 양손을 내저었다.

"아, 저는 됐어요. 이쪽만 주세요."

운전해야 하는 은솔은 탄산음료로 만족해야만 했다. 그 대신, 그녀는 우진의 잔을 채우는 붉은 액체를 말없이 쳐다보았다.

음료 서빙을 마친 직원이 자리를 뜨자 은솔이 살짝 불안한 눈빛으로 우진에게 부탁했다.

“술 많이 마시지 마.”

“와인 한 병만 마실 거야.”

“그게 많은 거잖아. 병 말고 잔으로 시킬걸.”

물론, 뒤늦게 후회해 봤자 이미 와인 한 병은 서우진의 몫이 되었다.

우진이 아무 대꾸 없이 피식 웃었으나 은솔은 여전히 못마땅한 말투로 말을 이었다.

“괜히 취해서 내가 집에 서우진을 모시고 가는 일 없게 하라고.”

“걱정하지 마.”

분명 호언장담을 하는데, 어째서인지 은솔은 목이 타서 빈속에 탄산음료를 벌컥벌컥 마셨다. 우진이 말을 돌렸다.

“아까 무슨 이야기 하려고 했어?”

“아, 그거…….”

은솔의 입에서 한숨이 저절로 나왔다.

지금까지도 그녀의 마음속에는 두 가지 의견이 공존했다. 사실대로 밝히고 사과를 하는 것과 그냥 과거의 일로 묻어 두는 것.

사과를 하는 게 옳다는 걸 알지만 서우진의 반응이 어떨지 걱정스러워서 겁이 났다.

앞으로 병원에서 계속 같이 근무할 사이인데 이번 일로 재를 뿌리게 될까 봐 두려웠다.

그래도 찝찝한 것보다는 걱정스러운 편이 낫겠지. 그녀는 흔들리는 마음을 다잡고 입을 열었다.

"일단 너한테 미안하다고…… 사과부터 할게. 미안해."

"……뭐가?"

갑작스러운 사과에 우진의 눈동자가 흔들렸다.

고은솔이 서우진에게 사과라니? 그녀가 뭐라고 할지 가늠이 되질 않아 그는 불안해졌다.

그의 명석한 두뇌는 아까 차 안에서 그녀가 했던 말들을 가감 없이 떠올렸다.

"나라면 다시 만나도 신뢰 회복이 안 될 것 같아."

그 목소리가 불씨가 되어 그의 가슴속을 까맣게 태우기 시작했다.

그녀가 뭐라고 할지 모르겠다. 너랑 잘 지낼 자신이 없으니까 앞으로 이런 자리는 만들지 말자? 먼저 나갈게? 아니면…… 또 뭐지?

그가 불안하게 그녀를 응시할 때였다. 그녀가 앞머리를 쓸어 올리고는 재차 한숨을 뱉었다.

"아, 진짜……."

은솔은 바로 말을 잇지 못했다.

고은솔의 양다리 소문은 지금까지는 그저 단순히 '헛소문' 정도로만 인지하고 있던 일이었는데, 잘 생각해 보니 눈앞의 남자와 특별한 관계였다는 내용이었다.

은솔은 막상 당사자에게 그 이야기를 다시 꺼내려니 괜스레 창피해졌다.

헛기침을 하고 나서 그녀가 태연을 가장하고 말했다.

"우리 2년 차 때, 이상한 소문 났었잖아. 기억하지?"

우진의 얼굴이 굳어졌다.

이상한 소문.

그건 고은솔과 서우진의 사이를 완전히 갈라 버린 소문이었다.

그 전에도 사이가 나쁘긴 했지만, 그녀가 그를 원수처럼 여기게 된 데에 그 소문이 쐐기를 박은 셈이었다.

어째서 그 일을 끌고 들어오는 걸까? 초조해진 우진은 은솔의 질문에 대꾸는커녕, 고갯짓조차 하지 못했다.

그녀가 말을 이었다.

"난 그거 당연히 네가 냈다고 생각했었어."

하지만, 우진의 걱정과 다르게 은솔은 뜻밖의 말을 하고 있었다.

"그런데…… 아니었다며?"

오랫동안 풀리지 않은 오해가 마침내 풀리기 시작했다.

그가 얼떨떨한 얼굴로 그녀를 바라보았다. 난감한 듯 눈가를 일그러뜨린 모습에서는 그를 향한 적의가 전혀 느껴지지 않았다.

"어떻게 알게 된 거야?"

"전화한 선배가 말해 줬어."

은솔이 허탈하게 답했다.

거의 5년이 다 지나서 알게 된 진실은 너무나도 어이가 없었다. 자신은 쓰레기 같은 남자에게 걸려서 잃어버린 게 너무 많았다.

자신이 수련했던 대학 병원 정형외과와 수부외과 등에서는 고은솔이라는 이름 석 자가 불명예스럽게 사람들 입방아에 아직도 오르내리고 있을 것이다.

"장 선배가 나랑 사귄 건 우리 아빠 병원 때문이었던 것 같아. 근데 그때 우리 집 사정…… 그렇게 좋지 않았거든."

은솔의 안색이 어두워졌다.

지금이야 병원을 정리하면서 모든 빚을 다 갚았지만, 당시 그녀가 병원에서 박박 갈리며 벌었던 레지던트 월급이 아니었다면 대출 이자도 막지 못했을 것이다.

"그거 알고 나랑 헤어지려고 널 끌어들인 것 같더라."

장균태는 침몰하는 배에서 탈출하고 싶었던 것 같다.

문제는 조용히 헤어졌으면 좋았을 걸, 일을 크게 만들어서 피해자인 척을 했다는 데 있었다.

그리고 진실을 제대로 알지 못한 고은솔은 지금껏 서우진만 원망했다.

부끄러웠지만 은솔은 지금이라도 그에게 사과하는 게 옳다고 생각했다.

"난 그것도 모르고 네 탓만 했지?"

우진은 당황스러웠다. 이렇게 느닷없이 오래된 누명이 벗겨질 줄 누가 알았을까?

머쓱해진 그는 술잔을 들었다. 심장 부근에서부터 뭔가가 퍼져 나가는, 형용할 수 없는 기분이 든다.

그가 대답하지 않자 그녀가 고개를 살짝 숙이고 재차 사과했다.

"미안해."

"아…… 괜찮아. 다 지난 일이고."

우진이 진심을 담아 말했다. 정말로 그는 아무렇지 않았다.

솔직히 은솔이 이 이야기를 꺼내지 않았더라면 생각조차 하지 않았을 만큼 오래된 일이었으니까.

물론, 그녀가 그 소문을 입에 올렸을 때는 불안했었다. 고은솔과 서우진의 관계가 완전히 끝장난 계기였으니 말이다.

그래도 다 지난 일이고, 그 소문 덕분에 그녀가 장균태와 정리를 했고 또…….

"그 소문 싫지만은 않았으니까."

"어?"

은솔은 우진의 말을 이해하지 못했다. 우진이 빙긋 웃었다.

그 소문 덕택에 잠시나마 서우진이 고은솔의 연인이 된 듯한 착각에 빠지기도 했다.

서우진이라는 존재 탓에 고은솔의 주변에서 남자들이 싹 사라져 주기도 했고.

은솔은 미소 짓고 있는 우진을 황당하게 쳐다보았다.

아니, 아무리 서우진이 살짝 이상한 성격이라고 해도 그렇지, 고은솔에게 어장 관리당했다는 소문이 싫지만은 않아?

"그, 그래도 피해 봤잖아?"

"내가? 아닌데."

와인을 한 모금 마신 우진이 눈을 동그랗게 뜨고 대답했다.

오해로 인해 은솔이 그를 더욱 미워하게 된 것 외에 피해 본 일은 정말 없었다.

그녀는 여전히 의아한 투로 되물었다.

"아니라고?"

"좋으면 좋았지, 싫지 않았어."

은솔의 머릿속이 혼란스러워졌다.

이 남자는 고은솔과 특별한 관계라는 소문이 좋았다고 한다.

뭐라 대답해야 할지 몰라 그녀가 입술만 달싹이자 그의 미소가 한결 더 짙어졌다.

"그러니까 미안해하지 마."

그의 목소리가 속삭이듯 울렸다. 어째서 서우진은 그 소문이 좋았다는 거지?

하지만 은솔은 우진에게 차마 이유를 물을 수가 없었다.

자신을 향한 그의 다정하고 따뜻한 눈빛이 이미 대답을 대신하고 있는 것만 같아서 물어볼 용기가 나지 않았다.

밥을 어떻게 먹었는지 모르겠다. 맞은편에 있는 우진의 시선이 유난히 따갑게 느껴져서 은솔은 아무 생각도 하지 못했다.

그나마 환자 이야기를 할 때 정신이 돌아오긴 했지만, 의료용 거머리에 관해 이야기를 나누다가도 그가 의미 없이 생긋 웃으면 그녀는 급히 시선을 떨구곤 했다.

그러다가 우진이 와인을 반 이상 비웠을 때부터 은솔은 조금씩 불안해지기 시작했다.

어째서인지 그가 평소보다 헤프게 웃음을 뿌린다 싶었다.

그리고 역시나…….

'불안한 예감은 왜 항상 현실이 되는가!'

걱정하지 말라고 장담한 주제에 서우진은 고은솔의 자동차 조수석에서 정신을 반쯤 잃어 가고 있었다.

운전석에 자리한 그녀는 그의 이름을 또박또박 불렀다.

"서우진."

"음."

"집 주소 대."

"됐어. 택시 타면 돼."

그 순간, 은솔의 얼굴이 확 일그러지며 큰소리가 튀어나왔다.

"지금 너 그 말만 정확히 여덟 번째라고!"

그녀가 버럭 소리를 질렀으나 우진은 눈만 깜빡거렸다.

평소와 다름없이 멀쩡해 보이는 모습에 그녀는 기절하고 싶은 심정이었다.

심장이 두근거리던, 간지러운 감정은 이미 사라진 지 오래였다. 그녀가 한탄했다.

"서우진 주사 진짜…… 기가 막힌다. 멀쩡한 척 사람을 홀랑 속여 넘기네?"

서우진은 술에 취했으면서 얼굴 하나 붉어지지 않았고, 혀도 꼬이지 않았다. 그의 걸음은 흐트러짐이 없었고 대화도 제대로 굴러갔다.

그러니까 완벽하게 정상인의 모습이었단 말이다!

"아, 미안. 뭐라고?"

그런데 알고 보니 서우진은 언제부터인가 정신을 놓고 있었다. 은솔은 마음을 다스리려 노력하면서 다시금 차근차근 말했다.

"집 주소 알려 줘. 집에 데려다줄게."

"별로 집에 가고 싶진 않은데."

"내가 집에 가고 싶어. 내가!"

속이 답답해진 그녀가 킹콩처럼 제 가슴을 주먹으로 쾅쾅 쳤다.

그녀는 한시라도 빨리 우진을 집에 데려다주고 싶었다. 정확히는, 제발 그를 그의 집에 내려 주고 자신의 집으로 돌아가고 싶은 것이었다.

그러나 서우진이라는 놈은 이딴 소리나 하고 있다.

"가면 되잖아."

"하하……."

은솔은 허탈하게 웃었다. 웃음만 나왔다.

아까부터 이런 비정상적인 대화 패턴이 계속되었다.

술 취한 우진은 대화의 맥은 읽지 못하고 바로 직전에 나온 말에만 정확하게 반응했다.

즉, 대화가 제대로 통한다고 느낀 건 고은솔의 착각이었다.

언뜻 보면 제정신 같아 보이지만 서우진은 이성적이고 논리적인 사고를 하지 못하는 상태였다.

서우진이 원래 이렇게 술을 못 마셨던가? 한 번도 그와 술자리를 가져 본 적이 없으니, 은솔로서는 알 길이 없었다.

"어떻게 와인 한 병에 그렇게 되니?"

그녀가 어이없다는 투로 묻자 이번에는 무슨 대답을 해야 할지 모르는 듯, 우진은 입을 다물어 버렸다.

삐친 어린아이처럼 입을 꾹 다물고 미간을 좁힌 그의 모습이 신선했다.

하지만 신선한 것도 잠깐일 뿐, 끝까지 집 주소를 대지 않는 고집스러운 그의 모습은 한 대 때려 주고 싶을 정도로 얄미웠다.

결국, 은솔은 우진의 귀가를 포기하기로 했다.

"집에 가기 싫으면 병원 당직실에 가서 잘래?"

"병원?"

정말 멀쩡한 얼굴로 되묻는 우진에게 대답 대신 고개를 끄덕여 준 은솔이 자동차 기어를 조작할 참이었다.

그가 말 안 듣는 일곱 살짜리 어린애처럼 칭얼거렸다.

"병원도 별로……."

"어차피 출근도 해야 하잖아? 응? 당직실에서 자고 일어나면 출근 시간도 아끼고 참 좋겠다. 그렇지?"

은솔이 조곤조곤 우진을 설득했다. 하지만 술 취한 서우진은 말 안 듣는 일곱 살짜리 어린아이나 다름없었다.

"그럼 너도 같이 가."

"와 나, 이거 술 취한 척 물 먹이는 거 아니야?"

그녀가 저도 모르게 울먹였다. 물론 우진은 은솔의 말을 이해하지 못하고 고개를 갸웃거렸다.

"응? 물?"

"……취한 건 맞네."

그녀가 그를 흘겨보면서 중얼거렸다.

눈가를 찡그린 우진이 입을 다물었다. 뭐라고 받아쳐야 할지 모르는 모양이었다.

은솔은 그를 당직실이나 휴게실에 데려다주기로 마음먹고 입을 열었다.

"안전벨트나 매."

"으음……."

"서우진, 벨트 매라니까?"

은솔이 듣는 둥 마는 둥 하는 우진에게 목소리를 높였으나 그는 여전히 미적거렸다.

이쯤 되면 길바닥에 버리고 가는 게 낫지 않을까?

그래도 오늘만큼은 우진을 상냥하게 대하고 싶어서 그녀는 조수석 안전벨트를 뽑기 위해 팔을 뻗었다.

달칵, 벨트가 맞물리는 소리가 났다.

"이런 건 좀 알아서……."

불만스럽게 말하며 고개를 든 은솔은 도중에 말을 멈추었다. 서우진의 얼굴이 바로 앞에서 보였다.

표정이 하나도 올라와 있지 않은 창백한 얼굴에 홀리기라도 한 듯 그녀의 움직임이 뚝 멎었다.

숨결이 간지럽게 느껴질 정도로 가까운 거리에서 두 사람은 서로를 말없이 응시했다.

시간이 멈춘 것처럼 차 안의 공기가 침체된 것 같았다. 날씨가 그리 덥지도 않은데 온몸에 열이 오르는 느낌이 든다.

술에 취해 몽롱한 눈빛으로 우진이 은솔에게 고개를 가까이 내릴 때였다.

화들짝 정신을 차린 그녀가 그의 어깨를 밀어내며 뒤로 몸을 확 뺐다.

'뭐지?'

도로 핸들을 잡은 그녀는 상념을 털어 내기 위해 곧바로 액셀 페달을 밟았다.

조금 전에 무슨 일이 있었는지 다시 되새길 엄두가 나지 않았다.

어두운 전방만을 바라보면서 은솔은 병원으로 돌아가는 길을 달렸다. 조수석에서 자신을 향한 따가운 시선이 느껴졌다.

서우진 특유의 시선이다.

피부에 닿으면 뜨거우리만큼 따가워서 피하고 싶었던 시선이었다. 그가 자신을 쳐다보는 게 진저리가 날 만큼 싫었었다.

그만 좀 바라봤으면 싶을 정도로 질린 시선이었는데.

그의 시선이 닿은 부분부터 미묘한 느낌이 퍼져 나갔다.

이상한 기분을 넘어, 심장 소리가 커지는 착각이 들었다. 꼭 설레는 것처럼 가슴이 뛰었다.

은솔은 그가 무슨 생각을 하는지, 어떤 표정을 짓고 있는지 확인할 자신이 없었다.

정지 신호를 받아 브레이크를 밟으면서도 그녀는 조수석 쪽을 곁눈질조차 하지 않았다.

그때였다.

"과장님, 뵙고 싶어."

느닷없이 우진이 과장을 입에 올렸다. 과장이라면 수부외과 과장 말인가?

그녀는 여전히 전방 신호등에 눈길을 고정한 채 물었다.

"과장님? 갑자기 과장님은 왜?"

"과장님 집에 계셔?"

그걸 내가 어떻게 아느냐는 소리가 목구멍까지 치밀었으나 은솔은 애써 감정을 내리누르고 진상 환자를 다루듯 최대한 담담하게 대답했다.

"그러시겠지. 아까 퇴근하셨으니까."

"그럼 과장님 좀 뵙자."

이 시간에 과장을 찾는 말도 안 되는 고집에 참다못한 그녀가 그를 홱 돌아보았다.

우진은 평소와 다름없는 모습으로 그녀를 빤히 쳐다보고 있었다.

반쯤 해탈한 은솔이 힘없이 대꾸했다.

"아니, 야…… 내가 과장님 댁을 어떻게 알아?"

"왜 몰라? 너희 집인데."

전혀 예상하지 못한 대답에 그녀의 눈이 동그래졌다.

"과장…… 아, 설마 우리 아빠?"

그러고 보니, 은솔의 아버지인 고동권 역시 산부인과 과장이었다.

하지만 여전히 황당한 점은, 수부외과의 서우진이 산부인과의 고동권 과장을 뭐 하러 찾느냐는 것이다.

그녀가 헛웃음을 지었다.

"네가 우리 아빠를 왜 보고 싶어?"

"과장님, 좋은 분이셔서……."

은솔의 눈이 가늘어졌다. 아무래도 또 쓸데없는 소리에 말려들었나 보다.

술에 취한 주제에 서우진은 정신 멀쩡한 고은솔을 쥐락펴락하고 있었다.

쓸데없는 소리에 대답하는 대신, 그녀는 피곤한 듯 가물거리는 그의 눈을 보며 한마디 했다.

"차라리 자라. 응?"

* * *

'왜 나는 안 돼?'

이상하게도 말이 목에 걸려 나오질 않았다.

점점 멀어지는 은솔의 뒷모습을 바라보는 우진의 얼굴이 일그러졌다.

한시라도 빨리 그녀를 붙잡아야 하는데 목소리가 나오질 않는다.

'제발 멈춰.'

그가 어렵사리 팔을 뻗어 보았으나, 손이 그녀에게 닿기에는 턱도 없었다.

그녀가 사라지기 전에 진심을 전하고 싶은데 목이 타들어 가는 듯한 고통에 그는 입도 뻥긋거리지 못했다.

'제발, 은솔아.'

그의 진심이 전해지기라도 한 걸까? 은솔의 걸음이 뚝 멈추었다. 그러나 그녀는 걸음만 멈추었을 뿐, 뒤를 돌아보지는 않았다.

그래도 괜찮았다. 이 정도 거리에서라도 그녀를 지켜볼 수 있다면 충분했다.

마음을 전하는 것은 타들어 가는 목의 고통이 사라진 다음에 해도 된다.

그러니까 그때까지만이라도 제발 그녀가 그 자리에 머물러 주길 바랐다.

하지만 그가 아무 말도 하지 않아서인지, 그녀가 다시 걸음을 옮기기 시작했다.

목이 타는 고통 속에서도 은솔의 이름을 부르고 싶었지만, 우진의 혀는 마비된 듯 꿈쩍도 하지 않았다.

그는 점점 작아지는 그녀의 모습이 너무나도 안타까워서 손을 뻗어 보았다.

허무하게도 그의 손은 허공을 갈랐다.

고은솔은 신기루와 같았다. 잡힐 듯 잡히지 않는, 항상 곁에 있지만, 결코 곁에 머무르지는 않는 존재.

'너 하나밖에 보이지 않는데, 왜 나는 안 돼?'

그가 피를 토하는 심정으로 제 진심을 쏟아 냈다. 그러나 역시 말이 되지 못한 진심은 그녀에게 전해지지 못했다.

그때, 은솔의 싸늘한 목소리가 멀리서 울렸다.

"나라면 다시 만나도 신뢰 회복이 안 될 것 같아."

그녀의 말이 끝나기 무섭게 캄캄한 어둠이 내려앉았다. 고요한 어둠은 불안을 꽃피워 낸다.

원하는 것이 쉽게 주어지지 않는 인생이었다. 그녀 또한 영원히 가질 수 없는 존재일지도 모른다.

불안이 폭풍이 되어 밀려들었다.

우진은 잔뜩 찡그린 얼굴로 눈을 떴다. 고요하지만 익숙한 공기와 더불어 낯익은 천장이 어슴푸레하게 보였다.

'당직실…… 인가?'

머리가 깨질 것처럼 아파서 그는 눈을 길게 감았다 다시 떴다. 그러나 관자놀이를 콕콕 찌르는 두통은 여전했다.

통증을 참으면서 몸을 일으킨 우진은 출입문 바로 옆에 붙어 있는 거울에서 제 몰골부터 살폈다.

잘 정돈되었던 머리가 엉망진창으로 흐트러져 있었고 셔츠도 구겨져 있었다.

그는 믿을 수 없는 눈으로 거울을 한참 동안 쳐다보았다.

'그냥…… 와인 한 병을 마셨을 뿐이었는데?'

이 꼴이 되다니?

간밤에 무슨 일이 있었는지 기억이 잘 나지 않는다. 그나마 감춰지지 않은 기억의 파편들이 수면 위로 조각조각 올라올 뿐이었다.

그 기억 속에는 대체로 얼굴을 일그러뜨린 은솔이 존재했다.

조각난 기억을 이리저리 짜 맞춰 보니, 서우진의 주사에 지친 고은솔이 그를 병원 당직실에 내던져 놓고 돌아갔다는 그림이 완성되었다.

힘이 빠진 우진은 거울에 이마를 대고 한숨을 내쉬었다. 불안한 한숨이 가늘게 새어 나왔다.

‘큰일 났다.’

당장 내일 고은솔을 어떻게 보지? 어쩌면 고은솔은 서우진에게 오늘 제대로 질렸을지도 모르겠다.

우진의 명석한 두뇌에는 오로지 그 걱정만이 또렷하게 올라와 있었다. 그 외에는 아무 생각도 나지 않았다.

그는 멍한 얼굴로 거울을 보며 옷매무새를 다듬고 당직실 문을 열었다.

마침, 응급실 호출에서 돌아온 최준구 선생이 우진을 발견하고 눈을 동그랗게 떴다.

“어? 서 선생. 일어났어?”

“죄송합니다. 이런 모습으로…….”

“아냐. 다들 술 먹고 뻗으면 여기서 자는데, 뭘.”

별일 아니라는 양손을 내저은 준구가 호탕하게 대꾸하고는 의아한 투로 물었다.

“무슨 술을 그렇게 마셨어? 서 선생답지 않게.”

서우진다운 것이 뭐더라? 우진은 모호한 웃음만 지었다.

하기야, 회식 때도 술 한 모금 입에 대지 않던 서우진이었다. 자신은 정신이 흐트러지는 것을 좋아하지 않았으니까.

우진이 별로 알리고 싶어 하지 않는다는 걸 깨달은 준구가 말을 돌렸다.

“지금 네 시 반이니까 샤워할 거면 샤워실 써. 아니면 집에 다녀오든지.”

“술도 좀 깨서…… 집에 다녀오겠습니다.”

집에 돌아가자마자 씻고 다시 출근해야 할 시간이었지만 옷도 갈아입을 겸, 우진은 집에 돌아가기로 했다.

꾸벅 인사를 한 우진은 준구가 보지 않게끔 인상을 썼다.

머리를 살짝 움직이기만 해도 두통과 함께 현기증이 일었다. 그래도 그의 걸음은 흐트러짐 하나 없었다.

아직 거리는 어두웠다. 드문드문 차만 지나다닐 뿐, 어두운 거리에는 인기척 하나 없었다.

그래서일까? 우진은 꿈속에 있는 것만 같았다.

문득, 점점 멀어지던 은솔의 모습이 떠오르자 그는 순간 불안해졌다. 단순히 악몽이라는 걸 알면서도 왜 불안한 건지 모르겠다.

한숨을 내쉰 그는 콜택시를 부르기 위해 휴대폰을 켰다. 휴대폰에는 뜻밖에도 은솔의 메시지가 도착해 있었다.

[우리 다시는 술 먹지 말자.]

이를 악물고 씩씩거리면서 보냈을 법한 메시지를 읽은 우진은 큰 손에 얼굴을 묻어 버렸다.

'체면 다 구겼네.'

부분 부분 떠오르는 기억의 파편 속에서 우진은 은솔의 모습을 볼 수 있었다.

그는 시간을 역행해서 지난밤을 상기해 보았다.

당직실 소파에 그를 내던지듯 눕힌 은솔의 모습, 차에서 그를 끌고 내리며 투덜거리던 그녀의 목소리, 그리고…….

'이런 건 좀 알아서…….'

은솔이 답답해하던 말이 기억나자 우진은 하마터면 펄쩍 뛸 뻔했다.

자신이 반쯤 정신이 나간 상태로 가만히 있을 때 대신해서 안전벨트를 매어 주던 기억이 떠오른 탓이었다.

숨이 막힐 듯한 침묵 속에서 자신은 살짝 벌어져 있는 은솔의 입술에 홀려 있었다.

지척에 있는 그 입술에 하마터면 키스할 뻔했다.

'……미쳤군.'

그는 뜨끈해진 이마를 손으로 짚으며 한숨을 내쉬었다. 그녀가 눈치 빠르게 그를 밀어내지 않았더라면 큰 실수를 했을 것이다.

그때 그녀는 무슨 생각을 했을까? 겨우 오해 하나를 풀었다고 달려드는 파렴치한으로 보지는 않았을까?

우진은 아직 알코올 냄새가 가시지 않은 한숨을 내쉬었다.

솔직한 심정으로는 세상에서 사라져 버리고 싶었다.

오전에 은솔을 다시 볼 생각을 하니 눈앞이 암담했다.

더 이상은 멀어지고 싶지 않은데, 고은솔이 또 서우진을 피해 다닐지도 모르겠다.

'그나저나 오늘 진료는 어떻게 보나.'

숙취가 이토록 고통스러웠던가? 머리가 깨질 것 같은 숙취는 난생처음이었다.

다섯 시가 조금 넘은 시각, 이른 새벽부터 담배를 피우던 회준은 늦게 들어온 우진을 보고 재떨이에 담배를 비벼 끄며 싸늘하게 비아냥거렸다.

“이 시간까지 술이나 처먹고 돌아다니고, 잘하는 짓이다.”

“죄송합니다.”

“쓰레기 같은 자식. 낳질 말았어야 해.”

술 냄새를 풍기면서 늦게 귀가하는 것이 서른 해가 넘는 인생에서 처음이었으나, 회준은 우진을 구제 불능 쓰레기처럼 쳐다보고 있었다.

탄생과 존재 자체를 비난받는 건 자주 있는 일이었다.

그런데 어째서인지, 오늘만큼은 쉽게 넘어가지질 않는다.

아직 알코올 기운이 남아 있기 때문인지, 참을성이 바닥이 났기 때문인지는 알 수 없었다.

평소라면 고개만 한 번 꾸벅 숙여 보이고 2층으로 올라갔을 우진이 걸음을 뚝 멈추더니 어두운 목소리로 회준을 불렀다.

“……아버지.”

“어디다 대고 아버지라고 불러?”

“그럼 제가 뭐라고 불러드려야 하나요? 원장님이라고 할까요?”

사라지지 않은 술기운과 끔찍한 두통으로 인해 우진은 사춘기 때조차 하지 않았던 말대답을 했다.

아들의 비웃는 모습에 회준의 얼굴에 노기가 확 올라왔다.

“부르지 마!”

아버지의 호통 소리에도 우진은 꿈쩍하지 않았다.

우진은 가라앉은 눈동자로 회준을 말없이 쳐다보았다. 소리를 한 번 질렀다고 그새 쉰 목소리로 회준이 말을 덧붙였다.

"네 주둥이에서 나오는 말은 하나도 듣고 싶지 않으니까, 꺼져."

회준에게서 악의가 가득 담긴 말이 튀어나왔다. 진심으로 증오하는 눈빛이 우진을 향했다.

남보다도 못한 부자 관계가 오늘따라 지긋지긋해서 우진은 충동적으로 목소리를 높였다.

"제가!"

우진의 손에 힘이 바짝 들어갔다. 그는 주먹을 세게 쥐고 평생을 속에만 담아 두었던, 한스러운 말을 드디어 입에 올렸다.

"뭘…… 그렇게 잘못했어요?"

"그걸 몰라서 물어?"

역겨워하는 표정을 숨기지 않고 우진에게 한 걸음 다가온 회준이 검지로 아들의 머리를 툭툭 기분 나쁘게 밀면서 또박또박 대답했다.

"수천수만 번을 말했지, 넌 태어날 때부터 살인자라고. 제 엄마를 죽이고 기어코 살아남아 제 엄마보다 오래 살고 있어. 괴물 같은 새끼."

"눈도 뜨지 못하는 신생아가 살인이라고요? 그게 말이 된다고 생각……."

"닥쳐! 어디서 술 냄새 풍기면서 지랄이야!"

그 순간, 우진의 눈앞이 번쩍였다. 어느새 고개가 한쪽으로 돌아가 있었다.

웬만해서는 얼굴에 손을 올리지 않는 회준이 분노를 이기지 못하고 손을 댄 모양이었다.

우진은 왼쪽 뺨에 가해진 충격 탓에 머리까지 윙윙 울렸다. 두통이 한층 더 심해지는 바람에 그의 눈가가 잔뜩 일그러졌다.

한 대 맞았을 뿐인데 입가가 찢어져서 따끔거리고, 혀끝에서 피맛이 느껴졌다.

회준이 고래고래 소리를 질렀다.

"아침부터 맞아야 정신을 차리겠냐? 그래, 내가 널 너무 가만히 내버려 뒀나 보다. 살인자 주제에 기어오르는 꼴이라니."

다시금 회준의 손이 번쩍 올라갔으나 참다못한 우진이 아버지의 팔뚝을 거세게 잡았다.

늙은 아버지와 젊은 아들의 완력 차이는 상당했다. 회준의 기세가 한풀 꺾였다.

그런데도 두 사람은 꼭 닮은 눈매로 서로를 노려보고 있었다.

팽팽한 긴장감 속에서 먼저 물러난 사람은 놀랍게도 회준이었다.

자신을 닮은 아들의 모습이 끔찍하기라도 한 양, 회준이 몸서리를 치며 우진의 팔을 뿌리쳤다.

"악마 같은 새끼. 네 몸속에 네 엄마 피만 없었어도 내 손으로 직접 죽여 버렸을 텐데."

그때, 말을 마친 회준이 발작을 하듯 기침을 시작했다. 가래가 가득한 기침 소리는 귓가에 달라붙은 껌처럼 한참을 메아리쳤다.

몸을 굽히고 기침을 하던 회준은 아직도 자신을 내려다보고 있는 아들의 모습에 감정이 상했는지 아무거나 잡히는 대로 들어 우진에게 휘둘렀다.

"내 눈앞에서 꺼져!"

공교롭게도 회준이 집어 든 것은 재떨이였다. 담뱃재와 꽁초가 우진에게 쏟아졌다.

우진은 지저분한 담뱃재를 뒤집어쓰고도 우두커니 서 있었다.

"꺼지라고 했잖아!"

그에 소름이 돋은 회준이 쉰 음성으로 소리쳤으나 눈살 한 번 찌푸리지 않은 우진은 여전히 무표정한 얼굴로 천천히 입을 열었다.

"아버지가 아무리 저를 비난하고 저주하셔도."

우진이 잠깐 말을 멈추고 회준을 가만히 내려다보았다. 내리깔고 있는 우진의 눈에는 서늘한 냉기만이 돌았다.

제 부모를 향한 눈빛이라고는 전혀 상상할 수 없는 무기질과 같은 눈동자에 회준의 입이 다물어졌다.

우진이 서서히 말을 이었다.

"제가 아버지 자식이고, 어머니가 돌아가셨다는 건 변하지 않습니다."

우진은 아픈 현실을 정확하게 꼬집었다.

태어났을 적부터 지금까지 서회준 원장은 아들인 서우진이라는 존재를 부정하려 애를 썼고, 아내의 죽음을 인정하고 싶지 않아 했다.

"이…… 이 쓰레기 같은 새끼가!"

회준이 다시 오른손을 번쩍 들었다. 그러나 이번에도 역시 우진이 빨랐다.

아들의 손아귀에서 벗어나기 위해 회준이 있는 힘껏 팔에 힘을 주었으나 그의 팔은 허공에서 꼼짝도 하지 않았다.

힘으로 아들을 이길 수 없음을 깨달은 회준이 이를 악문 채 뒤로 한 걸음 물러섰다.

하지만 우진을 향한 분노의 눈빛만큼은 형형했다.

아버지의 심정을 이해하지 못하는 것은 아니었으나 그렇다고 해서 우진은 아버지가 자신의 인생을 더 이상 망치게 두고 싶지는 않았다.

자신의 인생이 망가진다 한들 죽은 어머니가 되살아나는 것도 아닌데, 언제까지 아버지에게 끌려다닐 수도 없는 노릇이었다.

"저도 이제는 가만히 있지 않을 겁니다."

그 말을 끝으로 우진은 미련 없이 몸을 돌렸다. 신기하게도 2층으로 향하는 발걸음이 가벼웠다.

가슴속에 오랫동안 쌓아 두었던 말을 입 밖으로 내자 마음이 한결 시원해졌다.

"좋은 아침입니다."

두통약을 먹고 멀쩡한 낯으로 제시간에 출근한 우진은 평소와 다름없는 모습으로 인사를 건넸다.

너스 스테이션을 지키고 있던 유남이 밝게 웃으면서 놀리듯 물었다.

"어머, 서 선생님 어제 당직실에서 주무셨다면서요?"

"벌써 소문이 났어요?"

"벌써라뇨? 이미 어제 쫙 돌았어요. 무슨 술을 그렇게 드셨어요?"

“고은솔 선생이 쏜 와인이라 맛있었나 봅니다.”

우진이 난처한 기색을 숨기지 않고 대답하자 유남은 입가를 가리고 호호 웃었다.

그때, 우진의 뒤에서 기막혀하는 목소리가 들렸다.

“누구는 맛있게 먹고, 누구는 뒤처리하느라 허리가 휘고.”

은솔이었다. 그녀의 등장에 우진이 기다렸다는 듯 그녀에게로 고개를 돌렸고 유남은 눈치껏 자리를 빠져나갔다.

“미안해.”

둘이 남기 무섭게 그가 진심을 담아 사과했다.

아직 기억이 온전치 못하지만, 드문드문 떠오르는 기억만으로도 우진은 은솔에게 크게 민폐를 끼쳤음을 깨달았다.

무엇보다 그녀에게 홀려 본능적으로 키스를 할 뻔했다는 사실이 그에게 큰 부담이 되었다.

그녀에게 입을 맞추지 않아서 다행이라고 생각하면서도 묘하게 아쉬운 감이 있었지만.

그러나 은솔은 그 일을 별로 신경 쓰지 않는 건지, 아니면 그의 시커먼 속내를 눈치채지 못한 건지 전혀 어색해하지 않았다.

“진짜 가만 안 두려고 했는데 이번이 처음이니까 봐준다.”

우진은 은솔을 물끄러미 쳐다보았다.

되짚어 보면 고은솔은 거짓말을 잘 못 하는 편이었다.

무언가를 숨기거나 거짓말을 하려 하면 얼굴에 표가 날 만큼 솔직한 그녀가 어제 일을 아무렇지 않게 여긴다는 건…….

‘전혀 눈치도 못 챈 거 아니야?’

그 순간, 그는 그녀가 나타났을 때부터 온몸에 가득 들어차 있던 긴장이 사르르 빠져나갔다.

그를 번민케 하던 새벽이 부질없게 느껴지자 헛웃음이 새어 나왔다.

"가만 안 두면 어떻게 하려고 했는데?"

"꼬투리 잡아서 태워 보려고 했지. 이래 보여도 내가 네 선배 포지션이잖아?"

웬일로 은솔이 어깨를 으쓱이면서 으스댔다. 그녀를 빤히 응시하던 그가 흥미롭다는 표정으로 입을 열었다.

"고은솔이 태움이라……."

그녀에게 한 걸음 다가간 그가 고개를 기울이고 빙그레 웃었다.

"신선한데? 해 봐도 괜찮겠어. 태워 봐."

"돼, 됐어!"

예상치 못한 반응에 당황한 은솔이 소리 높여 말했다. 속이 훤히 들여다보이는 모습이다.

우진은 굳이 대꾸하는 대신, 웃는 낯으로 그녀를 계속 바라볼 뿐이었다.

그때, 복잡한 심경으로 한숨을 푹 내쉰 그녀가 뭔가 발견한 듯 눈을 가늘게 떴다.

그러고 보니 서우진의 입술 끝이 살짝 부어 있는 게 보였다.

"너 왼쪽 얼굴이 좀 부은 것 같다?"

그녀의 날카로운 지적에 우진이 멈칫했다. 새벽에 아버지에게 맞았던 뺨에 아직 잔 붓기가 남아 있긴 했다.

거의 다 가라앉았다고 생각했는데, 예민한 은솔의 눈을 속이지는 못한 모양이다.

잠깐 말을 잃었던 우진이 아무렇지 않게 대답했다.

"……아, 자다가 어디 부딪쳤나 봐. 괜찮아."

"멀쩡한 얼굴 너무 막 쓰지 마."

저래 보여도 캐스팅까지 받을 만큼 훌륭한 외모 아닌가 싶어서 은솔이 걱정스레 말했다.

그러자 우진이 씩 웃으며 그녀의 말을 정정했다.

"잘생긴 얼굴이라고 하는 거야."

"그래, 너 잘났다."

반쯤 포기한 은솔이 우진의 말에 맞장구를 쳐 주었다. 그의 말마따나, 사람을 홀릴 만큼 잘생긴 얼굴이기도 했고.

8장

사내 연애라는 이름의 유령

오늘, 은솔이 회진에서 처음 확인한 환자는 곧 퇴원을 앞둔 50대 남성 환자였다. 당뇨가 있어서 말단 부분 수술이 까다로웠으나 어찌어찌 운 좋게 혈관 연결이 잘 되었다.

그녀는 환자에게 주의사항을 다시금 일러 주었다.

"상태는 좋은 편이에요. 그래도 아시죠? 혈관 연결은 잘 되었지만, 당뇨면 더 조심하셔야 하는 거. 환자니까 담배 피우지 마시고요, 재활에 신경 많이 써 주셔야 합니다."

"어…… 예에."

사지 말단으로 갈수록 혈관은 좁아지기 마련이었고, 좁아진 혈관이 막히면 손발이 썩어들어 가는 끔찍한 결과가 날 수 있었다.

당뇨 환자는 말단 부분 혈관이 막히는 일을 늘 조심해야 했다.

"진짜! 담배 진짜! 피우시면 안 됩니다."

"알았습니다. 진짜! 죽겠지만, 담배는 손도 안 댈게요."

게다가 환자는 흡연자이기까지 했다. 어느 환자나 흡연은 해롭지만, 미세 수지 접합을 한 환자는 특히 담배를 피우면 큰일이 난다.

혈액 내 산소가 줄어들어서 말단 부위에 산소가 닿지 못해 괴사의 확률이 높아지기 때문이었다.

그 점을 염려해서 은솔은 금연을 강조하고 또 강조했다.

다음 환자는 저번에 팔이 다 뭉개지다시피 해서 실려 왔던 스무살짜리 환자였다. 손가락 세 개가 절단되었고 팔꿈치까지 복합적으로 골절이 된 이 환자는 병실의 다른 누구보다도 어렸다.

"불편하신 곳 없으시죠?"

"……네."

환자는 손가락을 잃은 이후로 부쩍 우울감이 생겼다.

팔을 자르지 않은 것만으로도 어디냐고, 환자를 찾은 직장 동료들이 위로했으나 어린 친구에게 그 말이 들릴 리가 없었다.

결국, 은솔은 어린 환자의 정신 건강을 위해서 정신건강의학과에 협진을 요청했고 환자에게 사고 트라우마가 무척 클 거라는 안타까운 소견을 전해 들었다.

상태 확인을 마친 은솔이 막 돌아설 찰나였다. 환자가 힘없이 그녀를 불렀다.

"저, 선생님."

"네?"

"전 언제 퇴원할 수 있을까요?"

"수술한 지 며칠이나 됐다고요."

"어차피 병신 됐는데 뭐하러 병원에 있어요? 돈 아깝게."

허탈하게 웃으며 부정적인 말을 뱉는 환자를 은솔이 물끄러미 쳐다보았다.

솔직히 그는 스스로 아픈 소리를 하고 싶지는 않을 거다. 단지 마음의 상처가 너무 커서 입으로라도 토해 내지 않으면 참지 못하는 것뿐.

"그리고 저 빨리 돈도 벌어야 하거든요."

그 순간, 6인실 병실 안에 잠시 정적이 흘렀다.

병상을 차지하고 있는 환자 중 가장 어린, 스무 살짜리의 입에서 생계를 걱정하는 말이 나오리라고는 아무도 예상하지 못한 것이었다.

특히 아까 흡연 때문에 은솔에게 한 소리를 들은 중년 남자는 안타까운 표정을 숨기지 못하고 아들뻘인 환자를 빤히 쳐다보았다.

"아직, 조금 더 지켜봐야 해요."

은솔이 무겁게 대꾸했다. 환자는 반쯤 포기한 투로 재차 부탁했다.

"저 좀 제발 빨리 퇴원시켜 주세요."

수술한 지 며칠이나 되었다고 벌써 퇴원을 요청하는 건가 싶다가도 저 말을 하는 환자의 마음은 또 얼마나 심란할까 싶어서 은솔은 복잡한 기분이 들었다.

은솔과 함께 병실을 다니던 유남도 스무 살짜리 환자가 마음에 걸리는지 한숨을 푹 내쉬었다.

"마음이 조금…… 그러네요."

"그래도 잘 나아서 퇴원하는 게 우선이죠. 커피 드실래요?"

피곤해진 은솔이 복도를 지나가다가 물었다. 유남은 고개를 끄덕이는 것으로 대답을 대신했다.

복도 끝에 있는 커피 자판기 앞에 도착했을 때, 우연히 우진이 나타났다.

"어? 우진 쌤, 커피 드세요?"

유남이 그에게 살갑게 말을 걸었다.

"네, 좀 피곤해서."

은솔은 대답하는 우진을 힐끔 곁눈질하고는 지갑에서 돈을 꺼내 자판기에 밀어 넣었다.

그때였다. 갑자기 유남이 목소리를 높였다.

"어? 쌤들, 똑같은 지갑 쓰시네요?"

유남의 목소리에 깜짝 놀란 은솔이 손에 들린 제 지갑을 내려다보았다.

그러고 보니 생일 선물로 서우진에게 같은 지갑을 줬었다. 그녀가 눈을 굴렸다. 역시 우진의 손에도 같은 지갑이 들려 있었다.

우진이 덤덤하게 말했다.

"고은솔 선생이 사 줬습니다."

"엥?"

우진의 대답을 듣자마자 유남이 은솔을 휙 돌아보았다. 가뜩이나 큰 눈을 더욱 크게 뜬 유남이 은솔에게 의아한 눈빛을 보내고 있었다.

얼떨결에 은솔이 입을 열었다.

"저건 그냥 생일 선물로……."

하지만 유남은 은솔의 말을 끝까지 들어주질 않았다.

"생일 선물이요? 쌤, 언제 생일이셨어요?"

"지난달 20일이요."

두 사람의 대화를 들으면서 은솔은 커피 버튼을 눌렀다. 커피가 종이컵에 채워지기를 기다릴 참이었다. 유남이 아쉽다는 투로 말했다.

"어머! 알았으면 저도 챙겨드렸을 텐데. 말씀 좀 해 주시지."

이내, 유남이 음흉한 시선으로 은솔과 우진을 번갈아 보았다. 유남의 눈길을 느끼자마자 은솔은 어째서인지 오한을 느꼈다.

유남이 씩 웃었다.

"두 분끼리만 축하하신 거예요?"

그게 아닌데!

당황한 은솔은 커피를 꺼내지 않고 부랴부랴 설명을 시작했다.

"그게 어쩌다 보니까 그렇게 된 것 같은데……."

어쩌다 보니, 서우진 생일을 자신 혼자 챙긴 셈이 되었다. 은솔은 무슨 말을 해도 변명으로 들릴 뿐이라는 걸 눈치채고 말끝을 흐렸다.

그러게 병원에 케이크나 사 들고 갈 걸 그랬다.

은솔이 사실대로 말하지 않는 우진을 원망스럽게 바라볼 참이었다. 그가 빙그레 웃으며 유남을 달랬다.

"내년에는 미리 말씀드릴게요. 제가 생일 챙기는 데 익숙하질 않아서."

"에이! 쌤들, 너무 커플 티 내시면 서운해요."

"네? 그런 적 없어요!"

유남의 농담에 은솔이 펄쩍 뛰었다. 그러나 유남은 은솔에게 여전히 음흉한 눈길을 보내며 호호 웃을 뿐이었다.

"쌤, 자리 비켜 드릴 테니까 제 커피 우진 쌤 드리세요."

오, 절대 믿지 않겠는데?

은솔이 말을 잃자 유남은 웃는 낯으로 슬그머니 자리를 떴다. 미간을 찌푸리고 있던 은솔이 참았던 한숨을 내쉬었다.

"참나, 도대체 어떻게 된 거야? 왜 저런 오해를 하고 있지?"

"글쎄……."

기막힌 표정을 숨기지 않는 그녀에게 우진은 솔직히 대답해 줄 수 없었다.

사실 그동안 고은솔의 옆에서 서우진이 얼마나 많은 암시를 던졌던가.

입사 첫날부터 그녀와 '특별한' 사이임을 은연중에 드러냈었고, 그녀에게 다가오는 날파리들을 퇴치하기 바빴다.

어떻게든 그녀와 같이 식사를 하고, 그녀의 집을 찾아갔다. 같은 피트니스센터에 다니게끔 했고, 심지어는 생일 선물을 핑계로 똑같은 지갑을 쓰기 시작했다.

그뿐만이 아니었다. 아직 은솔은 모르고 있지만, 수부외과 의료진들에게 서우진과 고은솔이 완전히 '연인'으로 낙인이 찍힌 계기는 따로 있었다.

하마터면 키스를 할 뻔한 그날.

와인 때문에 취한 그를 그녀가 병원으로 데려다준 날이 바로 그 계기였다.

그날부터 우진은 미묘한 시선을 받곤 했었다.

물론 은솔도 비슷한 시선을 받았겠으나 둔하기 짝이 없는 터라 전혀 알아차리지 못한 듯했다.

그렇다고 해서 오해한 사람들이 이상한 것 또한 아니었다.

동갑인 미혼 남녀, 얼굴 보는 시간이 긴 직종, 10년이 넘는 오래된 인연을 보면 충분히 오해할 만한 상황이었다.

'진작 해명하지 않았던 게 문제지.'

그러나 지금 이 같은 사실을 알리면 은솔의 마음이 다시 얼어붙을 게 분명하므로, 우진은 얌전히 입을 다물기로 했다.

"자, 커피."

우진의 속내를 알 리 없는 은솔은 유남이 말한 대로 그에게 종이컵을 건넸다. 그가 말없이 컵을 받아 들 때였다. 그녀가 투덜거렸다.

"그러게 넌 하필이면 이 지갑을 사 달래서는!"

불똥이 지갑으로 튀자 그가 제 지갑을 슬쩍 가운 주머니 속으로 숨겼다.

"이따가 유남 쌤한테 제대로 해명해야겠어. 나도 그렇지만, 괜히 또 헛소문 퍼지면 너도 싫을 거 아니야."

못마땅한 표정으로 말한 은솔이 자판기 버튼을 눌렀다. 종이컵이 툭 빠져나오고 커피가 채워질 때였다.

말없이 침묵하고 있던 우진이 입술을 떼었다.

"싫지 않아."

커피가 종이컵을 다 채웠음에도 불구하고 은솔은 꼼짝도 하지 못했다.

그녀와 달리, 우진은 종이컵을 입술에 붙인 채 옅은 미소를 짓고 있었다.

그녀가 가까스로 되물었다.

"뭐라고?"

"난 싫지 않다고."

그 순간, 은솔의 머릿속에 우진과 나누었던 대화가 스쳐 지나갔다.

"그 소문 싫지만은 않았으니까."

아주 오래전에 돌았던, 서우진과 고은솔이 연인이라는 소문. 그때나 지금이나 우진은 싫은 기색이 없었다.

갑자기 더워지는 느낌이 든다. 무슨 말을 해야 할지 은솔은 도저히 알 수가 없었다.

멍하니 서 있는 은솔을 대신해서 우진이 자판기에서 커피를 꺼냈다. 그가 종이컵을 코앞까지 내밀었으나 그녀는 꼼짝도 하지 않았다.

결국 그가 재촉하듯 말했다.

"안 받아?"

"어, 어……."

얼떨결에 종이컵을 받은 은솔이 우진을 흘깃 올려다보았다. 익숙한 미소를 짓고 있는 그가 낯설어 보였다.

때마침 은솔의 휴대폰이 요란하게 울렸다. 번쩍 정신을 차린 그녀가 부랴부랴 휴대폰을 꺼냈다.

"네, 고은솔입니다."

—선생님, 응급이요!

"알겠습니다."

깔끔하게 대답한 그녀는 손에 든 종이컵을 난처하게 보았다. 커피가 들어 있어서 쓰레기통에 냅다 던지기 곤란했다.

그녀의 난감한 기분을 눈치챈 우진이 그녀의 컵을 빼앗듯 가져갔다. 손가락이 살짝 스쳤다.

"얼른 가."

그와 닿았던 손끝부터 뜨거운 기운이 퍼져 나가기 시작했다. 그러나 그녀는 모르는 척 바로 등을 돌리고 복도를 달렸다.

응급실로 내려간 은솔은 병원이 떠내려가라 우는 아이와 마주 섰다.

환아는 이제 다섯 살이나 됐을까 싶은 남자아이로, 유치원 자동차 문에 손이 끼어서 반쯤 절단이 된 상태였다.

아이의 작은 검지와 중지가 하얀 거즈에 둘둘 싸여 있었다.

숨이 넘어갈 듯 꺽꺽거리면서 우는 아이를 달래는 엄마 역시 얼굴이 하얗게 질려 있었다.

은솔의 또래로 보이는 아이 엄마는 출근하다 말고 병원으로 온 듯 정장 차림이었다.

"선생님, 우리 애 손은 어떻게…… 괜찮을까요?"

아이가 울수록 엄마의 눈에도 눈물이 맺히고 있었다. 은솔의 굳어져 있는 얼굴에서 무엇을 읽었는지 아이 엄마는 불안해하고 있었다.

"지금은 뭐라고 확신을 드릴 수가 없어요. 뼈랑 인대, 혈관하고 신경 상태를 확인해 봐야 할 것 같습니다."

은솔의 얼굴이 굳어 있던 이유는 수술이 쉽지 않다는 걸 알기 때문이었다. 소아는 단순히 성인의 미니 버전이 아닌 터라 면밀하게 신경을 써야 했다.

즉, 까다로운 환자인 셈이다.

"수술방 비어 있으니까 바로 접합 수술 들어가도록 하겠습니다. 유남 쌤, 준비 좀 해 주세요."

"네!"

유남이 똑 부러지게 대답하고 뒤돌아섰다.

어른 새끼손가락보다 가늘고 작은 소아의 손가락 접합을 위해서는 경험이 풍부하고 섬세한 인력이 필요했다.

은솔은 지체할 것 없이 제일 먼저 수부외과 과장에게 콜을 넣었다.

"과장님. 고은솔입니다."

—어?

"마이크로(미세 접합 수술) 있는데, 5세 남아입니다."

—애기? 아이고!

어린아이가 다쳤다는 소식에 안타까워하던 과장은 이내 감정을 추스르고는 평소처럼 또박또박 지시를 내리기 시작했다.

—알았어. 어린애면 서우진 선생도 불러.

"……예?"

누구? 서우진?

—세밀한 건 서우진 선생이 잘하니까.

그녀의 반문에 과장은 그 말을 끝으로 전화를 뚝 끊어 버렸다. 은솔이 황당한 눈길로 휴대폰을 내려다보았다.

손가락에서부터 화끈거리는 열기가 퍼져 나가는 착각이 들었다.

그의 다정한 미소가, 소문이 싫지 않다던 말이, 오직 그녀에게만 꽂히는 눈길이 한 번에 수면 위로 확 떠오른다.

숨이 턱 막히는 것만 같아서 그녀는 저도 모르게 입술을 벌렸다. 서늘한 공기를 길게 들이마신 그녀가 다시금 마음을 다잡았다.

지금은 이럴 때가 아니지.

한시가 급한 응급 수술을 위해 그녀는 굳어진 얼굴로 우진의 번호에 전화를 걸었다.

신호음이 몇 번 가기도 전에 그가 전화를 받았다.

—무슨 일이야?

왜일까? 은솔은 말이 바로 나오지 않았다. 그녀의 대꾸가 이어지지 않자, 그가 재차 물었다.

—은솔아, 왜 전화했어?

나지막한 목소리가 조곤조곤 울렸다. 마치 연인에게 속삭이는 것처럼, 그의 음성은 더할 나위 없이 다정했다. 그래서 자꾸 이상한 기분이 드는 건가 보다.

그녀는 놀라서 울고 있던 어린아이를 떠올리고 감정을 정리한 채 딱딱하게 말했다.

"수술 있어. 준비해."

—아, 그래.

"자세한 건 응급실로 내려와서 들어."

전화를 끊은 은솔은 방금까지 우진과 연결되어 있던 휴대폰을 가운 주머니에 넣고 걸음을 옮겼다.

다른 생각은 하지 말자. 당장 눈앞에서 고통스러워하는 환자만이 그녀의 머릿속을 지배할 차례였다.

다행히 수술은 걱정보다 괜찮을 듯했다.

기본적으로 뼈 손상이 없고 신경과 혈관 등도 잘 보존되어 있어서 봉합만으로도 좋은 결과가 예상되었다. 미세 접합과 단순 접합의 중간 정도 수술이라고 보면 될 듯했다.

검사 결과를 확인하고 한시름 던 과장이 씩 웃으면서 말했다.

"고 선생 혼자 해도 되겠는데?"

"그럼 저 혼자 하겠습니다."

일손이 부족한 수부외과다. 은솔은 기꺼이 홀로 수술을 감당할 생각이었으나 어째서인지 과장은 고개를 저으며 황당한 소리를 했다.

"아니지. 이럴 때 선배로서 가르침을 주는 거지."

"네?"

"고 선생이 서 선생 선배잖아? 소아 케이스는 드무니까 잘 이끌어 주라고."

과장은 아이를 은솔과 우진에게 맡긴 채 다른 응급 환자가 대기하고 있는 수술실로 가 버렸고, 수술실에는 은솔과 우진 그리고 간호사인 유남만이 남게 되었다.

단둘이 아니라 그나마 다행이라면 다행일지도…… 모르겠다.

수술실로 별말 없이 들어간 우진과 달리, 은솔은 어두운 낯빛으로 과장이 사라진 복도를 허무하게 쳐다보았다.

솔직한 심정으로, 은솔은 우진과 같이 수술실에 남고 싶지 않았다. 아까부터 그가 그녀의 머릿속을 복잡하게 만든 탓이었다.

환자만을 생각해도 모자랄 판에 그를 의식하는 자신이 싫었다.

그때, 유남이 은솔을 불렀다.

"은솔 쌤?"

"아…… 네?"

"과장님께서 저도 저쪽 방으로 오라고 하셔서요."

"네?"

"간단한 케이스니까 우진 쌤하고 둘이 하시면 될 거라고 그러셨거든요."

간단하면 혼자 해야지!

"잠, 잠깐……."

"수고하세요."

꾸벅 고개를 숙인 유남이 종종걸음으로 은솔을 지나쳐 갔다. 은솔의 얼굴이 흙빛으로 변했다.

서우진과 단둘이 아니라 다행이라고 생각한 게 고작 10초 전인데!

'어떡하라고!'

어색하기 짝이 없을 수술실 분위기를 생각하고 한숨을 뱉은 그녀는 무거운 마음을 안고 안쪽으로 들어갔다.

겁에 질린 아이의 목소리가 제일 먼저 그녀를 맞았다.

"정말요? 하나도 안 아파요?"

"응. 이제 아무 느낌도 안 나지?"

"……잘 모르겠는데요."

아직 의심을 담은 채로 아이가 시무룩하게 대꾸하자 우진이 낮게 웃었다. 그 웃음소리가 다정하고 부드러워서 은솔이 멈칫했다.

인기척을 느낀 우진이 출입문 쪽으로 고개를 돌렸다. 두 사람의 눈이 허공에서 마주쳤다.

입가는 마스크로 가려져 있지만, 부드럽게 휘어져 있는 눈만 봐도 그의 다정한 미소가 연상되었다. 화들짝 놀란 그녀가 저도 모르게 시선을 피했다.

그의 목소리가 계속 이어졌다.

"글쎄, 안 아플 텐데?"

"어?"

마취되어 통증이 느껴지지 않는다는 것을 깨달은 듯, 이어지는 아이의 말에 힘이 실렸다.

"진짜네!"

"그렇지? 이제부터 움직이면 안 돼."

"왜요?"

"그러면 또 아플 거야. 알았지?"

아이를 타이르는 우진의 목소리에 예민해졌으나 은솔은 고개를 한 번 털고 환자에게로 다가갔다.

서우진 생각은 그만. 이곳에서 중요한 사람은 환자뿐이었다.

뼈 손상이 없는 덕택에 수술은 경막외 마취, 즉 부분 마취로 진행되었다.

만일 뼈 손상이 있어서 드릴 등을 사용하게 됐으면 환아가 무서워할 수 있으므로 수면 마취를 우선으로 고려했을 것이다.

갑자기 나타난 은솔을 보고 아이가 눈을 동그랗게 떴다. 눈물이 채 마르지 않은 눈동자가 반짝였다.

동시에 반달 모양으로 휘어져 있던 우진의 눈이 긴장 어린 눈빛으로 변했다. 완벽한 의사의 모습이었다.

은솔도 평소보다 딱딱하게 수술의 시작을 선언했다.

"수술 시작하겠습니다."

그 순간, 수술실에는 외과 의사 둘만이 남았다.

"예."

우진의 대답에도 불구하고 그녀는 그에게 시선 한 자락도 건네지 않고 바로 환아에게 말을 붙였다.

"안 아프게 해 줄게."

"……네."

수술이라는 미지의 세계에 살짝 겁을 먹긴 했으나 아이는 전보다 편해져 있었다. 통증이 사라지기도 했지만, 우진이 안심시킨 덕도 있었다.

"움직이면 안 돼."

은솔이 다시금 당부하자 아이는 고개를 끄덕거렸다.

전공의도 아니고, 전문의 둘이 달라붙은 간단한 수술은 쉽게, 그리고 금방 끝이 났다.

서우진과 단둘이서 하는 수술이라 은솔은 처음에 마음이 불편했으나, 시간이 지날수록 점점 그의 존재가 무감각해졌다.

수술실에서 그는 단지 의사로서만 존재할 뿐이었다.

"수고 많으셨습니다."

심지어 수술이 끝나고 나서도 서우진이 남긴 말은 인사가 전부였다.

은솔은 미련 없이 등을 돌린 우진의 뒷모습을 의아하게 쳐다보았다.

'뭐지? 말을 걸 줄 알았는데.'

갑자기 기분이 이상해졌다. 김이 빠진 느낌이랄까? 우진의 모습이 멀어질수록 은솔의 어깨에 가득 찬 긴장도 점점 사그라졌다.

때마침, 수술이 끝나기만을 기다리고 있던 보호자가 은솔에게 한달음에 달려왔다.

"선생님, 저희 애는요?"

아이 걱정에 반쯤 넋이 나간 엄마는 은솔에게 간절한 시선을 보내고 있었다.

서우진에게 쏠리려는 신경을 애써 바로잡으면서 은솔이 사무적인 미소를 지었다.

"걱정 안 하셔도 됩니다. 수술 잘됐고요, 바로 병실로 이동할게요."

환자는 현재 부분 마취만 한 상태라 회복실에 있을 필요는 없었다.

보호자는 안도의 한숨을 내쉬고 몇 번이나 고개를 숙여 가며 감사 인사를 했다.

은솔도 덩달아 맞인사를 하고 걸음을 옮겼지만 이상한 기분은 사라지질 않았다.

수술은 성공적으로 끝났으니까 그것 때문은 아닌데.

"고 선생."

이내 복도를 걷던 은솔을 누군가 불렀다. 고개를 반짝 든 그녀는 복잡한 수술에 들어갔다던 과장을 보고 멈춰 섰다.

"수술 벌써 끝나셨어요?"

"아니, 최 선생이 잘할 것 같아서 나는 나왔어."

어깨를 으쓱거리는 과장을 은솔이 당황스럽게 쳐다보았다.

아까도 쉬운 경우라면서 자신과 서우진만 남겨 두고 떠났던 사람이 또 똑같은 짓을 하다니!

"후배를 엄청나게 잘 키웠지?"

"아, 네……."

은솔이 어색하게 대꾸하자 과장이 씨익 웃었다.

"그러니까 고 선생도 서 선생을 잘 키우란 말이야."

서우진을 키워? 이미 완성형인 것 같은데.

은솔은 수술실에서 묵묵히 제 할 일만 하던 우진을 떠올렸다.

딱히 지시를 내리지 않아도 그 상황에 바로바로 해야 할 일을 찾아내던 그를 생각하면 그다지 키울 것까지는 없는 듯했다.

그때, 생각에 빠져 있는 은솔에게 과장이 한 걸음 더 가까이 다가오더니 목소리를 낮춰서 소곤거렸다.

"미우나 고우나 이젠 고 선생하고 평생 같이 갈 사람이잖아?"

"네? 평생이요?"

'뭐, 이 병원에서 뼈를 묻고 싶긴 하지만 세상일이 어떻게 될지는 모르는 건데.'

그런 생각을 하고 있을 찰나였다. 과장이 뜬금없이 폭탄을 던졌다.

"뭘 그렇게 놀라? 둘이 그렇고 그런 사이 아니야?"

"네?"

"결혼할 사이 말이야."

이 폭탄 뭐야?

하나의 유령이—사내 연애라는 이름의 유령이, 병원을 배회하고 있다.

"어머! 저는 정말 두 분이 사귀시는 줄 알았어요."

"저도. 두 분 워낙 같이 잘 다니셔서."

"아, 그리고 지갑도 둘이 커플이잖아요. 아까 유남이가 그러던데."

간호사들의 증언은 이러했고.

"응? 둘이 오래 사귄 거 아니었어? 동문에 수련 병원도 같았잖아."

"맞아, 고 선생. 여기 시아버지 병원이라서 들어온 거 아니야?"

"……시아버지요?"

"원장님 말이야."

선배 의사들의 증언은 이러했다.

'시아버지는 누가 시아버지야! 젠장! 얼굴도 본 적 없는데!'

은솔은 울고 싶은 마음으로 휴게실 소파에 털썩 앉았다. 오늘따라 화병으로 드러눕는 사람들의 심정을 반쯤은 이해할 수 있었다.

'제대로 된 연애도 해 본 적이 없는데 또 오해나 받고!'

양손에 얼굴을 묻은 채 은솔은 속으로 투덜거렸다.

가엾게도 고은솔의 연애 경력은 겨우 1회였다. 오히려 서우진과 연인 관계라는 헛소문이 2회로 연애 경력보다 높은 수준이었다.

억울하긴 했으나 서우진과 아무 사이도 아니라고 말은 해 뒀으니 언젠가는 소문이 정정될 것이다.

"에휴, 내 팔자……."

진짜 서우진과 만난 뒤로 팔자가 한없이 꼬이는 기분이 든다.

그때, 벌컥 휴게실 문이 열렸다. 깜짝 놀란 은솔이 눈을 동그랗게 뜨고 출입문 쪽을 쳐다보았다. 우진이 문 앞에 서 있었다.

타이밍 한 번 끝내준다고 생각을 하면서도 은솔은 쥐덫에 걸린 쥐처럼 꼼짝도 하지 못했다. 이상하게도 몸이 말을 듣질 않았다.

발소리도 없이 휴게실 안으로 들어온 우진이 조심스럽게 문을 닫았다. 달칵, 문 닫히는 소리를 끝으로 실내는 고요하기만 했다.

"왜?"

은솔이 먼저 입을 열었다. 차가운 대꾸에 우진은 두통이 밀려오는지 대답 대신 관자놀이를 손가락으로 짚고 한숨을 뱉었다.

"미안해."

"뭐가?"

"소문 말이야."

은솔이 이곳저곳을 찌르고 다녔다는 사실을 전해 들은 우진은 난처했다.

두 사람을 보는 시선이 은근히 바뀌었다는 것쯤은 알고 있었지만, 구체적인 소문이 되어 돌자 아차 싶었다.

한 번 크게 덴 뒤로 고은솔은 헛소문을 무척 싫어했다. 아마 지금도.

은솔은 언제나 당당하게 자기 잘난 맛에 살던 서우진이 안절부절못하는 모습을 신기하게 응시했다.

아침에는 소문이 싫지 않다는 둥 여유를 부리더니 지금은 그녀의 눈치를 보고 있다.

"이것 봐. 오해를 받는데도 싫지 않다는 게 말이 되니?"

그래서일까, 말이 더욱 차갑게 튀어나왔다. 우진이 이마를 짚고 있던 손을 내렸다. 은솔은 그에게 빤한 시선만 보냈다.

불안한 듯 흔들리는 눈동자와 말을 고르느라 몇 번이고 뜸 들이는 입술, 초조함으로 제 양손을 꽉 붙잡은 것까지…… 겉으로 드러나는 모든 요소가 그의 마음을 겉으로 드러내고 있었다.

"……그건 진심이었어."

진심이 가득 담긴 말을 듣자마자 그녀의 얼굴이 더욱 딱딱하게 굳어졌다.

서우진은 도대체 왜 이러는 걸까?

고은솔과 특별한 관계라고 오해를 받아도 괜찮다는 건 무슨 뜻일까?

아무리 생각해도 결론은 하나뿐이었다. 서우진이 고은솔에게 연애 감정을 품고 있다는 것 말이다.

'그럴 리가 없어.'

하지만 은솔은 그 결론을 도저히 받아들일 수가 없었다. 자신은 10년이 넘은 지금도 잊지 못하는 말이 있었다.

"어려운 사람 건드리지 마. 불쌍하잖아."

"확실히 재미는 있겠네."

"급? 아, 그런 게 있었지. 급. 급이라…… 맞춰 보지, 뭐."

아직도 또렷하게 기억나는 그의 목소리.

스무 살, 치기 어릴 적에 했던 말이라고 넘겨보려 해도 흉터가 되어 버린 그 말은 마음속에서 도저히 사라지질 않았다.

서우진에게 있어서 고은솔은 불쌍한 존재였고 한편으로는 재미있어 보이는 상대였다.

심지어 서우진이 고은솔이라는 사람을 얼마나 하찮게 여겼는지 오랫동안 직접 겪어 보지 않았던가.

은솔은 꾹꾹 눌러 두었던 감정이 훅 치밀어 올랐다.

"그래, 너야 진심이든 장난이든 상관없겠지."

그녀의 목소리가 날카로워졌다.

"피해를 보는 것도 없으니까 재미만 있으면 그만이잖아."

"아니, 내 말은 그런 뜻이 아니고……."

우진이 고개를 저으며 정정하려던 찰나, 은솔이 선수를 쳤다.

"아니긴 뭐가 아니야? 넌 항상 그랬어. 스무 살 때부터 넌 날 재미로 갖고 놀려 했었잖아."

"그런 적 없어."

"나랑 사귀면 재미는 있겠다며?"

"그런 말 한 적 없다니까."

눈을 동그랗게 뜨고 반박하는 우진을 보자 은솔은 왠지 힘이 빠졌다.

10년도 더 지난 상처를 가지고 자신 혼자 전전긍긍하며 지내는 걸까?

상처를 준 사람은 아무것도 모르고, 상처를 받은 사람만 기억을 곱씹는 상황이 부조리하게 느껴졌다.

"아, 그래? 그때 내 귀가 어떻게 되었나 보다. 그렇지?"

"은솔아."

비아냥거리는 그녀의 말에 그가 진정하라는 듯 그녀의 이름을 불렀다. 그녀는 시선을 떨구고 한숨을 내쉬었다.

한풀 짜증이 꺾인 그녀를 보다가 그가 조심스럽게 입을 열었다.

"내가 그 소문을 싫어하지 않는 건, 다른 이유 때문이 아니라……."

그의 나직한 목소리에 그녀가 고개를 들었다. 그는 필사적인 눈빛으로 그녀를 간절히 바라보면서 천천히 말을 이었다.

"널 좋아해서 그래."

은솔은 아무 대답도 하지 못했다. 말이 나오는 대신 지난날, 새 건물 냄새가 나던 곳에서 들었던 고백이 떠올랐다.

"은솔아, 나랑…… 사귀자."

그때, 나는 뭐라고 했더라.

"장난치지 마."

지금하고 똑같이, 이렇게 대답했었던가.

은솔이 싸늘하게 대꾸하자마자 우진의 얼굴에 옅은 미소가 올라왔다. 어쩔 수 없다는 미소를 지은 채 그가 말했다.

"장난, 이번에도 아니야."

그 순간 은솔은 우진이 자신과 같은 날을 회상하고 있음을 깨달았다.

"난 한 번도 너한테 진심이 아닌 적, 없었어."

"그만 갈게."

숨이 막히는 공간에서 도망치기 위해 은솔이 소파에서 일어났다. 그러나 우진은 그녀가 도망가게끔 내버려 두지 않았다.

"스무 살 때부터 널 좋아했어."

발목에 족쇄라도 걸린 양 그녀가 우뚝 멈추어 섰다.

"어떻게 해야 네가 나를 돌아봐 줄까?"

무겁고 진득한 음성에서 오래 묵은 감정이 섞여 나온다.

스무 살 때부터 고은솔의 주변을 맴돌았다. 그때는 이 감정을 어떻게 수습해야 할지 몰라서 그녀의 뒤를 따라다니며 성가시게 굴었다.

"그 생각만으로 10년이 지났고."

애정을 건전하게 주고받는 방식을 몰랐다. 이미 시간이 지난 지금 와서 무슨 소용이 있겠느냐마는, 우진은 할 수 있다면 계속해서 은솔의 곁에 있고 싶었다.

"너한테 잘못했다는 걸 깨닫고 3년 동안 후회를 했어."

그래서 변하려고 노력을 했다.

3년. 짧다면 짧고, 길다면 긴 그 시간. 그는 그녀를 하염없이 그리워했고 회한에 젖었다.

사랑하는 사람을 행복하게 만들어 주고 항상 웃을 수 있게 해 주는 것이 중요하다는 걸 깨닫고 난 다음에, 우진은 지난 10년을 찬찬히 되짚어 보았다.

한 번이라도, 고은솔이 서우진에게 진심으로 웃어 준 적이 있었던가.

"지금도 난 너밖에 보이지 않아."

하얀 가운으로 덮인 은솔의 어깨가 뻣뻣하게 굳어졌다.

심장이 평소보다 빠르게 뛰면서 온몸으로 더운 혈액을 퍼뜨린다. 구구절절한 고백에 얼굴이 뜨거워지는 느낌이 들었다.

하지만 반대로 머리는 차가워지기 시작했다. 자신은 그의 오래된 진심을 알고 있었다. 그의 고백 아래 깔려 있는 마음 말이다.

"서우진, 네가 예전에 무슨 말을 했는지 기억이 잘 안 나는 모양인데."

마침내 그녀의 입술이 열렸다.

"다시 말하지만, 넌 재미는 있겠다고 그랬어. 날 가지고 놀면."

"무슨 소리야? 내가 그랬다고?"

우진으로서는 전혀 기억나지 않는 소리였다. 날벼락 같은 말에 그가 의아해할 참이었다.

"그래, 그러니까 넌 너랑 '급' 맞는 여자나 찾아. 나한테 맞춰 볼 생각하지 말고."

그 말을 듣기 무섭게 우진은 지난날 자신의 말이 또렷하게 기억났다.

"서우진하고 고은솔은 급이 안 맞잖아?"

"급? 아, 그런 게 있었지. 급. 급이라…… 맞춰 보지, 뭐."

이제야 기억한 듯 그가 당황한 기색을 보였다. 그녀는 헛웃음을 내뱉고는 출입문을 향해 걸음을 옮겼다.

그때였다.

"아니, 그건……."

우진의 난처한 목소리에 은솔은 저도 모르게 고개를 돌렸다가 깜짝 놀랐다. 입가를 한 손으로 가린 그가 얼굴을 붉힌 채 당황한 표정을 여과 없이 내비치고 있어서였다.

그의 눈동자가 불안한 듯 이리저리 흔들리다가 그녀에게 닿았다. 눈이 마주치자마자 그가 시선을 휙 피했다.

부끄러운 모습을 들킨 아이처럼.

'왜, 왜 저래?'

서우진답지 않은 태도에 문을 박차고 나가려던 은솔은 오히려 황당해졌다. 우진이 눈을 질끈 감고는 한숨을 내쉬었다.

"하, 그건……."

우진은 쉽게 말을 잇지 못했다.

어린 시절, 친구를 견제한답시고 유치하게 허세를 부렸던 일이 부메랑처럼 되돌아올 줄은 꿈에도 생각지 못했다.

그때, 초조해서 아무 말이나 했던 우진은 자신이 뱉은 말을 하나하나 온전히 기억하지 못했다. 그저 기억나는 거라고는 당시 느꼈던 기분 정도?

그나마 '급' 운운했던 말은 기억했다. 그건 자신의 진심이었으니까.

서우진과 고은솔은 동급이 아니었다. 그녀에 비하면 자신은 너무나도 하찮고 초라해서, 항상 그는 그녀와 동등해지고 싶었다.

"할 말 없으면 그만 간다."

"그 새끼가 널 자꾸 넘보잖아."

"……뭐라고?"

잘못 들었나 싶어서 은솔이 되물었다. 우진이 눈가를 일그러뜨린 채 횡설수설 말을 이었다.

"알아, 나도 내가 유치했던 거. 그런데 그땐…… 어떻게 해야 할지 몰랐거든. 그러니까 그 새…… 아니, 내 친구가 너한테 관심이 너무 많았어서…… 계속 네 이야기만 하니까 미쳐 버릴 것 같았는데……."

수술장에서 냉철하고 여유 있게 움직이던 서우진하고는 전혀 다른 모습이라 은솔은 그를 멍하니 쳐다보았다.

그녀의 빤한 시선에 그의 얼굴이 더욱 붉어졌다.

"나도 내가 그때 뭐라고 했는지 기억이 잘 안 나. 정말 되는 대로 말해서…… 걔가 너한테 관심 보이는 걸 끊으려면…… 아, 진짜 미치겠네."

어째서인지 조리 있게 말이 나오지 않아서 답답해진 우진이 양손에 얼굴을 묻어 버렸다.

스무 살 때도 보이지 않던 태도에 덩달아 놀란 은솔이 부랴부랴 그를 진정시켰다.

"어…… 음…… 야, 우선 진정해."

잠시 말을 멈춘 우진은 길게 한숨을 뱉고 나서야 손을 내리고 은솔을 바라보았다. 그녀가 아직 제 곁을 떠나지 않았다는 안도감에 그의 초조함이 한결 꺾였다.

"……허세였어."

한마디로 정리한 그가 그녀에게서 눈을 떼지 않고 계속 말했다.

"걔가 너한테 관심 갖는 걸 차단하려고…… 아무 말이나 했던 것 같아."

그 누구보다도 고은솔에 대해 서우진이 잘 안다고 은연중에 드러내기 위해 은솔의 사정을 흘렸다가 원망을 받았었다.

그 뒤로 우진은 다른 사람의 일을 입 밖으로 내지 않았다.

"미안해, 그땐 내가 정신이 없어서…… 널 갖고 놀거나 무시한 적은 한 번도 없었어."

오랫동안 서우진을 지켜봐 왔지만 방금 전처럼 당황하는 모습은 또 처음이었다. 그게 연기라면 서우진은 의사를 때려치우고 배우를 해도 될 것이다.

"이거 하나만 믿어 줘. 너한테 했던 말은 다 진심이야."

어느새 우진의 눈이 진지해졌다. 그녀에게 닿아 있는 눈길이 간지럽게 느껴질 정도로.

"널 좋아했고, 너밖에 보이지 않았어. 그때나 지금이나."

낮은 음성으로 그가 계속 말할 때였다. 똑똑, 노크 소리가 나더니 대답도 듣지 않고 문이 열렸다.

"고 선생, 여기 있어?"

문고리를 놓지 않은 채 최준구 선생이 머리만 안쪽으로 빼꼼 내밀고 둘러보았다.

"아, 선생님. 무슨 일이세요?"

갑작스러운 준구의 등장에 은솔이 화들짝 놀라 출입문을 돌아보았다. 은솔에게 시선을 고정하고 있던 우진도 고개를 돌렸다.

우진과 눈이 마주치자마자 준구가 놀란 표정을 지었다.

"어? 서 선생도 같이 있었네?"

"예……."

떨떠름하게 대꾸하는 우진을 확인한 후 준구가 휴게실 안으로 쑥 들어왔다. 그는 막냇동생뻘인 우진과 은솔을 번갈아 보며 히죽 웃었다.

"원래 내일 밤에 잡혀 있던 회식 말이야."

"아, 네."

"과장님이 모레로 옮겨야 할 것 같다고 그러시더라고. 그런데 고 선생 당직이잖아. 괜찮겠어?"

괜찮지 않다고 한들 오랜만에 잡힌 회식에 빠질 수 있을 리가 없다. 은솔은 피곤할 것이 분명한 당직을 생각하며 거절을 삼키고 말했다.

"……네, 괜찮습니다."

그나마 당직을 핑계 삼아서 과음은 하지 않을 테니 불행 중 다행이었다.

손만 살짝 드는 걸로 인사를 대신하고 나가려던 준구가 다시 입을 열었다.

"아, 참! 서 선생, 아까 과장님이 찾던데. 가자."

"알겠습니다."

아직 마음을 제대로 전하지 못한 느낌에 우진은 은솔에게 복잡한 시선만 남기고 준구를 따라 휴게실을 나섰다.

얼떨결에 덜렁 혼자 남은 은솔이 닫힌 문을 쳐다보다가 황당한 헛숨을 내뱉었다.

그러니까 서우진이 고은솔을 오래전부터 '진심으로' 좋아했었다고? 지금도?

"그래서 뭐…… 나보고 어쩌라고?"

마음을 알아 달라고? 아니면 연애라도 하자는 거야?

"……뭐야?"

얼굴이 새빨개진 은솔이 혼잣말로 중얼거렸다. 당연히 대답은 어디서도 들려오지 않았다.

퇴근 후, 피트니스센터에 간 은솔은 김찬기와 또 마주치고 말았다. 찬기가 밝게 웃으면서 그녀에게 손을 흔들었다.

처음에 은솔은 그가 자신이 아니라 다른 사람에게 인사를 하는 줄 알았는데, 아무리 둘러보아도 주변에 인기척이라고는 하나도 느껴지지 않았다.

'도대체 왜?'

김찬기는 유명 연예인이라고 하지 않았던가?

엄청 인기 있는 드라마에서 좋은 배역을 맡아 끝내주는 인기를 얻었다는 사람이 왜 고은솔에게 친한 척을 하는 건지, 그녀는 도통 이해가 가지 않았다.

'설마 자길 못 알아봤다고 신경 쓰는 건가?'

은솔의 마음이 무거워질 무렵이었다. 찬기가 싱글거리면서 그녀에게 다가와 말을 붙였다.

"또 뵙네요?"

"아…… 안녕하세요."

반갑게 말을 붙이는 찬기와 반대로 은솔은 떨떠름해 했다.

사실 은솔은 김찬기에게서도 숨길 수 없는 또라이력을 느꼈던 터라 가능하면 그와 거리를 두고 싶었다.

한편, 그는 그녀의 달갑지 않은 태도를 눈치챘음에도 모르는 척 살갑게 굴었다.

"아직 이름도 안 물어봤네. 그쪽 이름 물어봐도 돼요?"

"아…… 고은솔이에요."

너무나도 자연스러운 찬기의 질문에 은솔은 저도 모르게 그에게 말려들어서 대답하고 말았다.

씩 웃은 찬기가 능숙하게 그녀를 칭찬했다.

"고은솔? 이름도 예쁘시네."

이럴 때 무슨 대답을 해야 할지 몰라서 그녀는 모호하게 웃었다.

적당히 맞춰 주다가 운동을 이유로 멀어지면 되겠지 싶을 찰나, 은솔의 머릿속에 혜정의 부탁이 생각났다.

"아!"

실물을 다시 한 번 보게 연락처라도 얻어 달라던 친구의 부탁을 위해 은솔이 조심스럽게 입을 열었다.

"혹시 전화번호……."

"전화번호?"

눈을 크게 뜬 찬기가 그녀의 말을 메아리처럼 반복했다. 의아해 하는 찬기의 모습을 보자 은솔이 멈칫했다.

'유명 연예인에게 전화번호 요구는 좀 멀리 나간 거겠지?'

게다가 김찬기가 내심 불편하기도 해서, 은솔은 연락처를 부탁하지 않기로 마음을 고쳐먹었다.

그 대신, 그녀가 택한 방법은 혜정에게 찬기와의 통화를 연결해 주는 것이었다.

"아니, 아닙니다. 전화 한 통화만 제 친구랑 해 주실 수 있어요?"

"친구? 친구 누구요?"

"저랑 여기 같이 다니는 친구가 김찬기 씨 팬이거든요."

"……설마 그때 그 남자분이요?"

우진과 마주친 전적이 있는 터라, 찬기의 미덥지 않은 눈빛이 은솔에게 꽂혔다.

지난번에 팬이랍시고 접근해서는 무시무시한 악력을 보여 주던 남자 때문에 자존심에 금이 쩍 가고 말았다.

그러나 팬은 개뿔, 알고 보니 그 남자는 이 여자에게서 자신을 떨어뜨려 놓으려던 것뿐이었다.

처음에는 잊어버리려고 노력도 했었다. 바쁜 일정 중에 라이벌 연예인도 아니고 일반인한테까지 신경을 쓸 여유는 없었으니까.

그런데 연예인에게 익숙한 매니저마저도 무슨 콩깍지가 씌었는지 운동 스케줄이 있을 때마다 그 남자를 은근슬쩍 언급하곤 했다.

'누구 매니저인지 모르겠다니까?'

계속 자극되어서일까? 금이 간 자존심이 점점 더 깎이는 느낌이 들었다.

결국, 찬기는 근력 운동에 매진하게 되었다. 시간이 계속 어긋나 우진과 통 마주치질 못하긴 했지만, 다음에 만나면 지지는 말아야겠다는 생각을 하면서 꾸준히 악력을 기르기로 했다.

찬기가 가리키는 '그 남자'가 누군지 아는 은솔은 단호하게 고개를 흔들었다.

"아뇨? 여잔데요."

"그럼, 좋습니다."

떨떠름해 하던 기색은 어디로 가고 찬기가 다시 싱긋 웃었다. 주변에 있던 사람들이 힐끔거릴 만큼 환한 미소였으나 은솔은 전화를 걸기 위해 휴대폰을 내려다보느라 찬기의 미소를 보지는 못했다.

통화 신호음이 가는 동안 은솔은 혹여 혜정이 바빠서 전화를 받지 않을까 걱정했지만, 다행히 친구는 바로 전화를 받았다.

—여보세요?

"이혜정!"

—왜?

"너 지금 바빠?"

—아니?

"옷은 제대로 입고 있어?"

—……어, 왜?

뜬금없는 질문에 잠깐 머뭇거리긴 했으나 혜정은 성실하게 대답해 주었다. 친구가 얼마나 놀랄지 기대하는 바람에 은솔의 목소리가 조급해졌다.

"그럼 지금 영상 통화해도 돼?"

—우리가 꼭 얼굴을 보고 전화해야 하니?

썩 내키지 않는 말투로 혜정이 심드렁하게 말했다. 이때다 싶어서 은솔이 미끼를 던졌다.

"나 말고 김찬기 씨."

—……뭐?

그러자 언제 심드렁했냐는 듯, 혜정의 목소리 톤이 올라갔다. 믿을 수 없는 소식에 혜정이 다시금 확인차 되물었다.

—정말?

"정말이지. 전화 끊어. 영상 통화 걸게."

은솔은 혜정에게 얼른 찬기를 보여 주고 싶은 마음에 서둘렀다. 그러자 휴대폰 너머에서 혜정의 비명이 전해졌다.

—야! 안 돼! 잠깐만! 나 화장 안 했는데! 10분만!

혜정은 난리가 났다.

은솔 역시 친구의 들뜬 마음을 모르는 바는 아니었지만, 김찬기 같은 유명 배우를 오랫동안 붙잡고 있을 수도 없는 노릇이었다.

"안 돼, 지금 아니면. 바쁜 분이잖아."

―알았어! 5분, 아니 3분만!

3분 정도면 괜찮지 않을까? 잠깐 갈등하던 은솔은 한숨을 내쉬고 친구의 간절한 요청을 받아들였다.

"3분 뒤에 바로 영상 통화 건다."

―고은솔, 내 친구! 끊는다!

혜정의 상기된 목소리를 끝으로 달칵, 전화가 바로 끊어졌다. 3분 동안 혜정은 최선을 다해 치장할 것이다.

'유부녀가 말이야.'

물론 팬심이겠지만. 은솔은 통화가 끝난 휴대폰을 주머니에 대충 쑤셔 넣고 어색하게 웃으면서 말했다.

"난리도 아니에요. 3분만 준비할 시간을 달래요."

"하하, 재밌는 친구분이시네요."

반면에 찬기는 어색해하는 은솔과 달리 자연스럽게 대화를 이끌었다.

"아, 그러면 저번에 본 그 남자분은 남친?"

"누구…… 설마 서우진이요?"

우진의 이름을 입에 올리자마자 은솔의 얼굴이 화끈, 붉어졌다. 자신을 오랫동안 좋아했다고 고백하던 그의 모습이 자동적으로 떠오른 탓이었다.

한번 우진의 얼굴이 생각나면 꽤 오래 생각을 잡아먹었던 터라 일부러 외면하고 있었는데!

생각하지 않으려 노력할수록 그의 모습이 떠올라서 그녀는 당황스러웠다.

은솔이 아무 대답도 하지 못하자 찬기가 그녀를 흥미진진하게 쳐다보면서 물었다.

"아니면 결혼하신 거?"

"아, 아닌데요. 남자 친구도 아니고……."

서우진이 고은솔에게 진심을 알리긴 했지만, 그렇다고 해서 그녀더러 연애를 하자거나 사귀어 보자고 제안하지는 않았다.

엄밀히 따지면, 현재 고은솔과 서우진은 아무 사이도 아니었다.

'뭐 기껏해야 직장 동료? 대학 동기? 오랜 친구…… 정도일까?'

그렇게 결론을 짓고 보니 은솔의 기분이 한없이 바닥으로 침잠했다.

이럴 거면 서우진은 왜 오랫동안 좋아했다고 말한 거지? 달라질 것도 없는데?

그녀가 미간을 좁힐 차였다. 찬기는 그녀를 믿을 수 없다는 눈으로 보면서 계속 물었다.

"그렇게 잘난 남자 옆에 두고 솔로라고? 그 사람한테 여친 있어 보이진 않던데."

찬기는 자신의 육감…… 그러니까 '촉'을 믿는 편이었다. 실제로 연애 관계에 있어서 김찬기의 촉은 대단한 적중률을 보였다.

그리고 그날, 김찬기는 서우진이 고은솔을 짝사랑한다는 사실을 어렵지 않게 눈치챘었다. 정확히 말하자면, 서우진이 일부러 숨기지 않은 것이었지만.

"뭐…… 걔도 솔로긴 해요."

은솔이 떨떠름하게 대답했다.

서우진에게 연인이 있었던 적은…… 없던 것 같다.

대학 시절만 해도 그를 몰래몰래 좋아하는 여학생들이 없던 것은 아니었으나 우진은 그 누구하고도 연애하지 않았다.

심지어 누가 고백을 했다가 차였다는 말만 몇 차례 들었을 뿐이었다.

전공의 시절에도 마찬가지였다. 서우진이 누군가와 연애를 한다면 소문이 파다하게 났을 텐데 그런 소문은 단 한 번도 나지 않았다.

신기한 일이었다. 눈에 띄게 잘생긴 외모와 능력 등, 여자들이 줄줄 따를 법도 한데 서우진은 왜 아무하고도 연애하지 않았을까?

설마 진짜 고은솔 때문에?

"널 좋아했고, 너밖에 보이지 않았어. 그때나 지금이나."

……말은 잘한다. 그게 끝이었으면서.

못마땅한 가운데에도 은솔의 얼굴이 달아올랐다. 묘한 표정의 은솔을 힐끔 본 찬기가 짓궂은 표정으로 말을 던졌다.

"진짜 둘이 아무 사이도 아니에요?"

순간, 은솔의 가슴속에서 짜증이 확 치밀었다. 유명한 연예인이면 다야? 왜 남의 개인사에 관심을 갖고 그래?

물론 타인 앞에서 화를 낼 수 없기에 그녀는 말을 돌리기로 했다. 휴대폰을 꺼낸 그녀가 시간을 살폈다. 어느새 혜정과 약속했던 시간이었다.

"3분 지났다. 영통 걸게요."

"그러세요."

찬기가 만면에 미소를 띤 채 은솔의 휴대폰을 받아 들었다.

얼마 지나지 않아, 전화가 연결되었다. 친구의 전화를 기다리고 있던 혜정이 발갛게 물든 얼굴로 화면에 나타났다.

찬기가 먼저 인사를 건넸다.

"안녕하세요. 김찬기입니다."

—어머, 어떡해! 안녕하세요!

혜정이 호들갑을 떨었다. 유명 연예인은 물론, 소란스럽기까지 한 탓에 주변에 있던 사람들이 그들을 힐끔거렸다.

눈치껏 사람들이 없는 구석진 곳으로 간 은솔이 음량을 줄이고는 친구를 타박했다.

"나는 눈에 안 보이냐?"

—응, 안 보여. 단둘이 대화하게 썩 비켜라.

아까는 '내 친구!' 어쩌고 하면서 은솔을 찬양하던 혜정은 이제 볼 장 다 봤다고 친구를 내쫓기 바빴다.

남의 통화에 끼어들 생각은 없었던 터라 은솔은 입술을 삐죽거리면서도 미련 없이 친구를 놓아주었다.

은솔이 의례적인 미소를 지으면서 찬기에게 말했다.

"통화 편하게 하세요."

그때였다. 은솔의 뒤에서 익숙한 목소리가 들렸다.

"고은솔, 여기서 뭐해?"

홱 고개를 돌린 은솔은 자신을 내려다보고 있는 우진을 발견하고 당황한 표정을 지었다. 방금 전까지 그를 생각하고 있었는데, 갑자기 나타나자 놀랍기도 하고 반갑기도 했다.

"어? 너 오늘 못 온다며?"

응급 수술의 덫에 걸린 우진은 제시간에 퇴근하지 못했다.

수술 시간이 얼마가 걸릴지 모르는 터라 우진은 오늘 운동을 가지 못할 수도 있다고 은솔에게 전했었다.

우진이 그녀의 휴대폰을 들고 있는 찬기를 가라앉은 눈으로 쳐다보았다.

혜정과 건성으로 통화하면서 찬기가 우진을 흘끔 보고 씩 웃었다. 그 재수 없는 눈웃음에 얼굴을 굳힌 우진은 두 사람 사이에 끼어들고는 말했다.

"잠깐 이야기 좀 하자."

"어?"

"급한 일이야."

다짜고짜 손을 잡아끄는 우진을 못마땅하게 보면서도 은솔은 휘청휘청 그를 따라 걸을 수밖에 없었다.

두 사람의 뒷모습을 보자 찬기는 내심 통쾌해졌다.

"역시 남자 쪽 짝사랑이네."

그가 재미있다는 듯이 웃으며 혼잣말을 하자 휴대폰 너머 혜정이 바로 반응했다.

—네?

"아닙니다. 저 나오는 드라마 어땠어요?"

우진과 은솔이 사라진 쪽을 곁눈질한 찬기는 이내, 고개를 살짝 젓고 팬서비스에 최선을 다하기로 했다.

한편, 우진에게 이끌려서 라커룸 쪽으로 오게 된 은솔은 그를 황당한 눈빛으로 쳐다보았다.

"무슨 일인데?"

은솔의 질문에 우진은 말문이 막혔다.

김찬기가 싱글벙글 웃으면서 은솔에게 추파 아닌 추파를 보내는 장면을 보자 무작정 그녀를 떨어뜨려 놓고 싶었다. 그녀에게 할 말이 있다고 둘러대긴 했지만 사실 특별한 이유는 없었다.

"저 사람…… 자주 만나?"

"김찬기?"

그가 대답 대신 고개를 끄덕였다.

"아니? 연예인하고 내가 왜 만나?"

황당해하는 은솔을 보자 우진은 비로소 안심이 되었다. 그가 소리 없이 한숨을 내쉬었다.

김찬기와 친밀해 보이는 그녀의 모습에 순간 얼마나 불안했는지 모른다. 숨이 턱 막힐 만큼.

"그럼 됐어."

은솔은 우진의 실없는 대답에 그를 가만히 응시했다.

그러고 보면, 우진은 김찬기를 처음 봤을 때부터 싫어하는 기색을 보였다. 팬인 척 악수를 청하며 괴롭히질 않나, 지금처럼 대화만

나누어도 질색하질 않나.

"너…… 혹시 김찬기 안티야?"

우진은 은솔의 황당한 추론에 할 말을 잃었다. 그녀가 바깥쪽을 흘긋 살펴보고는 아무도 없는 걸 확인한 후 목소리를 낮추고 속삭였다.

"나도 저 사람 좀 별로거든. 혜정이가 팬이라서 어쩔 수 없이 영상 통화시켜 주긴 했지만."

그제야 우진은 김찬기가 은솔의 휴대폰을 들고 있는 이유를 알 수 있었다.

영 마음에 안 든다는 표정으로 서 있는 은솔을 보자 우진의 입에서 웃음이 새어 나왔다.

"저 사람, 어디가 별론데?"

"나하고 친하지도 않으면서 아는 척은 엄청 하고, 아무 말이나 막 하잖아."

"그래? 뭐라는데?"

"너랑 무슨……."

말을 잘하던 은솔이 뚝 입을 다물었다. 아까 김찬기는 서우진과 고은솔이 무슨 사이냐고 꼬치꼬치 캐물었었다.

연인 관계? 부부 사이? 김찬기는 타인의 사생활을 아주 궁금해하고 있었다.

그런데 한편으로는 은솔 또한 그게 궁금했다. 서우진과 고은솔은 진짜 무슨 사이지? 왜 바로 대답하지 못한 걸까?

'우린 아무 사이도 아닌데…….'

"나랑 뭐?"

"……아니야."

은솔이 눈가를 찌푸리고 고개를 저었다.

서우진에게 구구절절 우리가 무슨 사이냐고 물어보고 싶기도 했고, 좋아한다면서 마음만 전하면 끝이냐고 한마디 해 주고 싶기도 했지만 어째서인지 말이 도저히 입 밖으로 나오질 않았다.

* * *

고은솔이 서우진에게 제 것과 똑같은 지갑을 생일 선물로 줬다는 사실은 며칠 만에 병원 내에 파다해졌다. 덩달아 두 사람에게 음흉한 시선이 닿는 일도 빈번해졌다.

마블링이 끝내주는 소고기를 입맛만 다시며 내려다보던 은솔에게 어느새 수부외과 과장이 다가와서 빈 소주잔을 쑥 내밀었다.

"고 선생, 자! 한잔해."

"저는 오늘 당직이라 못 마셔요."

"아! 고 선생 당직이었지? 그럼…… 서우진 선생 어디 갔어?"

수부외과 의료진이라고 해 봤자 스무 명도 안 되는 인원이었다.

과장은 은솔의 옆 테이블에 앉아 있던 우진을 찾아내고 먹이를 노리는 하이에나 같은 눈빛을 지었다.

"둘이 왜 따로 떨어져 앉았어?"

"예?"

"우리 과 1호 커플이잖아?"

은솔의 옆자리로 우진을 끌고 온 과장이 술잔을 가득 채워 주면서 씩 웃었다.

대답하기 전, 우진은 흘끔 은솔의 눈치를 살폈다. 그녀는 잘 익어가는 소고기를 죽일 듯이 노려보고 있었다.

이제 겨우 진심을 전한 정도였다. 아직 그녀의 마음이 어떤지 모르는 상황에서 말 한마디 잘못했다가 또 큰일이 날지 모른다.

우진은 최대한 말을 아끼기로 했다.

"앞으로 고 선생한테 잘해. 알았지? 원래 남자가 숙이고 들어가는 거야. 그래야 가정이 평화롭다고."

"……네."

적당한 선에서 모두를 납득 시킬 만한 대답을 한 후 우진은 입을 다물기 위해 술을 마셨다. 깨끗하게 비워지는 작은 술잔을 만족스럽게 본 과장이 계속해서 큰 소리로 말했다.

"한 잔 더 해. 이건 고 선생 몫이야."

은솔에게 은근히 빗을 지운 채, 과장은 우진의 잔을 다시 채웠다.

은솔이 눈가를 찡그릴 참이었다. 그녀의 불편한 마음에 과장이 한마디를 더 보탰다.

"부부는 일심동체니까."

"결혼 안 했습니다! 저희 그런 사이 아니에요."

결국, 은솔이 펄쩍 뛰었다.

모든 이목이 은솔에게 집중하면서 테이블이 조용해졌다. 그녀에게 쏠린 시선은 대체로 거짓말하지 말라는 뜻을 담고 있었다.

하지만 이게 사실이었다.

서우진은 고은솔에게 오랜 진심을 보냈지만, 그 이상은 하지 않았다. 그녀의 마음이 어떤지, 괜찮다면 특별한 사이가 될 의향이 있는지는 눈곱만큼도 물어보지 않았단 말이다.

'거짓말 아니라고!'

은솔이 속으로 투덜거리면서 맞은편에 앉아 있는 우진을 쳐다보았다. 그는 그녀에게 웃는 듯, 아닌 듯한 미묘한 표정을 지어 보였다.

뭐라고 해야 할까? 꼭…… 바람둥이 남편에게 버림받은 조강지처처럼 원망스럽고 실망스러운 표정이랄까?

'왜 날 그렇게 보는데?'

진실을 지적했을 뿐이었다. 서우진과 고은솔은 현재 직장 동료, 그 이상이 아니었으니까. 그런데 왠지 서우진에게 큰 상처를 준 양, 은솔의 가슴속에 죄책감이 차올랐다.

잘못한 것도 없는데 왜 이런 기분을 느껴야 하는 건지 모르겠지만, 은솔은 슬그머니 우진의 시선을 피하기로 했다.

과장이 눈을 휘둥그레 뜨고 우진을 쳐다보며 물었다.

"결혼 안 할 거야?"

우진이 난처한 기색으로 은솔을 힐끗 곁눈질했다. 모르는 척 시치미를 떼고 있는 그녀를 보면 도저히 무슨 생각을 하는지 알 수가 없다.

우진은 어색하게 웃어넘기는 것으로 대답을 회피했다.

대답을 하기 전까지 술을 마셔야 한다는 과장의 황당한 논리에 우진은 어쩔 수 없이 주어지는 술잔을 비워야만 했다.

어째서 회식의 끝은 이렇게 힘든 걸까?

알코올 때문에 반쯤 죽어 가는 사람들을 택시에 태워 보내느라 은솔은 정신이 없었다.

중간에 응급 콜이 들어와서 도망이라도 쳤다면 좋았을 텐데, 꼭 빠지고 싶은 회식 날에는 응급 콜이 없다.

술 취한 선배를 택시 뒷좌석에 구겨 넣은 후 문을 탁 닫은 은솔은 열려 있는 조수석 창문을 통해 택시 기사에게 인사를 했다.

"기사님, 잘 부탁드려요."

"예에!"

한 사람 클리어! 마지막 사람은…….

"유남 쌤, 괜찮으신 거죠?"

택시 정류장 의자에서 몸을 반으로 접은 채 앉아 있는 조유남 간호사였다. 축 늘어진 손이 바닥에 닿을 듯 말 듯 흔들렸다.

은솔의 부름에 잠깐 제정신이 돌아온 듯, 유남이 고개를 슬쩍 틀고 은솔을 올려다보았다.

"쌤……."

"네. 택시 불렀으니까 조금만 기다리세요."

"……너무 어지러워요."

유남의 말 때문인지 은솔도 괜스레 현기증이 일었다. 그러게 왜 이기지도 못할 술을 그렇게 마셔!

밖으로 뱉을 수 없는 호통을 삼키고, 은솔은 유남의 머리를 기둥에 기대게끔 도와주었다.

"눈 감고 여기 기대고 있어요."

"네엥……."

시원한 스테인리스 기둥에 머리를 기대자 유남은 조금씩 안정을 되찾아 갔다.

부른 택시가 오기만을 기다리며 은솔이 도로 끝을 응시할 때였다. 갑자기 유남이 말을 걸었다.

"근데 쌤."

"네?"

"우진 쌤하고 빨리 결혼하세요."

"……네?"

갑자기 서우진은 또 왜! 은솔이 당황스러운 눈빛으로 유남을 내려다보았다. 유남은 눈을 감은 채로 잠투정을 하는 아이처럼 종알거렸다.

"쌤 엄청나게 좋아하는 것 같은데……."

술에 취했기 때문인지 유남은 헛소리를 하고 있었다.

은솔은 술주정에 가까운 말을 무시하고 다시 도로 쪽을 쳐다보았다. 마침 도롯가에서 막내로서 선배들을 챙기고 있는 우진이 보였다.

서우진은 이번 회식의 제물이나 다름없었다.

수부외과의 전 의료진은 하나같이 서우진과 고은솔이 이상한 사이라고 착각하고 그들의 관계를 캐묻기 위해 온갖 애를 썼다.

우진이 처음 입사했을 때는 원장 아들이라는 이유로 다들 어려워했으나, 다행인지 불행인지 이번 일을 계기로 선배 의사들은 서우진을 진정한 '막내' 취급하기 시작했다.

선배의 질문에 대답을 못 하면 술을 마셔야 한다. 이는 진리와도 같아서, 우진은 당직인 은솔의 몫까지 술을 마시느라 곤욕을 치렀다.

'재 괜찮은 거야?'

문제는 서우진이 와인 한 병에도 훅 쓰러지는 주량을 갖고 있다는 데 있었다. 웬일인지 오늘은 잘 버티고 있긴 한데, 저러다가 언제 또 정신을 놓을지 모른다.

저번에도 그렇지 않았던가. 취했으면서 멀쩡한 척을 하던 그 날…….

그때였다.

"진짜로 우진 쌤이 쌤 좋아하는 거 다 티 난다니까요."

말을 마친 유남은 "으헤헷!" 하면서 웃음을 터뜨렸다. 혼자 북 치고 장구 치는 유남을 은솔은 황당하게 볼 뿐이었다.

그래, 많은 사람이 그런 오해를 했었지. 서우진이 고은솔을 짝사랑한다고.

절대 돌아봐 주지 않는 고은솔의 곁을 빙빙 맴도는 서우진을 보면서 많은 사람이 그렇게 착각을 했었다.

'근데 착각도 오해도 아니었다니!'

오랫동안 좋아했었다고 고백하던 우진을 떠올리자 술도 안 마신 은솔의 눈앞이 어지러워졌다.

솔직히 말해서 서우진이 고은솔을 짝사랑한다는 사실이 도저히 믿기질 않았다.

모자랄 것 없는 서우진이 왜 10년이 넘도록 고은솔만 바라보겠

냔 말이다!

한숨을 내쉰 은솔은 어느새 눈앞에 세워진 택시를 발견하고 유남의 팔을 잡았다.

"쌤! 집에 갑시다!"

"넹? 집? 우리 집? 쌤도 같이 가요?"

"제가 거길 왜 가요."

"히잉……."

유남을 일으켜 세운 은솔은 그녀를 데리고 택시 뒷좌석 문을 벌컥 열었다. 은솔은 다른 사람들을 태웠을 때처럼 반쯤 구겨 넣듯 유남을 택시 뒷좌석에 앉혔다.

"기사님한테 집 주소 좀 말해 줘요. 기사님, 잘 부탁드립니다."

"네에…… 서울시 관악구……."

유남이 중얼중얼 주소를 말하는 동안 은솔은 열려 있는 차 문을 닫고 손을 탁탁 털었다.

은솔이 마지막 미션까지 깔끔하게 클리어, 라고 생각했을 참이었다.

갑자기 유남이 앉은 쪽 창문이 스르르 내려가더니 유남이 창백한 얼굴을 밖으로 내밀었다.

"쌤, 저 한 번만 토하고 가면 안 돼요?"

"네?"

"어서 내려요! 아가씨! 차에 토하면 안 돼!"

운전석에서 기사가 헐레벌떡 뛰어나오더니 차 문을 벌컥 열고 유남을 내려 주었다.

비틀비틀 내린 유남은 가까이에 보이는 하수구를 발견하고 후다닥 뛰었다.

그다음에는 뭐…….

"우웩!"

전쟁이나 다름없는 회식 뒤처리가 끝나고 은솔은 넋이 나가서 택시 정류장 의자에 털썩 앉았다.

'오늘 당직 어떡하지?'

체력이 달려서 응급 수술이라도 하게 되면 죽을 것이 분명했다.

그때, 그녀의 머리 위로 그림자가 졌다.

고급스러운 광택의 남자 구두가 시야에 들어오자 지친 은솔은 서서히 고개를 들었다.

날렵하게 뻗은 다리 위로 검은 정장 바지와는 반대인 하얀 셔츠가 보인다.

그리고 매끈한 목을 지나 얼굴을 확인한 순간.

"아, 깜짝이야!"

은솔은 비명을 질렀다.

역광으로 그림자가 진 얼굴이었지만 한 번 보면 잊을 수 없는 또렷한 이목구비는 틀림없이 서우진이었다.

은솔이 떨떠름하게 우진을 올려다보았다.

아까 선배들 뒤처리를 끝내고 집에 간 줄 알았는데 어째서 그가 여기 있는지는 모르겠다.

은솔은 술을 그렇게 많이 받아 마셨으면서도 멀쩡해 보이는 우진이 의아했다. 분명 와인보다 독한 소주를 몇 잔이고 먹었었는데?

"은솔아."

"왜?"

갑자기 나타난 우진 때문에 당황했으나 은솔은 아무렇지 않은 척 태연하게 대꾸했다.

그러나 그와 마주하고 있어서인지 얼굴이 뜨거워지는 것 같았다. 안색을 숨길 수 있는 밤이라 다행이다.

"여기서 뭐해? 안 들어가고."

"이제 갈 거야."

자리에서 일어난 그녀는 어두워서 잘 보이지는 않지만 우진의 안색을 확인하고 그의 목소리에 집중했다.

서우진의 주사는 멀쩡한 척하기였으니 말이다.

"병원까지 걸어갈 거야?"

"어……."

은솔이 떨떠름하게 긍정했다.

회식 뒤처리를 하느라 지치긴 했어도 병원이 이 택시 정류장에서 그리 멀지 않은 곳에 있던 터라 걸어가지 못할 이유는 없었다.

은솔은 흘긋 시간을 살폈다. 자신의 빈 자리를 타 진료과 선생에게 부탁했었는데, 이제 돌아가야 할 시간이었다.

"같이 가. 데려다줄게."

"……네가 왜? 됐어."

그를 돌아보고 있던 은솔이 이해할 수 없는 시선을 보냈다. 그가 목소리를 낮추고 덧붙였다.

"같이 가자."

그녀는 그를 물끄러미 바라보았다. 그녀가 아무 대꾸도 하지 않자, 그가 희미한 미소를 띤 채 말을 돌렸다.

"병원에 차를 세워 둬서 대리 부르려면 어차피 나도 병원으로 가야 돼."

"아, 그래?"

어색한 공기만이 두 사람 사이를 가득 메웠다. 숨이 막힐 것 같이 공기의 밀도가 높아지는 착각이 들었다.

말없이 서 있는 우진을 보고 있자하니 은솔은 유남이 남긴 말이 떠올랐다.

"쌤 엄청나게 좋아하는 것 같은데……."

"진짜로 우진 쌤이 쌤 좋아하는 거 다 티 난다니까요."

정말…… 그런 것도 같다. 술 때문에 피곤할 텐데 굳이 병원까지 함께 돌아가겠다고 고집을 부리는 걸 보면.

그녀가 한숨을 내쉬면서 알았다고 대답할 참이었다.

"은솔아."

그가 가라앉은 음성으로 그녀의 이름을 불렀다. 창백한 얼굴에 그림자가 져서 그의 주변에 비현실적인 분위기가 감도는 듯했다.

그녀의 이름을 불러 놓고도 그는 한동안 말을 쉽게 잇지 못했다. 불안한 듯 눈동자가 흔들린다.

어둡고 조용한 길에 은솔과 단둘이 남아서일까. 오랫동안 눌러

둔 감정이 자꾸 치밀어 오른다.

언제나 피하기만 하는 그녀를 자신의 것으로 만들어서 영원히 곁에 두고 싶은, 짙은 소유욕.

"좋아해."

오래된 감정을 세 글자로 압축해서 토해 낸 그는 살짝 주눅이 든 표정으로, 그렇지만 진심이 담긴 단호한 눈빛을 내비치면서 그녀를 응시하고 있었다.

"네가 잊은 것 같아서."

"안, 안 잊었어!"

느닷없는 고백에 당황한 은솔이 목소리를 높였다.

잊지 못할 만도 했다. 서우진도 서우진이지만 주변에서 워낙 서우진과 고은솔을 이상하게 엮고 있었으니까.

"그래?"

그녀는 대답 대신 고개를 끄덕였다.

뭐랄까, 묘한 기분이 든다. 서우진이 고은솔에게 좋아한다 말하고, 자신 역시 그 마음을 알고 있고…….

며칠 전만 하더라도 상상하지 못했던 일이 지금 일어나고 있었다.

"잊은 게 아니면, 외면하는 거야?"

우진의 말에 은솔은 눈살만 찌푸릴 뿐 아무 대답도 하지 않았다. 우진이 한결 어두워진 목소리로 말을 이었다.

"네가 날 어떻게 생각하는지 알아. 받아들이기 쉽지 않겠지."

그들 사이에 쌓였던 오해가 조금씩 풀렸지만, 그래도 아직 그녀의 마음속에 남은 앙금은 쉽게 사라지지 않을 것이다.

자신의 과오를 알기에 우진은 충분히 각오하고 있었다.

그 시간이 자신이 후회했던 3년이 될지, 그녀를 괴롭게 만든 10년이 될지는 모르는 거지만.

"언제라도 좋아. 네 마음이 풀릴 때까지 기다릴……."

그때였다.

"조, 좋다고만 말하면 다야?"

"응?"

"뭔가 더 있을 거 아니야? 그러니까, 뭐…… 잘 지내보자든지."

"그래, 잘 지내보자."

우진이 미소를 띤 채 은솔의 말을 반복했다.

누가 잘 지내자는 말이나 듣자고 그런 소리를 한 줄 알아? 그녀의 얼굴이 확 일그러졌다.

"지금도 잘 지내고 있거든?"

"아."

무슨 대답을 해야 할지 모른다는 양, 그가 의미 없는 탄성을 뱉었다.

이 모습 말이야, 이 모습…… 언제 본 것 같은데. 언제냐 하면…….

"너 취했지?"

와인을 한 병 다 마신 그날.

맥락을 읽지 못하고 상대의 말에 그때그때 대답만 하던 서우진의 모습이 지금과 겹쳐졌다.

"어휴, 멀쩡한 정신에 이야기해도 모자랄 판에……."

"은솔아."

이름을 달콤하게 부르면서 그가 그녀의 손목을 잡았다.

손목에서부터 온기가 피어오른다. 그녀는 그의 손을 뿌리치지 않고 가만히 제 손을 내려다보았다.

"믿어 줘."

"……알았어."

은솔의 대답이 떨어지기 무섭게 우진이 그녀를 제 품으로 확 끌어당겼다.

얼떨결에 그의 품에 안기게 된 그녀가 당황으로 어깨를 굳힐 무렵이었다. 그의 속삭임이 머리 위에서 흩어졌다.

"널 좋아했어."

아주 오랫동안.

〈다음 권에서 계속〉